鬼打墙

【天下霸唱 著】

文匯出版社

图书在版编目（CIP）数据

鬼打墙全新修订完整版/ 天下霸唱 著. —上海：文汇出版社，2012.3
ISBN 978-7-5496-0774-7

Ⅰ. ①鬼… Ⅱ. ①天… Ⅲ. ①长篇小说-中国-当代
Ⅳ. ①I247.5

中国版本图书馆CIP数据核字（2012）第291157 号

鬼打墙全新修订完整版

作　　者 / 天下霸唱
责任编辑 / 若　晨
特约编辑 / 春　杰
封面装帧 / 姚姚工作室
出版发行 / 文汇出版社
上海市威海路755号
（邮政编码200041）
经　　销 / 全国新华书店
印刷装订 / 北京凯达印务有限公司
版　　次 / 2012年3月第1版
印　　次 / 2012年3月第1次印刷
开　　本 / 970×650 1/16
字　　数 / 273千字
印　　张 / 22

ISBN 978-7-5496-0774-7
定　价：35.80元

出版序

和《鬼吹灯》一样好看的盗墓小说。

《鬼打墙》是《鬼吹灯》灵感的发源处，也是天下霸唱的第一部作品，讲了一个充满悲剧色彩又曲折离奇的骇人故事，既是一次恐怖诡异的探险历程，也是一场凄绝迷难的幽冥轮回。情节惊悚恐怖、妖异诡秘，与尸怪妖物斗法的过程，更令人惊心动魄，不寒而栗。

以盗墓为题材的惊悚小说很早就在西方世界盛行，丝丝入扣、步步惊魂的文字描述，揪住了不少读者忐忑不安的心。以盗墓为题材的好莱坞电影更是挖空心思，不断推陈出新，结合各项元素将这些惊悚情景化为强烈的视觉刺激，让观众惊魂未定之余大呼过瘾，迭创票房佳绩。

和西方相比，我们的盗墓题材创作起步较晚，尽管两岸三地的灵异电影曾经盛极一时，但是盗墓小说却显得青黄不接，真正盛行是最近一两年的事。带动这波流行文学风潮的，正是本书作者天下霸唱。

天下霸唱原名张牧野，天津人，学美术出身，当过发型设计师，做过服装生意，一时兴起在创作网站写了《鬼吹灯》，没想到广受网友追捧，一发不可收，书出版后迅速跃居畅销作家之列。稍后，南派三叔的《盗墓笔记》狂扫中国图书市场，更使得盗墓小说风起云涌。

盗墓小说蔚为风潮，说明生活压力沉重的现代人太苦闷了，内心深处有着逃脱现实生活的渴望，焦虑、枯竭、烦躁的感受使得体内蛰伏的幻想、冒险因子，期盼挣脱时空桎梏，飞到未知的世界体验崭新的刺激。

荒山中恐怖诡秘的古墓幽室，想尽办法要让人吓破胆的各种妖魔鬼怪，打破头也难以解释的奇遇怪事……这些在现实生活中无法接触的体验，盗墓小说一一具备，读者既可以在诡异惊魂情节中得到刺激、满足，也可以让优郁、焦躁、不安的情绪获得纾解，这正是盗墓小说在华人世界烽火燎原的潜在因素。

天下霸唱曾经写道："首先向各位一直以来关注我的作品的朋友们问个好，非常感谢大家的支持。《鬼打墙》是我有生以来写的第一个故事，按通常的说法就是处女作。它对我来说有着里程碑式的意义，具有不可替代的纪念价值。"

另一个重量级畅销作家，《盗墓笔记》作者南派三叔也在本书出版之后，热情地推荐说："天下霸唱是我个人非常喜欢的一个网络作家，他的作品才华洋溢，底蕴雄厚，情节和切入角度都令人惊艳，《鬼打墙》亦如他的其他作品，情节明快，十分值得一看。"

天下霸唱和南派三叔的盗墓小说之所以好看，在于糅合悬疑、推理、惊悚、魔幻，又有历史典故、科学论证、幽默对话穿插其中。诚如南派三叔所推荐的，本书是和《鬼吹灯》一样好看的盗墓小说，书中运用了大量盗墓术语、古墓知识、风水地理、考古发现，既谈奇门遁甲、五行八卦，也谈历史典故、乡野传奇、妖魔鬼怪，甚至巧妙借用一些稗官野史的记载。

阴森的神秘凶宅底下，竟然埋藏着一具剥了皮的妖异古尸，不但被布下“五鬼诈尸阵”，还施下歹毒的“五丁破相大法”，贴上镇尸符。究竟是什么穷凶极恶的猛鬼，必须设下这么阴狠的邪术镇压？在这凶宅，误闯风水阵的主角又会有什么惊悚离奇的遭遇？

恶灵勾魂夺走了无数人命，也牵扯出一段段让人毛骨悚然的人鬼斗法秘密。

广西九万大山里，有个神秘民族建立的“困惑的国度”，千年妖尸牵扯出噩梦般的幽冥轮回，以几千年纠缠不清的恩怨情仇，让闯入雪山秘境的主角步步惊魂。

隐藏在雪山中的融王墓究竟暗藏什么惊天奥秘？扛天灯、黄金尸、黑弥勒、鬼门关、鬼打墙、驭尸术、碎魂碑、凌迟酷刑、运尸山猫、鬼水尸域、黑棺妖楼、甘若鬼城……

遭遇了一连串凶险，又将牵引出什么不可思议的真相？

人走路，鬼打墙，生命总是在懵懵懂懂之时产生让人惊讶的巨大变化，当你意识到自己迷路的时候，也许一双脚已经踏进了鬼门关……

目录 CONTENTS

目录 CONTENTS

目录 CONTENTS

目录

CONTENTS

楔　子

夜路走多了，难免会撞见鬼。

我在出差的旅途中，意外获得了一本奇异的风水书，却因此被迫丢掉了工作，流落他乡。我租了一套廉价的房子居住，却压根也没有想到，就在这宅子的地下，竟然埋藏着恐怖的过去……

棺材钉下的女人遗像，妖棺中被剥了皮的尸体，盗墓团伙的胆大，苗人的蛊毒迫害，扛天灯者的诡秘，秘境雪山上的内幕，目睹凌迟酷刑的感觉……接踵而来的这一切阴森恐怖都起源于这个建在古墓上的凶宅。

谜一般的凶宅，从此留给我挥之不去的噩梦……

奇异的盗墓探险，浓厚的重重谜云吸引着我，于是和警官田丽直下广西秘境探查谜底。数日艰难跋涉后，我终于登上雪山山顶，也终于见到两千年前残暴国王的狡兔三窟。

千年大墓中有着诡异莫测的鬼打墙，在我即将逃出的生死关头，吞没了我的真挚伙伴；我只好再次深入绝境，没想到一切又发生了变化，骇人的大墓此时才露出了狰狞面目……

融王古墓事涉幽冥轮回，更引来四方高人觊觎，扛天灯团伙全军覆没，首领在临死之际向我吐露一个惊天秘密……

后来，我得到了熊龙丹，从碎魂碑上看到谜云深处，依靠高人的指点，直接面对着千年的阴谋。

人走路，鬼打墙。

鬼水尸域、黑棺妖楼……想不到探至最后，竟然上穷碧落下黄泉，寻觅到了两千年前一段不为人知的秘密传奇。

第一章　仙皮子

我叫冯一西，我一直觉得这名字很奇怪，一西一西，这岂不是说要一命归西吗?

我问爸妈为什么要给我起这么个名字，爸爸说："你这娃儿老是做噩梦，那年你舅舅从乡下来，拿了你的八字回去，没过多久，带了个很神的算命先生来家里，我央着人家好好算了一把，这才专门给你改的这名字。"

我又问这名字好吗？我爸就反问我："难道不好吗？又响亮，又洋气，那个算命先生还说和你很有缘分，改成这名儿才能保住你的小命。"

从那时开始我就一直不明白，为什么起个怪气的名字就能保住我的小命。不过倒是问明白了一件事，给我起名的这半仙一样的老家伙，居住在江西的龙虎山，俗名叫张道临，一般人都称他张天师，给我起名时已经是五十多岁的一个老头了。我暗暗记住了这一切，总要找机会去问问他。

现在我碰到了一些麻烦事儿，而这些麻烦事要从我小时候的一段经历谈起，这段经历，却和我的梦有联系。

梦，自然是千奇百怪，光怪陆离的。

小时候我问别人：你梦到过死人吗？那人迟疑一下，死人嘛，当然梦见过。

那么你梦见过很多死尸吗？就是好大一堆纠缠在一起，横七竖八地叠放在一个大坑里，而你就在坑边蹲着。

那人笑笑，拍拍我脑袋说我小屁孩，净想些什么乱七八糟的事情。

我这么问是因为小时候，我好几次都做过同一个梦，一个人跑进了松树林，好大好大一片树林，阴沉沉的，树下面还老是蹲着一个老头，在地上拣那些松塔和松针，不停地摆成一个个小人形状，我按顺序往下看，就像读一本连环画一样，但是我一直没搞懂这些小人究竟在做什么，只是那老头摆得很逼真很有趣，所以每次我都看得很高兴。

那个老头很和蔼地笑笑，说："好玩吧？我来讲给你听，这些小人在干什么？"

每次都是讲到一半时候，老头就会看看天，忧心忡忡地说："唉，时间差不多了，我得走了，讲的这些你可不要忘了啊。"

老头站起来就走，我在后面跟着，走上几步，前面就出现一个大坑，老头像没看见一样，往坑里一跳，立刻就不见了，我追过去找时，就看见坑里全是各种各样的干枯尸体，怎么着也有几百具吧，还老老少少的啥模样都有，杂七杂八叠成一大堆，我立刻就吓哭了，梦也就醒了。

哭醒的时候，天总是蒙蒙亮，爸妈也还睡得熟，没个人来照顾我，我就只好一个人瞪眼看窗户，盼着天快点亮起来，嘴里嘟哝着念叨："没有皮……都没有皮……这么多人都没有皮……"坑里那些尸体，确实没有皮肤，每个都是这样，让我印象很深，唯独老头讲了些什么，梦一醒就忘得一干二净，啥也没记着。

我家是三线厂的工人，因为国防需要，在一九六四年时，好多军工厂都搬迁到了深山老林，据说是为了安全，所以我从小生活和读书的地方，就是这样一个距离城市很远的山沟沟里。

厂里的子弟，混到高中毕业，是可以接班当工人的，所以我们那儿的高中，学风一直以来都不怎么样，于是爸妈就让我去县里的高中试试，看能不能考个大学，就这样，我去了县里的高中读书，离乡下老家也近，那年是一九八六年。

这县重点高中的学风就是正，可是完全不合我的习惯，特别是到了高三，千军万马都冲上了独木桥，压力极大。有一天晚上，我实在忍受不了疲惫的晚自习，就独自一人溜出了校门闲逛。

我读的高中在县城的七里河，一般又叫大东关，大东关再过去，稍远一点驻扎着一个团部，我有个五叔在那儿做炊事员。眼看逛着逛着，我就快到团部的驻地了，那天是个月亮地，心想干脆就去五叔那儿凑合一晚上算了。

这时候突然发现路中间有一只白色的兔子，非常可爱，趴在那儿一动不动，我一时兴起，就想去抓它，谁知道我一追它就跑，我停下来兔子也停下来，一会儿工夫，我俩就跑离了大路，七拐八拐跑进了河沟，直到一栋挺新的瓦房挡在面前，跟着那白兔子进了没人的屋子里，兔子顺着一个洞跳了进去找不着了，我这才发现自己迷路了，离那团部的驻地挺远，到处黑糊糊的啥也看不清楚，心里有点发毛，但还没感到害怕，只是费劲地辨别方向，想不起来自己这是钻到了哪块地头？

本来是个月亮地的夜里，这时候变得无星无月的，到处漆黑一团，我顺着来路，费了差不多半夜，才摸到了团部，还好，五叔睡得轻，我叫了几声，就起床给我开了门，我说起白兔子的事儿，五叔皱着眉头说："这哪是小白兔啊，这就是'仙皮子'。俗话说，千年黑、万年白。你能碰到白皮子，说明你有福气。"

我赶忙问五叔啥是仙皮子？我咋没有听说过呢。

五叔拍拍我脑袋："你碰到那个是假白兔，又叫仙皮子，白的仙皮子最少见，咱这儿还从来没人碰到过，你这可是第一个，老一辈的人知道，月亮地里碰到假白兔，往往都是要发财、走好运的意思，那白兔躲进的屋里，嘿嘿，肯定有，肯定有大宝贝藏着，说了你也不懂，快点去睡吧！”

第二天一大早，五叔问明白我碰到假白兔的大致地方，就骑上单车送我回学校，路上一言不发的，弄得我满腹狐疑，到了校门口，我跳下车子，忍不住问：“五叔，你咋一句话都不说呢，是不是我说的那地方不对？你要是去挖什么宝贝的话，带上我好不好？不是你说我有福气吗？”

五叔没吭气，挥手叫我快点回学校去，铁青的脸色看起来很阴沉，不过我从小就和他混得熟，一点都不怕，缠磨着要他答应我，最后五叔说道：“那地方不行，你不能去，老实跟你说，那栋房子是个凶宅，根本没人敢靠近，算你小子命大，昨晚上没死在那儿，我可告诉你，往后再来团部找我，绝对不准走离大路，听着了？要不然我就揍你！”

后来，又过了三四天，我越想越觉得事情太蹊跷，我咋就会碰到这事儿呢？刚好明天是星期天，一个月就这一天可以休息，于是我早早吃了晚饭，就直奔团部找我那五叔去了。

到地方的时候五叔不在，我在门口等了老半天，才看见五叔和一个陌生人一起，骑了辆单车从外面回来，五叔看到我在门口等他，明显愣了一下，那陌生人倒是沉得住气，简单招呼了声，就拉着五叔进屋里一起喝酒。

这陌生人很怪，我一看见他就觉得不自在，穿的也不咋样，那时候像我这样的学生都时兴穿绿军衣，大裆军裤，黄胶鞋，我穿的是白球鞋，刚买的回力牌，而这陌生人上面裹了件灰西装，配着下面的绿色大裆裤，衣服就算干净也显得很邋遢，浑身上下还透出股子臭气，不是汗臭味，而是冰凉的那种死臭味，五叔也不在意，和他一杯接一杯地喝酒说着话。

后来我听明白了，原来他们今天晚上就要去那栋房子里找宝贝，我来的正是时候，顿时来了精神，死乞白赖地要跟上他们一起去。

那陌生人听五叔称呼他叫陈脸子，是十里八乡比较神秘的一个窖客，我们那儿的乡下，家家都挖的有红薯窖，窖客，就是挖红薯窖很内行的人，只不过听五叔的意思，这个陈脸子窖客，不单挖窖子本事不小，还会很多别的玩意儿，当时不知道，要是现在我就会明白，这陈脸子也就是个盗墓贼！

陈脸子劝五叔带上我算了，两个大人还能看不住我这十六七的小屁孩儿？煞有介事地拍胸脯担保我坏不了事儿，五叔想着我是被仙皮子引去的，应该挺有福气，于是也就勉强同意了。

陈脸子和五叔聊了差不多三四个小时，天也黑透了，一人一个编织袋背着出了门，我换上五叔的一双黄胶鞋，跟在后面，朝我到过的那栋房子走去，顺着河沟的另一边是一串矮山坡，不紧不慢地走了两个多小时才走到头，这串矮山坡高大了许多，月光映衬下，庄严肃穆，那栋没人住的空房子就盖在河水流出来的山脚下。

我问五叔啥是仙皮子，怎么会有福气才能碰到呢？五叔说："仙皮子是咱这儿的土话，这东西是讲缘分的，一般都出现在大墓的周围，跟着仙皮子要么可以找到大墓的暗门，要么就能找到兵荒马乱时候的藏宝，反正碰上仙皮子都是好事儿！"

陈脸子也说："是啊，老五，干我们这行的，听说还有人专门养小白兔、大公鸡的，不过我倒还没听说过谁，有用这些东西找着什么大墓的。"

进了屋子，我们三个都感觉这房子冰凉、漆黑、大气，转了一圈几乎要迷路，陈脸子用的是火折子照亮，这玩意儿不少人都会做，但陈脸子这个质量明显要好许多，使劲吹一口，腾起的火苗不大不小的，我就问他为什么不用手电筒呢？

陈脸子没理我，脸上的汗珠子顺着脑门子往下淌，低声问五叔："老五，你只说这是个凶宅，咋不说清楚呢！这么厉害的幌子，恐怕只有我师傅亲自来才行。你看，那房梁上！"

我和五叔抬头一看，顿时吓了一大跳，知道我看到了什么吗？

在房子的正梁上有五道很深的刀痕！

第二章　五鬼轧尸

我们这儿有个风俗：如果有人在自家的屋里上吊自杀，就要在房梁上竖着砍一道痕迹；如果是在别人的屋子里上吊自杀，就要在房梁上横着砍一道痕迹。这间房子呢，就算是凶宅。这道刀痕也就是同吊死鬼区别的依据，意思是房子已经弄成凶宅了，以后就不要在屋子里闹事了。

而我们面前这粗大的房梁上，三竖两横，五道很深的刀痕张着口子，告诉我们这儿曾经吊死过三个主人和两个客人！恐怕是凶宅中的顶尖儿极品了。

到了这般田地，五叔只好问我，引我来那白兔是跳到哪儿消失不见的？听他的意思是找出那地方看看，没发财希望就早点回家，省得夜长梦多，招惹上什么不好的东西。

我迟疑了一会儿，就带着他俩找到了那地方，原来是一个地洞，很普通的那种洞，除了比兔子洞大了几倍外，没有什么出奇的地方。

陈脸子不愧是个窨客，仔细辨认了一会儿，就告诉我们这个洞肯定是人挖出来的，决不会是天生的，执意要钻进去看看。

五叔操心我的安全，说什么也不肯下去，一时三个人僵在了洞口。

正在惊疑不定时，却传来“喵呜——”一声尖锐的猫叫，把我们三个绷紧的神经都快叫断了。

一只大黄猫蹲在屋角瞅着我们，个头颇大，五叔颤抖着声音说：“狗来富，猫来孝，猫叫没好事呀。”

陈脸子苦着脸说：“是啊是啊，狗来富，猫来孝，人要死了，身子才会发出一股子臭味，只有猫能闻到，这猫要来行孝了，总不会是应在我们身上吧？”

黑暗中，猫眼绿幽幽地闪着凶光，看得我们心里发毛。

五叔忍不住地问：“那现在咋办？不行咱们回去吧，我也不知道这屋子会死过这么多人，再说了，还都是吊死在这里，恐怕不是什么好事儿！”

陈脸子犹豫了一下，接着说：“噢，等等，老五你看那猫的眼睛，是往上翻着还是往下翻着？我咋觉着这猫眼是往上翻着看呢？”

我仔细看了看，说老实话，还真看不出来，猫眼圆圆的不像人眼有白眼珠子，谁知道它是看天还是看地呢？正想嘲笑一下，却听五叔叫道：“西子快跑！”一把揪着我衣裳就往后扯。

陈脸子已经跑了出去，五叔在后面推着我没命地跟着，前面陈脸子手上那跳跃的红点忽然停住不动了，我和五叔终于追上了他，只见墙上嵌着一盏灯，黑色的灯！

陈脸子顿时被吓得面无人色，根本不敢去碰那黑灯，带着我们，小心翼翼地绕开黑灯，溜之大吉。

这栋旧宅子也是古怪，不知道宅子的主人出于什么目的，把房子修得曲折离奇，千门万户的连环缠绕在一起，我们费了老大力气，没命地跑了好久，才出了旧宅子，站在河沟边直喘粗气。

趁这工夫，我就问五叔：“刚才我正看那猫眼时，五叔你为啥拉着我快跑呢？我没发现什么不对头的地方啊？”

陈脸子接过话头：“那个猫眼是往上看还是往下看，区别很大的，这屋子邪气得很，所谓凶宅贼猫，死人憋宝。这凶宅里的猫眼往上翻，那是死人在看你还有多久阳寿，往下翻则是大吉大利，快点开挖，憋了多年的宝贝该咱们拿！刚才我是看出来那猫眼往上翻的，就知道这一趟要白跑了。更何况看见黑灯，更可怕了，幸亏咱们跑得快，啥也别说了，快回家吧！”

然后我们三个默不作声地回了五叔的屋里，天也马上就要大亮了，我们好好睡了一大觉，这件事情就一直压在我心底，接下来的高考就快要到了，繁重的复习把我的大部分时间都占得满满的，也就没有再去五叔那里玩耍，都快忘了这档子事儿了。

如愿以偿地升入了大学，还不错，北京的一个大专院校录取了我，转眼就过去了两年，我马上就要毕业了。暑假里，我总觉得心里头搁了件事儿没解决，在家无聊地呆了几天，终于下定决心回老家去看看五叔。

我已经是二十多岁的大人了，于是一个人买了票和爸妈打声招呼后，径自回了老家，直接去找五叔。

五叔看见我很高兴，直夸我两年不见，长成这么大个娃儿了，还考去了北京读书，了不起！

吃罢饭，我心里一直惦记那大东关的凶宅贼猫，就问五叔后来有没有什么稀奇事发生，这才知道，不甘心的陈脸子，后来又约了五叔私下去过一次，仍然是一无所获，空手而归，还差点把命给弄丢了。

五叔讲故事一样讲给我听，当然是在我买了两瓶卧龙玉液外加两个小菜之后……

下面就是五叔告诉我的事情，比起那天我们三个人被吓跑的经历，更多了几分凶险。

那是一个酷热的白天，黄昏时下了阵子猛雨，雨一停，就见陈脸子来找我，还准备了不少下墓的东西。这人很犟，认死理儿，执意要再去一趟，郑重地给我讲了很多有关盗墓的窖客规矩，也很有趣，按照他说的，祖传下来的盗墓有四个门派，穿山掘岭为始祖，发丘摸金是分支。

干盗墓这一行，有些情况是非常凶险的，总的来讲，有两种情况威胁极大，一种是鹧鸪穿山甲，发丘天官印，墓里黑灯鬼打墙，说的是发丘一派的盗墓本领，都源自古代的穿山术，那些古代的盗墓者经常扮作入山修行的人，暗中却以盗墓为生，在山中时遇上同道中人，就用嘴吹出鹧鸪的叫声相互联络，不仅找墓本领天下无双，而且还是破开大墓机关的高手，可谓盗墓一派的全才，可惜的是后来日渐没落。其后分支出发丘一派，找墓时擅长二指发丘，被曹操授以发丘天官印，渐成一派的标志。这两派渊源极深，不约而同地认定，如果在墓里碰到黑灯，必然会遭逢鬼打墙，死无葬身之地。

另外一种凶险的情况是掘岭四海游，摸金校尉留，鸡鸣五鼓鬼上身，则指的是掘岭和摸金两派，同样历史悠久。和穿山发丘的找墓理论不同，掘岭摸金的手法也大相径庭。其中掘岭剑侠最为神秘，和春秋战国时候的剑士侠客有关，最后走上四海巡游之路，基本算脱离了盗墓这一行。而传下来的摸金门人则代代都有杰出人才，把分金定穴、金盘观山的本领发扬光大，同样到了汉末时候达到顶峰，被曹操封为摸金校尉。两派师出一门，掘岭门规上明文规定，鸡鸣五鼓或者墓中火烛熄灭，都是不可盗墓的标志，必须立即停手，否则尸变化煞，被鬼上身，将会血流成河。

陈脸子是个穿山发丘的高手，他说遇到鬼打墙比起鬼上身要严重得多，鬼上身不过是尸煞作怪，碰到灯灭就会跳出来咬人，十个墓里总有一个会出现。并非碰上就死，而鬼打墙却是必死无疑，对手是看不见摸不着的无形力量，据他师傅说，在墙中还有非常邪恶厉害的鬼怪。

那天我们刚进了鬼宅子，就看到了曾经见过的那盏黑灯，陈脸子嘟哝这灯定是给人动过位置，一个劲摇头说今天开张不顺。

我最先发现了那个没敢下去的洞口猫着一人，蜷缩着身子一动不动，姿势很是怪异，陈脸子也算早有准备，从腰里摸出根红色丝线拿手上，另一头拴着个小玉坠，晃晃悠悠走过去看，走了几步就回头说："这不是个活人，是个喜材。奇怪，怎会摆在屋子里？这玩意儿应该埋地下才是！"我们这儿一般把棺材叫做喜材，没人会觉得是个晦气的东西。

陈脸子仔细看过那喜材后，满头是汗："老五啊，我是咋也没想到咱会碰上这种喜材，可是来头不小，这他娘的是个蹲葬棺，上头还刻的有殓文！我认不了几个，就这水平，比我高十倍都不止，这次咱俩是要阴沟里翻船了。"

虽然不懂这喜材怎么是个蹲葬棺，但是看那模样阴森森的，是个不祥之物，我也有点害怕，只好凭感觉跟着陈脸子摸索，顺着走廊门厅翻检有没有什么机关暗道之类的东西，却突兀地出现了四个人形棺，黑黢黢地挡在四个门口里，比刚才看到那个更大了一圈，面向自己的一面上，还有两个拳头大的小黑洞，黑得异常。

陈脸子当时就吓懵了，扑通跪在了地上磕头祷告："祖师爷祖师爷，小的鬼迷心窍，惊了您老人家的清静，实在是万分万分后悔啊，求求您高抬贵手，饶过小的吧，可怜小人上有高堂，下有儿女，今后再也不敢冒犯您了！求您饶命啊！"

我当时可是听得目瞪口呆，这几口喜材有那么唬人吗？

喜材呢，也分个三六九等，我们碰到只不过是个杨木套棺，就是那种九寸板的樟木或者檀木等质地坚硬的木材，外面又套了个杨木的棺材套，按我们这儿厚葬的习俗来看，属于中等水平，难得的是一下出现五个，还做成人的模样，这就透出些蹊跷。

陈脸子拜了几拜，却听得隔壁不断传来咚咚的脚步声，好像很多人都在往这个方向奔跑，重重围了上来，可把我给吓得不轻，着急地一个劲催他："老脸子别扯淡了！快他娘起来，咱们再不跑，真想死到这儿啊？"

陈脸子摘下脖子里挂的所有项链还有一些护身符，拿在手上，看着我说："这五个喜材里各有一具尸体，采用的都是蹲葬方式，这种布局是有名的五鬼轧尸局，那五个吊死鬼是被逼死在这儿的，下头肯定是埋着什么大墓，只不过这大墓不是寻常意义的墓葬，最多只能算是个镇尸冢，葬在里头的家伙死后永远不安生，活不过三十岁还要祸延数代，我师傅当年可是严厉警告过我，像这样的五鬼轧尸局，碰上就死！"

周围奔跑的脚步声安静了下来，火折子也在一瞬间黯淡，黑暗中，我俩一下子冷静下来，既然知道了这是咋回事，现在就要想办法脱身了。

陈脸子低声说道："想不到居然有五鬼轧尸棺，这下头埋着的不祥之物，闹不好是个妖怪！现在才知道这么多年，为啥好几个道上的好手，都在这大东关凭空没影了，看来这儿还真是个禁地。他娘的既然左右是个死，不如挑了这马蜂窝同归于尽！老五，咱们干吧！"说到后来，陈脸子的语气已经是恶狠狠的多了许多亡命徒的狠劲。

我对这些墓葬东西比起陈脸子，懂那点儿可是差太多了，知道弄不好会把老命撂到这儿后，肠子都快悔青了。

周围的脚步声再次悄悄响起，听起来像是不少动物的蹑手蹑脚，我看看周围，黑暗中移来一盏盏绿幽幽的眼珠，那是猫眼，眨也不眨地包围着我们。

第三章　黑焰灯

猫眼跟狼眼一样，据说可以采光。一到黑夜，就会发出绿光，我听到一阵含糊的声音，那是猫的喉咙里发出的低啸。

陈脸子冷冷吩咐道：“我现在要破他这个五鬼轧尸棺，成功的把握老实讲我没多少，不过就是比等死强点罢了，老五你必须照我说的去做，明白？”

我当时就傻了，站在那儿，看着陈脸子从怀里掏东西，有黄裱符、小旗、几块散碎的旧玉，一一在地上摆好，还拿出把寒光闪闪的短刀，噌地一声，就割烂了手指头，逐一在这堆物件上面滴了血。

陈脸子要我做得很简单，就是拿这几块滴了血的旧玉，往每个喜材的黑洞口里塞上一块就成，我想想也不是很难，就接了过来。

陈脸子告诉我，这种不起眼的旧玉，叫做“死玉”，在识货的人看来，这种玉属于品相极差的那种烂玉，但在盗墓贼眼中这可都是宝贝，因为这些散碎的死玉，基本上都出自陈年老墓，见光前已经在地下埋了不知多少年，把墓中的尸气和阴气一股脑吸收在玉内，现在染上了人血，拿来克制喜材里头五鬼轧尸的尸气，是极好的宝贝，阴气和尸气都会被这块死玉吸附，若没有这些“死玉”，我俩当时就一命呜呼那是必然的。

准备妥当，陈脸子干巴巴地对我说：“老五啊，咱俩认识时间不长，谈不上谁害谁，这次也怪我心贪，没有估计到凶宅里的危险。如果运气够好，逃得出去，那是咱命大，往后我是洗手不干了，要是咱们该死绝到这儿，你也别怨我，黄泉路上我背着你就是了。唉！”

陈脸子顿了顿接着说道：“我这次破局，必定会折了阳寿，暴死当场的可能都有，这些猫我刚才注意看了一下，都不是些善类，甚至还有些吃人肉的老猫，其中有些猫眼下翻的吉物，我这一时半会也说不清，只能告诉你，凭我的本事，拖个一时三刻，让你逃跑还是可以的。”

我被陈脸子的悲壮语调说的很黯然，瞅着他，啥话也讲不出来。

这时候，火折子像是被谁吹了一口气，扑地一下腾起了火焰。

陈脸子大喝一声：“还不快跑！”一巴掌就把我推了出去……

我冷不防被推得一个踉跄，看那最大个的喜材，盖子似乎有点松动，冒出阴冷的气息越发凝重，强大的压力让我迈不出脚步，呼吸都觉得困难。只见陈脸子吞下一张黄裱符，捏起血浸的旧玉，一步步向阴气冒出的地方挪去。

喜材里，一个束发男尸抬着头一动不动，皮肉干枯，色泽黝黑无比，微微张开的嘴里，哧哧冒着黑色寒气和扑鼻的尸臭，陈脸子费劲地把血玉往那干尸嘴里塞，直到旧玉完全塞进干尸嘴里，我才稍稍好受了些，赶忙去那几个喜材跟前，往里塞染了血的死玉。

还好，陈脸子的办法很对路子，喜材里刚塞进去死玉，就爆开了盖子，里头的男尸迅速萎缩，皮肤和骨骼间的肌肉像是突然融化，变成一层厚厚的黑皮贴着骨头，萎缩得一动不动，整个化成一张狰狞的黑皮。说不出的一种诡异神态，很有点如释重负的感觉。

可惜我就倒霉了，喉咙里越来越难受，沙哑刺痛，似乎有不少东西，紧紧贴在喉管的管壁上，一只大手要从肚子里拼命地伸出来，后面还有无数的小手在拉扯心肺，让我根本喘不上气来，只能双手捏住脖子，痛苦地在地上打滚。

就在我掐着脖子蹬着腿挣命时，却见陈脸子瘸着一条腿爬了过来，手里拖着盏黑灯，一脸疲惫。

陈脸子喃喃地好像是说：“这是黑焰灯，黑焰灯……就是这个词。黑焰灯，没错！”我现在也不太懂是啥意思，难道还有黑色的火焰不成？那还叫什么灯，照给谁看啊？

我当时也不懂是啥意思，但是自从这黑灯离近，喉咙里感觉舒服了许多，直到沙哑的感觉终于没了，高兴得一翻身爬了起来。

陈脸子拖着的是一盏黑色的灯，老式铜灯，底座是一个人跪着高举双手，顶部是一个圆碗形状的灯盏，发出暗金色的冷光，有点像自己平常使用的旱烟那么长，就是精致了许多。

目不转睛地看着这盏奇怪的黑灯，我和陈脸子都不吱声了，圆形的灯碗里空无一物，连个灯芯都没有，而且整个灯的颜色太黑，黑得让人心慌，我想起陈脸子说的鬼打墙的事，更加忍不住直想逃跑。

咱们南阳，地理上来看，是位于秦岭山麓，汉水源头，自古都是豫西南的腹地。

陈脸子小声说，这黑焰灯的秘密，据说和当年的蒙古人有关，元朝时，蒙古人如狼似虎，血洗欧亚大陆，传说这黑焰灯当时可以唤醒战死的士兵，重新投入死亡战场，那不就是个战无不胜的鬼军团吗？

我可不信这一套胡说八道，陈脸子苦笑着解释，后来朱元璋赶走鞑子后，听说这黑焰灯就被刘伯温给毁了，我师傅就是这么告诉我的，打那以后，我下窨子时就很注意这老铜灯一类的物件，却没想到在这儿给碰上了。

我被陈脸子说的一愣一愣地扭头看看他，觉得有点不对劲，仔细一瞧，差点没把我吓趴下！

原来在陈脸子的背上，不知啥时候，轻飘飘地趴了个黄衣女人，低着头，长长的黑发披散在两边，白惨惨的脸上毫无表情，两个白眼圈里，全是黑眼珠子，正眨也不眨地看着他，随着他说话和动作左右摆动，根本就没有改变视线的意思。

我还以为是自己一时眼花，忍不住使劲闭上了眼睛，准备再仔细瞧瞧，而陈脸子还一点都没有觉察到背上多了个女人。

我刚闭上眼睛，就听见两声短促的尖叫，睁开眼睛时，只见陈脸子已经瘫地上了，几只老猫跳到他背上对那黄衣女人又撕又咬，猝不及防，尖叫两声跌下了陈脸子的身上，立刻被黑焰灯吸了进去。

陈脸子好久才醒过来，脖子上全是黑手印，这下可给箍的不轻，恐怕再多几分钟，必死无疑！清醒过来后我陪着他喘了半天气，想想此地不宜久留，赶忙往外跑，我这辈子从来没有见过鬼，这下算是开了眼界。这黑焰灯恐怕真的有号令阴曹厉鬼的能力呢！

从那鬼宅子里头跑出来时，天才蒙蒙亮，后来陈脸子回去后，听说大病了一场，躺了三个多月才下地。

五叔讲完这事儿，酒也喝得差不多了，哈欠连天地倒头睡下，我反倒是给这一波三折的惊险事儿，刺激得半夜都睡不安生，不过我是个坚定的无神论者，压根儿不信这世界上会有什么鬼怪，一直琢磨那黄衣女鬼到底是怎么回事儿？

刘伯温可是朱元璋的头号谋士，这五鬼轧尸局恐怕就是他的杰作，黑焰灯和黄衣女人，还有刻着殓文的蹲葬棺，莫非真的是一个镇尸冢，下头埋着什么吓人的秘密不成？

第二天我问五叔，那藏在山里头的旧宅子现在怎么样了？五叔却说，去年发大水，早淹了，现在在河底，谁也看不着……

一说两瞪眼，我就打消了去瞧瞧的念头。

回北京后忙着毕业分配的麻烦事儿，好久没和五叔再联系，这事儿也就慢慢淡忘了。

毕业后，还算差强人意，我在北京的一家外企找了份工作，同时也交往了一个条件相当不错的女朋友，她叫韩叶娜。长得很漂亮，性格开朗善良，以我的个人条件，已经觉得相当满足了。

现在说说我个人条件吧，长相比较出众，当然不是英俊到需要去整容那种极端，而是比较瘦削。个子又高，头发飘在后脑勺上，属于那种从背后就能猜出前面长相的人，但问题就偏偏出在这里。

走在后面看见我的人，都会以为我一定是戴副近视眼镜，没几根胡子，整天熬夜，面色苍白，去电脑城闭眼就能抓一把的俗人，但走上来回头一印证，才猛然发现我根本不是这般样子。

我眼睛细长，细长到总是给人眯缝着眼的感觉，这样一来，就显得黑眼珠子特别多，再加上小时候不老实，摔跤把下巴磕得往上翻着，连累得嘴角也是往上翘起。一眼望上去，就是个正在嬉笑的家伙，黑眼珠子转转，又有点高深莫测。所以靠这副极有亲和力的微笑面孔，我的人缘不错，朋友还算不少，谈起女朋友来，更是得心应手。

认识漂亮的女朋友，让我很是开心了一段日子，可惜常言说得好：“天有不测风云，人有三衰六旺。”那次出差去江西鹰潭公干，回来后却让我的生活发生了天翻地覆的变化。要说也纯属是我自己多事。

鹰潭的龙虎山，一直让我惦记着给我取名的那半仙张天师，想着过去了二十多年，他应该是快八十岁的一个老半仙了，这个从小让我糊里糊涂改名字的怪事儿，驱使我费劲地找了好几天，这都要从我鬼迷心窍地去测字开始说起。

第四章　测字先生

龙虎山这样的风景名胜地，测字打卦的人不计其数，可唯一吸引我的是这一个测字先生。他大约六十岁上下的样子，面容清癯，身上穿的长褂也一尘不染，或许我就是被这古装打扮吸引了，他见我走过来，对我一笑，招呼我坐下，问我："年轻人，要测字还是求签啊？"

我说："老先生，我先测个字吧。"

测字先生点点头，递给我一张纸和一支笔，让我把要测的字写在上面。我想我还过得比较顺，不如测测女朋友，于是提笔在纸上随便写了女朋友名字韩叶娜中间那个"叶"字。测字先生一看我写了个"叶"字，就问："你这测的是一个女人吧？"

我心下暗自吃惊，点头称是，测字先生面色变得相当难看，沉吟了一下接着说道："这树叶不是大树的主干，自古红花都还要绿叶来配，所以我断定是个女人，但实在可惜，这个女人不是已经死了，就是即将亡故，年轻人你可千万要节哀顺便啊！"

我不由心里偷笑，真是狗屁不通。刚才我还和女朋友通过电话，哪能这么快就死了，看来这算命佬是要把活人咒得快死才能骗钱，顿时兴趣大减，随口敷衍："那你接着断吧。"

测字先生提笔在纸上写了一个繁体的"葉"字，指给我看："你看这世在草木之中，人恐怕是要早早的命丧黄泉。观此字的形状，和'棄'字'藥'字都有些相似，所以据我断来，这女人以后必然会得怪病，而且用药不当，被意外地废弃于草木之中，自生自灭，真是怪事啊！年轻人，你再写一个字来，这次我要看看这女人为什么会这样，顺便测测你的命数，一定要随意写，什么都行。”

算命佬解释一个叶字有理有据的，顿时把我给说得有点发毛，想到我名字里有个“一”字，这个字写法最为简单，而且“一”有第一的意思，算的结果必然不错，心里虽然明白君子问祸不问福的道理，但还是担心测出不好的结果来，于是就提笔在纸上写了个“一”字。

测字先生对着我写的这个字，面色沉重，很久没有答话。我觉得纳闷，就连声催促：“是好是坏您倒是给解释一下啊。”

测字先生叹了口气：“小伙子，这个‘一’字，是生的最后一笔，也是死的头一笔。一者，生末死初也，再加上你测的叶字，犹如一叶扁舟徜徉于汪洋之中，求生不得，求死不能。主有大凶，九死一生矣。我明白你刚测的那女人为什么会早早丧命了，实在和你是大有关系啊。”

我一听这话赶忙说：“你算的准不准啊？别净吓唬老实人呵，要不然我换个字成吗？这‘一’字不算，我名里还有个‘西’字，咱就当测这‘西’字怎么样？何况我女朋友也活得好好的，刚还通过电话呢！”

测字先生苦笑一下：“字为心声，心乱则字乱，运衰则字衰，可一而不可再，你女朋友我断她已死，自有我的道理，这是改变不了的，观你面相，目长眉细，地阁上翻，一副早夭之相，但你这两个字却写得笔意饱满昂扬，毫无衰败之象，说明你身体健康，性格达观。如果能谨慎言行，万事顺其自然，勿强行逆施，多行善举，凭你的造化也许能渡过此劫。”

我听他这么说才算放心，就忙问怎么才能让女朋友一起避过灾祸，测字先生想了很久说道：“若你名字里真有个西字，倒是一线生机。给你起名的也算个老手，一为乾元，西属幽金。你的阳身必须入于极阴多金之地，以金之力聚敛你的阳气，或许能遭逢转机，改变宿命中的缺陷。观你面相，今日之后变故迭起，将会有一番大的作为，奈何都是在生死边缘游荡，稍有不慎，就万劫不复！我们龙虎山有个张道临天师，你要是有缘碰到的话，可要好好向他讨教一下，不过可惜的是这位大师我也有年头没有见过他了，不知道在哪里，所以没有办法指点你。”

我历来胆大，不信怪力乱神之事，什么阳身必须入于极阴多金之地，想了又想也不懂是什么意思。人，大不了就是一死而已，万劫不复这类的鬼话也说的出口？说明他也许就是个跑江湖骗钱的，肯定是信口开河，自己怎能叫他给唬住了？但是看那测字先生的气度举止，又丝毫不似街边的那些骗子，居然说出了一直萦绕我心里的张天师的俗家名字，让我十分震惊。看来小时候我还真碰到过这个人，不是老爹故意糊弄我，心烦意乱之下也不想再多说别的了，交了卦钱之后就匆匆忙忙地回了宾馆。

第二天，我继续在龙虎山转悠，古悬棺一直是龙虎山旅游的看点，在仙水岩下搭建的七十余米的攀登钢架下，我百无聊赖地混在人堆里留影纪念，龙虎山悬棺分布点多面广，我先后去了仙水岩、仙人峰和米仓峰等崖墓，看到了保存最完整的、带有封门板的悬棺及新的古悬棺群，但就是一直没有再听到和张天师有关的任何消息。

直到最后快要离开前的几天，我的注意力全给山崖上的悬棺吸引去了，甚至不由自主地想爬上去看看峭壁上的悬棺里是个什么情况。一时冲动下，我还真找到个没人注意的角落。憋了口气，就开始手脚并用地往上爬，我的本意只是想离近了看看，瞧清楚后过个眼瘾就下来，谁知道越爬越高，到了最后，我发现自己已经很难一个人爬下去了。

正在为难的时候，是张天师救了我，出现得很突兀，让我觉得像做梦一样，不怎么相信这一切会是真的，看来这张天师很像是一直在跟踪我，但是让我感觉糟糕的是，直到分别我也忘记了问他，为什么会给我取这个怪名字。

张天师话很少，仔细观察了一会儿我的面相，抛下一本旧书就飘然而去。我依稀听到他似乎在叹什么缘起缘灭的鬼话，但根本没有在意，因为张天师给我的这本旧书，书名叫做《天渊山水纵横秘术》。重点讲述了观山望水，机关邪术的八字秘诀，虽然并非一个装祯精美的全本，却让我一下看入迷了。

古人云："一命二运三风水"，风水学说历来被视为左右命运的枢纽。

什么是风水？"气乘风而散，界水则止。聚之使不散，行之使有止，故谓风水。""风水之法，得水为上，藏风次之。"

书的中心意思说的是观风望水要"堪天道，舆地道"。深奥的内容充满玄机，提到了很多五行八卦易数之类的名词，比如说什么东方甲乙木，南方丙丁火，中央戊己土，西方庚辛金，北方壬癸水，什么乾、坎、艮、震、坤、兑、离、未等等，多有不解之处，对付着看只能明白个三四成。

这本书看不出是什么年代的，也不知出自何人之手，应该算是堪舆学中的一个另类。它提出风水学的五大要素：龙、穴、砂、水、向，其本质必然是"气"。那些所谓的寻龙，捉穴，察砂，觅水，定向，目的都在于察寻吉气，避开煞气。

何谓"气"？气者，虚处来，实处止。民谚曰："阳宅照鞍重水，阴穴照尖重山。"说的就是阳宅看重水势，要向照马鞍形的虚缺处，以求无阻地吸纳生元之气。埋葬死人的阴宅则看重山体的龙脉之气，墓穴吸收的生气和死气有很大讲究，一般都维持尖顶，种植松柏等尖顶植物或矗立石像。至于截腰、汲阴、担枕头、角冲、天堑煞的不利地形，尽力避免。

书的大部分篇幅都用来讲述风水学的原理和奥秘，其中往往用青龙、白虎、朱雀、玄武来表示方位。比如说："凡宅左长流水，谓之有青龙；右边绕长道，谓之白虎轩；前有浅池塘，谓之朱雀临；后方靠丘陵，谓之玄武地，为最贵地。"

"青龙宜紧不宜迫，案山要近明堂卧。"风水宝地的构成，不仅要求四相毕备：玄武垂首，朱雀欣舞，青龙环绕，白虎驯伏。还要求北面主龙脉要绵延不绝，南方朝案山远近呼应，左右两侧护山拱卫，中间的明堂地势宽敞，且有流水瀑布环抱，玄武方向的山峰垂首不语，朱雀方向的山脉欣喜歌舞，左之青龙山势要起伏，右之白虎山形要柔顺，这样的环境就是"风水宝地"。

正所谓："靠山起伏，高低错落，曲曲如活，中心出脉，穴位突起，龙砂虎砂，重重环抱，外山外水，层层护卫。"

然后讲述怎么依照天上星辰、地上山岭来点穴的诀窍秘术，文字愈发艰深晦涩，看得我眼花缭乱，头晕脑涨，只好不停地向后翻查。

最后部分专门讲了伏羲八卦的潜藏秘密，分别用八个字来归纳出所谓的《天渊山水纵横秘术》，上篇核心是点穴，下篇重点在破穴。点穴八字很可能已经失传，书中介绍得很笼统，下篇破穴八字讲得很细致。怎么布阵破阵，怎么利用玄奥的阴阳杀局来左右气运命数的绝技，以及各种我都没有听说过的巫术、邪术都做了翔实的介绍。

我心想这趟还算没白跑，有这个收获也是不小，所以离开龙虎山没多久，我就回到了北京，潜心钻研这《天渊山水纵横秘术》，好些日子过去了，命运有时侯真的像是在捉弄人，测字先生说的话一直像阴影一样蒙在我心头，而张天师给我的半本风水书却引来了老天爷的折磨。从一九九四年刚过二十五岁生日开始，我的生活就发生了翻天覆地的变化，在这一年中很多恐怖而又难以想象的事情在等待着我。

不说别的，就在此刻，六枚棺材钉，又扁又长的钉身上还生了不少铁锈，沉甸甸地摆在我面前，让我百思不得其解。

为什么这六枚年深日久、长着铁锈的棺材钉会摆在我面前?

不是平放着，而是笔直地插在一张相片上。这相片的尺寸不像我经常见到的那种，相当大，呈方形，边长差不多四十厘米，是一个女人的半身黑白照片。六枚棺材钉分别钉在照片中女人的双眼、双耳、鼻子和嘴里。被钉过的这六个地方叫那钉子挡住，看不清楚到底长的啥样，不过，应该比较年轻，因为她脸上没有多少皱纹，显得平滑光洁，肯定还不到三十岁。

黑白的半身照片！我狐疑了半晌，总觉得很熟悉在哪里见过，直到想起来是什么时，我立刻被惊得破口大骂，这他娘的是一张放大了的女人遗像！

第五章　棺材钉

为什么这六枚年深日久的棺材钉会摆在我面前，说来就话长了。

做梦也想不到我这样一个清白的工薪上班族，居然和跑江湖，据说还是专干那见不得光，掉脑袋事的盗墓团伙起了冲突，都是因为那本《天渊山水纵横秘术》的古书招来横祸，不知道这些亡命徒从哪里得知我有了这古书，几次三番搅闹我的生活，要夺走此书作为盗墓的绝活。直到我小试牛刀拿出学会的最简单一点“摄”字布局，竟然差点搞出了人命，弄得对方放出狠话要做掉我，书也不要了。我在北京实在没法待下去了。

最后我担心连累女朋友，又联想到测字先生说她死于非命都是因为我，所以只好忍痛选择了逃避。我给韩叶娜留了一封信，跟她提出分手，然后揣着仅剩的一千多块钱，收拾了几件随身衣服和一些必需品就离开了。但我实在是舍不得女朋友，想来想去选择了天津，因为这两个城市离得很近，每当想到和她离得近一些，我心里便稍微舒服一点。

到了天津之后，我联系了一个大学时的同学，就是和我关系很铁的柴勇，一个出生在天津的老门老户，毕业后在中国电信工作。柴勇体形很胖，我称他为肥佬。见面之后，喝了不少啤酒，我对哥们儿自然没什么隐瞒的，再加上见识过风水秘术的威力，十分担心不可知的邪恶力量害了女朋友，也不愿意跟肥佬讲这些不怎么科学的东西，怕他笑话我胆小，只是说自己跟别人结仇，不得已跑了出来，肥佬倒是劝我给韩叶娜打电话把实情说出来。他说你们俩的感情那么好，她肯定会担心你的，哪里还会扯到谁连累谁的蠢话。

我说："肥佬别说了，别说了，你就给我留点尊严行吗?我要是能跟她说我早跟她说了，我这次真是活见鬼，惹上了这些盗墓贼，后头的麻烦事还多着呢，哪还有脸再见她？这事要是连累到她，我还不如死了算了。总之我这辈子对不起她，下辈子去给她当牛做马补偿好了。"肥佬又劝了一会儿，见我的态度坚决，似乎有难言之隐，也就不再多说了。

酒入愁肠，俩人很快就醉了。等意识恢复的时候发现躺在肥佬家的床上，肥佬告诉我说他老婆这些天被他打发回娘家住了，让我就先住在这里，等他帮我找到住的地方再走。

因为肥佬结了婚，我不能在他家里常住，第二天，我就出去租房子，我给自己定的预算是一百到二百一个月，风头过去之前，一定要省着过。在中介那挑来拣去，发现一地方挺合适。租金才一百五一个月，十五平米，家具齐备，地点靠近工人文化宫，离东站不远。

于是我交了信息费，要了详细的地址和房东的联系电话，并约好了时间，马上过去看房。刚找到地方，几乎是立刻见到了房东，一个很阴沉的老女人，叫我称呼她做梅姨。大热的天儿，还穿着件对襟老式外褂，一句多余的话也不问，漠然地带我看了我想租的房子。

这一带都是解放之前的老式洋楼，房子格局都差不多，一个小院里面带一幢小楼，有三层的和两层的，每一幢小楼里面大约住了六到八户。我打算租的那间在一楼楼道的尽头，说是楼道，其实没多长，七八步就能走到头。一楼一共四个门，老女人说这栋楼的一楼一直没人住，上面四间房子住了三家。我问她这房子的地段这么好，怎会空一半没人住呢，她却好像没听见，啥也不说，也不理我，只顾着掏钥匙开门。

进屋一看空间不大，我和梅姨俩人往屋里一站，就觉得局促。

墙上横着一根灯管，也没什么家具，一个衣柜，一张桌子，一老式单人床，连把椅子都没有。最里面的墙角还有个带着一面镜子的梳妆台，镜子上全是灰尘，已经脏得照不见人了。

看来这以前是个女人住的房间，我觉得这间房除了脏一些、潮一些之外也没什么缺点，收拾收拾完全能住。于是和梅姨商量了一下，要定下来，先付三个月的房租。想不到梅姨却说："这地方不干净，都说是处凶宅，死过人，你一小伙子阳气足，所以我才带你来看，你再考虑考虑，敢住吗？这话我可只说一遍，出了事情不要怪我。"

我歪着头一想，凶就凶呗，这世上从古到今都死了都不止几千亿人了，要是真有鬼，哪还有活人能住的地方啊？就算撞上不干净的东西，顶多沾些晦气，反正我已经倒霉到底儿，无所谓了。何况这地方第一便宜；第二地处市中心，交通便利，离海河也不远，那帮歹徒找上门来我也跑得快。再者说来，我一个大男人要说不敢，岂不让梅姨这女流之辈笑话？于是把心一横说："放心，没事，这房子我租了，不就是个凶宅吗！不怕不怕，死人我见多了，打小我还在凶宅里抓过贼猫呢！"

梅姨冰冷的眼神有点复杂，缓缓说道："既然你不怕，我就放心了，要是碰到啥蹊跷事，我给你介绍个人，你可以去看看。真不想住下去了，我按日子退给你钱。"然后梅姨又交代了一些水电之类的事项，草草写了份合同，钱契交割妥当之后，天已经黑了。

我回到肥佬家，肥佬见我这么快就找到房子，也替我高兴，干脆第二天请了假，帮我收拾房子买生活用品。我们一早起来先去超市，买了些锅碗电炉方便面之类的，肥佬从他家给我搬了一套全新的铺盖和一台旧彩电说是给我晚上解闷。

肥佬开着他的白夏利，把东西和我一起拉到了我租的那地儿。我们俩正手忙脚乱地从车里往外拿东西，一个十一二岁的小男孩跑过来问：“大哥，你们是新搬来住的吗？”我一看是个小孩，就没想理他，心说这小孩真烦人，星期二大早起来的不上学去，在这捣什么乱啊。

这时从楼门里出来一个年轻女孩，约有二十岁，长得十分秀气可爱，对那个看我们搬东西的小男孩说：“小弟别淘气，快回屋里去。”小男孩一撅嘴：“不嘛，他们是新搬来的，我要帮他们搬家。”小孩的姐姐看他不听话显得有点生气，向我和肥佬点点头打个招呼，就转身进去了。

我赶紧问那个小男孩：“那女的是你姐姐是吗？我听你们口音不像天津人，你们也在这楼里住吗？”我话刚说一半，脑袋后面挨了一巴掌，扭头一看是肥佬：“你小子昨天还想自杀呢，无精打采的跟个行尸走肉一样，今天一看见漂亮姑娘就又复活了，赶紧搬东西，再起花花肠子，我先替韩叶娜抽你一顿。”我挨了一巴掌，心想这小子怎么最近长脾气了，正想教育他几句，听他一提韩叶娜的名字，马上就没了脾气，一声不吭地往屋里搬东西。小男孩也帮忙搬。

肥佬一进屋就捂鼻子：“这一楼屋子的潮气可真够大的，味道也太猛了吧，怪不得没人住，你在这住小心得关节炎啊，等过些天我再给你找个别的地儿。这地方不是人住的。”我说：“得了吧，我是特殊材料制成的人，哪里艰苦我就要到哪里去，不会让党和人民失望的。”肥佬说：“我操，党和人民要指望你，中国早完了。”我说：“你小子真是狗嘴吐不出象牙。”我们俩嘴上掐着，手里没停，不一会儿就把屋子从上到下彻底打扫了一遍。

肥佬在最里面，拿了块布想擦梳妆台的镜子，刚一擦就觉得不对劲。用手一抹，从镜子上撕下来一大片纸，原来镜子的镜面上贴了一大张黄裱纸，上头落满了灰尘，不仔细看还以为是因为灰太多把镜子遮住了。

镜子上贴纸？把肥佬搞得莫名其妙，他骂了一句，就把纸撕下来，用抹布在镜子上乱擦一通。我看了一眼他扔在地上的那张黄裱纸，上面用红墨水画了很多符号，曲里拐弯像古代的篆书，人模狗样的又像是甲骨文，不知道镜子上贴这玩意搞什么鬼。我心想：这他奶奶的才叫人写字，鬼画符呢，没谁能认识。一扫帚把这张破黄纸扫到墙角里去。

扫那黄裱纸到墙角时，我和肥佬都没有意识到这间屋子的古怪就要露头了，要是知道的话，我想我俩一定后悔得要死。

十几平米的房间很小，三个人没用多久就收拾了一遍。小男孩叫杨宾，是安徽人，父母都去世了，跟他姐姐杨琴来天津做生意。在宾江道开了个小店卖服装，也是在这租的房子，已经住了半年多。这时也差不多中午了，我就留杨宾一起吃饭，杨宾说还要帮他姐看店，就走了。

我对肥佬讲这个孩子真不错，天生热心肠，还勤快。肥佬冲我一翻白眼说："是个人就比你强。你还不如小孩呢，你现在连面对韩叶娜的勇气都没有。"我无话可说，不停地抽烟，被他说得真想死了算了。

肥佬见我不接他话茬，也点了支烟抽起来，房间本来就不大，俩人一起抽烟，顷刻间便烟雾弥漫，呛得人眼睛生疼。

肥佬好像突然想起来什么，对我说："我刚一进门觉得这屋里潮气很大，好像有什么东西泡得发霉了，还有点变味，但是咱们收拾房间的时候，清理了不少灰尘。按说如果房间湿气很重，不应该有这么多落灰的。"

我一想还真是的，总觉得有点奇怪，但是一直没想到这个："是啊，我看各处都很干燥，也没有什么受潮漏水的地方。"

肥佬瞅了瞅墙角黑糊糊的衣柜说："柜子里看了吗，是不是里面有什么东西受潮了？是不是个衣柜子啊，怎么四四方方的？"

我说：“柜子里能有什么？我觉得应该是空的。”

说着话，我就从床上下来。打开柜子的上层不由得让人大吃一惊，六枚长钉子钉在一张黑白照片上。我摸摸其中的一枚，钉得还很结实，又扁又长的钉身上生了不少铁锈，感觉应该是沉甸甸的，似乎是年深日久之物。我说：“这种钉子我好像在哪儿见过，似乎是木匠用的，对了，这是棺材钉。”

第六章　遗像上的女人

柜子上层居然会藏着六枚棺材钉，更稀奇的是还笔直钉在一张黑白照片上面！顿时我俩有点大眼瞪小眼的感觉。我了解了不少这方面的东西，是绝对不敢去拔那棺材钉的，但又好奇地想看看下面钉的是啥照片，可是咋看也瞅不清楚，就顺手把那桌子拉了过来，站上去歪着脑袋一看，感觉她很年轻很漂亮，忍不住脱口而出："还很年轻啊。"肥佬着急地扯了我下去，然后费力地爬上桌子来看。桌子嘎吱一声，差点没塌了，我赶忙扶住桌子嚷嚷："哥们你悠着点，兄弟还是无产阶级呢，桌子塌了咱就得趴地上吃饭了！"

肥佬不等我牢骚完，已经爬了下来，喘着气说："这照片怎么这么大？"我心中一沉，和肥佬对望了一眼，同声惊呼："这他娘的是张遗像。"

同时想到了这照片是个"遗像"，顿时把肥佬吓得不轻，赶紧双手合十对着柜子拜了两拜："晚辈无知，得罪莫怪，得罪莫怪。"

我几乎是立刻想起了《天渊山水纵横秘术》里面"镇"字描述的"五丁破相大法"，那是书中唯一一种根本不愿详细介绍的罕见邪术，因为极其恶毒，要用施过邪术的棺材钉封住死人魂魄的五官，顿时让我为这个遗像上的女人捏了把汗，是谁和她有深仇大恨，竟然要她永世不得超生？

如果真是一个按照"五丁破相大法"布下的杀局，这房子肯定是一个凶宅毫无疑问。因为“五丁破相大法”还要活剥这遗像上女人的人皮深埋地下，再用沾染了尸毒的棺材钉封住遗像五官，镇压得这女人满腔怨毒发泄不出，只能聚在这埋尸地的周围，生生世世不能远离。自然这房子从此是住不得人了。

肥佬胆子小，拜完柜子忙说：“这屋里怎么会有这种东西，你也赶紧拜拜，把它扔了吧！真晦气，现在都实行火葬了，怎么还会有这玩意？”

我赶忙说道：“这棺材钉可千万动不得，否则咱俩小命难保。”差点就和盘托出了“五丁破相大法”的秘密。

肥佬有点迟疑地说道：“这钉子上面全是锈，说不好是哪个盗墓的从坟里搞出来的。看来不少年头了，钉的位置又蹊跷得很，你最近和盗墓的团伙又不对劲，听我的没错，咱们赶紧离开这儿，免得惹祸上身。”

想了想担心肥佬被吓着，我只好安慰他说道：“怕什么，钉（定）财的，大吉大利，不用拜。”肥佬脸色凝重，一本正经地说：“大吉大利个屁！你别扯淡，这些事，宁可信其有，不可信其无。死者为大，拜一拜只有好处，没有坏处。反正在这住的是你不是我，我怕你万 ……”

我见他为我担心，也不好再说别的。拉开衣柜下层的柜门一看，里面横七竖八地放着几本书和一些杂物，书都是些线装的手抄本，还有两个很旧的红皮记事本。杂物里一包蜡烛、一小盒药丸、一个还没怎么生锈的手电筒等一些疙疙瘩瘩的物什，都用蜡纸包着。我拧开手电筒看看，一点昏黄的光线闪了一下就灭了，可能最后一点电量也报销了，我看了看这些东西，没什么特别的，就顺手堆在地上。

于是我们商量了一下，把那些书本之类的杂物暂时都放回了柜子的下层。对于上面这个柜子，照肥佬的意思是买些钉子来把它给钉死，拉到院子里一把火把它烧个场光地净，自然百毒不侵！但我可不敢，“五丁破相大法”我还是第一次见到，没有找到埋在地下的女人无皮尸体，可千万不能惊动了，否则惹出什么祸事可说不准。

商量到最后，还是决定听肥佬的，先把这邪气玩意抬到外面院子里去叫梅姨来处理，反正我俩是心惊肉跳地不敢拉出去烧了！

旁边搁一这阴森森的东西，心里很是发毛，说干就干，肥佬马上走去院子里找位置放，我心里凉凉的有点害怕，却又忍不住去看那相片。越看越觉得照片里的女人离自己很近，好像她本人就在自己眼前一样，看不清五官，却感觉她很年轻很漂亮，遗憾的是双眼被两个棺材钉扎着，不能有个全面的印象。或许扎的时间久了，纸边有点翘，就如同照片中女人的眼球向下翻着瞅我，变成了两个深深的大黑点漩涡，而且这两个漩涡死死地盯住我不动。

被遗像上的女人这样默不作声地注视着，可不是件愉快的事情。我立刻想把眼睛移开，不打算再看了，却一点也动不了，身体完全失去了控制，仿佛被那漩涡紧紧地吸住，那是一种强大而又无形的力量，让人丝毫没有反抗的余地。我顿时手脚冰凉，皮肤麻麻地像被细针一根根扎着，又痒又痛，脑子中除了女人白惨惨的眼珠，啥也没有了。

身上细密地出了一身冷汗，我心想没这么倒霉吧，看看被“五丁破相大法”镇压的遗像就会中招？

眼角一闪，看见肥佬从外来进来，我咬牙猛一使劲，终于把柜子门给关上了。松了口气，怕肥佬担心，没把刚才的事告诉他。肥佬没找到钉子，只好拿出一卷封箱胶，嘶拉嘶拉几下，我俩就把柜子没靠墙这几边裹了个严实。

搬这个衣柜出去时，碰到了新的问题，我俩怎么抬也抬不动，累得呼哧呼哧直喘粗气，肥佬摆着手不干了：“不行了，我累得抬不起个儿来了，这柜子横是个铁疙瘩，哥们饿了，先吃饭，先吃饭，吃完再接着干！”

看看房间除了柜子差不多算是收拾完了，已经是下午两点钟，我们俩饿坏了，就跑去附近的一家超市买了泡菜、酱牛肉、方便面和啤酒以及一些食品，肥佬还没忘记买了把锋利的薄薄切菜刀，说是屋子邪气，预备着防身用。瞧见电池，我想起来有手电筒还会亮，顺手也拿了一包，怕那老房子停电，又买了几个打火机。心想那蜡烛总不至于是点不着的吧？

回到家用从超市买来的电火锅拿出来，煮了四五包方便面，就着泡菜和酱牛肉，我俩趴桌上开吃。

我喝了几口啤酒，脑海中一直浮现着“遗像”中女人的双眼，挥之不去，瞟一眼旁边黑糊糊的柜子，不由得头皮发麻。于是我就问肥佬：“你相信世界上有鬼存在吗？”肥佬正在吃面，听我这么说，一下怔住了，想了想，说道：“这种虚幻之事，实在难说，虽然我没遇到过鬼，但是我至少信六七成。”我心有同感地点点头。

肥佬又反问我：“你信有鬼神这一说吗？我估计你是不信的。”我说：“我不是不相信，不过我更愿意从科学的角度去理解这些事。美国有一个科学家做过试验，证明一个成年人的灵魂重量是0.32毫安。还有俄罗斯的宇航员在太空中收到从木卫一号上传来的信号，信号的内容是人类死后的灵魂都聚集在那里。他们还观测到无数微弱的小段电磁信号从地球飞向木卫一号……”肥佬打断了我说的话，给我来了一大块酱牛肉放在碗里：“你他娘的赶紧吃吧，我看你是科幻电影看多了。”我吃了一大口牛肉说：“那你他娘的就是恐怖电影看多了。”两人连吃带聊，话题越扯越远。

正喝着酒，抬头一看肥佬不知道去哪了，我心想：“这小子肾虚，喝了点啤酒就要放茅，可能去厕所了，几时出去的，我倒没有注意。”我表面上虽然有说有笑，心里头还是总想着这段时间的难心事，只是不停地喝酒，忽然感到有个女人的阴冷气息在我脑后边轻轻吹了一口，然后从那柜子里传出来点声响。

我立刻抬起头来，酒醒了不少。侧耳去听，在这寂静无比的小屋子里，清楚地听到柜子里传出来紧一阵慢一阵的轻轻敲击声。

那声音不大，却显得甚是诡异，完全不成节奏，是什么东西发出来的？难道衣柜里那被棺材钉扎住的女人，变成鬼活过来了？想到这我不免有些紧张，没敢出声，慢慢摸过肥佬才买的锋利菜刀拿在手上，有了武器，管它什么鬼东西，都可以斗上一斗。

衣柜里突然传出来的声音把我吓得够呛，暗自骂肥佬这鸟人，就是屙黄河尿井绳也该回来了，却偏偏留我一个人在这鬼屋子里。正在这时，却有人悄无声息地拍了我一把，把正紧张的我吓得猛一哆嗦，险些用菜刀劈了过去。揉揉眼睛一看，却是肥佬这家伙放完水回来，吃惊地看着我：“老冯你快把刀放下，心里不痛快就少喝点，拿把菜刀这是干吗？”

我惊魂初定地放下菜刀，问肥佬：“你刚才出去了吗？进来的时候有没有听见衣柜里的声音？”肥佬说：“你大概是喝高了吧？哪里有什么声音？我没听着。”我觉得头疼欲裂，对肥佬说：“是有点喝糊涂了，以后咱得少喝点。”

我总觉得自己不像是喝多听错了？一边有一搭没一搭地和肥佬扯淡，一边竖起耳朵留神，果真那遗像上的女人要我们帮忙拔掉那棺材钉！轻轻的敲击声又传了出来！

我看着肥佬面面相觑，傻乎乎地站了半天，却一点声音都没有了，屋子里变得有点凉，像是有人打开了空调，冷飕飕的。

事不宜迟，再加上酒足饭饱，奇怪的声音暂时又没影了，于是肥佬和我喘口气，抓紧时间又开始搬那柜子，可怎么抬觉得怎么不受力，折腾到最后柜子也没动，肥佬一屁股坐地下，喘道："咱俩可真够背的，俩大老爷们抬不动个柜子，看来这柜子是长在地里了！真他娘的邪乎！"

我细细打量这柜子是咋回事，好几次明明已经动弹了，紧打招呼肥佬别跟我对着干，结果还是莫名其妙给扳了回来，要么是这厮把劲给使反了，要么就是柜子里那遗像在使诈，难道这世界上真的有鬼？

琢磨了一会儿，我觉得有点不对，我们裹了封箱胶布的只有三面，靠墙那一面手伸不进去，就没用胶布缠，可是这会没裹胶布那面掉过来冲外摆了，整个柜子掉了个过儿，这是他娘的怎么回事？

第七章　五丁破相

邪门的暗红色衣柜黑糊糊立在墙角，刚打扫过的小屋这么一折腾，又显得乱七八糟，直看得我憋气，拿起菜刀，我没好气地对着柜子就劈了下去。叮当一声脆响，一刀劈下后，觉得屋子里又冷了许多，柜子似乎在释放寒气出来，吹得我浑身毛毛的，很不舒服。

肥佬也看出了蹊跷，瞧我拿着菜刀劈了一刀后有点发怔，走过来拉我离远了点低声说："老冯，这屋子是大有问题，咱还是撤，明天换一地方落脚吧，这哪是人住的屋子，分明就是给鬼呆的地方！"

我没有考虑肥佬的话，脑子飞快地转着念头，想起来进屋时，肥佬扯破那张蒙镜子的黄裱纸，心里若明若暗有了点想法，于是问他："肥佬你擦镜子时候，扯下来那黄裱纸扔哪了？就是红墨水涂成鬼画符样子的那张，我看那黄纸肯定有点什么用处，搞不好那遗像上的人以前经常坐在镜子那儿，所以才用画了符的黄纸蒙住，咱再试试，实在不行就光荣地撤退拉倒。"

肥佬瞪我一眼，不满意地说道："嘴里积点德吧，要光荣你独个光荣，我可不陪你，那黄裱纸扔垃圾时我没见着，横是那小孩拿去玩了吧？"

我失望地一转身，立时怒道："肥佬你怎么红口白牙，净说瞎话？你手里拿着的不就是那黄裱纸么？"

肥佬吃惊地举起手来看，顿时呆住，那张从镜面上撕下来的黄裱纸，居然真的粘在袖子上，肥佬摇摇头说道：“真是怪了！我看我是中了邪了，这黄纸我扯下来后压根就没有再碰过，这算怎么回事儿？”

我没说什么，肥佬的话当然可信，看来这间破屋子，还有这个邪门的衣柜，不仅仅是那个遗像在唬人，那个歹毒阴狠的“五丁破相大法”肯定也在作祟。

鬼画符一样的黄裱纸，拿在肥佬手上微微颤抖，我抓过来一看，红墨水的颜色明晃晃地刺目，闪耀出金黄色的光泽，仔细一瞧，像是朱砂蘸了金粉画成的，曲里拐弯地认不出字迹，还真有点像我曾经买过的护身符，就是大了许多。再联想起柜子里古怪的六颗棺材钉，我有点明白，这玩意儿恐怕是个镇尸符，是为了这房子里那个被活剥了皮的可怜女人准备的，我和肥佬这次扎进了虎狼窝，怕是很难脱身了。因为风水煞局这种东西，一旦不小心惹上身，可是不会自己离开消失掉的。

拿着黄纸我直犯犹豫，相片上的女人很有可能以前曾经居住过这里，给剥了皮的尸体八成就在这一片地下的某处藏着，黄裱纸是该贴回那面镜子呢？还是贴在这衣柜上？既然是个凶宅，我已经一刻都不想多待了，房租再便宜也还是保命要紧。想了一会儿，我终于拿定主意对肥佬低声说：“这鬼画符已经从镜子上撕了下来，再贴回去可能没啥用处，咱哥们就属我胆大心细，等下我拉开柜子门，把这黄符贴那遗像上去！成了就把这破柜子连遗像一把火给它烧了，不成的话咱俩就一起撒丫子跑路，只是可惜你那彩色电视机，我还没看上一眼呢！”

肥佬一开始听的不怎么明白，只是傻愣愣地点头。我又说了一遍，他才回过神来，有点感动地赶忙摆手说道：“那可不行，韩叶娜多好的姑娘啊，还死心塌地等你呢。这些投机倒把的事儿，还是交给我去办吧，别忘

了在学校时候，我可是一个人能打你仨呢！”

我一听也感动了，哽咽着说：“肥佬你啥时候都不忘了跟我死掐。那行，清明时节雨纷纷，哥们一定给你多烧几张黄裱纸，也别说谁厉害了，你拉开柜子门给我守着，我非贴那遗像脑门子上不可！别的不多说，咱这就上路吧。”肥佬听我都说这份上了，自然也就点头同意。

那柜子让我俩费了半天工夫，才把有门这一面又给转了出来，又费了半天劲，才撕去裹门的胶布，我拿着黄裱纸，肥佬一手拉门，俩人一起做好了撒丫子就跑的准备。

折腾半天，差不多已经是六七点钟了，潮湿的霉味越来越呛人，小屋子里的寒气也变得更凉，我和肥佬差不多看见自己呼出的白气，这才发现这间一楼的屋子居然没窗户，屋里阴森森的显得很暗，我对肥佬使了一个眼色，咱等到天黑透怕是更麻烦，哥们，上路！

拉开柜子门，钉子还是钉子，遗像也没有张牙舞爪地站起来，我有点好笑，和肥佬是不是有点太悲壮了？我拿起黄裱纸，就往那遗像上面盖，薄薄的黄纸，哧拉一声，穿过了棺材钉，正正地蒙住了女人的面孔，我头也不回地撤到门边肥佬那儿，发现身后没啥异常，顿时长出了一口气。

肥佬蹲地上扔给我一支烟，没好气地低头埋怨：“真是人吓人，吓死人，净是你扯淡，快点烧了这破东西吧，咱啥也别要了，空手撤退！”

肥佬说话的工夫，屋子里又发生了一些变化，我知道肥佬埋头抽烟没看着。于是一边打量这里的情况，一边拼命回忆那本《天渊山水纵横秘术》中有关“五丁破相大法”的记载，渐渐有了不少新的认识。

俗话说：龙头不埋坟，龙眼不立居。

在我看来，这老宅子的地理位置在埋尸时肯定是一处龙脉结穴的龙眼地。虽然不知道天津在古代的地形是啥样子，但我知道这“五丁破相大法”的埋尸处要求极为严格，一定要点在龙眠地的龙眼旁边。点的太正容易把埋下的尸体养成祸害，点的太偏又起不到镇压死人的作用，所以这种邪术一直非常罕见，没人使用，因为珍贵的龙脉结穴地一经发现，自己占用了还要偷笑，哪还愿意为了害人去浪费掉。

天津，龙游四海前的栖息之地，这样的龙眠地自古万中无一，要想在这个人烟稠密的地方找到点穴地方，可以说是十分艰难。因为点穴之处必是背山面水，左有青龙山势，右有白虎山形，前有朝堂案山八方宾服，以山聚势，以水养气，方能成极佳的风水宝地。

况且拿龙眠地来作为“五丁破相大法”的埋尸处，本就被造化所忌，往往让这处地方的周围风水，剧变成四绝之地：生气不聚、戾气不出、鬼气凝结、寒气孳生。这个特殊的风水格局让人气不入，阴气不出，四面八方都断绝成为一个孤岛。

被我和肥佬这么狠打猛冲的一个胡折腾，居然拿那个镇尸符来冲撞“五丁破相大法”的外围机关，怕是走不脱干系，要好好地周旋一番才能逃出生天了。

随着我紧张的思索，面前十几平米的小屋地板上，喀嚓喀嚓的碎响声越来越密集，衣柜前的地面也逐渐塌陷，缓缓出现一个小小的深坑，圆形的坑口黑糊糊的，不断吹出潮湿的味和一些死尸的朽骨臭味。

我看着自己租来的小屋变成这般模样，心里快速地转着念头，难道“五丁破相大法”被我们惊动后，真正的龙眼结穴处现身出来，被活剥了人皮的女子埋尸之地，就在这个离奇的深坑旁边？那算命佬叫我以阳身入于极阴多金之地，保命度灾的说法，莫非要应验在这个地方？

看看肥佬正忙着对那深坑拜了又拜，嘴里不住口地嘟囔着，像是和遗像上的女人辩解什么。我一时懒得搭理他，找出手电筒装好电池，顺手又揣进衣兜几个打火机。心想这“五丁破相大法”不是那么容易摆脱的邪术，估计我得下去走一遭了，想了想我又把那切菜刀也拿在了手上。

准备妥当，我就对肥佬说道：“我也不想瞒你了，这里是有人摆下了很恶毒的风水阵势，我也是最近才知道这方面的事情，要是不破了这个局，恐怕咱俩这辈子都不得安生。肥佬你家大业大的，身体又不好，干这种险事不方便，最好快点离开这，我要下去干一场了，就当是牺牲我一个，幸福你全家吧。”

不是我生来胆子大，而是这阵子极不顺心，想到如果成功的话，可以破了糟糕的宿命，又免去女朋友的灾星，肯定就能团聚在一起，脑子一热，恨不得立刻就跳下去。等到猛然记得柜子里阴森遗像盯住我的强大力量，心里隐隐觉得有点不妥，但也顾不了那么多了。

肥佬被我说得发呆，一时不知道咋劝我，我一笑就要跳下去，肥佬这时却伸手拉住我，从脖子上取下一条楠木项链，递给我说：“这是我去泰国旅游时买的，戴上这个吧，开过光的，万一碰上什么鬼东西，也可以防身。”

我接过项链看了看，这可有年头了，是个古物，有三十六个细小楠木数珠串联而成，数珠上似乎还微雕着很多小字，我对肥佬说：“这项链很贵重，不像是假的，这里邪得厉害，不过不是鬼闹的，只是一个机关阵势罢了，不会有事，别担心。”说着却不肯还给他了，顺手挂在了脖子上。不过我倒是明白了我俩到现在还安然无恙的原因，以这“五丁破相大法”的厉害，我俩哪还能撕下镇尸符又给贴到遗像上去，换个别人没这玩意护身，恐怕当场就吐血暴毙了。

肥佬给了我楠木项链后，想走又觉得不好意思，毕竟多年兄弟，撇下我不够地道，往门口走了两步，又坚决地退了回来，大声说道：“不行，你要是有了什么意外，我岂不是要内疚一辈子，那还不如死了痛快，要下去就一起吧，毕竟天津我比你熟！”

我心中大喜，有点阴谋得逞的滋味，因为肥佬他就是想走也出不去的，“五丁破相大法”既然被惊动了，这里早被封闭起来，肥佬又没了楠木项链防身，哪能逃脱！不过要是我事先不给他这个选择，这一趟生死未卜的苦差，怪罪到我头上，那可是不妥。

第八章　盗洞惊魂

我拿出手电筒还有打火机和蜡烛，分给了肥佬一些。趴洞口往下看看，似乎不深，还有阵阵寒气吹上来，圆圆的坑口只能一个人下去，于是我先小心翼翼地试探着滑下去。落下去的地方覆盖着一层薄薄的泥浆，半个脚面都陷进了泥里，仔细一瞧，这坑是上头小，下面大，看起来才一人高，跳下来却有两人那么深，说深也不深，很快，就发现身体右侧原来还有一个平行的洞口，比我们滑下来这个要大得多，斜斜地往里边延伸，我一看有戏，赶忙招呼肥佬也下来。

肥佬一边嘴里嘟哝着祷告，一边跟着我爬进右边这条横道，横道的角度稍微倾斜向下，只能容一个人匍匐前进。这条横道挖得见棱见线，圆的地方那弧度弯曲得极为漂亮，两旁土壁上的半圆形铲子印，一个叠着一个极为匀称，怎么看都不像是古人的手法，我爬了一会儿，就觉得心凉，这洞怎么这么像是个盗洞？

我有个亲戚开了个收旧物的古玩店，以前工作之余闲来无事，也聊起过盗墓的事情，所以对盗洞我倒是略知一二。这打盗洞和医生看病一样也讲究个望闻问切。“望”是指的通过打望，用双眼去观望风水，寻找古墓的具体位置，这是最难的；“闻”是闻土辨质，掌握古墓的地质结构土质信息；“问”是套近乎，骗取信任，通过与当地的老人闲谈，得知古墓的情报；最后这个“切”，在打盗洞的手法里，有个专门的技术叫“切”，就是提前精确计算好方位角度和地形等因素，然后从远处打个盗洞，这洞就笔直通到墓主的棺椁停放之处。

肥佬跟在我后面，突然伸手扯了下我的脚后跟，示意我停停，我费了老大劲扭头才转开一点身子，看到肥佬满脸是汗，心里知道他是累了，人本来就胖，压抑在这洞里，可能快晕了吧，于是我把手电筒转过来照他，想停下来问他情况如何，还能不能坚持继续往前爬。

肥佬看见手电筒的光线，却赶忙拿手去挡光，嘴里嚷嚷：“别，别他娘照我，这洞里给这手电筒一照，白惨惨的，怪吓人的。”

我一想，这敢情没错，地洞大小仅能容一人爬行，本来就狭窄幽深，两边的土壁差不多快贴在脸上，手电筒的白光亮度很强，照在土壁上显得白惨惨的，又安静又阴森，重要的是还失真，而手电筒照不到的地方被映衬得愈发黑暗，那黑暗难免会让人心惊。我赶忙关掉手电筒，拿出打火机咔嚓了一下，果然，火苗的感觉没有手电的光那么刺眼，还有一丝暖意，舒服多了。

肥佬见我关掉了手电筒，松了口气问我：“咱俩贸然爬这么深，万一没有足够的氧气，等会可是死路一条。再说又不知道通往哪里？这样也太危险了吧？”

我说：“这倒不必担心，这盗洞是通向地面去的，肯定有空气，你没见刚才打火机的火苗很旺吗？”肥佬一怔，一时没听明白，问我：“你说什么洞？盗洞？”

眼前这个洞斜着往下走，这角度恐怕就是个切洞，在外面看好了直线距离，奔着龙眠地的点穴之地一路挖来，我对挖这个盗洞的高手可是相当佩服，也是第一次知道了盗洞挖出来的土究竟运去了哪里。因为每隔一段距离，我都发现身子下头有个稍微大点的坑，里头有很多很坚实的编织袋，原来这个打洞的家伙携带了什么自己配制的特殊药水，可以把泥土凝结强化，挖出来的土装进袋子，砸实了淋上药水，立刻缩成坚实的一团，再紧紧夯入盗洞的下头，这样一来，一边挖着，一边把土砸入地下，自然不用运土出去外边摆坟头。但此时我知道短时间内和肥佬说不清，就简单地解释道："我说的是盗洞！有人从地上挖了个洞来偷这墓室，你瞧这洞挖的，百分百是个高手，铲印匀称，方的见线、圆的见弧。咱顺着洞爬，肯定有戏，放心吧肥佬，跟着红军走，前途是光明的。"

于是肥佬跟在后面我打头，继续缓慢地向前爬去，盗洞里两边的土壁被铲子拍得很结实，虽然不用担心坍塌，但是其中阴暗压抑，往前爬了一段，越向前爬越是觉得压抑。

终于，我一头撞到了一块坚硬的石头墙上，用手摸摸，是砖头垒的，砖缝中间还嵌着生铁片，有灌石灰的痕迹。我心想，这恐怕就是金刚墙了吧。我们爬过来的洞在这堵墙面前，立刻拐了一个九十度的弯，顺着砖墙挖了过去。看那铲子印，和我们爬过来的这个洞一样的手法，可我又有点疑惑，难道这挖洞的高手算错了角度，没有打到墓室最薄弱的后墙，而是打到了墓室前方有三米多厚的金刚墙？

这时候不容多想，我带着肥佬继续往前爬，没爬多远，突然觉得鼻子闻到一股辛辣的味道，呛得咳嗽起来，赶忙打着打火机，没有熄灭，这说明氧气还是足够的。

打火机的光亮一闪，我却发现前面有点古怪，刚才因为手电筒太聚光了，一直照在身体右边的砖墙上，而打火机的火苗立刻照出洞前面一些影子。原本空空的洞里，多了一双人的小腿，还穿着鞋，鞋底子就挡在我面前！这时候我头皮整个都炸了起来，本以为按以前高手挖的盗洞爬，很简单的一回事，竟然活见鬼了，一个大活人就在我一分神的瞬间，凭空挡住了去路。

我顾不上许多，用脚踢了踢肥佬，小声对他说：“快往回爬，这个盗洞不对劲。”

肥佬正趴在后边呼哧呼哧地喘气，听到我的话，急忙蜷起身体，掉头往回爬，却苦了身体太胖，在盗洞中转不开身，只得用两只胳膊肘撑地，往后面倒着爬行。我俩倒着往回爬了没几米，肥佬突然停了下来，我在前边扭过头问道：“怎么了哥们儿，咬咬牙坚持住，爬出去再休息，现在不是歇气的时候。”

肥佬喘着气对我说：“首长啊……好像有个人挡住我了，把路都封死了，出不去啊。”他脸上已吓得毫无血色，能把话说出来就算不易。

我用手电筒隔着肥佬照了照路，果然是有一个人的腿挡在洞里。我经过的时候仔细看过，并没有发现过什么暗道之类的机关，洞壁一边是平整的泥土，一边是坚硬的砖墙，也不知这人腿是从哪冒出来的，是死是活都不知道。

我见无路可退，在原地也不是办法，只好小声安慰肥佬：“咱们再往前爬爬吧，你后边塞得太严实了！”肥佬已经累得喘不上气，见我刚才要他后退，这会又要向前，顿时怒道：“你他娘想折腾死我啊，我爬不动了，要想再爬你得让我从你身上爬过去。”

我知道我们遇到了不同寻常的东西，究竟是什么，我现在说不清楚，只是隐隐猜想是不是碰上了鬼打墙。那可是绝代高手才能布出的杀局，《天渊山水纵横秘术》上已经指明遇到这种情况，是决不能停下来的。

我想了很多，也腾不出工夫和肥佬解释，便连声催促：“你哪那么多废话，让你往前，你向前爬就是了，快快，服从命令听指挥。”

肥佬听我语气不对，也知道可能情况有变，便不再抱怨，跟着我又往前爬。匆匆忙忙向前爬行了将近一百多米的距离，一路上居然不见了那双挡路的人腿，我却突然停了下来。

面前居然出现了二个分岔，此时我就是再多长两个脑袋也想不明白是怎么回事。仔细查看这两个分岔的盗洞，和我们爬过来的相比，活做得极为零乱，显然挖这两个洞的人十分匆忙，但是从手法上看，和那条平整盗洞基本相同。这段岔路口堆了不少泥土，是打这两边通道的时候，积在此处的。

怎么推测也不会有什么结果，我让肥佬原地休息守候，我先爬进左侧的盗洞中探探情况。这时洞中已经能明显感觉到有风，气流很强，看来和哪里通着，那便不用担心空气质量的问题了，我拧亮手电筒，伏身钻进了左边的洞穴。这个洞明显挖得极为仓促，窄小难行，一人爬行都有点困难。

窄小的地洞太过低矮压抑，犹如被活埋在地下一般，我凭直觉没爬出多远的距离，便在前边遇到了一双人腿，脚上的鞋子赫然就是我看过的那个，把整个出路完全封堵住了。

我没有灰心，当下按原路爬了回去，肥佬见我爬了回来，便问怎样，通着哪里。我把通道尽头的事大概说了一遍，很是纳闷，难以明白，这难道就是一个死胡同，那打盗洞的家伙，在地下丧失了方位感和距离感，最后死在了这里不成？最他娘奇怪的是我们钻进盗洞的时候，干吗又凭空冒出来个堵路的？

不敢再想，这时候最怕就是自己吓唬自己。我稍微休息了几分钟，依照刚才的样子，钻进了右手边的盗洞，里面是否也被死尸封死，毕竟要看过才知道，这条路绝了再设法另做计较。

我爬到了窄洞的尽头，果然仍是那双吓人的人脚耷拉在洞里，我忍不住就想破口大骂，眼见无路可走，我只得退回了盗洞的分岔口，梆梆——梆梆——不远处突然有敲击木板的声音，夹杂着一个女人压低喉咙小声的说话，很像是半夜无线电台里断断续续的刺耳声。从地下面传来越发地毛骨悚然，把我和肥佬都惊得一愣神。

我小声说道：“操你个肥佬，啥时候学会肚子说话，玩口技了，这招我服了，别装了，会吓死人的。”

肥佬也低声说：“别他娘的胡扯，这根本就不是我说的话！啥时见你肥爷学过女人说话。我看八成是那棺材钉下面的女人！”

我俩在黑暗中呆住了，各自都惊出一身冷汗，又过了许久，那女声和敲木板的动静却又没了，黑暗中只听到我和肥佬的粗重呼吸声。

分岔口处，突然豁亮了一下，有股子凉风吹过来，闻着蛮像海河水的味道，难不成还有别人在这里的另一头，打开什么暗门了？我赶忙拧亮手电筒，面前不知何时出现一具大棺材，高高大大地堵在路中间，严严实实堵死了两边墙壁，就上面还有点空隙。

总算有了棺材，我倒有点如释重负的感觉，这坑里摆明了就是个盗洞，没有棺材那才叫出邪！这口硕大的朱红棺材在坑中年深日久，没有棺床托着，也没有椁板包起来，就这么光秃秃地已经有些腐烂，缝隙中有不少蛆虫爬进爬出。

我和肥佬精神一振，不约而同地想到大棺后面可能就有通道出去。肥佬立刻拿起那把锋利的切菜刀，累了半日想挖条路，从大棺材旁边刨出去，直刨得满头是汗，也没成功。

后来还是我提议道：“干脆咱俩从上面爬过去算了！捎带着打开棺材盖瞧瞧有什么宝贝，这么大的棺材真他娘少见，怕是藏了不知多少好东西！”

肥佬喘着气说道：“得了吧，这么窄的道，也就你能过去，轮到我，准卡那儿，万一棺材板朽了，掉到里面和僵尸来个亲密接触。”

肥佬说的也有道理，看一眼蛆虫爬来爬去的大棺材，我也真怕盖子不够结实，真他娘掉进去，这辈子别想睡个安生觉了，正想办法时，听到后面有点窸窸窣窣的声音由远而近，像极了一群长虫在爬过来，我顿时吓得脸都白了，平生最怕就是这种湿湿滑滑的东西，我浑身一哆嗦，忙不迭地对肥佬说：“行了你个死胖子，你打头，我豁出去也要爬过去，赶紧了，后面有东西来啦！”

第九章　墓中无人

我知道肥佬虽然不怕长虫，但听那窸窸窣窣声音的滋味可极不好受，果然肥佬毫不犹豫，手忙脚乱地爬上了大棺材的盖子，又把我拉了上去，蹲在棺材头上我俩不约而同地喘了口气，一会儿万一真的掉进棺材里，还不知道里面有甚鸟鬼，需先养足精神气力，以防不测。

呼哧了两分钟，那些窸窸窣窣的声音越来越近，我拿手电筒照照，想仔细看个清楚，竟是很多毛绒绒的蜘蛛，个头也不是很大，骇人的是身上的黑色长毛，一堆堆纠缠在一起，不断地往棺材这涌来，空气中恶臭扑鼻，带着股腐尸的味道，我心里奇怪这蜘蛛大部分不都是独居的吗？怎么这里会出现这么大一群，毛绒绒的，吃什么长这么大啊？我和肥佬不敢再拖延时间，手脚并用地顺着棺材盖子往前爬去。

真他娘的怕处有鬼，痒处有虱，掉进去的一刹那，我嘴里忍不住大骂："这见鬼的豆腐渣工程，棺材盖居然不用棺材钉钉住，这不是坑人吗！"

骂声未落，一股腐臭气息直冲进鼻腔和嘴里，立时噎得我说不出话来。

这辈子掉什么里的都有，唯独像我和肥佬这样狼狈掉进棺材里的，恐怕为数不多，至少在这之前我压根不会想到，世上会有这么大个的棺材居然不用棺材钉钉住的！

臭气熏天的棺材里，到处滑溜溜的满是棺液，冰凉刺骨，一个压一个地叠放着好几具尸体，最上面是一具面朝下的尸体，摸起来皮上满是皱纹，干瘪地包着骨头，全身赤裸。我第一把摸到的就是光秃秃的后脑勺，往下我是压根也不敢再摸了，哪怕是金元宝也要暂时放一放。

俗话说：山有形，龙无踪，墓深尸寒主大凶；棺无椁，尸红衣，黑气缠身命归西。说的就是和龙形有关的埋尸地里，逢到无椁大棺，本来地底深处比较保暖的尸体又冰凉彻骨的话，那就是大事不妙，逃生无望了。这样的凶地都是被高人做过法术的杀人之地，保不准那些毛手毛脚的蜘蛛已经吃掉了不少我和肥佬这样的倒霉蛋！

我脑子里萦绕着这两句话，寻思我和肥佬的处境真是很像要一命归西的样子，不由心里一阵恶寒。在棺液里扑腾着想站起来，骇的魂不附体，好不容易勉强站起身子，刚好只露出个脑袋在外边。这棺材可真够深的，那破碎的棺材盖子已经四分五裂，我和肥佬就各自扶着块稍大一点的朽木头，喘着粗气互相瞪着眼看。

“现在怎么办？”我和肥佬几乎同时开口，却又很快闭上了嘴，棺材里腐尸的臭气熏得让人窒息，到处黑糊糊的也不知道脚底下究竟踩了些什么东西。

我俩不再说话，踩着棺液里乱七八糟的尸体，一人一边晃晃悠悠地往前走，两三米的距离，竟然走了差不多十几分钟，终于走到了头，棺材另一头有些什么东西在外面，不看清楚的话，我和肥佬还是不敢往下跳。

借着手电筒的光亮看了一眼，我和肥佬就嘴里发苦，这头竟然是个实心的土墙，一个死胡同！看起来这个朱红大棺材就是塞在胡同最里面的。如果退回去走回头路，棺材里的臭气不说，脚下踩的不知道什么人肉尸骨，还有滑溜溜的棺液，再加上棺材那头窸窸窣窣的黑毛蜘蛛等着我们，别提了，我可受不了这折磨。

好在很快，我就看到了一个圆形的洞口，仅容一人爬着通过，很是狭小，就通在棺材这头的土墙上。刚才没注意，是因为洞口有点塌，这会仔细一看，我不由自主想到，这很可能又是个盗洞！

我和肥佬二话不说，顺着洞就钻了进去，那争先恐后的速度，简直就像饿死鬼投胎一样。

两声惊叫，我和肥佬重重地摔在了地面上，这个洞居然只是一个薄薄的土层，我和肥佬情急之下没看清楚，一脚踩空给摔了下来，手电筒左右一照，周围是一个空荡荡的大房间。

八成我俩是掉进了墓室里，潮湿的霉味和古怪的阴森感觉立时席卷了我的全身。

一时给摔得脑袋发晕，腰酸背痛站不起来，我索性躺在地上思索起这件蹊跷的事情来。

宅子里出现了“五丁破相大法”，那遗像上的女人必定给活剥了皮埋在这下边，还不会埋在龙眠地的正穴里。按照《天渊山水纵横秘术》的说法，这些是绝对不会错的！难道刚才碰到那个朱红大棺材是早先埋在这龙眠地正穴里头的正主儿？

很可能布这个阵势的人，埋那可怜的女人时，发现这龙眠地已经给人占住了，于是只好把这倒霉的墓主连棺材一起给拖了出去，扔在了外边。对了！那朱红大棺材没有棺材钉，莫非就钉在了那女人遗像上面？

但是还有些疑点想不清楚，比如那大棺材的重量必定很沉，靠一个布阵之人的力气，绝对不可能拖出墓室，转移到那么高的盗洞里。还有就是我和肥佬在盗洞里碰到的人脚还穿着鞋子，想想肯定不是眼花，又到底是怎么回事？

正当我胡思乱想之时，已经站起来好奇地东张西望的肥佬叫道：“老冯！这儿就是咱们要找的正主子埋的地方吗？你别死狗样躺那不起来，就这点高度摔不散你那排骨！难道你躺在那里是要占了人家老窝来当宿营地吗？”

我揉着屁股站了起来说道：“这里边连方向我都搞不清楚，这盗洞也不像是钻到头的样子，我觉得咱们还是先在这墓室中转转，能不能出去，现在我都不知道！看起来咱掉进来这段盗洞是和墓室通着，就这么一个入口的话，我怕空气滞留的时间会远超过换气的时间，必须做好防范措施。不过墓室瞧起来很大，还感觉有风，暂时倒还不用担心这些。”

一边转着，我一边对肥佬解释：“说起墓室，肥佬你就不懂了，唐墓的青砖有三四只手掌薄厚，都是铺底的墓砖，用铲子铁钎都可以启开。而明代喜欢用七辐七券墓顶，也就是七纵七横十四层的青砖砌起来，有三米多厚，只有冥殿正中的这一小片地方是稍微薄弱的‘虚位’。来这种留下‘虚位’藏风的形式已经大为改观，就是因为这种地方容易突破，但是留‘虚位’的传统一直给保留了下来，只是改得极小，大小只有几寸，进不去人。不过总体上来说，唐墓的坚固程度和豪华程度在中国历史上还是数得着的，墓道以下都有数道巨型石门，深处山中，四周又筑以厚重的石壁，那不是固若金汤所能形容的。”

肥佬听得津津有味，插口问道：“难道不用埋伏什么机关来害人吗？我看那电影上可是不少毒箭、陷阱之类的玩意啊？”

我有点庆幸地说道：“大墓的虚位之上，都有一道或数道机关，这种机关就藏于墓室的墓砖之中，一旦破了虚位的墓砖就会触发机关，有流沙、毒箭、石桩之类，还有可能落下翻板、断龙石等，把冥殿彻底封死，宁肯破了藏风聚气的虚位，也不肯把陪葬的明器便宜了盗墓贼。好在我们之前进来的那个高手，已经先破掉了这些机关，给我们省了不少的事。”

肥佬擦了一把汗说道：“不错不错，出去后，我得赶紧给这位前辈烧烧香，太他娘积善行德了，实在佩服！可咱们现在怎么办？”

“咱们现在要办两件事情，一个是找到那遗像上女人的尸体，这女人被活剥了皮又给‘五丁破相大法’镇压着，怪可怜的，找到后烧了，也算是做点好事，当然咱们自己也就完全摆脱了这个恶毒阵势的威胁。”我想了想还是没有告诉肥佬，如果破不掉这凶阵，我俩也离不开这老宅子，怕他着急。“第二，咱们千辛万苦既然找到了这龙眠地的正主儿，这墓室里肯定会有些宝贝，咱们取不伤廉，随便揣两样回去，肥佬你那老夏利也就该鸟枪换炮了。”

我这样一说，果然肥佬对那做好事的就不怎么热心了，而是东张西望地专找闪闪发光的东西去打量，那副两眼放光的馋样真让我怀疑，肥佬挣了那么多钱都去哪了？

这个应该叫做墓室的地方也太简陋了，我和肥佬转了半天都没有什么收获，有些丧气，失望地关掉了手电蹲下休息。

我小声对肥佬说道：“转了一圈，我也没瞧出来这是哪朝哪代修建的，真是怪了！地面上那么多工程居然都没挖出来这地方，墓室顶上也没一点坍塌的迹象，要么就是埋得很深造得太坚固，要么就是高人用了什么手段把一些蛛丝马迹给藏了起来，让咱俩空欢喜一场。肥佬你想想，刚才咱们在洞里爬来爬去，这地面上是天津什么地段了？”

肥佬苦着脸想了半天，比比划划地想闹明白我们到底是在哪儿，无奈盗洞的角度曲里拐弯的，有时上有时下，早就糊糊涂涂不辨东西南北了，哪里能给我说出个所以然来，最后只好对我说道：“这个嘛！我估计咱还是在天津的地段呢！只是，只是对了，你租那老宅子离海河不是很远，或许咱们就在海河这一片游荡吧！”

我瞪瞪眼说道：“净是废话，还老天津人呢，赶紧了，起来再转转，这地底下呆久了可不是闹着玩的，我还就是不信咱找不着路了！”我有点烦躁地发狠。

第十章　狭路相逢

我和肥佬这次更加仔细地搜索了一遍，仍是一筹莫展，毫无所获，带下来的手电筒老化得厉害，看什么都不清楚，再加上地宫中空气越来越浑浊，肥佬终于累了，扶着墙想喘口气休息一下，却不防那砖墙是个活的暗门，脚下一滑，差点跌了进去。

肥佬吃这一吓，蹲那儿半天喘粗气，起身时砰地一下，脑袋撞上了一个人，顿时又吓得一哆嗦，险些又栽进那暗门里面去。我站在肥佬身边，一把拽住他，才没让他一屁股坐地下。

这时被肥佬撞开的人，晃晃悠悠又弹了回来，却是一个头朝下挂在绳子上的干尸，没有胳膊，头都快挨着地面了。我们刚才在地宫里转了两大圈，都没发现空中有这么个东西，怎么肥佬按一下墙壁，就来个天外飞尸呢？

肥佬定定神，借着我的手电筒光亮，已是看清了周围影影绰绰挂了不少东西，全都和刚才撞开那干尸一个模样，像是晾衣服一样倒吊着挂了好几排。

我松开拽住肥佬的手，给这诡异的场面逗乐了："怪事年年有，今年到我家！啥也别说了，咱这就开挖吧！这个埋在地下的老墓终于露出狐狸尾巴了。"肥佬一咧嘴，笑得比哭还难看："冯一西啊冯一西，咋逢到你就要一命归西呢！亏你还有心思去挖宝，只怕是宝贝挖的出来，咱也没命带走！”

看到不知来历的干尸群，我的心情非常奇怪地变好了许多，感觉踏实了不少，忍不住嘴上和肥佬继续辩着：“人为财死，鸟为食亡，这富贵就是要来险中求的，你别不服气，马无夜草不肥，人无横财不富，说不定这富贵就是老天爷送咱俩的。要不你的手咋就这么邪，随便一下就按中了机关所在。我敢打赌，这个大墓里头的藏宝洞已经在向咱俩招手了。”

一边开着玩笑放松自己，我一边用眼睛四下张望，希望发现点什么闪光的东西来救驾。无奈实在是太黑，仅有的一丝亮光都像鬼火般星星点点，很难看清什么。鼻子里面净是棺材板的朽木味道，左右闻闻，面前恐怕藏了不少棺材。

倒吊着的干尸仍然微微晃悠着，我晃着手电筒，察看一下周围环境没什么异常，小心翼翼地躲着干尸，轻轻扣摸肥佬刚才按动的那个会动的暗门。

肥佬拉住我又说道：“哥们，这不对劲啊，刚才还说咱们是在闹市区的地下，这几年上头没少动工程，咋就没人发现这地方？”

我早就在考虑这问题，一边用菜刀拨开一个打扰我视线的干尸，一边给肥佬说：“你别傻了，咱中国的文化那可是博大精深，要是有意识地想藏这么一地方，我看也不是啥难事。你想啊，那死了多少年的女人遗像，包括那鬼画符都没有被人发现，还居然能在柜子里搞出动静来叫咱们拔钉子，所以我一点都不奇怪这墓室有这么大的玄虚，唯一奇怪的是咱这方向，似乎不是直奔海河，而是向市中心走去，这他娘怎么回事？”

我拨开的干尸呼噜噜一转，却掉下来一堆东西，刚好一头搭在肥佬肩膀上。肥佬凑上去一瞧，薄薄的一整条长绳子，顿时没好气地骂道：“什么鬼东西，上吊绳还随身带着！”顺手甩给我看。

我借着手电筒的亮光，看清楚了手里的是什么东西，浑身毛都竖了起来，骂道："你个死肥佬！拿的是什么玩意？这分明是一长截人皮！"又扔给肥佬让他看。

肥佬吓一哆嗦，把手里的绳子甩出好远，使劲搓着手骂："少给我装大尾巴鹰，人皮能有这么长吗？"

我干巴巴地说道："你再看仔细点，这是把人吊在这儿，用小刀削苹果一样，转着圈削下来的！"我吃苹果从来削不好苹果皮，曾经练过一段时间，自是一眼认出了这是用薄刀削下来的人皮，决不会错。

看肥佬将信将疑的，我把手电筒离近那倒挂的干尸，照给肥佬看："你看你看，这干尸两条胳膊都没有了，从胸口这开始削，削到肚脐眼停住，都是两指宽的刀痕，手艺还真不错！只是为啥要削皮呢，难道削好皮等着别人来吃不成？"

我从跳进洞里时就想好，要是遭遇不测，拼了命也要把肥佬弄出去，满心都是生死置之度外的英勇念头，当然更怕肥佬一时把握不住，乱了方寸，白白送了我俩性命。所以不是我要故意吓他，一是这事确实透着邪气，不说破这玩意，会一直心里打鼓，再者是因为骤逢大变，最怕就是乱了方寸，与其背着包袱给吓死，不如先练练胆。

偷眼看肥佬，头上已经冒出虚汗，眼神都恍恍惚惚的，喃喃说道："还是不对劲，为什么这人的肚脐眼上面比下面瘦了不止一圈呢？"

这我倒没注意，正想再仔细看看，却听旁边有人阴森森地说道："不奇怪！这人是活着被剥的，剥了皮后，人还没死，好吃好喝养着，再用盐巴给腌上，结了一层硬壳，接着再削，一直到削死……"

阴森森的声音让我大吃一惊，这肯定不是肥佬的腔调！

正想撒丫子跑路，面前伸出几根黑洞洞的枪口对准了我和肥佬，我真是非常后悔，不停地在心里暗骂自己粗心大意，这下可好，子弹是不长眼的，现在是没法子逃跑了。

黑洞洞的枪口后边陆续钻出来几个人，都是从那道暗门出来，足有五六个，手里拿着强光手电一阵晃动，白色光柱在我们身前身后转来转去，好一阵子才静下来。

暗门里吹出来的凉风让我和肥佬直起鸡皮疙瘩，看来这伙人也不是什么好鸟，很可能就是和我作对那些盗墓团伙的人。不过想到对方不是公安机关的人，我心里有点放松，暗自打着主意和肥佬站那一动不动，默不作声。

片刻寂静后，对方一个头领模样的人缓缓说道："冯一西，咱们又见面了，真是可喜可贺，你小子不是能躲吗？这会儿怎么不跑了？为这个鬼地方我可是死了两个弟兄了，你要是识相的话，就快点拿出我要的东西，不然，这么大个地宫，你就随便找地方入土为安吧！"

冷静的语气是从一个中年男子的嘴里发出的，我一听这话，心里就知道难办，这帮人还真是找我麻烦的那帮盗墓团伙的人，想不到从北京躲到天津，居然还是给碰上了。一群亡命徒杀个把人肯定不带眨眼的，死在这里头，几百年都不会有人发现，那可实在太冤了。看来我只有装出一副还有利用价值的样子，拖延时间想办法搞清楚这帮人从哪里进来，别的什么办法眼下还谈不上。

我尽量用胸有成竹的口吻说道："这位老大，我冯一西和你们往日无冤，近日无仇，一向不曾坏过你们的财路，虽然我手上有一本书你们可能有用，但那真的是个不全的旧书，写的乱七八糟都是些鬼话连篇，早就想烧了完事，既然你还有用，送给你就是。不过，你也知道，下到这地头，我怎么会带在身上呢？"

那中年男人沉吟了一下，挥手对旁边人示意道："阿正，你搜搜吧，看有啥东西没有？顺便闹明白这俩青头从哪儿进来的再说。"

我旁边一个人赶忙答应道："明白，森哥。"估计就是那个叫阿正的，哑着嗓子说道："你他妈快点靠墙蹲下来，手举高，我告诉你这枪可是上了膛的，别让我不小心打烂你脑袋！"

我一直都是个军事迷，一眼就认出这阿正手上端的枪就是那闻名已久的恐怖分子标准装备——以色列乌兹冲锋枪，那射击速度之快可不是吹出来的，只能说是威力强大，一盒子弹扣一下扳机就能全打出去的那种。

硬硬的枪管在我肋骨上敲了一下，我两眼发黑，不由自主蹲下来举起双手。那人把我浑身上下仔细搜了一遍，有点不太相信，又去肥佬身边摸索了半天，站起来迟疑地说道："森哥，这俩青头像是来观光的，除了把菜刀和手电筒，啥也没有，真是怪事！"

那个森哥也有点惊奇，走过来蹲下来看着我说道："你小子不错嘛！一把菜刀就跑到这地头了？还说那书你想烧了完事，骗鬼的吧？"说完又摸出一根烟来给我点上，顺手也给了肥佬一根："说说吧，怎么来的？是不是那本破书上头学的本事？"

我抽了一口烟，换了副庄重的口吻说道："这位老大，森哥是吧？我觉得什么咱们应该是不打不相识，既然都到了这地方，我也不怕和你说实话，我跟肥佬的确不是来盗墓的。我那本书上是有些老迷信的风水八卦，但还没那么神，哪能和你们这全副武装的专业人士相比。这次纯粹是个意外，我是碰上了鬼打墙，跟肥佬走投无路撞到这里的，你瞧那菜刀上标签都还没撕，刚买的一生活用品。"

森哥扑哧笑了，拍拍我肩膀，说道："小子真行，忽悠人不眨眼的，当我森哥白当的，是一大个白痴啊？"手上已经加了力道，一掌切在我脖颈上，我顿时昏昏沉沉地扶着墙趴了下去。

那森哥转向肥佬继续问道：“胖子你说说吧，可千万别再拿什么鬼打墙的鬼话来忽悠我，我这人最恨被别人骗了。老实告诉你，我们在门外边可什么都听到了，不是你一巴掌打开那暗门，我们还进不来呢。来，来，再抽一根，算是谢了您了，只要你说实话，森哥我不会滥杀无辜的，你放心。”

肥佬扶住我，有点迟疑地说道：“森哥，我是一粗人，别的不太懂，只能告诉你我知道的事儿，别的我也不敢瞎说。我跟冯一西是因为一女人的遗像下来的，上头那小屋里有一个柜子，柜子里有几根棺材钉钉住个女人的遗像，老冯也没怎么说清楚，只是说这里给人摆下什么恶毒的阵势，我俩要是不破了这阵势就不得好死。至于怎么进来的，我是跟着老冯从一个什么盗洞爬了半夜才掉这儿的。”

我见肥佬说的差不多了，也达到了我的目的，于是忍着疼说道：“是‘五丁破相大法’，那遗像上的女人给活剥了皮埋在这下边，不把她挖出来烧了，后患无穷，这可不是我忽悠你，森哥，是那书上头讲的明明白白。”看见森哥这么冷静的一头目，我要是上来就说实话，他不起疑才怪，像这样经过肥佬来个迂回式的说出实情，不由得他不信。

那森哥对什么“五丁破相大法”倒不是很感兴趣，而是紧张地问道：“盗洞？你们是从盗洞爬下来的？在哪儿？快带我们去瞧瞧，他娘的我怎么这么倒霉，又赶一个背集？这里要是个空墓的话，我非宰了你俩不可！”听了关于盗洞的事情，让森哥真的有点急眼了。

第十一章 妖画

我继续保持住胸有成竹的语气说："森哥先别着急，那是不是个盗洞还很难说，不过我劝你不要担心这墓给人拾掇净了。盗洞里很古怪，有一口很大的棺材，是个死胡同；更吓人的是盗洞里有不少长毛的黑蜘蛛，成堆的，我和肥佬差点把命都丢那儿了！"

森哥有点迟疑，旁边一个老头说道："森爷，不是老朽没有提醒过你，咱犯不上冒这个险。我早就说过，海河底下的大墓透着邪，不是可挖之墓。这位姓冯的小兄弟讲的'五丁破相大法'，老朽我也听说过，那可是世间一等一的恶毒阵势，不是几辈子的深仇大恨，是不会这么做的。被压住的死者那可是永世不得超生，还祸及亲戚后代，森爷你还是听老朽的劝，咱们快点原路返回才是正理。"

那森哥烦躁地说道："金老片，你他妈再说回去的话，老子枪毙了你！把你从美国弄回来的本钱我还没赚回来呢！"

我瞅了瞅这个被叫做金老片的老头，也就五十上下，一咧嘴上下两排闪闪发光，敢情嘴里镶嵌了不少金牙，都快爆在外边了，倒真是名副其实的金老片。奇怪的是这家伙没有拿枪，啥装备都没有，背后还有个壮实的年轻人警惕地看着他。我一想，明白了，敢情这位叫做金老片的老汉是被抓来的一个老壮丁。

金老片看见我在打量他，无奈地笑了笑，不吭气了。

除了森哥、阿正、金老片和他背后的看守，还有两个人，一个也拿把乌兹冲锋枪，另一个拿把军用的山地铲，都是阴沉着脸，壮实得跟半截黑塔似的站在那儿，一瞧就不是善茬，不好对付。

森哥招呼那个拿枪的道："大刚，你和山子一起，把这些臭尸都给清理一下，周围看看有啥东西没有。记住，别乱动，有什么不妥的马上吹哨子。"两个人答应了一下，开始收拾这些挂在半空的干尸，强光手电晃悠着，向我和肥佬搜索过两遍的墓室里走去。

我对比了双方的阵势，还是放弃了抵抗的打算。就算金老片保持中立，对方还有森哥、阿正和另外一个拿枪的家伙，没有必胜把握的事还是少做为妙。

那森哥烦躁地走动着，不知道是不是为了怎么处置我和肥佬在伤脑筋。

不远处，一个哨音突然响起，然后是那个叫大刚的叫道："头儿，你快来看看这幅画，画得跟真的似的。"

我们几个闻声赶去，只见不远处的墙上露出好大一幅画，我和肥佬那手电筒可能太差劲，居然没有看着，此时在几个强光手电的照射下，那画完全露了出来。我偷偷瞧这帮人，只见阿正和那个金老片的看守，一丝警惕也没有放松，完全注意着我们三个，我不由心里发苦，只好老老实实去看那幅。

画中描述的和我们所处这个墓室很像，角度有点像是从空中俯视，就从我和肥佬跌落那个洞口看下来，包括绘有图画这一面的墙壁，整个墓室的地形尽收其中。画的尺寸很大，若不是我和肥佬已经在这里边转了两圈，大致熟悉了这个墓室的结构，第一眼看见的话，还会真以为这画里是另一个房间。

森哥不愧是当头领的，瞧了瞧已经明白，说道："我操！有门没窗户，画的就是这个放棺材的地方？可真他妈画得够大的，我都看不过来，阿正！你看好几个青头别捣乱，你们一起过来瞅瞅，放宝贝的地方在哪儿？看到一盏铜灯形状的马上告诉我！"

众人瞧了那画半天，始终瞧不出什么端倪，看来看去没什么特别的地方，更别提什么放置奇珍异宝的地方了。

我隔着人望过去，正好瞧见画中有图这面墙壁下站了几个人形，顿时结实地吃了一吓："咱们几个人的样子，怎么被画到那幅画上了？"

众人举头立刻看过去，本来除了墓室布局的墙壁和拱门外，空荡荡的画中没有任何其他东西，这会已经变了，其中一面墙壁前给人用红墨水画上了几个人形，构图十分简单，只有寥寥数笔勾勒而成，但是一眼就能看出来，画中的人形就是我们几个：高瘦的是我，两个半截黑塔样子的喽啰，彪悍的森哥，还有一个佝偻着背的正是金老片，肥佬那啤酒肚也给描的非常神似，而阿正和另一个看守因为在我和肥佬后边被挡住了，就只有模糊的影子在上边。

我越看越像，忍不住对森哥说道："这画太邪门，肯定不是什么好东西，快拿铲子毁了它。"

金老片拦住森哥说道："森爷你先别急，小心有陷阱。先沉住气看看。"

一时间大家都不说话，全神贯注地盯着那画，暗自戒备，等待着接下来发生的事。然而出乎意料的是，什么都没有发生，戒备之心也就渐渐放松了。

森哥说："大刚、山子你俩先盯着这画，有什么事就叫，不要轻举妄动。看来有人不高兴咱们在这地宫中找宝贝，哼，越是这样就越证明了我的推断没错，那宝贝肯定就藏在这里！”

说罢森哥掏出一把黑黝黝的手枪，招呼阿正看好我们俩，带着那个马仔继续搜查。

我见阿正虽然警惕性高，但毕竟只有一个人，于是和金老片套起了近乎：“这位金老师，您这把年纪，怎么会干这种活计？您老是打哪儿听说的‘五丁破相大法’，要不咱俩交流交流？”

金老片看了看阿正，见阿正也是全神贯注地仔细听着，没有阻拦的意思，于是开口和我说道：“这位冯爷别这么客气，我干了一辈子古董活，还没人称呼过我金老师，这名头我可受用不了，叫我老金就成了，我瞧您可真沉得住气，这模样真像我以前搭档过的一位秦爷，也是这般沉稳，老朽当年曾和秦爷结伴下过秦岭的古墓，后来我们一起去了美国，谁知道今年这位森哥专程去美国找我，三说两劝，也怪我一时心动，就跟他回了国，此时是身不由己重操旧业。唉！别提了，要是秦爷在，该有多好。”

“这‘五丁破相大法’，我还是从秦爷处听来的。他那也有本旧书，和你那《天渊山水纵横秘术》非常相似。上面说的真是非常神奇，我偶尔听秦爷讲过一点分金定穴的诀窍，都是那上边的，其中提到过这‘五丁破相大法’。秦爷当时非常慎重地说，这种恶毒的邪术，可千万要少惹为妙。”金老片说了这么多话，有点疲倦地咳嗽起来。

我一听有点好奇也有点恼火：“金老片，敢情这森哥找我的麻烦，也是你怂恿的吧？他怎么会知道我这里有半本《天渊山水纵横秘术》呢！要知道，这书名恐怕没几个人听说过！快说！”

金老片脱口而出：“不是我，是韩小姐说的，森哥打听到的，不关我……”有点尴尬地低下头不理我，一个劲咳嗽。我脑袋一嗡，又惊又怒，想不到我的女朋友竟然也牵扯了进来，肯定是自己显摆能耐，被她这个嘴巴长的家伙说出去了，总不成还真被那龙虎山的测字佬说中了？

肥佬在旁边怒目盯着金爷，估计是在恼怒这个老头子的为虎作伥，好不晓事。要不是叫阿正看守在旁边，肥佬早就已经挥着拳头打上这老头了。

森哥这时候在墓室的另一边叫："阿正，你押着他们过来，这边有情况！"

阿正押着我们一起过去，只见森哥和那个马仔蹲在地上仔细在看一块微微凸起的青砖。见我们过来，森哥站起来对金老片说："金叔你看，这块砖有没有什么古怪？"

金老片仔细看了看："不错，这块砖的确有问题，看起来虽然和其他的青砖完全一样，但是边缘有细微的破损，这是被人撬开过的迹象。从周围的泥土来看应该有几十年没人再动过它了，咱们看看下边有什么宝贝。"

森哥一听有谱，赶忙指挥那马仔用铲子撬这块方砖，那马仔三下两下就把地砖撬开，下面是个小小的凹槽，放着一个小小的黑布包裹。取出来打开，包里面放着一个老式铜灯，旁边还放着一个厚厚的笔记本。

森哥一看见那老式铜灯，顿时双眼放光，哈哈狂笑道："他妈的！真有这东西藏在这儿，黑焰灯！这下老子要发财了！"

我心里一沉，想起了我见过那黑灯，听五叔说也叫黑焰灯，赶忙轻轻问金老片："黑焰灯？这怎么回事？老金你知道不？"

金老片还没有来得及回答，那森哥就转身瞅着我冷笑，眼中凶光四射："黑焰灯，告诉你是什么你也不懂，不过你倒是该归位了，老子不需要你那什么破书了，照样能得到这宝贝，哈哈！"说完，已经掏出了枪拿在手上。

我心里一惊，莫非这黑糊糊的墓室真是我冯一西的葬身之地。那测字先生算的可真准，原来这都是命！

眼看穷凶极恶的森哥就要开枪杀了我和肥佬，呆呆站他旁边那马仔却无声无息地一软身子，一声闷响，就像破口袋掉地上一样，倒了下去。五官中流出大量的黑色血块，手脚抽搐，眼见是活不了了，最后挣几下命罢了。

我们几个都吓了一跳，尤其是森哥几乎一个箭步就跳开了那马仔身边，目光游移不定，一时不知道发生了什么事情。

黑暗中，那个大刚的声音传来："头儿，快来，有情况！"

森哥大叫一声："阿正，看好他们几个，谁敢乱动，你立刻开枪杀了他们，我先过去看看什么情况。你走后边一起来。"

我看阿正的手电往森哥跑去的方向转了一下，赶忙弯腰把那笔记本揣进了怀里，然后装做若无其事，在阿正的监视下走到了那幅画跟前。仔细一看，果然有情况，墙壁上的画中，除了死的那马仔趴地上不动之外，居然又多出来一个人的轮廓！

画中右下角的角落里，蹲着一个中年女人，正在用怨毒的眼光死死盯着我们看。我按照画中那女人所在的位置转头去看身后相同的地方，那里空空荡荡的一个人也没有。

森哥招呼我们缓缓后退，不到十步的地方，砰地，一声，肥佬的脑袋似乎撞在一堵透明的墙壁上，肿起了一个大包，连声呼疼。

金老片觉得奇怪，伸手去摸肥佬撞到的地方，吃惊地说道："森爷，这下麻烦了，这有一堵透明的墙壁！"

我也伸手摸去，在空中确确实实地存在一堵有形无色的透明墙，那墙非砖非铁，坚硬异常。

我若有所思地回头看了一眼画，对他们说："咱们是不是被关在画里了？”

四周摸索了一圈，发现周围都是如此，我们就好比是掉进一个大大的玻璃鱼缸之中。于是更加确定地说道：“他娘的真是没错！这女人是用这画把咱们圈起来了，咱们虽然没有进入画中，但是离不开画中所绘空间的范围。哦，对了，这女人很像租房子给我的那个房东梅姨！”

第十二章　杀机一闪

我心里暗自寻思，宅子里那遗像是用照片做的，说明这女人不是一个古代老死尸，起码应该是近现代还生活过的人。按照相机出现的年份来看，最多也就是一百五十年，这墓室的建造年代可决不会是近现代的事儿，包括那盗洞都像是古人挖的，这他娘怎么回事？难道我们面对的是一个还没死透的千年老妖怪？

大刚和山子听说死了个伙伴在头儿身边，兔死狐悲的都有点丧气，阴沉着脸看那幅画，表情漠然，而画中右下角的女人给线条勾勒的活灵活现，夸张地瞪着眼，神情满是怨毒，仿佛恨不得一下把我们几个都弄死一样。

我瞧了一会儿，知道别的暂时都不重要，必须先解决了这幅透着邪气的画才行，否则真是怎么死的都不知道。

我诚挚地对那森哥说道："老大，咱们之间的恩怨，我想能否先放过一边，你要那本书的话，出去后我一定双手奉上，就算是不要，我毕竟已经记得差不多了，在这个出邪的地方，恐怕只有我那点手段可以对付厉鬼，别忘了在北京时，我还按书上教的机关得罪过您的弟兄，如果您大人大量，放兄弟一马，出去后我保证拿出所有钱财给您赔不是！你看行不？"

森哥恨恨地看我一眼，对着我的枪口缓缓放了下去。我心中大喜，赶忙趁热打铁："森哥，刚才牺牲的那位兄弟，你不觉得死得很蹊跷吗？一拿出黑焰灯，就出了惨事，这边画中也有了情况，我看一定是'五丁破相大法'在捣鬼，这些事儿，还真的需要我这样的高手去处理才行！"

森哥终于被说动了，有点迟疑地回答我："那倒是，谅你也飞不上天去。不过，要是你敢玩什么花花肠子的事，我可会让你后悔生在这世上的！阿正，给他把手电筒，看他有什么招数！"

就说话这阵工夫，墙上的画又有了变化。右下角那女人竟然在画中缓缓移动，距离那佝偻着背的金老片越来越近，我一眼看到，知道她片刻之间就要对金老片施杀手，于是屏吸凝神准备救人。

突然，头顶有东西带着风声急速坠落，在我们几个的强光手电照射下，似乎是一根巨大的尖刺笔直插了下来，正正对准金老片的脑门。我对这金老片有点同病相怜的感觉，再加上厌恶感还不是很强，于是一脚就把金老片踢了出去，那东西几乎同时"嘭"地一声，插进了地下的青砖里。

金老片给我踢倒在地上，吓得面无人色，紧紧靠在那无形的透明墙边喘气。

我看了看四周，几乎没有什么可以躲藏的掩体。灵机一动，拉着肥佬快速地靠近那幅画，差不多紧紧贴着画刚站好，头顶上又唰唰落下几根锋利的尖刺。那个叫山子的正抬头想躲，不防被一根插进嘴里，钉子直直地从两腿之间穿出去把他给钉在了地上，便一声不吭地死了！

森哥和剩下的阿正、大刚还算灵活，躲过了这一波尖刺，但也是给吓得不轻，瞪着眼看我和肥佬，不过也不敢走到画这边来。

短暂的平静过后，除了大量的尖刺越来越多地坠落，顶上似乎还有什么沉重地东西在往下压，巨大的体积带着重量，森哥大骂道："冯一西你个王八蛋，不是有办法对付吗？怎么还不动手！再他妈磨蹭，大家都要变肉饼了！”

我这时也不客气了，叫道：“别他妈催老子，都是你拿那个什么黑焰灯惹出来的祸，你要是不给我把刀，就等着咱们一起完蛋吧！还有，快点扔个胶布过来，我有用处！”

森哥毫不犹豫地挥手扔过来一把刀，当地一声，刀带着一卷胶布扎进了墙上的画中。我拔出来一看，乐了，还不错，这森哥的装备都是一流的，这短刀竟然精钢打造。不过肯定不会是军用刺刀，因为刀身很宽，拿着就是个唬人的并不实用。

空中暂时没有尖刺落下来，我瞥了一眼画中那女人，现在又呆呆地蹲在角落里不动了，用手在地上抠着什么，我心头一凛，顾不得敌我矛盾不属于人民内部情况，赶忙招呼森哥小心脚底下。果然，我叫声出口，面前的地下就伸出了几只毛绒绒的干枯长爪，很像那些黑蜘蛛，一把攥住了阿正和大刚的脚脖子，森哥动作灵活，纵身一跳，没给毛爪子逮着，半空中一转身，哒哒哒哒，三个人同时开枪，打得地上青砖冒烟。

肥佬掏出了打火机，紧张得胖脸上都是汗水，对我说道：“老冯，我放火烧了这妖画，把她变一老烧鸡，看她还能不能这么嚣张。”

我赶忙制止肥佬：“别烧，画里头还有咱们几个人的形像，搞不好是咱们身上的什么东西，你烧了画不要紧，我就怕连咱们也一起烧死了。”

看着画，我突然有了主意，森哥和两个手下正拼命地闪避地下伸出来的黑手，一边用枪突突地乱扫，我可真怕子弹不长眼，飞到我们这边来。正想着，忽地一声，一个东西飞了过来，我一看是那把肥佬买的菜刀，从阿正包里掉了出来，活的一样盘旋着，直奔我脑门劈了过来！

菜刀来势快如闪电，我吓得两腿发软根本闪避不开，耳中猛听“扑”地一声响亮，我心想这回可真是死定了，下意识地伸手去摸自己的脑袋，

想摸摸看是被砍掉了半个，还是整个都没了。

没想到一摸之下，竟然完好无损，仔细一看原来是森哥百忙之中把背包掷了过来挡在我面前，菜刀正好砍在背包上。

我死里逃生，不由对森哥有了点好感，心想："不愧是当头领的，说一是一，还知道照顾别人！"

不过被森哥这背包一掷，我脑子里却有了对策，赶忙喊道："森哥！再坚持一下，对准画来一枪！"

森哥毫不迟疑，乌兹冲锋枪对着画中的右下角就是一梭子弹，差点打着我。

估计那画中的女人也是被邪术操纵着，正在让主人享受任意摆布我们的乐趣，没想到有人如此大胆，竟敢开枪还击，控制她的邪术不由放松了片刻，那女人的身形滞了一滞。

也就在这一瞬之间，我一看是个机会，飞身跳到画的右下角，用刀把画中女人所在的那一部分切了下来，折了两折，用胶布缠了一百多圈。

从我出手割画，叠画，到缠上胶布，快得难以想象，行动之迅速，准确得令人匪夷所思，真如同电光石火一样。我这才知道一个人的潜能被逼得发挥出来时，竟然这么惊人，连肥佬在旁边都大张着嘴合不拢。

画中的女人应该一向都是祸害没有抵抗能力的人，哪想到今天碰上我的动作比鬼魅还快，她还没来得及反应过来，已经被我用胶带包得严严实实了。

我捏着这片包得严实的画布，觉得里头有好大力气在挣脱，几乎要带着我离开地面，赶忙大喊道："肥佬你个呆鸟，打火机呢？还不快点来烧，真要眼瞅着哥们儿完蛋啊！"

肥佬这才惊醒过来，赶忙掏出打火机来点，只闻见一阵恶臭，那包胶布在地上蹦了几蹦，灰飞烟灭。

我抬头看了看挂在墙上的画，我们几个人的身形已经消失了，画中所绘的情况也慢慢褪色，最终变成一片空白的墙壁，散发出臭气和灰白的人肉颜色。仔细一瞧，那画竟是好多块人皮给针线缝在一起做的画布，忍不住心头一阵恶寒，赶忙跳开那面墙壁。

我想这恶毒女人的妖法算是破了，如果这就是那个被棺材钉扎住的女人，本来还想救她离开，这下完全没了好感，不由痛恨自己的妇人之仁，差点连肥佬一起葬身在这里。

周围平静了下来，金老片也慢慢走过来，对我佩服得五体投地："老哥真是神勇，兄弟的胆色和手段能及上你的一半，死也情愿，我看你这手段都快撵上那位摸金倒斗的高手秦爷了！不是你刚才救我那一脚，恐怕老朽今天就交代在这儿了！兄弟谢谢你了！"

我没有任何得意之情，对金老片和森哥说道："今夜的情况凶险无比，我没料到世界上真有如此厉害的妖术，过于大意了，没做任何准备就贸然来这里搜查，险些死在这里，刚才也只不过是赌上性命搏了一把，侥幸得很，若是一击不中，咱们都是死无葬身之地了。"

森哥阴着脸察看阿正和大刚的伤势，一时没有理我。

我看了看肥佬还好，没受什么伤，于是趁此机会和那个金老片又攀谈起来："听你老是提起什么秦爷，这人是谁？你到底知道不知道那黑焰灯是怎么回事？我总觉得那灯是个不祥之物，闹不好会害了大伙的！"

金老片咧了咧嘴："说起秦爷的事儿，几天几夜都说不完，年轻那阵可是拳打南山猛虎，脚踢北海蛟龙，那份冷静，那份心机，真是一代倒斗的奇才高手！他差不多在美国待了十年，孩子都这么高了！唉，可惜了！"金老片说着用手比划了个小孩子的高度，不住摇头惋惜。

我听得怦然心动，不由好奇地问道："记得你说他手上也有本跟我那本差不多的旧书，是不是真的？不知道有没有机会拜见一下交流交流，黑焰灯怎么回事，你还没说呢，就别卖关子了！"

金老片接着说道："这个黑焰灯，我知道的并不多，只是在美国的时候，森爷找到我，给我看他一个家传的笔记本，上面说了这么几句话：'鹧鸪穿山甲，发丘天管印，墓里黑灯鬼打墙；掘岭四海游，摸金校尉留，鸡鸣五鼓鬼上身。'我一看就乐了，因为秦爷经常念叨的跟这差不多，讲的是：'发丘印，摸金符，鸡鸣五鼓鬼上身；蹲葬棺，寒气坟，穿山掘岭绕着走。'差不多一个意思，都是盗墓四大流派的切口和一些禁忌。对了，那个笔记的主人也是姓冯，不知道和森爷是什么关系。至于这黑焰灯嘛——"

正待跟我仔细分说，那森哥走了过来，瞪了他一眼，金老片赶忙闭口不言。

森哥走到被尖刺钉在地上的山子身边，阴郁地伸手覆上了山子圆睁的双眼，扭头对我说道："唉，这一趟真是得不偿失，大刚也是不成了，阿正的伤还能有救，都是为了这黑焰灯闹的，这他妈怎么回事？惹急了老子就拿你们几个陪葬！"

我心里有气，虽然森哥刚救了我一命，可这话听着也太刺耳，除了阿正，这人也就是个光杆司令了，还这么嚣张，不由心中杀机一闪，有了其他的想法。

我把刀扔回给森哥，省得他疑心，毕竟他们俩手上还有枪，翻脸还不是时候。

我走到躺在地上的大刚身边，骇了一跳，非常眼熟，因为大刚的腿从膝盖往下都被地底伸出的黑爪子夹断了，两截带着血的人脚上套着鞋子，跟我和肥佬在盗洞里见到的诡异人脚非常相像。黑暗中，我似乎瞧见大刚的后脑勺凹陷下去一块，手边平放着一把手枪，于是趁手电晃动的空当，悄悄把那手枪塞进了裤兜。

我对这黑塔样的汉子没什么好感，于是扭头又去看那个阿正的伤势，还好，阿正估计是反应够快没给那黑爪子夹断，有点瘸的一只脚站着，也没有血流出来。我看了一眼阿正的痛苦脸色，走回森哥旁边，轻声说："森哥，阿正有状况，你看出来没有？"

第十三章　头发里的疑云

森哥诧异地看了我一眼，不太明白我说的话。

我见他不明白，于是扯着他走开了一点说道："大刚死得很蹊跷，双腿给夹断不应该这么快毙命。你留意没有，大刚的后脑勺上有个凹槽，像是被什么东西砸出来的，那才是致命伤。可是刚才在他身边的只有阿正和你，至于你应该不会这么做，所以我才说阿正有问题。"

森哥皱着眉头低声说："这很难说，万一是大刚跌落地上时自己磕出来呢？阿正跟我可不是一天两天的了，你再想想，阿正还有什么不对的地方？"

我知道没有什么证据的话很难说明这件事，于是继续给他分析道："证据我当然有，你瞧阿正的眼神，不觉得冷静得过分吗？还有他头发里肯定藏了什么东西，我记得你们本来都戴着头盔的！"

森哥瞟了一眼阿正，他泰然自若地站在那儿不做声，一场生死搏斗下来，阿正确实很冷静。森哥凝神细瞧阿正的头发，影影绰绰地似乎趴着一个东西，被森哥的手电一照，又缩了回去，于是摆摆手示意我一起过去，一左一右把阿正夹在中间，森哥冷冷说道："阿正，你有没有什么事情瞒着我？或者身体有什么不对劲的地方？咱们多年兄弟，断不能叫你没了下场。"

阿正的眼神里掠过一丝慌乱，但很快镇定下来说道："老大，我很好，我，我……啊！”话没说完，竟然一声惨叫，抛下枪，转身飞跑了出去。

森哥一咬牙，拔出手枪就要瞄准，我赶忙拦住他说道：“别着急，森哥，我看阿正只是受了什么劫持，他头发里隐约有别的东西趴在那儿，先不要开枪，我们人已经不多了，再有损失的话，恐怕难以逃出去了。”

我看森哥有点不信，只好说道：“这是我从书上学来的，‘五丁破相大法’过于阴狠恶毒，葬尸之地都会有异象发生，我和肥佬先前就发现过成堆的蜘蛛纠缠在一起，阿正头发里隐约露出来两只爪子样的东西，毛绒绒的，就很像蜘蛛的脚。”

现在只剩下我、肥佬、金老片和森哥四个人了，力量对比发生了明显的变化。看着森哥脸上阴晴不定的变化，我想他应该也明白这一点，肯定正在心里作决定。

我想起刚才从大刚身边偷偷摸来的手枪还藏在我裤兜里，于是悄悄瞄准了森哥，以防万一。

没过两分钟，森哥已经想明白了事情，缓缓说道：“冯一西，金老片，还有这位胖兄，今天的事情实在出乎预料，我也没想到会是这样。现在大家在一条船上，等平安出去了，我自会把关于黑焰灯的事情全讲给你们。至于我陈见森是个怎样的人也不用废话，以前多有得罪的，还望包涵。”说罢周围一拱手，掏出那把匕首又递给了我。

我示意肥佬从地上拣把枪起来，拿在手上，虽然知道肥佬对于怎么开枪压根一窍不通，但毕竟了胜于无，关键时候还有点用处。我拿着匕首对陈见森说道：“森哥，咱们这是在闹市区的地下，折腾了大半夜，上头是个什么状况，还一概不知，我希望接下来咱们齐心协力，一起找路出去，至于出去后怎么做，就以后再说。你那黑焰灯要是带不走的话，还请你不要太固执，免得害了大伙性命。刚才你救了我一命，我都记下了，我冯一西也是条汉子，断不会做出背后暗箭伤人的事情。”

森哥点点头，从背包里翻出几个弹夹递给肥佬，四个人就算暂时达成了和解。

我对森哥说道：“现在有三件事必须处理，一个是死去这三人的尸体，你那个马仔、大刚和山子，我看必须得清理一下，得防备着尸变化煞；第二就是金老片你们进来的路在哪里，咱们能否顺着原路退出去，也得赶紧计划一下；第三就是那个逃走的阿正，我总觉得他还有救，咱们要不要去找他？”

森哥看了看手表，无所谓地说道：“阿正的事儿就不要管了，各安天命吧！这会儿差不多快四点了，天亮前咱们就得出去，要不然大白天一露头保准就给警察拉走。冯兄弟你拿主意怎么做吧，我听你的没意见。”

我握紧匕首走到最先死掉那个马仔的地方，竟然发现那尸体不见了。赶忙晃着手电去看两具尸体，这下真的大吃一惊，大刚和山子的尸体也消失的无影无踪！刚才都处于紧张的气氛下，没人注意这几个已经死透的倒霉蛋，怎会知道尸体也长了脚，就这么不见了？

难道这鬼地宫里除了我们几个还有别人？我联想起死去的大刚后脑勺上，那块凹陷下去的打击伤痕，心里有点发怵。

墓室空荡荡的一点陪葬器物都没有，也不是很宽广，更不是复杂得难走，唯一担心的就是墙壁，别看都是一模一样的青砖，我只怕不少都是些可以活动的暗门，这就比较麻烦。我们只有四个人，分头行动的话很容易走散，再说那个跑开的阿正很可能就躲藏在哪个暗门后边。

我把心里的想法告诉肥佬他们几个，然后就问金老片：“你们是怎么进来的？别藏着掖着了，赶紧说，这里不是久留之地。”

森哥接口回答道："我们进来的路怕是没啥用处了，因为那条路在天亮后就是一条死路，走不得的。"

我一听奇怪了："这，这叫怎么说？只听说：天黑莫回头，背后不是人。我还真搞不懂明明白白一条路，怎么会大白天反而变成个死路呢？"

金老片苦笑着说："冯爷你听我说，这黑焰灯是传说中的一个古物，说是非常神秘，很值钱的。海河底下藏着一处水底墓穴，昨夜里天黑后，我们几个人包了一条船停在海河边上，装做是船坏了正在修，实际上我们都是潜水下到河底，找到了这个水底墓穴的入口，神不知鬼不觉钻了进去。忙了半夜也没啥收获，还有两个伙计死在了水里，那个血腥啊！我现在想起来，腿肚子都要转筋，太惨了！"

金老片瞟了一眼阴着脸的森哥，接着说道："我们几个正在撤退的路上，水底墓穴的墓道里却冒出了几个蹲葬棺，这下麻烦了，我们就像碰上了鬼打墙一般走不出去。好在老朽我发现了一条地下暗河的通道，连滚带爬地顺着水道摸了进来，一身泥水里除了摸到几个旧玉片，啥也没有。后来听到你俩说话，心焦却找不着出来的路，幸亏这位胖爷打开了暗门，咱们这才算胜利会师了。"

森哥这时也插口说道："这黑灯的事儿，说来话长，我是从我一个亲戚的手上拿到个下窖子的经历笔记，才知道的这档子事儿。几年前曾经在南阳的一个山里头露过面，我那亲戚见到过，后来他追查到这灯在天津，就无影无踪地查不下去了。今晚上是意外，本来没有想到会碰到黑焰灯的，你和肥佬没有潜水装备，就算咱们命大，走到那水底墓穴，我只怕死去那两个伙计的尸体已经浮了上去，干我们这行的，没几个忠肝义胆的还会等着咱们，那接应的船只肯定早跑了，咱们大白天浮出水面，绝对是死路一条。"

我这时算是明白了，要想出去恐怕还得从我和肥佬下来的那个盗洞打主意，不由自主望了一眼肥佬，出奇地竟然看到肥佬依然很平静。我心想肥佬这是怎么了，自打碰到森哥这伙人后，肥佬经常一言不发的，这可不像他的脾气？

我这时没想那么多了，况且我从来也没有怀疑自己哥们儿的习惯，于是简单地和森哥、金老片介绍了我们下来那条路，最后告诉他们："像这样的龙眠地，给高手排下'五丁破相大法'后，变成了一个'人气不入，阴气不出'的四绝之地，生气不聚、戾气不出、鬼气凝结、寒气孳生。这种特殊的风水格局能培育出什么怪物来，还很难说，比如那长毛蜘蛛，我就怀疑是什么变种，还有这么多削了皮的死尸究竟做什么用处的？那个被我烧掉的画布上的女人，会不会让咱们平安离去？都是未知数。"

金老片嘘着气说道："三年寻龙，十年点穴，说的还是荒无人烟的野外，这在城市里要想准确点出穴位，恐怕没有三十年功夫是做不到的。这块龙眠地的正主究竟是哪个？我金老片倒真想开开眼界。"

一时四人无话，我和肥佬摸索着寻找我们掉下来那个洞，在青砖铺地的墓室里边走边想这个墓室的正主会是谁？

我越走越觉得肥佬表现得很可疑，以我俩的交情，他有什么事情不会不和我商量，况且我俩一直都有单独说话的机会，但他总是保持沉默。在大学时肥佬再怎么说是专门学过业余拳击的，那时他还没这么肥，以肥佬的身手几场打下来气都不喘，赢多输少，那张嘴更是叽里哇啦没停过，怎么几年不见，身手撂下了，连脾气也改了？

我装做无意识地把手电向肥佬头顶照了照，顿时吓了一大跳，我的妈呀！

肥佬头发里居然也藏着东西？

我有点懵了，想起那个阿正被揭穿后大呼小叫地逃跑，顿时不敢惊动了肥佬。忍住发软的双腿，走近森哥，对他使了个眼色，示意有情况要单独说。

森哥也算是绝顶聪明的人，神色不变，眼角瞧都不瞧肥佬和金老片一眼，就哗啦啦打开枪机，大声说道：“且慢！休息片刻，都不许乱动！”然后和我一前一后无意地走开了几步。

我凑近森哥告诉他肥佬头发里有古怪，八成是和阿正头发里的东西一样，千万不可打草惊蛇，吓走了肥佬，在这种险地可就算是栽定了，救都没法救。

森哥皱着眉毛想了片刻，拉着我回来，无意识地靠近肥佬，摸出一根烟递了过去，招呼我也过来抽一根喘口气，金老片在旁边不知内情，插口道：“森爷，冯爷，这里空气已经很浑浊了，老朽都快透不过气来了，你们就别抽烟了，要知道我可是一直忍着烟瘾不敢抽的。”

森哥眼一瞪：“你个老杂毛别唧唧歪歪的，这里和海河通着呢，河水会不停地送风进来，别他娘打扰老子的兴头！站过一边去！”

我对金老片也使了个眼色，示意他站开，我们有事儿要办。

肥佬低头把烟凑上来点的时候，森哥的手掌无声无息地拍了上去，可能有点害怕头发里藏的东西，拍的很靠近脖子，一下就把肥佬给打晕了过去！

第十四章　棺液淋浴

我瞪了一眼森哥说道："你也不轻点，打出毛病来我可跟你没完！"

说归说，我心里知道刚才那一掌实在是高明，肥佬块头本来就大，一招不慎打不晕他，可能就彻底害了他，我自己还拿捏不好这个分寸。

事不宜迟，我拿出匕首，蹲下来慢慢靠近肥佬，其实我心里一点谱都没有，对于什么毛绒绒、软绵绵的小动物一向就有种天生的恐惧感，这会儿为了好朋友的性命，也顾不得那么多了。

轻轻拨开肥佬的头发，赫然发现一只古怪的蜘蛛，有掌心那么大，四条毛绒绒的长腿，紧紧扣在肥佬的头皮上。长腿的中间是一个椭圆形的黑色很扁平的肉瘤，上头没有五官，只有两只眼，嘴巴应该也咬在肥佬的头皮上，而眼睛似睡非睡的，眼皮耷拉着，还没有意识到被我和森哥目不转睛地盯着看。

我看的头皮发麻，这死肥佬，啥时候头皮上趴这么一个恐怖的东西，居然一声不吭的，要是就这么给带了出去，那我们可真是作孽大了！

我招呼森哥走到一边，商量下怎么办，那森哥虽然不惧真刀真枪的硬仗，但是对这种诡秘的东西很是害怕，脸色已经白的发青，忙不迭地找出头盔紧紧箍在头上。

金老片也看到了肥佬头发里那只奇异的蜘蛛，同样给吓得脸色发白极不自在。

我看了看森哥，见他耸耸肩膀也没有啥办法，不由心头焦躁，这可怎么办，我是决不会答应把肥佬扔在这里不管的，可是怎样才能弄死那蜘蛛而不伤到肥佬呢？

我焦躁了片刻，知道对事情毫无帮助，于是苦苦思索那本《天渊山水纵横秘术》里头，有没有提到过这种情况，森哥见我发呆，凑过来说道："冯兄弟你得抓紧了，天就快亮了，我那一掌也就能撑一会儿工夫，万一他醒过来时咱们还没有解决，我怕……"

听森哥这么一说，我心头灵光一闪，蜘蛛一般都是怕光的，如果有几秒钟可以让蜘蛛愣一下，就有办法把它从肥佬头皮上铲下来，再说这蜘蛛怕是已经和肥佬心意相通了，也就是说肥佬暂时不醒，那蜘蛛也暂时不会发难，对，就他妈这么办了！

但这可是要命的事情啊，又不敢再耽搁下去，我咬咬牙，拔出匕首，招呼金老片和森哥一边一个摁住肥佬两条手臂，叮嘱他俩等下用强光手电对准蜘蛛猛照它一下，一切准备妥当，我轻轻拨开肥佬头发，贴着肥佬头皮把匕首的刀刃轻轻滑了进去，顶在黑色肉瘤的中间，微一用力，咔嚓一声，那蜘蛛的两眼瞬间睁了开来！

几乎同时，森哥和金老片两只高强光的手电同时转了过来，正正地照上这蜘蛛的两只眼睛，蜘蛛猛然暴露在强光下，四只毛绒绒的长腿一缩，就想钻进肥佬头皮里去，我哪能让它钻进去，等的就是它毛腿一缩。一瞬间，我手腕猛然发力，刀刃用劲，就把蜘蛛挑了出来，吧唧一声，摔在青砖地上，森哥一梭子弹打上去，顿时毙了这东西。

我们三个立刻松了一口气，但我马上想到为什么阿正和肥佬会被蜘蛛附身，而我们几个却没有事情？不过这会没时间考虑这些了，我扶起还在半晕的肥佬，也顾不上擦他前额上淌下来的血，赶忙向我们掉下来的那洞口走去。

墓室并不是很大，我们四个一会儿就找到了那个洞口。肥佬也清醒了过来，除了神色萎靡不振外，倒还没什么大碍。我一直留神注意着他，担心他可不要再中招了。

森哥一直左右打量那个洞口，从包里掏出一根长长的细铁链，一头带着个可以伸缩的钢爪，森哥嘴里叼着手电，试摸着想顺着那个黑洞扔上去，这可是个技术活，我压根帮不上忙，却见金老片靠近我身边，往我手里塞了个东西，我一捏，硬硬的，像一实心木牌，有点莫名其妙，就用目光询问金老片怎么回事?

金老片神秘地笑笑，小声说道："冯爷你身手了得，还救过老朽的命，我看你脖子里戴的项链不是凡品，极像南洋的佛珠，这位胖爷可什么都没有，所以老朽就自作主张，取出一件辟邪的宝物赠送给你，说不定就能克制那种蜘蛛不来胖爷身上捣乱，好在我预备的不少，身上还戴的有，冯爷倒是不用担心我。"

我赶忙看金老片塞我手里的东西，是一个木牌样的东西，打磨得油光锃亮，又有点像是玉石，仔细一看镶嵌了不少小玉片在上面，整个也就是烟盒的一半大小，看起来流光溢彩，上面雕刻的龙盘虎踞，就是不认得是什么东西。

金老片看我狐疑地神情，赶忙解释道："这可是个真货，有名的穿山掘岭甲！"

"穿山掘岭甲？那是什么东西？"我还是不明白，不过我一边问金老片，一边已经取下自己脖子上挂的佛珠给肥佬戴上。我看这个甲牌有个手链，估计是戴在手腕上的，于是照葫芦画瓢戴在了自己的手腕上。心想要是没有辟邪的能力，也不能让肥佬再中招了，还是我先戴上试试吧。但有点怀疑地问道：“这些事儿您老怎么知道的这么详细？别是忽悠我的吧？”

金老片面现尴尬，笑着说道：“这些事情都是我这些年在美国田纳西州时候，跟秦爷和他太太一起吃饭时听来的。秦太的外公早年是一名旷世奇才，一身本事兼修穿山术和摸金符，非常了得，可惜已经过世很久了，这枚穿山掘岭甲就是……就是……就是秦太送给我的祖传宝贝，据说是古代穿山人在墓里佩带的辟邪宝物，我这次顺手带了回国。听森哥说你获得了那本奇书后，我就寻思什么时候可以抄个副本回美国，和秦爷手上那本比照着看看，也是一件幸事嘛。我相信秦爷也一定会给你他那本书的副本，这点老朽可以打包票！”

金老片说得煞有其事，不由得我不信，顿时有了见见这位传说中的秦爷的念头，正要央着金老片给我引荐一下时，却听森哥那边，梆地一声，力道很足，钢爪可能碰巧钉上了那个红木大棺，我心里一惊，叫声不好！

已经来不及劝森哥千万不可使劲，我只好推过金老片躲过一边，因为我记得那个红木大棺已经朽得很严重，这么大力一拉，岂不是会拉个散架。想起里面那恶臭的棺液，我直想吐，可不敢给这玩意兜头一浇，那可真是生不如死。

果不其然，我就知道这家伙力气十足，也不知道以前是干什么的？随着他手腕的一使劲，哗啦一声，那个红木大棺的一头盖板给拉了下来，很多纠缠在一起的腐烂尸体，恶臭扑鼻的棺液，伴随着一些泥土，整个都顺着洞口兜头浇了下来！

森哥压根没想到会有这么大阵仗，一时也忘记了躲避，腐烂的尸肉和黑色的棺液立时把他浇了个透心凉，再也忍不住地奔到个角落，蹲下大吐起来。肥佬也是够呛，虽然没有站那么近，也给溅上了不少秽物，头晕眼花地一屁股坐地下，把我俩下洞前吃的喝的那些食物都给吐了出来！

我只有看着金老片，苦笑着无话可说。

过了好一会儿，我估计他们俩肯定是连胆汁都出来了，才停止呕吐，肥佬还好，不怎么需要换衣服，森哥就麻烦了，整个身子都是臭的，瘫在地上，只有出气的份了。

我心里偷笑，这个嚣张的家伙也有今天！不是在北京那阵子，满世界派人找我麻烦的时候了。要是早点像金老片这么好好地跟我说，下半本换来上半本，何乐而不为呢？何苦搞的我像是逃难一样跑来天津，惹出这么档子事儿？

等他们俩稳定稳定情绪之后，我就想走过去，给来两句风凉话，尤其是肥佬，这次可让我有了猛料来嘲笑他。谁知道刚走到那洞口下边，上面扑通一声，那具红木大棺简直就是贴着我后脑勺，戳了下来，可能是森哥这一下劲用得太大了，朽烂的大棺也给拽了下来，残存的尸液几乎全泼到了我身上。这些可是多年的沉淀精华物质，味道厚实的不行，几乎把我熏晕了过去，胃里翻江倒海，狼狈地也跑去肥佬身边，低头一阵猛吐。

唯独金老片毫发无损，笑嘻嘻地看着我们，打着手电往上照照，高兴地说道："冯爷您可真是员福将，这么大个棺材简直就是个天然的梯子啊，这下我们就可以毫不费力地出去了。呵呵，本来我还担心老朽身体欠佳，等会爬不上这个洞呢，这下可省心了！"

我心里暗恨你个老不死的，别高兴太早，上头还有不少毛绒绒的黑蜘蛛等着您老呢！

第十五章　对还是错

又折腾了这么久，天都快亮了，这一夜也该划上句号了，我估计那个深长的盗洞没什么意外的话，七点前我们可以回到小屋。想到衣柜里那张还钉着六枚棺材钉的女人遗像，我心里咯噔一下，这一趟，似乎还有些事情没做完。

那幅妖画里的女人就是租房子给我的梅姨，这一点我非常确信。那种冰冷阴森的神态非常特殊，至于假装好人给我什么高人的电话，更是不能相信了。奇怪的是，如果这个棺材钉下头的女人非常恶毒，给人这么镇压的情况下，还能找来梅姨做爪牙，又为什么不让梅姨直截拔了那棺材钉放自己出来呢？这其中必然有些不为人知的原因，那我还要不要找到这女人的尸休烧了呢？

想想以前布置阵法的高人，我心里很是不愤，这人为什么除恶不务尽，留个尾巴来害别人？要是当时直截一把火烧了，哪来这么多破事，除非这女人根本不是人类而是妖怪，烧掉都没法解决问题。如果真是这样的话，我和肥佬就真的太冒失了。唯今之计，只有先回去，搞清楚怎么回事，再决定下一步怎么做。

我和金老片站在下面稳住那大棺材，森哥跳上去看看，离洞口还有一人多高，这时那钢爪才真正派上了用场，没怎么费劲，森哥就固定好了钢爪，然后把肥佬给拽了上去。我让金老片先上，这人年纪有点大，还得我在下面帮他一把才能拽着绳子爬上去。

肥佬用手电往下面乱晃，大声叫我快点上去，而此时的我，一个人站在下面的墓室中，突然有种非常奇怪的感觉，想要顺着绳子爬上去，却抬不起腿来，豆大的汗珠子顿时顺着我的前额淌了下来，在寂静的墓室中，吧嗒吧嗒地坠落在脚下的青砖上。

那个朱红的大棺材像堵墙一样竖在我面前，森哥的细铁链就顺着棺材边垂下来，我用尽全身的力气去抓，指尖离铁链只剩数寸距离，却再也伸不出去了。我脑子一片空白，心想这次是真的完了，我和这个墓室看来是有缘分，没那么容易离开的，厉鬼已经找上了我，可惜我还没有个后代来继承香火，真是糟蹋了这块龙眠地来葬身。

我拼命地让自己冷静下来，我相信别人不说，肥佬是肯定不会撇下我一个人的。突然，我觉得脖子里似乎有别人的头发轻轻扫了一下，然后，就觉得有人抱住了我两条腿，凉飕飕的手又扳住我脑袋向后扭，把我整个人都向后扯去，我手脚不能动弹，脑袋给扯的向后扭了过去，正好这时候在头顶上，有几束强光手电的光柱照了下来，让我看清楚了后边是什么东西。

这东西我想我这辈子都忘不掉了！

我身后耸身立着一只好大的黑色蜘蛛，腿上的毛很长，扫过我脖颈让我以为是别人头发上的东西，就是这蜘蛛腿上的长长绒毛，抱住我的腿和脖子的是蜘蛛嘴里吐出的丝，蜘蛛那丑陋的眼珠子愣愣地盯住我，嘴唇不断开阖，已经准备好享用我这顿大餐！

我啥时候受过这等惊吓，居然这东西抱住了我，来个亲密接触，我终于撕心裂肺地狂叫一声："我的妈呀！肥佬快来救我！"

上面的人和那蜘蛛一起被我这嗓子吓了一跳，森哥的枪立刻开火了，哒哒哒地准头极好，全都打在了蜘蛛的脑袋上。脓血四溅，我脚脖子一松，赶忙抓住了面前的细铁链子，手脚并用地拼命往上爬，爬了一半，听见森哥的声音："他娘的没子弹了！"

我没顾上理他，肥佬正伸手拽住我衣领死命往上拉，终于把我给弄了上去。我惊魂未定地浑身发软，就见那只蜘蛛居然也顺着铁链子往上爬，我赶忙推着肥佬快往前爬，就听肥佬闷哼一声，整个人朝我的方向一扑，把我又给推了下去，跟着就软软地趴了下来。

我大吃一惊，半身悬空在洞的外面，铁链子勒进了我的手里，钻心地疼痛，看不清楚肥佬出了什么事情，那只蜘蛛离我越来越近，终于把我给逼到了绝境。

处在绝境的时候，往往会有惊人的发挥，我发现自己就是这种人，我一只手从裤兜里摸出那只手枪，祈祷里边还有子弹给我留着，森哥在时，一直没敢检查是不是把空枪，这时只好赌一把了。

蜘蛛的毛腿往下一蹲，被子弹打伤的地方汩汩地渗着黑血，整个身体却快速地跃了起来，大嘴一开直咬向我伸出的手，把我整条手臂都吞了进去，我闭着眼使劲一扣扳机，我操！枪是空的！顿时脑袋一晕，彻底傻眼了。

蜘蛛的嘴里好多小牙一样的东西在吮吸我的手臂，麻酥酥的让我欲哭无泪时，却突然感觉蜘蛛的咀嚼动作停了下来，整个身子一抖一抖的把我的手臂往外吐。我想这怎么回事？赶忙用力抽回手臂，一看自己手腕上戴了个玉牌，顿时想起这是金老片给我的穿山掘岭甲，莫非这玩意有毒？

那蜘蛛已经跌落地面，蜷缩成一团在抽搐，我赶紧抓着铁链子翻身爬了上去，肥佬依然还是昏迷不醒，我摸起他的手电照照，发现和那个死掉的大刚一样，后脑勺一个小小的凹槽，往外渗着血迹。我一看大怒，这分明是森哥做的好事，忍不住大骂陈见森你个王八蛋，落井下石让老子给你作牺牲品，忘记谁说的，对敌人的仁慈就是对自己的残忍，真他娘的有道理！

无奈之下，我在前面，拖着肥佬费力地也往前爬去，挡路的大棺材被扯下去之后，我和肥佬原先进来的地方，很清楚地看到有三条岔路，我还记得左右两边的岔路都给死尸堵住了，中间这条是我们爬进来的路，不会错的！

在一个狭窄地洞里拖着一个大块头往前爬的滋味真不好受，这种高难度的工作，把我累得上气不接下气，已经没有空闲的手来打手电照路了，我就这样摸黑往前拼命地爬，脑子里只有一个念头，不能让肥佬死在这里。隔一会儿摸摸他的鼻孔，一直还有气息，让我放心了一点。

也不知道过了多长时间，正往前爬时，我一头撞上了一个人的鞋底，吓得我汗毛一炸，忙不迭地后退，那只鞋底显然也吓得不轻，死命地往后蹬我，嘴里还哼哼唧唧地嘟哝：“我上有八十岁老母，中有十八岁小老婆，下有吃奶的孙子，您就放了我吧，定当日日给您烧高香，送纸钱！如有虚言，天诛地灭！”

我一听乐了，这不是金老片吗？

转念想到他是和森哥一起的，也不是什么好东西，立时松开拽着肥佬的手，摸出匕首就扑了上去，压在他身上，用匕首顶住了他后脊梁，金老片给吓得话都说不利索了。

我恶狠狠地问他：“好你个金老片！居然是个背后害人的东西，那森哥呢，去了哪里？”

金老片一听是我，松了口气，赶忙求饶：“冯爷你先下来，我一把年纪，肋骨都要被你压断了，我金老片虽然贪财好色，却绝对不是那种卑鄙小人，我一看森哥对肥爷下手，心知他也饶不过我，我这点本领，哪是人家的对手，抢先一步钻进盗洞就跑了，真的没和森哥在一起。”

我知道金老片也是被森哥胁迫进来的人，气昏头的情况下，很快恢复了理智。从金老片身上爬下来，继续问他：“就你这老骨头，森哥能追不上你？少在我跟前玩假的！”

金老片喘着气说道：“真的，我在盗洞里爬了不远，就看见一双人脚在前面挡路，赶忙爬过去，把人脚摆在我后边做成个假人，那森哥追上来后掏出手枪，啪啪几枪全打那死尸上头，我这才逃了一条活命啊！又等了好久才掉头顺着森哥的痕迹，找到这条不是死路的洞。这把老骨头已经要散架了，又听到后边有人爬上来，没办法啊，只好趴这喘气等死呢，原来却是冯爷您哪，可千万千万不能撇下我这把老骨头啊！”

我看金老片说的像是实情，搜了他下身没有武器，也就没有再难为他，只是交代他在最后帮我推肥佬，我在前面拽，使出吃奶的力气继续往前爬。

估摸着时间过去差不多两个钟头，应该就要到了，我心里暗喜。肥佬虽然晕迷不醒，但气息还算深厚，一时半会是死不了的，于是停下来招呼金老片休息下，准备出洞。

刚喘口气，就听到寂静的洞里，前面传来一阵声响，很像是有人在拼命地爬。我赶忙打开手电一闪，只见一双脚正倒退着往后死命倒爬，我灯光一闪，这人的动作也停了下来，静悄悄的。

我看那鞋子的式样，觉得应该就是森哥无疑，只是不知道他为什么要倒退着爬回来，难道前边有什么东西吓着他了？想到这里我也非常不安起来，死死盯住那双不动的脚。

对峙了好一会儿，听见一丝微弱的声音：“后面是不是冯兄弟啊，快上来救救我，我是阿森啊！”

金老片扯住我，示意我别上去，这人狡诈得很，难说是不是在玩什么把戏？

我打开手电，就见那双脚上的鞋底全是血迹，还顺着边缘不停地往外流，一抖一抖地似乎快要断气了。我就慢慢爬了过去，一看果然是森哥，正大口大口往外吐着黑血，看起来快要死了。

我这次可不会那么慈悲地去救他，于是在他身上混摸一番，看有什么伤痕或者宝贝。摸到怀里时，一个硬硬的东西，我想这莫非就是那个让他大喜的黑焰灯？正想一把拽出来，森哥竟回光返照般抓住了我的手腕，一字一顿地说道：“冯兄弟，这黑焰灯不能动，要人命的！”

我可不管那么多，随手扇了他一巴掌，掰开手指就拿出灯来，塞进怀里，森哥可能知道我不会救他，吐着血说道：“冯兄弟，是我的错，求求你给我个痛快吧，我已经不成了，内脏碎了，疼死我了！”说完又是一大口血块吐了出来，手脚蜷缩起来不停地抽搐。

我这辈子还没有杀过人，也从来都没有过这种念头，明知道如果不是自己命大，刚才必然已经给他害死。但就是这样，我还是下不了手给他个痛快，这是对还是错？

森哥用乞求地眼神看着我手中的匕首，我微微摇摇头。只见森哥露出绝望的眼神，一大口黑血块吐了出来，我心里一软，叹口气，挥起匕首就想割断他喉咙，刀子刚刚离近，就见森哥两眼一瞪，气绝身亡！

一刹那，我呆住了，如果没这么凑巧，森哥最终难逃一死，是死于我的刀下，还是自己寿限到头，这笔账要算在谁的头上？

短短几秒钟，我觉得自己变了许多。

第十六章　真相大白

金老片经过森哥的尸体时候，默默地低头祷告了点什么。我也情绪黯然，没想到自己会变成这个样子，只听说过逼人造反的，没听过逼人杀人的。虽然森哥不是死在我的手上，但我已经有了杀机。当时森哥不死，我恐怕也真会割断他喉咙，难道我真的性情大变，不再是以前的冯一西了？

顺着狭窄的洞，我和金老片一前一后，拽着昏迷不醒的肥佬终于爬了出来，还是我那间小屋子，空荡荡的一个人没有，虽然没有窗户可以看看现在是什么时辰，但从门口透进来的光亮来瞧，应该是第二天的上午了。

除了金老片还好说一点，我和肥佬一身的臭液，呛得人发晕，衣服磨得破烂不堪，满脸都是黄土，更可怖的是我那条手臂，被蜘蛛咀嚼过，变得黑糊糊地吓人，人天白日的，我也不敢出去洗洗，只好拿出件干净衣服叫金老片换上，出去打了桶水来，草草抹了下身子，然后把脏衣服都脱下来丢进那个洞里，又把床垫子抬过来堵住。

一切忙完，该死的肥佬醒过来了，睁开眼第一句话就是问我：“这是哪儿啊？”然后一拍后脑勺，叫声头痛，倒头就睡得鼾声大作。

我算彻底放心了，一口气上不来，浑身虚脱，和金老片他们两个人挤在床垫子上，一起睡了过去。

金老片在旁边，我总是睡不踏实，没过一会儿，我就醒了过来。

看肥佬呼吸均匀，这厮身体底子还是不错，应该没有大碍了；金老片也是睡得呼呼的，不时活动一下身子骨，这老骨头这一晚上可是遭了罪了！

我取出那个厚厚的笔记本，从第一页开始看起来，直看得我出了一身透汗！

原来这本笔记就是我在龙虎山找到的那个张天师，张道临亲笔写的。真是无巧不成书，电影里才会有的奇妙巧事，竟然发生在了我的身上。

笔记中说的内容大致上是这样的：笔记主人名叫张道临，日本侵华战争时期，大概是一九四四年，张道临二十多岁的血气方刚一小伙子，在龙虎山学道，正逢乱世，天下兵荒马乱的，怀着独善其身不如兼济天下的崇高理想，出山四处云游，悬壶济世，治病救人，仗着身有法术，寻常日本鬼子和国民党的溃兵倒也奈何不了他。所以在大江南北、黄河上下活人无数，博得小有名气的张天师称号。

华北沦陷之后，张道临随着难民到了河南南阳附近，一日在城郊的山上挖草药时，从土中挖出一名年轻女子，这女子自称是因为前一天山上塌方被压在下面，靠仅有的一点空气得以支撑至今，若无张道临相救，过不了多久就会被活活憋死。今日得君子相救，无以为报，愿以身相许。张道临看她孤苦可怜，又甚懂礼数，就带了她在身边，但这女子体质非常瘦弱多病，一天时间的一大半都在屋里躺着调养，不肯见人。

张道临对于这女人所说的以身相许根本无意答应，再加上治病救人的公事繁忙，见她不肯见人，只当是女人家脸皮薄，嫁人不成，羞愧一段时间自会好转，所以一直也就没有仔细盘问她，见面机会也就少了。此后张道临参加抗战，日本无条件投降之后，张道临携此女到了天津定居。

这时腾出手来了解这女子的情况，才大吃一惊，动用龙虎山道术严刑拷问下，获悉了一个惊天动地的真相，这女子竟然是百年老尸，生前学了一些憋宝的邪术，可以看见地下墓穴宝藏，就到处挖坟掘墓。在湖北一古墓中找到一本古书，里面记载一种邪术，依其法修炼，专门剥下活人的皮肤，整张吞下，来延缓自己的衰老，已不知有多少无辜性命死在她手中。

后来到了洪武年间，朱元璋的头号谋士刘伯温摆下五鬼轧尸大阵，擒获此女，逼她服下药物处于僵死的状态，连同黑焰灯一起活埋在南阳，准备动用天地玄火整个炼化此尸，不料还没发挥作用，刘伯温就死在了朱元璋手上。

明代末年一六四四年，这女尸逃了出来，但是又被贼猫咬伤，让黑焰灯给吸住，没跑出多远就僵死在土中，三百年后，女尸恢复了很多，擒住几个喽啰为自己卖命，了解了不少当时的情况，正想搞个天翻地乱时，却碰到张道临出现，一身道术正气凛然，镇得女尸不敢妄动，又摆脱不开，就勉勉强强撑到了现在。

张道临得知此事后大惊失色，知道这一切后又变得很是犹豫，毕竟追随自己多年，也一直没有再出来害人，很难说是不是真心向善，放了她又实在害怕她用邪术再次害人，最后道家除魔卫道的念头占了上风，就狠下心肠，施以“五丁破相大法”，活剥其皮，埋入地下。

在笔记的最后，张道临写到，这件事情一直让他良心难安，一想起那女子苦苦哀求的神情，而自己居然活剥其皮！虽然是为了除魔卫道，但手段残忍，一直以来，心中非常后悔，也怨自己当时实在没有办法，可以在瞬间产生高温灼烧此女，因为时间不够的话，还会酿成大祸。只好动用邪术，以暴治暴。埋下女尸后，想想不妥，这才写下这件事情的前因后果，把笔记和黑焰灯一起埋于地下，盼望日后有缘人读完笔记后，找出那具没皮的尸体，烧掉她也算是让她早日超生吧！

我看完笔记只觉得脊背发凉，看看这个时间表：一六四四年女尸逃

脱；三百年后身体复原碰到张道临；二十五年后我出生，张道临来给我取名字；又过了二十五年我出差龙虎山，得到张道临的《天渊山水纵横秘术》，来天津这女尸的葬身之地！

这张道临分明是又想放了那女尸，又不愿意自己承担责任，一个老滑头！高温？不就是火葬场那焚烧炉吗？浇上油，烈火一焚，管她什么妖，什么尸，还不都是灰飞烟灭！

唯独让我大惑不解的是，按照张天师所说，这百年老尸和黑焰灯一起被埋在天津的地下已经有年头了，为什么三年多前，我会在南阳的一个破屋子里见到黑焰灯呢？难道百年老尸逃出来想回老家看看，刚巧又碰上了五叔和陈脸子？那这灯难道长了腿又带着老尸飞回了天津？又或者说这黑焰灯还不止一盏？

看到这儿，我心里也隐隐约约有点明白，五叔说的趴在陈脸子背上的黄衣女鬼恐怕和百年老尸有点关系！而陈脸子和陈见森之间恐怕也有点什么关系！这一切更和我又是大有干碍之处，否则为啥连我小时候做的梦，里头都是些没有皮的尸坑，那不就是被百年老尸吃掉的人吗？

敢情这一切都是老天做好的套，等着我来跳的！想到这里，我忍不住大骂："好你个张道临！居然弄这么大个套来忽悠老子！我操！"话没说完，肩膀上就被人轻轻一拍，吓得我一哆嗦，后面的脏话没有说出口。

扭头一看，原来金老片被我惊醒了，这老年人睡得轻，被我这么一嚷，顿时醒了。

我把笔记扔给他看，一个人点根烟生闷气去了，肚子饿得咕咕叫，烟也抽的没滋没味的。

金老片目光炯炯的一会就看完了笔记，合上后说道："原来这么回事！老朽看来，这有缘人必定指的就是冯爷无疑，黑焰灯除了有神奇的法术之外，真的是一个不祥之物，那陈见森不是有缘人，自然被其所害，只是这下一步该怎么办呢？”

我听得窝火，走到衣柜那儿，几把撕开胶布，指着里边嚷嚷：“你自己来问问这位百年老尸吧！怎么办？怎么办？我怎么知道怎么办？”

金老片赶紧转过头不肯看，直叫：“我的好冯爷，您就快点关上门吧，这种东西我可不敢沾惹，听秦爷说这‘五丁破相大法’，谁见谁死啊！”

我操！我更加没好气了，怎么这破事净摊在我头上了，看见金老片吓得发抖，心中不忍，也就关上柜子门，走过来坐下。

我想了想说道：“金老片，这本《天渊山水纵横秘术》，我看你就复印一份带回美国吧，顺便问问那位秦爷有什么主意，不枉咱们相识一场。”我从那倒霉的森哥怀里摸出的黑焰灯，暂时还不想让他知道，于是压根没提。

金老片看得出很高兴，一竖大拇指直赞我没有门派之见，实在是高，跟着又迟疑地试探我：“冯爷，还有件事儿，那块穿山掘岭甲，您看是不是也该还给我了，一起带回去？那玩意可是有魔力的宝贝啊！”

我 听就又来气了，敢情你这金老片是为了让我给你卖命才装作送给我的啊！顿时没好气地一挥手：“得了得了，那块木头片就当是你拿来秦爷书的定金好了，哪那么多废话！”

看看也到了中午了，那杨宾要给他姐姐送饭去，外面暂时不会有其他人来，于是我叫起来肥佬，出去好好洗了洗身子，换上干净衣服，三个人出去吃饭。

天津的美食很多，可我刚来没两天完全不熟，于是肥佬开着车带着我俩，七拐八绕地去了东门外一家素菜馆。许是饿坏了肚皮，八大碗素菜一上，我们仨风卷残云一顿猛吃，坐在雅间里直喘粗气。

肥佬吃完饭，想起今天还没请假，单位有事情急着要先走，我拉住他问道："身体咋样，能吃得消吗？"肥佬拍拍脑门子说道："没事，头还有点疼，那森哥的枪托砸的还不够狠，我歇歇就没事了，你们先聊，我下班再来看你。"

我赶忙拦住肥佬说："别，你下班回家好好歇歇吧，我和金老片随便坐会儿就回去。"于是肥佬就开车先回去了。

我见金老片也吃的差不多了，于是点上烟招呼服务员沏上茶，开始聊了起来："金老片，你说你早些年曾经下过古墓，真有这事吗？"

金老片说道："老朽这一把骨头是只能跟着别人喝汤的份儿，下古墓那是全靠了秦爷和胖爷提携，十年前秦爷从西藏回来后就金盆洗手，摘符去了美国。老朽舍不得秦爷这一走见不着了，于是丢下北京城潘家园好大一份家业，跟他们一起去了美国，一晃十年过去，我还可以找他们打打麻将消磨时间，那秦爷可就顶不住了，对以前的冒险经历非常怀念，不止一次和胖爷嘟囔着去广州，找他一个亲戚坐坐。"

我说："秦爷？胖爷？金老片你就爱乱扣高帽，这两位也没那么老吧，别的不说，我对秦爷那个书倒是最有兴趣。"

金老片笑笑："那是，秦爷大名叫做秦建军，和胖子差不多岁数，今年应该小四十了吧，不过因为当过兵，身体好，看起来那可是很年轻！像你这年龄，今年最多也就二十五六，秦建军在你这年龄正当兵呢，呵呵，真是长江后浪推前浪啊！以冯爷这身手，埋没民间实在太可惜了，我回了美国之后，一定把上半本的复印件给您弄一套来，您也真应该趁年轻好好干一场！"

我瞪他一眼："好好干一场！你说的是掉脑袋的事情吧，去去去！少来这一套，冯爷我还没穷到那地步！"

第十七章 怦然心动

金老片凑上来小声说："不是钱不钱的问题，老实讲，兄弟我在美国这十年，除了打麻将消磨时间，赚那鬼子的钱，可也是——海了去了！"说着用手比划了个数钱的意思，接着说，"包括秦爷、胖爷都不缺钱，本来就不是什么花钱的主，秦爷要不是还惦记国内一些死去的战友，早就做个富家翁退休享福去了。我说这个好好干一场的意思是，那《天渊山水纵横秘术》，隐藏有惊天秘密，可以据此揭开'龙凤玉片'的难解字谜，历史上记载，这'龙凤玉片'内容艰深晦涩，包含两大历史谜题，第一就是'凤舞龙楼'的天大谜团，和秦始皇有关，第二就是'龙盘仙山'的内幕，事涉幽冥鬼道，和几大民间传说都有关系，想当年秦爷、秦太和胖爷为这'龙凤玉片'记载的秘密，可是新疆、广西、西藏、陕西、东北跑了个遍呢！"

我听得怦然心动："什么秘密！有没有这么神奇啊？"

金老片说道："这'龙凤玉片'，目前知道的只有三块，秦太姓杨，祖传下来那块是当年她父亲在西辽国黑水王墓里头找到的，解放后在陕西的古田县也出土过一块，不过因为运输机坠毁而失落了，最后一块装在玉盒里，被秦爷失落在广西南丹的融王墓中，之后没有拿出来，所以目前实际上可以看到的，只有秦太家传的那块，但是这'龙凤玉片'不能用来做墓主的陪葬品，一般都是在墓室里作为守护神存在，所以秦爷认为这'龙凤玉片’的密文中，那个‘龙盘仙山’的内幕极有可能是长生化仙，逃脱六道轮回的秘诀，但解读的方式另有他法，这就需要冯爷你的那本书来帮忙了！”

我听得目瞪口呆，心中隐隐觉得我拿着的黑焰灯或许也和这件事有关系。

金老片更加神秘地说道：“秦爷他们当年盗过最离奇的大斗就是广西南丹九万大山中的融王墓，那可是九死一生才拣条命回来的，可惜最神秘的一个玉盒和铜镜给失落了，千辛万苦带回来十六枚黑戒指，是凌驾于所有陪葬品之上的宝贝，最后猜测是专门用来解释‘龙凤玉片’的秘密工具，就像密码本一样，现在秦爷手里有了龙凤玉片密码，有了解读密码的工具指环，但是怎样把这十六枚指环按顺序编号，就必须要你们这两本《天渊山水纵横秘术》凑齐，才算大功告成，当年秦爷为了找这本书可是腿都跑断了也没找着，你说这事儿神奇不？这就叫缘分呐！”

我好奇地问道：“什么融王墓？我怎么从来没有听说过？”

金老片笑了，想了想说道：“要是连你都听说过，那他们还能在美国吗？不过秦爷最近经常提起的，就是融王墓的事儿，总觉得还有不少难解之谜，为这些问题秦爷、秦太和胖爷不知道争论了多少次，都没个头绪。”

接着金老片给我讲了讲融王墓的事儿，大致意思是：在秦汉年间，古代广西有一个融国，据传国中人多会邪术，有的史学家称之为困惑的国度，记载不多，但是最为离奇的就是这个王国最后整体失踪了，直到多年以后，有个死里逃生的官员供称，那融王带着国民，远远地迁移到深山里避世而居，最后一代融王选了处绝世的风水宝地，用邪术逼着全国人陪葬，因为那地方有很特殊的环境，很难被人倒了斗，但是通过这唯一的幸存者的口，绝世大墓的情形才流传出来，秦爷、秦太和胖子三人一番惊心动魄后，顺利挖开了这绝世大墓，安全返回。最离奇的，最让人不能相信的却是最后时刻，三个人居然晕了过去，后来怎么回忆都觉得跟梦似的，抓不着点实际。秦爷他们一致结论，这不符合融王这狠角色的作风，定是另有内情。

金老片说的话，引得我目眩神飞，好奇的情绪被勾到了最高处，满脑子都是那个陌生的融王他老人家，直到金老片说要走，我才回过神来，赶忙扯住他问道："在下头的时候，你说的那绕口令似的一段话，就是鬼打墙、鬼上身什么的，到底是啥意思？我也听说过，但一直不太明白。不急，你说完了再走。"

金老片清清喉咙对我说道："我说的是'鹧鸪穿山甲，发丘天官印，墓里黑灯鬼打墙；掘岭四海游，摸金校尉留，鸡鸣五鼓鬼上身。'那意思可多了。按照祖传的说法，盗墓有四门，穿山掘岭为始祖，发丘摸金是分支。"

这些我已经听五叔说过，和金老片说的差不多一个意思，就没再仔细听了，只不过金老片后来说，秦爷和秦太一个劲争论这个鬼打墙和鬼上身究竟哪种局面更糟，没个结论时才哈哈笑了几声。

金老片临走时，问我要手机号码，我哪里有，那种手机万把块一个，贵得要命，只好留了个肥佬的办公室电话给他，金老片去银行取钱订机票时，硬塞给我二万块钱，说我正当困难时期，千万不可沉沦了，要等他的消息，这钱就当是买我下半本书的定金，我看看拾元一捆的厚厚两砖头，不好拿，就先收下一万，心想那黑屋子的确不是人住的地方，还是要换个好点的地方搬过去住。

金老片估计是直接订了回美国的票，看他乐颠颠地带走了我那本书的复印件，就知道这件事意义重大，不是故意忽悠我的。

我吃饱了也就慢慢往回走，心想天津这地头我还没有仔细逛过，干脆走着回去，路上也好想想怎么处理屋里那女人的遗像，究竟要不要放掉。

回到小屋，我也没有想好究竟该怎么做，昨夜经历了太多惊心动魄的事情，这小屋在我眼中也不再觉得可怕了，就想早些休息，躺到床上，迷迷糊糊地也不知睡了多久，半睡半醒之间，耳边传来了女人的声音："我真可怜……求求你放我出去吧……"

我睁开眼睛循声望去，黑暗中影影绰绰地看见从地下那个坑里，钻出一个黄衣女子，四十岁左右，向我冷笑着走来，边走边说："你不放了我……大家一起死……死了好……跟我走吧……"

我想起身下床，身体却动弹不得。四肢不能动，但是心智清醒，知道这就是那个被"五丁破相大法"镇压的老尸，只是瞧她如此恐怖，不由心中骂道："丢你老母，看来老爷我要归位了。"

我知道只要这百年老尸再走近几步，我就再也无法收敛心神，必死无疑，就算不死，恐怕也要变成梅姨那样的小喽啰给她卖命。

黄衣女子离我越来越近，面貌也依稀瞧得清楚了。面容白净丰满，只是口鼻却一片模糊，唯独两只眼正如我所见相片中的那两个漩涡，房间里虽然黑暗，但是这两个黑色漩涡简直比黑夜更加漆黑，是一种完全没有生命迹象如同太空黑洞一样的黑暗。在她苍白的脸色映衬下，更显得狰狞恐怖。

我这时才真正吓坏了，比起墓室里的蜘蛛还要可怕！真是非我族类，其心必异啊！我承认我当时如果不是全身僵硬，一定会尿裤子的。她似笑非笑地缓缓伸出手，就来拉我的手腕跟她一起走，就在她的手刚碰到我的手腕的时候，忽然怪叫一声，撒手跑掉了。

我发一声喊，从床上坐起来呼呼呼地大口喘气，只见窗外阳光灿烂，耀眼生花，看看表竟已是上午十点了，我这一觉竟然从昨天下午一直睡到现在！

我环顾左右，房间中一切如常，静悄悄的，只能听见自己急促的喘息声和心脏怦怦怦的跳动声。难道是南柯一梦？

若说是梦，梦中的情景怎能如此真切？我下意识地抬起手看自己的手腕，这才想起手腕上还戴着金老片给我的“穿山掘岭甲”，想不到短短两天，竟然两次救了我的性命，看来这玩意定是真品，至少材料是一种有毒或者克制阴邪的稀有物品。我抚摸着已经褪去黑气的手腕，思潮起伏，对金老片和秦建军、秦太的经历又多了几分向往。

中午我又煮了两包方便面，吃过之后躺在床上胡思乱想。我想到这间房子处处透着古怪，再住下去非神经不可。我性格中有一种重大的缺陷，就是太过心高气傲，都说人不可有傲气，但不可无傲骨。傲骨我是不知道自己有没有的，但我自尊心很强，处处不想被别人看低。又自恃头脑灵活，身体素质出众，甚至觉得世间事没有我做不到的。若不是过于高看自己，也不至于混到现在这个地步！

江山易改，本性难易。我虽然知道自己性格上的种种弱点，却无法克服。这时想到逃跑，不由得又激起了我破罐破摔的傲慢之气，心想我平生从未见过鬼怪，近日来运气衰落，所以这些不干净的东西才会出现，我要是怕了它们，真是枉为男子汉大丈夫了。从北京跑到天津，接着还要往哪里跑？张道临这个老杂毛，不会那么容易放我这个替死鬼跑路的。

说不定这些都是睡眠不足产生的幻觉。再退一万步想，就算真是闹鬼，鬼把我杀了，大不了我也变鬼，那时候我再找害死我的女鬼算账，他奶奶的，大家都是鬼，我还怕她不成？

时间过得真快，转眼间已经下午四点多了，我既然打定主意住下去，就抖擞精神，来到我们这小楼的院子里散步。说是院子，实在是小得可怜。左手墙边有个小小的花坛，右边拉了根绳子，晾着几件衣服，地上是正方的大块青砖所铺，时间久了，已磨得毫无光泽，整个小院配着这幢二层的洋式小楼，虽然破旧，却有一种文物古玩所独有的颓废之美。

天津民风淳朴，楼里的居民知道我是新搬来的，都很热情，围着我问东问西，我跟他们闲聊起来，对我楼上的三家邻居也多多少少了解了一些。

在一楼，我住楼道最靠里的单元，104。旁边三家都没人住。二楼最外边的201是杨琴杨宾姐弟所住。至于202则是一家三口，一对夫妻和他们的女儿。这家丈夫王师傅四十来岁，下岗在家闲着，偶尔出去做点小买卖，妻子三十五六岁，是个会计，大伙都称她为王嫂，家里有个七八岁的女儿小华在念小学。203的一家是开出租的刘师傅，带着自己十九岁的女儿刘凤彩。

聊了一阵子，快到吃饭的时间了，各家人都分别去做饭了，我光棍一条，自己吃饱了全家不饿，饿的时候随便煮几包方便面吃就行了，所以我仍然在院里闲坐。

六点左右杨琴姐弟回来了，姐姐杨琴回家做饭，杨宾看我在院里坐着抽烟，就凑过来跟我聊天。因为杨宾不上学，又是外地人，没什么玩耍的伙伴。他见我也是外地的，而且没有大人的架子，说话挺逗，就喜欢找我来玩。我对他也是比较有好感的，于是就跟他有一搭没一搭地闲扯起来。

侃了一会儿，杨宾问我会不会讲故事，我说："讲故事啊？那我太拿手了，你想听哪种故事？"杨宾想了想就说："西哥，讲个鬼的好不好？我在老家就特别喜欢听吓人的。"我嘴里答应，心中暗骂："这臭小子，听什么不好，非要听鬼的。这两天老爷我算是跟鬼缠上了，连讲故事都要讲鬼的，今天有必要吓唬吓唬他。要不然以后他还要让我讲这些怪力乱神。”

我正盘算着要讲哪个惊悚的段子吓一吓杨宾，杨琴把饭菜端了出来，招呼我和杨宾一起吃饭。我本想拒绝，但是饭菜的香气扑鼻而来，这种家常菜我很长时间没吃过了，连忙假装咳嗽一声，借机把口水咽了下去。

杨宾也拉着我的胳膊劝：“西哥，一起吃吧，我姐姐做的菜很好吃，来嘛，来嘛。”我假装客套了几句，便跟她们坐在院里一起吃饭。杨宾让我边吃边讲故事，杨琴听说我会讲故事也很高兴，让我快讲。

我紧扒了两口饭，已经想到了一个段子。我在大学念书时经常给同学们讲段子，工作之后虽然没什么机会表现，但是当年的经验还是记得的，讲恐怖故事需要营造气氛，于是我压低声音不紧不慢地讲了出来。

第十八章　半夜失踪

我讲的这件事啊，非常悲惨，而且绝对是真的（这是我惯用的伎俩，是一种心理暗示。一个“真”字，就立刻让气氛凝重起来，听众也从放松的状态中变得认真了）。

刚解放的时候，有个人从军队转业到地方当警察，此人姓林，他的工作是法医鉴定。所谓法医院，就是解剖尸体，勘查命案现场进行分析的工作。公安局配发给这个姓林的警察一部照相机，为什么给法医配发照相机呢？因为法医要对被害者的死尸拍照存档。姓林的法医就用这部相机拍了很多死尸的照片，这些死尸没有一个是正常死亡的，有出车祸撞死的，有被人用刀砍死的，也有从高处摔下来死亡的。

就这样，林法医干这行业一干就是二十年，这部相机他始终舍不得换掉，因为非常好用，照出来的相片其逼真程度，让看的人以为是真的在看尸体。这部相机拍的照片早已经不计其数，但是唯一有一点可以肯定的是，从来没有给活着的人拍过照。

一次，林姓法医勘查一个命案现场，他带着这部相机，拍了几张有价值的照片。正在此时，公安厅的领导来现场视察工作，局长也跟来了，因为领导来得突然，没有记者采访，局长想，如此难得的机会，不跟上级合影留念实在是太遗憾了。正发愁呢，看见林法医脖子上挂着部相机，就让林法医给他和领导照张相。这是领导的命令，林法医怎么能不服从，于是调焦距，按快门，咔嚓一声，给领导和局长拍了一张。

晚上回到单位，林法医洗相片，发现今天拍的照片都很正常，唯独两张给领导的合影有问题，似乎是曝光的原因，整个画面黑乎乎的，两位领导面目全非。不！不是面目全非，这，这简直就是给死尸拍照时那些尸体的面目啊！

林法医大惊失色，这要是被领导看见，还不得给我穿小鞋啊！赶紧的把照片和底片销毁了。然后收拾收拾东西下班回家了。没想到第二天一上班，就传来了坏消息，头一天拍照的两位领导坐在一辆车里出车祸，全给撞死了。这种情况法医肯定是要到现场的，到了现场一看，两位领导尸体的脸部扭曲变形，看来死的时候受了不少痛苦。林法医突然觉得这有点眼熟，这才想起来，与昨天相片中的情景竟然一模一样。

他想这部相机拍了无数死亡的照片，莫非是阴气太重，怨念纠结，所以产生了强烈的诅咒。想到这里不免心情沉重起来。这天下班回家之后，像往常一样看报吃饭。忽然发现自己的相机带回来了，这相机是公家的，他从来没有带回过家里，大概是今天心神不安，无意中带回家来的。唉，明天赶紧带回局里。

晚上正准备睡觉，发现他老婆正在摆弄相机，林法医大惊，说："快住手，这个千万别乱动，太危险了。你刚才有没有用它给自己拍过照片？"妻子摇摇头，林法医这才放心，忽然妻子目露凶光，恶狠狠地看着林法医……

我讲到这里的时候突然把手一指正听故事听得入神的杨宾："可是，我给你拍了一张！"把杨宾吓得两眼发直，张大了嘴再也合不上了。过了半晌，才缓过劲来，捂着胸口说："西哥，你讲得太吓人了，好像真的发生了一样。"我讲了大半个小时，正是要这样的效果，心中得意，喜形于色。

杨琴也吓得够呛："太刺激了，心脏不好的还不被你吓死了。"然后我又讲了两个笑话，哄得她们姐弟哈哈大笑。正在这时肥佬从外边急匆匆地走进来，对我说："你又讲段子呢？快奔三十了，还愿意玩这个。别废话了，赶紧跟我走，我有急事找你。"

离开家走不了几步就是海河，我们俩就沿着河边散步，我是第一次看到天津海河得夜景。两岸灯火辉煌，映得河水金光闪闪，其美难以言宣，只不过我心事很多，无心赏玩。

我问肥佬："什么事这么着急，到我屋里说不行吗？还非要出来讲。"肥佬说："我晚上真的是不想进你的房间，白天我还能壮着胆子，你那屋里诡异得很，你也要多加小心了，赶紧换个地方住，别死要面子硬撑，前天夜里搞那么一出，差点把命都丢了，亏你还能住下去。"

经过前天夜里的事情后，我不想让他为我担心，往后发生什么事情也不想把肥佬扯进来，所以和金老片说的那些话就没有告诉他，杀死森哥的事情更不能说了，于是我把话题扯开说："昨天你走了之后，到晚上还真有个女鬼出来，想和我上床，我一看她长得忒不成啊，一嘴大黄板牙，就给她踢飞了。"

肥佬被我逗得呵呵直笑："你就是个肉烂嘴不烂的人，刀尖顶着胸窝子，也忘不了说些废话。"

我问他："究竟什么急事，不会就是让我换房子吧？这点破事你都说了N遍了，烦不烦呀？"原来肥佬急着找我是因为他为我找了份工作，等个两三天就能定下来，他怕我急着自己去找活干错过了面试的时间，所以特意赶来告诉我。

我感动得不得了，肥佬说："行了，快打住吧，这算不了什么，当年我困难的时候，你也没少帮我啊，咱哥们儿之间就别见外了。"肥佬又问我："既然工作有眉目了，今后打算怎么办？是就这么混下去，还是有什么别的计划？”我说：“什么计划不计划的，现在心思太乱，长远的打算暂时还没有，先混一段时间，等把心态调整过来之后再说吧。”一看时间不早了，都晚上十点多了，我们就分道回家。

院里没有灯，只有借着楼中窗户透出来的灯光勉强看清楚路，我一进院门，正往楼门里走，一瞥眼之间只见有个穿白衣的女人蹲在院子左侧角落里一动不动，我心想这是谁呀？大半夜的蹲这撒尿。

不过既然是女人小便，我也不好意思多看，但因为此事实在太过奇怪，我忍不住进楼门的时候又回头看了一眼，这回看清楚了，原来是二楼的刘师傅的女儿刘凤彩。她是个大学生，今天下午我在院子里跟她说过话，很聪明的一个女孩。我心想既然是认识的人，就别多管闲事了，可能楼里的厕所都占满了，她憋不住了在院里解手也是万不得已。我要再看她只怕有些不礼貌了。

快走几步进了自己房间。我开了灯，躺在床上，随即想到了和韩叶娜相恋的时光，心中一阵甜蜜，一阵酸楚。望着白亮亮的灯管，产生了一种两世为人的感觉，几个月以前的美好生活离自己仿佛有无限遥远的距离，那一切都太美好，以至于显得很不真实，美好得仿佛如梦似幻。

随后就昏昏沉沉地睡着了……这一觉睡得十分畅快，一个梦也没做，醒来的时候天已大亮，我伸了个懒腰，觉得精力充沛，心中的郁闷似乎也少了许多。我心想这是住在这里的第四天了，什么都没发生，看来前一天被百年老尸勾命的事儿确实是梦。

这一日无话，白天出门逛了逛街，到了晚间回来，楼里出现了骚动，二楼刘师傅的女儿失踪了。

已经是晚上六点多，几位邻居正围在院子里人人面色焦虑，我听大家说了几句，了解了原因。原来是刘师傅的女儿昨天晚上八点半出去给父亲买药，到现在为止一直没有回来。刘师傅从昨天晚上一直找到现在，亲戚朋友以及刘凤彩的同学老师家都找遍了，去派出所报案，警察说不到四十八小时不算失踪，不给备案。

刘师傅的老婆生孩子的时候难产死了，剩下父女俩相依为命，对这个女儿视如至宝，刘凤彩是走读的大学生，每天放学都回家，到现在竟然整整一天一夜下落不明，刘师傅如何能不着急，邻居们都纷纷安慰刘师傅，让他放宽心，说年轻人贪玩,可能忘了回家,明天是周六,早晨大家一起去找，终归是能找到的。

我也劝了刘师傅几句，本来想把昨天晚上回来看见刘凤彩蹲在院子里的事告诉他，但是毕竟我刚搬来两三天，不知道其中的详情，而且黑灯瞎火的也许是我看错了，就没再多说。

这天晚上我做了个梦：我听到院子里有个女孩在哭，我心中好奇，就出门去看，见到刘凤彩蹲在院角正哭得伤心，我正想过去问问她这两天去哪儿了，梦就醒了。

早晨起来洗脸刷牙洗澡，想想昨晚的事，有些后怕。

中午十一点左右，肥佬开车来接我，说要领我去见见他姑父。我问他给我找的什么工作，原来是家报社的文字编辑，我骂道："你奶奶的，咱们都是学金融专业的，你让我到报社去打字，这不是要我命吗?"

肥佬说："操你祖宗，少废话，你又不是不知道现在工作多难找，这活你不干，有成千上万的人削尖了脑袋想来顶替你。你不是挺能侃的吗?胡乱编点报纸上的内容，能有什么难度？再说了，你以为你有多重要似的，其实给你安排的版面是最最不受关注的，根本没人看，除了广告就是废话。"我想原来是那种报纸上的弱智版块，这有何难啊，就答应了肥佬。

中午在宴宾楼吃饭，见到了肥佬的姑父，一个姓孙的小老头，我们之间谈了一些关于报道方针以及相关政策之类的话题。总之，我给孙老头留下的印象很好，他让我后天，也就是星期一去报社上班，于是把这份工作应承了下来。

向孙老头告辞之后，肥佬说今天要带我去玩玩，我说："周末你不回家陪你媳妇，合适吗？"

肥佬牛逼哄哄地说："老子在家说一不二，想不回家就不回家，就算那婆娘一步一磕头地来求老子回家，老子也不理她，老子不惯她那毛病。"

我说："你他娘的就吹吧，忘了在家跪洗衣板的日子了。"后来肥佬讲了实话，原来这个周末她老婆单位组织员工去盘山旅游了。

我同肥佬商量着去哪儿玩，肥佬没去过什么地方，只知道去洗浴中心找小姐。我经过这几天夜里的事情，忽然变得虔诚起来，就说："天津有什么灵验的寺庙吗？我想去上柱香，拜拜菩萨。"

肥佬说："天津寺庙很多，有名的比如大悲院，挂甲寺，蜂山药王庙，南市还有个尼姑庵，我忘了叫什么名字了。"

我说："你知道的真够详细的，你信佛是吗？"

肥佬说："我是业余的信，想起来就信，想不起来就不信，有事的时候信，没事的时候就不信。我对这些庙比较熟，是因为我认识一位在大悲院修行的居士，法号叫青莲，他儿子和我在一起工作，我们之间关系不错，偶尔见到老爷子，他总是给我们讲一些佛理因果之类的事。"

我想让他引见引见这位老爷子。于是肥佬开车带我到了大悲院，从后门进去，走不多远便到了这位居士的处所。

第十九章　宿命

肥佬为我引见之后，双方客套一番，闲谈了几句，我听青莲居士谈吐不俗，确实是个通晓佛理的高人。自到天津之后，怪事数不胜数，心中有不少疑问，我对居士讲了我和肥佬在房中柜子里见到六枚棺材钉钉住一张女人照片的事，却隐去了后来那一夜惊心动魄的经历，想问问他怎么解决这事，顺便验证一下我从书上学来的东西是不是真的。

居士一惊，问了详细的过程。想了半晌对我们说："我听一位已故的老友曾经说过，莫非是'五丁破相之阵'？那是个厉害无比的咒术，专门镇压难以收伏感化的厉鬼妖魔，我活了六十多岁还从未见到过，其中原由不甚知晓。你们碰到这六根钉子，也是机缘巧合，不能避免，但是之后行事切记要多加小心。"

我心里早已有了这种精神准备，此刻听居士说了，不禁想起来在龙虎山测字的事，那测字先生说我命不长久，今日何不求教居士，我如何避祸免灾?

我问道："晚辈想请居士帮忙算算命，看看晚辈来日吉凶如何。"

居士笑道："佛家只讲缘法，不讲命运。人生一切孽报，都是因果形成，昔时之因，成日后之果，若想多福少灾，唯有一心向善。"我听罢若有所悟，但一时半刻也不能参悟透彻，便对居士讲了在龙虎山测字的经过。

居士说："佛家虽不测字，但是我有一位师兄出家前经常给人测字，百不失一。他遁入空门之后，仍偶尔小试牛刀，助人解惑。今日你二人也是有缘，正巧我师兄在隔壁，我可以带你们去测上几个字，请他指点一二，对你二人今后多少有些帮助。"

隔壁是一间禅堂，四壁雪白，清静整洁，身处其内使人心中俗念尽消，屋中一人，相必就是居士所说的师兄了。

我们对老和尚说明来意，老和尚说："只因登门测字之人太多，耽误了不少参禅的功课，故此贫僧测字，有一条不成文的规矩，不论几人来，同行之人只可测一个字，一个字只可问一件事，日后再来亦不复再测。不知二位哪位来测，欲测何字？"

我心中盘算，这老和尚小气得很，只肯给测一个字，既然如此我就让他测测刘凤彩的下落，她失踪快三天了，而且在她失踪的那天夜里，我在院子里见过她，昨天晚上做梦又梦到她，虽然同她不熟，毕竟大家邻居一场，搞不好她出事也是因为我屋里的棺材钉在作怪。此事无法依常理揣摩，但是终究要着落在自己身上。

我以前是很自私的一个人，事事先想自己，但是经历了一系列的变故，心理上成熟了不少，凡事都先为别人着想。但是又一想，自己的死活也是至关重要的，不如让老和尚先测刘凤彩，然后我再把龙虎山测字的经过请他评估一番，这就等于测了两个字，大占便宜，还让他没有借口推脱。嘿嘿，饶是你老光头奸似鬼，也让你喝了老爷的洗脚水。

我心里想得奸诈，表面上假装恭谨："就请老师傅，测一个字，我想问一个女孩的去向。"老和尚说道："不知施主所测何字？请示下。"我心想：前一番在杭州测字的时候，我因为想要个好结果，才测的一字，没成想事与愿违。这次不能再多想后果，要随口说个字，越随意越好。当下更不多想，口报一字：“不”。

老和尚将“不”字用毛笔写在一张白纸上，说道：“‘不’字，问女子下落，主身在地下。我把字理说予施主，不字比上不足，比下有余，说明在地下，下面多出来的一笔在左，施主报字之时坐于贫僧之西南方，故贫僧断之，此女被埋在西南角左侧。”

我回想两次在院子中都见到刘凤彩蹲在院子左边角落，整个楼座北朝南，进门左手边果然是西南角落。心中佩服不已：“老师傅，真乃神数。”

然后又以杭州测字之事请教，老和尚只是摇头不答，似乎已经看穿了我的想法。我心里骂了十几遍：“老贼秃。”我见再也没什么好问的，就想告辞。

不料老和尚不肯让我们走，对我和肥佬大谈佛理，生死无相，微言大义，精深奥妙，当真是口吐莲花，怎奈我跟肥佬都是俗人，听得一头雾水，不知所云。

最后听明白了一些，原来他的意思是专门讲给我听的，说我前途茫茫，闹不好血光之灾，惨遭横祸，最后下场尸骨无存，让我把生死之事看开一些，最好现在就皈依佛门，随他修行，才能免去灾星，老和尚侃了足足两个小时才放我们离去。我和肥佬如遇大赦，跑出了大悲院，已经是下午五点了，肥佬约我去吃饭，我急着回去告诉刘师傅她女儿的下落，就让肥佬开车送我回家，半路上肥佬买了两只烧鸡给我，让我作为晚饭。

回到家中，见二楼的刘师傅并不在家，听杨琴说是去派出所了。

我回屋之后把烧鸡放在桌上一边吃一边思索今日的所见所闻。

杨宾过来找我，说是请我到他家吃饺子，我一听是饺子不由得食欲大动，更何况是小琴这么可爱的女孩包的，二话不说就去了杨宾家。

吃饭的时候和杨琴聊天，我借机问了她一些关于这栋楼的事，杨琴说她们姐弟来这里住了多半年，邻里相处和睦，也未见过什么怪事。

我看她屋里放着一本厚厚的《易经》，我心想看不出来，她一个做服装生意的女孩，还研究这个，杨琴见我好奇，就说："其实我也看不懂的，我爹去世之前，是老家省城中周易研究协会的成员，这本书是他的遗物。我也看不懂，只是觉得有纪念价值就一直带在身边。你如果懂《易经》的话，有机会给我讲讲。"

其实我对《易经》的理解，仅限于听说过这两个字，对内容是一无所知，不过想在杨琴面前卖弄一番，就说："这个啊，我太熟了，上学时天天看。"

杨琴见我吹得没谱，就问："那么这本书为什么叫《易经》呢？"

我说："易，就是变化的意思，因为这是本讲事物变化规律的书，所以叫《易经》。"我怕杨琴再问有难度的问题，就岔开话题，给她和杨宾讲了几部我看过的书。

我连说带比划，口若悬河，正讲到一半，有人敲门，杨琴开门一看是两个公安，我胸中尚有许多事要向杨琴卖弄，见突然来了两个警察，心中咯噔一声，暗暗担心警察会不会是因为盗墓杀人的事儿来抓我？

原来听警察说，在海河里打捞到一具尸体，尸体上的身份证是住在这里二楼的刘师傅，他家没有亲戚，女儿又失踪了，所以请邻居去辨认一下尸体。

我脑子里"嗡"了一声，心中祈求："千万别是与那百年老尸有什么关系。"

又想到刘师傅的女儿失踪三天，多半也已无幸，不觉黯然神伤。

把杨宾留在家里，我和杨琴跟着警察到了天津市河东分局，签了字，被一个警察引领着进了分局停尸房，我小时候在父母工作的医院中玩耍，见过不少重病不治患者的遗体，但是在公安局的停尸房认尸，尚属首次。

冷色调的墙壁和白马塞克瓷砖地把停尸房的气氛衬托得压抑无比。带着大白口罩的法医打开冷柜，拉出一具男尸，盖着尸体的白布一扯开，我不用细看就知道确实是刘师傅，他一丝不挂静静地躺在铁板上，面目安详，就如睡着了一般。杨琴胆小不敢看，把头藏在我身后，我本想借机抱她一抱表示安慰，但是在这种场合下实在不合时宜，只得强行忍住。

我忽然发现刘师傅的遗体在冰柜里冻得全身发白，但是手腕上有几条黑色於痕，就像是被一双黑手狠狠地掐过留下的痕迹，甚是显眼。

我想起那夜百年老尸来拉我手跟她一起走，我因为戴着正牌的“穿山掘岭甲”才得以幸免，不然那日之后躺在这里被人辨认的尸体就是我了。

想到这里不由得打了个冷战，暗道：“侥幸。”正想得投入，突然背后有人猛得拍了一巴掌，有个尖锐地女声大声说：“冯……一……西！”

我一条命被这一巴掌吓没了半条，剩下那半条命也被这声音吓了个半死。

回头一看，身后站着个警察，一位干练的女警员，短发大眼非常俊俏，神采飞扬显得英姿飒爽。越看越觉得眼熟，正在思索自己认识的警察中有没有这么个人。

那警察对我说道：“你不认识我了？这才两年不见，你就认不出来啦？”

我这时方才想起来，原来这位警官叫田丽，是我和肥佬上大学时一个同学的妹妹，当年我俩还抢着给她送花，跟我和肥佬都处的不错，她那时读的是警官学校，想不到毕业两年后竟然在公安局停尸房里重逢，真是惊喜交加，忍不住一把握住她的软软小手，激动得说不出话来。要不是在停尸房，我一定会抱紧田丽，因为她绷紧的胸脯让我一下子想到了女朋友韩叶娜。

田丽左右看看，说此地不是讲话之所，换个地方，带着我和杨琴到了她的办公室。

我见田丽警服的肩章是两杠加三个十字星徽，心想这女的敢情是个工作狂，不得了啊，混上了一级警督，真是替她高兴，又有点担心她嫁不出去。我们到了她的办公室里，田丽见杨琴急着回家照顾弟弟，就打发一名警员开警车把她送回家。

俊俏丰满的女警面前，我自然是有说不完的话，我说起从北京来到天津之后的种种事端，田丽圆睁双眼惊奇不已，最后说道："刘师傅死得确实奇怪，经法医鉴定是被人用手掐住手腕，推下河里导致的死亡。但是据报案的目击者说，在北安桥上，见到刘师傅自己从桥上跳下河去，身边并无他人，而且目击此事者很多。真是难以理解。看来又是一件破不了的悬案了。"

我差点就把百年老尸的事儿讲了出来，后来掂量了一下轻重，只好说我测字的事情，那老和尚指点我失踪的刘凤彩埋尸地点，希望田丽带人来弄弄清楚。田丽对我说："这件事，别对别人讲，明天白天我去你家找你，咱们在你住的楼里调查调查，看来此事不能由公安出面明查，但是如果真有鬼怪作祟危害普通老百姓的生命安全，我虽然不会捉鬼，但是职责所在，既然知道了这事就不能坐视不理。我要以私人身份去查一查，务必搞他个水落石出。"

我知道田丽读书时就身手了得，何况现在加官晋爵，既然有她帮忙，这事虽然棘手，但我们合力，应该能搞定。心想：如果中国警察都跟田丽一样英明神勇，尽忠尽职，现在的社会治安状况也不会这么恶劣了。

第二十章　百年老尸

见时间不早，田丽开车把我送家里就回去了，我进院的时候特意留心了一下左侧的墙脚，只有个花坛种着十几株干枯的花，这次却没看到刘凤彩的身影。

我紧张起来，以为会有什么可怕的事情发生，然而一夜无事，白白吓死了我无数的脑细胞，最后干脆把心一横，就这样了，来天津不到一个星期，所遇到的怪事实在太多，就算是把我前半辈子经历的奇事怪事和惊险的事情统统加在一起，也比上这几天的百分之一。

既来之，则安之。按那老和尚的话讲这就是“缘法”，既然躲不开避不过，不如接受现实，坦然面对。

第二天一早，田丽就穿着便服来找我，我们在房中合计了一下，田丽说：“既然大悲院的老师傅说刘凤彩埋在院子左侧，咱们就挖上一挖，看看究竟是怎么回事。”

我是急性子，说干就干，到二楼老王家借了两把铁锨，老王听我们要找刘凤彩的尸体，也来帮忙，他怕老婆孩子害怕，就把她们打发回娘家去串门。

院子左侧是一个破旧的水泥花池子，与地面连成一体，要想挖开地面，就要把花坛砸碎，那花坛的水泥十分结实，我们废了不少力气才见到花坛下的泥土，三个人轮番上阵，用铁锨一阵狂挖。

一个多小时之后，挖到大约两米半深的地方。我眼尖，已是看到点东西，赶忙叫道："先别挖了，下面有东西。"

把碎土泥块拨开，赫然见到是一块朱漆木板。我说："这像是个棺材盖子。"二人点头称是。

顺着棺材盖子向四周挖去，发现这棺材大得出奇。不得不把坑的直径扩大。足足又挖了两个小时，一口硕大的朱红棺材在坑中呈现出来，年深日久，棺材已经有些腐烂，我强压住心头狂跳，因为这棺材和我跟肥佬掉进去的那个，形状极其相似，就连腐烂程度也差不多！

三人累了半日，满头是汗，我说先不忙开棺，递给老王香烟，老王在家泡了一壶乌龙茶，大伙抽烟喝茶放松放松，一会儿打开棺材好好干。

老王一边吸烟一边说："我在这楼里住了十几年，没想到，院子下面埋着这么大一口棺材。这事真是吓人。还好打发老婆孩子去串门了，要不然他们见了非吓出病来不可。"

我问老王："咱们这楼里，有哪家是一直以来就住在这里的？"

老王说："一楼你住那个屋子，以前是一姓沈的女人，可能身体有病，从来不出门，那个梅姨定期会来看望她，你搬进来之后，我们还以为那姓沈的女人病死了呢。"

田丽说："等把棺材打开，看看里面有什么东西，然后我们去找那个梅姨谈谈，看她知道不知道什么有关情况。"

眼看天色近午，阳光充足，三人用铁锹一撬棺材板，竟然毫不费力，原来棺材盖并没有用棺材钉钉住。我抓住棺盖前端，田丽和老王抬住另一端，把棺盖向外移开，棺板沉重异常，一股腐臭之味直冲出来，我们秉住呼吸用力搬动，随着棺板缓缓移开，三人见到棺中的情形，都大吃一惊。

棺材里一个压一个的叠放着三具尸体，尸体中没有任何的水分，干瘪的皮包着骨骼，全身赤裸。田丽没见过刘凤彩，我和老王却认得，虽然和她生前的样子相去甚远，但她的头发在后面扎了个马尾，系发的头绳上挂着Hello Kitty的吊件，这具干尸趴在那里看得清楚，应该就是刘凤彩。

我想到一个花朵般的女大学生，竟然落得如此下场，不禁为她感到难过，她全家只有父女两人，三日之内全都死了，真是灭门惨事。

我和老王用勾煤球炉子用的火钩子，把三具尸体拉了上来，谁也没想到第二具尸体我竟然认识，居然是梅姨，老王简直要吓傻了，田丽也不禁皱起了眉头，她的尸体和刘凤彩不同，面目栩栩如生，身上的衣服穿得干净整洁，似乎是她自己梳洗打扮之后特意躺进来的。

我们谁也想不明白这其中的缘故，整件事都太过匪夷所思，院子里面埋了具如此大的棺材并不奇怪，但是从地面的泥土来看，至少几十年没有挖动过，更何况上面还有一个很坚固的水泥花坛和地面连为一体，刘凤彩和梅姨的尸体究竟是怎么进去的?

但是想到几天前我还见过梅姨，从她手上租下房子的事儿，可把我吓得不轻。当真是想破了头也想不出来。既然想不明白，也只好见怪不怪了。

看到第三具尸体之时，我们三人身上都冒出了冷汗，如果说刘凤彩的尸体是悲惨，梅姨的尸体是奇特，那么第三具尸体我想只能用恐怖来形容了。

这是一具没有皮的尸体，更奇怪的是她身上肌肉并未腐烂，肌肉的纹理和筋脉血管清晰可见，鲜活得就像是屠宰场里刚被人剥了皮的牛羊，从身体上看这应该是一具女尸。

我突然产生了一种直觉：这具没皮的女尸就是我见过那遗像上的女人，除了她还有谁？以前只见过她的照片，觉得就够吓人了，想不到尸体竟然更加狰狞恐怖。看了张道临的笔记后，生出的一点怜悯之心立时化为乌有，也难怪张道临当年那么狠的心肠，估计就是这百年老尸那活剥人皮再吃掉的邪术太过血腥残忍的缘故。

看罢三具死尸，眼前一层层厚重的迷雾，逐渐在我脑海里串成了一条清晰的线索，我想在场的人中只有我清楚这事儿的真相。

我问田丽如何处置这三具尸体，田丽看着尸体说："我让公安局用车把三具尸体拉走，检查一下，然后都火化了。"

我心想这还不错，正在为难怎么烧掉，想不到就这么容易解决了。疑惑地问田丽："这件事情，被你单位里的领导知道了怎么解释？"

田丽说道："当然实话实说，但是官方的书面报告却不能照实写，这些事你们不用担心，我自会料理。"

一直以来我最担心的就是这件事，因为跟公安说实话，会被当成神经病抓起来，又实在编不出来能解释这一系列事件的谎话。听田丽说的这么有把握，悬在心里的一块石头才算落地。这百年老尸的事儿总算有了个交代，张道临那里也该放宽心了。

田丽想起还有件事情，就对我说："这件事情还不算结束，你和老王别在这待着，到路口的鸿起顺饭庄叫一桌酒菜，你们先慢慢吃着，回头我去付钱。"

我问田丽还有什么事情要办，田丽一笑回答说："我带人把尸体送回分局，然后去找你们，这件事的来龙去脉咱们毫无头绪，唯一的线索就是你说的那个租房子给你住的梅姨，等会咱们去你屋里调查一番。"

田丽回局子找人搬运棺木，我和老王准备到街边的宏起顺，要上满满一桌酒菜，好边吃边等，刚出门就碰到肥佬开着车来找我，原来是肥佬怕我忘了明天要去报社上班，专门买了些新衣服来提醒我，正好，三个人一起吃饭喝酒。

老王那厮虽然年纪一大把，却是个十足的好事之徒，他见晚上还有行动，兴奋得大呼小叫，引得饭馆里的食客和服务人员都向他投来奇怪的目光。

我觉得应该低调一点，就岔开话题对肥佬讲：“明天我不准备去报社上班了，这些天经历了很多事，我似乎成熟了许多，目睹一些人的死亡后，以前从来没有意识到生命是如此脆弱易逝，人的生命与广阔的天地相比，实在是渺小得微不足道。我不止一次地重新审视自己的人生，现在终于有所觉悟，我再也不想逃避了，等现在身边的事情告一段落，我就要回北京去直接面对自己的人生，我要去见韩叶娜，我要再一次告诉她我爱她，不论她能否原谅我，我都坦然接受自己应该得到的结果。我已经不是以前的懦夫了。”

肥佬听了十分高兴，说我终于自己想通了这个道理，并且又告诉了我一个好消息：“今天我老婆身体不适，去医院检查结果发现怀孕了，老子这回真的要当老子了。”

我听到哥们儿要当爹了，自然是替他高兴。脑海中浮现出肥佬抱着个肥仔的情景，觉得十分滑稽，忍不住大笑，笑笑又想起我那屋子里的坑还没补上，万一田丽去了，我岂不是要变成嫌疑犯？所以我对肥佬使了个眼色，出去上厕所了。

马不停蹄，我杀回小屋，那大棺材和三具女尸已经被吊车拉走了，一个人没有，左右一瞧，正好！外边堆了不少土还没来得及填回去，我赶忙来回跑了几趟，把屋里那个洞填满，又把床拖过来压在上面，看看正好挨着那个衣柜，心想我今晚说什么也不回来睡觉了，有啥事情都明天再说。

出门前，想想忘了点啥，金老片给我那一万块钱还没动，也塞进怀里，至于黑焰灯我就犯头疼，个大不好带，爬出盗洞时可以别在腰里，现在可不行了，最后我把这灯也塞进了那衣柜里，好在这里的阵法不是谁都进的来的，再加上又是凶宅，我倒是不担心小偷来光顾。

回到饭馆，几乎是和田丽前后脚进门，肥佬他俩已经在饭馆里坐了个把小时，见到田丽进来，精神一振，小声对我说："你这蜜可真够飒的啊，你小子太不地道了！我可要告诉韩叶娜知道。"

田丽听到了这话，眼一瞪说道："好你个柴勇，几年不见居然和老冯一样装做不认得我了！"

肥佬这才认出来是田丽，忙不迭地赔礼道歉，似乎对田丽有点害怕，急匆匆地说自己吃好了要赶回去上班。

田丽大大方方地跟肥佬握手告别。见她中午还没来得及吃饭，我又随便新点了几个热菜。

我问田丽："你怎么能肯定梅姨和那具无皮女尸有关系？也许她只不过是和刘凤彩一样的遇害者罢了。"

田丽说道："你说的不是没有道理，中午的时候我只是凭我多年来公安侦破的经验，说她是一条重要的线索。回到局里之后，查了梅姨以及那栋楼的档案资料。你猜我查到了什么？"

第二十一章　密码天书

我心里当然知道这些事情的来龙去脉，不过对田丽的本领还有些好奇，就装做不知道，催着问道：“田大警督，您别卖关子了，想急死我啊，快说说是怎么回事。”

田丽轻轻笑了笑说道：“原来那个梅姨的本名叫做张梅玉，经过查阅档案，发现她解放之前就在这栋楼里居住，她究竟生于何年何月，档案上含糊其词，无从知晓，估计她年龄已经在七十岁以上。当时还有个男的是梅姨的亲戚，名叫张道临的也住在这里。解放后第二年，也就是一九五一年，下落不明失踪了。经过法医鉴定有一个重大疑点，就是那无皮女尸从骨骼密度上看，年龄只有三十岁！时间匆忙，还来不及再做进一步核实。不过我已经安排他们取了组织样本后，尽快都烧掉，省得夜长梦多。”

田丽最后说：“老冯啊，看来只有去你的房间中搜查一番，才能有进一步的线索。”我心里直冒苦水，心想我那房间可是万万进不得的，有盗洞不说，洞里还有死人的尸体，这我哪能脱的了干系？幸亏刚才做了掩饰，可这田丽也不是吃素的，能看不出来吗？

但话赶话的说到这儿，不由得我违心地答应：“正是如此，这件事关系到多条无辜的人命，定要查它个底儿掉。”

计划已定，三个人饱餐一顿，让饭馆服务员沏了两壶茶，等消了食就要开始行动。

我心里着急，很怕田丽带着老王去我的房间里搜查，看了看表对大伙说："现在已经快五点了，我看天色已经晚了，不如我们明天再去，田大警督，你看如何？"

谁知道田丽却说："事不宜迟，咱们这就动身。"把我气了个干瞪眼。

天黑得晚，只见暮色苍茫，笼罩着那栋小洋楼，显得平静而又古朴，但是越是平静我心中越是感到不安，总觉得前面有什么重大的危险在等待着我们四人，面上却是丝毫不肯带出来一点。

田丽看着神情自若的我，若有所思地说道："老冯你变了。"

我一惊，以为她看出来了什么，赶忙问她怎么回事？

田丽说道："我感到在你平静的目光深处，似乎涌动着一种对冒险和战斗的渴望，即使面前天崩地裂，你的眼睛也像夜空一样明朗平静，这种职业气质让我非常羡慕，真想问问你这几年都干了什么，怎么养成这样的气质？我怎么就没有碰到这样的男人呢。"

我额头冒汗，长这么大还没被人这么赞过："过奖过奖，我整个就是一俗的不能再俗的俗人，小田你这诗歌一样的形容词说出来，一套一套的，让我今天才知道我还是这么有内涵的一个伟大男性，干脆咱俩谈恋爱得了，小田你男朋友我来摆平。"

田丽看了我一眼，说道："你就这点毛病不好，多少年都不会变，我要给你个棍子，你能爬上王母娘娘的花园去摘桃子！慢说我还没有男朋友，就是有，你抢的走吗？"

正说着，老王他老婆来找他，说老爸病了，自己照顾不过来，要他去帮忙，老王看看我和田丽，心有不甘地跟他老婆走了，我一看正中下怀，赶忙劝田丽："老王走了，就咱俩我怕不成事，人手太少，咱们还是明天再来，正好我也有事，要去车站接个远道而来的客人，咱就先歇一晚上，明天再掀它个底儿掉！”说完扭头就想溜之大吉。

却和一个胖子撞了个满怀，我正要开骂，发现是肥佬又来了，赶紧打眼色：“肥佬你下班不回家照顾老婆，都快当爹的人了，还这么没觉悟？”

肥佬看看我，奇怪地说道：“原来你知道去接人啊，那我还白跑了，我可真多事啊！”扭头就要走，我一把拽住他：“说什么呢，我说你这哥们，接什么人啊？我怎么不知道，难道韩叶娜她来了？”

田丽在旁边饶有兴趣地看着我俩，肥佬只好说：“下午，我接一个越洋长途，一听找胖爷的，闹半天才知道是金老片那伙计，他传真了一张东西给我，让我转给你，好在我是电信局工作人员，要不然这纸的传真费，可够你喝一壶的，金老片还说什么秦爷来北京了，让你注意一下，怎么没听说你啥时候还认识了一秦爷，海外朋友国际友人啊，挺够派的，不过就是听着真别扭，跟跑黑道似的，怎么，你不是去接这个人吗？”

我有苦说不出，当着田丽的面，又不好发作，心想肥佬你这孙子，啥时候变得这么没眼色啊，就算不满意我和田丽眉来眼去，也用不着当着别人的面把我给卖了啊，你是给打晕了不知道，我可为了给你报仇差点把人都杀了，万一东窗事发揪出我，说不清楚上了刑场，敢情肥佬你能替我去吃那粒花生米？

田丽已经听出了一点不对劲，这他娘的职业习惯就是不一般，伸出手就问肥佬要那叠传真纸，把我给急得都快哭出来了，在心里把肥佬的祖宗八代骂了个遍！

我终于忍不住说出口：“在人民警察的光辉形象面前，我们的肥佬同志乖得像个小绵羊一样，田大警督回去，可一定要给我们优秀的柴勇同志，申请一枚荣誉市民的奖章戴戴，也让日后满天津的人都知道知道，知道你这孙子有多光彩！”说到后来我已经收不住口，把脏话也骂了出来，让田丽听得一愣神。

肥佬却像没听见一样，乖乖交出那叠传真纸，扭头就走，上车前却对我挤了挤眼睛。

田丽或许也是觉得人手不够，就没再坚持要去我那屋里调查，而是把传真纸递给我说道："这是你的私人物品，我不能不经同意就没收，所以要还给你。"

我高兴地伸手去接，却接了个空，原来田丽缩手回去接着说："不过，事情牵涉国际友人，想必冯同志还是非常愿意给我看看的，除非这里面有什么违法犯罪的勾当，特别是刚才肥佬同志还提到什么秦爷的，我听着可是就来了警惕性，你说，到底是不是有些违法犯罪的勾当在里面？"

我只好说道："那都是几个老朋友瞎叫着玩，没那回事儿，你随便看，随便看。"我也不知道金老片传给我的是什么东西，要是涉及到古墓啦、杀人啦什么的，那我可就死定了，不过转念一想，金老片这样的老江湖，肯定明白这一点，肥佬又对我挤眼睛，说明他已经审查过了，没问题才这么做的，而以当时的情况来看，肥佬这么做的唯一原因就是想把田丽拖下水。

果然，田丽瞪大眼睛看了两分钟就扔给了我，说道："看来今天我要立功了，没想到你还是一个潜藏这么深的外国特务，虽然抓特务不是我们警察的强项，但我怀疑你和小楼里的命案有关系，走，这就跟我回派出所去说个清楚！"

我有点着急："我的田大神探，别，别这么快扣帽子行不行，进了你那局子，我还走的出来吗？怎么说你们都会给我整一罪名出来，就算找不着我有啥罪，羁押个十年八载的，我这大好人生不就毁了吗？祖国培养我容易吗？你想知道啥，我保证知无不言，言无不尽，此处不是说话的地方，走，咱们去换一个僻静的地方。”

田丽嘿嘿笑了一声，阴谋得逞一样带我去了一家西餐馆，人少，环境不错，我正想说：再来两根蜡烛，就当是情人约会了。

那服务生已经很知趣地带我们去了角落的情侣包厢，随即点上两根蜡烛，安排我们入座，我只好苦笑着闭嘴不言，田丽却不以为意地直接就坐下了，烛光掩映下，脸蛋分外好看，让我心神一荡，赶忙告诫自己可不能对不起韩叶娜，胡想八想的乱来。

田丽随便叫了两杯饮料，没有人来打扰了，我就取出那一叠传真纸，细细一看，顿时头都大了，这哪是传真嘛，分明是打印机的测试页，满篇都是密密麻麻的汉字，没有段落没有标点，字与字之间还毫不连贯，看不懂金老片想告诉我什么，要么就是被肥佬这孙子忽悠了，拿一废纸来搪塞我。

田丽坐我对面，眨也不眨地盯住我，目光幽幽地不知道在想什么。

我没有办法，只好把这一切原原本本地告诉了给她听，至于森哥一帮人的结局，我就多了个心眼，说他们都死在了梅姨的妖画里的那一次战斗，说完这一切，我算如释重负地狠狠喝了口饮料。

田丽的眼睛瞪得老大，目瞪口呆地听我口若悬河、滔滔不绝地讲完这一切，半晌不吭气，最后才轻轻说道：“我的老天，真是好大一个鬼话，冯一西，我倒想问问你自己相信吗？”

我顿时泄了气，往椅子上一靠：“我，操，说的我也有点不信。”

田丽已是回过神来，接着说道：“老冯你是不是经常跟人练嘴皮子啊，这讲的还丝丝入扣，我要不是早知道你的为人，说不准还真给蒙住了，你这水平，可惜了，不去写小说真亏。”

我有点恼怒，明明白白的真事说出来别人不信，编个鬼故事忽悠人，倒能把别人说的一愣一愣，这算他娘怎么回事？

我拿起纸又看，哎，你还别说，给我发现了点什么线索，赶忙招呼服务生拿纸笔来，叫田丽稍安毋躁，且看我找出证据来。

因为我突然看见几个特别熟悉的汉字，正是《天渊山水纵横秘术》上的字眼！基本都是破穴八字里头的关键字眼。

我明白了，莫非这纸是秦建军给我的考题？金老片不是说我俩书本凑齐，就可以破解“龙凤玉片”上的秘密，这还不算是天书吗？

我兴奋地拿起笔在纸上按照顺序勾来勾去，无奈有时候是这个顺序，有时候又不是，这十六个字出现的极不规律，有时是斜着一列，有时又跳空几个字连上，我费了半天劲，只辨认出两句连贯点可能有用的字，分别是“广西南丹融王玉盒、北京车站小心苗人”。我倒！这些是什么玩意？

第二十二章　尸油蛊

田丽看着我写出来的一行字，默默读着，也不知道看懂了多少。

我冷静下来一个个分析，广西南丹融王墓是秦建军挖过的最险的大墓，听金老片说过程很有些蹊跷，现在传真里面出现这行字，说明秦建军很重视这个地方，因为秦建军在那里失落过一个很重要的玉盒，里面很可能是最后一块龙凤玉片，现在秦建军凑齐了书本，应该已经揭开了不少秘密，为了揭破全部的暗藏秘密，说不定这次回国就是为了去那里，找回融王墓里失落的玉盒？

田丽说道："北京车站小心苗人的意思，是不是说要你去北京找人，或者有人会在车站等你？但小心苗人又是指什么呢？真怪。"看得出这些字已经引起了田丽的巨大好奇心。

我想金老片为什么会这样隐晦呢？这用书本八卦来做密码，金老片不可能运用的这么熟练吧？如果是那个什么秦爷所写，他通过金老片传给我看，难道是想告诉我什么情报，又不方便见面吗？看看这张传真纸，我发现刚才拆字谜时没注意，最后小心苗人这四个字和前面的隐藏手法完全不同，明显像是临时加上去的，是不是秦爷在北京碰到了麻烦，又打电话给金老片加上的？如果这样的话，我现在处境可就不是太妙，一不小心就被人盯上了。

或许我应该回一趟北京了。

我心里盘算了好久，最后告诉田丽说：“你说的不错，我觉得我有必要回一趟北京，对了，我再次声明，我刚才讲给你的经历全都是真的，一点水分都没有掺和，你万万不可去我那小屋里察看，否则‘五丁破相大法’镇压下的女人逃脱出来，恐怕不只害了你一个人的性命，到时生灵涂炭，可是极为不妥。”

“我现在仅仅放了盏黑焰灯在那里，防备百年老尸跳出来害人，但还是很不保险的，等我从北京回来后，估计你那烧尸的行动也差不多了，你要记住，那百年老尸一定要极快地烧成灰，才能彻底解决这事儿，我们再一起去那小屋里勘察勘察，这段时间你只要在那周围加强巡逻就好了。”

田丽瞪着眼说道：“看来，我得说一声遵命了，怎么觉得挺别扭的，你是我上司呢！”

我只好苦笑着不吭气了，田丽却又不肯放过我，说道：“不行，我要和你一起去北京，我对你不放心，万一你开始就是杀人凶手，故意弄出这么个鬼话来逃之夭夭，我岂不白白放走一个坏人？”

好说歹说，我只好答应田丽，和她约好明天一起去北京的时间和地点，又聊了些杂七杂八的事儿，外人看来我俩还真像一对热恋中的情侣在缠绵，越发挑起我的兴头，不知不觉喝下不少啤酒。直到田丽看表，我一看快半夜了，已没车去北京了，立刻酒醒了一大半，心知被这小丫头给算计了。明天一大早肯定要在我住处或者肥佬家堵我，闹不好现在已经安排了人手盯上我了。我可不想回北京还带一个大盖帽，别人会以为我是从外地抓获的，那我在北京可不用再混了，所以从西餐馆出来，我立刻打车直奔肥佬家。

肥佬见我脸红脖子粗的不是个颜色，赶忙拉我到客厅泡上热茶，也不耽搁时间，直接告诉我：“哥们儿有些话当时没明说，金老片在电话里交代了一些事情要我告诉你，还汇了一笔美元在我这儿，不过还没有到账，当时田丽在旁边，没法跟你细说。”

我就知道肥佬这孙子果真留了一手，不过现在跑路要紧，就催他：“你快点说金老片还有什么话，钱我这儿还有，金老片的钱到账后，就当是我给没出世的小肥佬一个红包吧。”

肥佬推辞了一下，看我急，就直截了当地说：“金老片让我转告你，秦建军这次回大陆后本要来天津见你，因为碰上了麻烦要先去广西，有些东西留在了北京，希望你帮忙取一下，至于北京什么地方，金老片说他也不知道，传真件是秦建军起草的，最后四个字是他按吩咐加上去的，说你看得明白，要是看不明白的话就一把火烧掉，从此不要再联系了。”

我知道这是激将法，想激我跟他一起冒险，否则肯定赖掉欠我的上半本书不给我了。不过这时候就算不激将，我已经被神秘的探险经历撩拨的浑身是劲，这种破解密码，考验我的事儿，更是充满了挑战感，说什么都要回北京走一遭了，管他龙潭虎穴都要去闯一闯!

我要开肥佬的车去北京，他老婆也好说话，反正有金老片汇来的美元作保，也不怕吃亏，这女人的心眼虽然小点，看她一门心思为了自己和肥佬的家着想，我也不好说什么，拿了车钥匙就走。

高速公路刚刚修好，一个多小时的路，我开了快三个小时才到北京，这条路，质量是不错，但车道少，又全是弯道，最糟糕的还是道路外侧没有防撞护栏，一路夜驾，吓出来的汗把衣服都浸湿了好几遍。

到了北京，已经是早上了，到处热热闹闹的，我有点迷糊，秦建军所说的北京车站指的是哪一个呢？一般来说提到北京站，指的都是东单和建国门之间的火车站。西客站还没修好，正阳门那个老前门站也不像。按道理来说，秦建军从境外到达，不把东西放到机场而是车站，说明他还是在北京停留了不少时间的，我该去哪个车站呢？

我犹豫了很久，北京站太乱，人多嘴杂，想来想去还是先到前门的老火车站碰碰运气，不行的话去潘家园旧货市场转转，看能不能搞点关于黑焰灯的资料。我把车停在西大街的老舍茶馆，东绕西绕又吃了个早餐，确定没人跟着我，一抬头，到了前门地铁口附近，已经是上午了。

正站在那发愣，身后有个人撞了我一下，然后我的裤子给人抓住了，险些把正在出神的我弄个四脚朝天，我生气地扭头一看，是一老头，很瘦，不知道怎么撞上了我，手拽着我的裤子坐在地上，把手里拿的东西都给打翻了，一看就是个练摊算命的，我肚里暗笑，怎么今年都和算命测字的人干上了，这刚到北京就送上门儿一个。

心里狐疑，这位就开工也太早了吧，用不着这么敬业啊？正胡思乱想，那算命瞎子已经开始嚷嚷：“谁呀，这么不长眼呢，我王瞎子起个大早还赶一背集！唉哟，不赔我医药费门儿都没有！”

我一听明白了，敢情这位是讹人呢，得赶紧断了他的念想儿，不然人围起来就麻烦了，急中生智，我也大声说道：“您这是唱的哪出儿啊？一大老爷们儿家，净跟我揣着明白装糊涂，撞了我冯老瞎，还得瑟个啥，难道我瞎了，你也瞎了眼吗？”

那王瞎子一迟疑，手有点松，呸了一口嘟哝道：“敢情你也是个瞎子？我这么点儿背？”

我赶忙说道：“该干吗干吗去，甭跟我套瓷，没用。”然后甩开王瞎子，扭头就撒丫子跑了。

走了几步，我发现自己错方向，钻进了前门地铁口的通道，周围突然多了不少人出来，有人面无表情地站在那儿念叨“发票发票发票发票”；有人举一牌子上写：旅馆三十，单间；有人抱着一箱结冰的矿泉水叫卖，更多的好像不是在等车或者等人，而是四处游荡像个闲人一般，我来过这里有几百次了，但这次有种很奇怪的感觉，似乎周围的人都有些不对劲。

我试着想返回地铁入口那里，却觉得自己走入一个奇怪的地方，每当我绕过一个人以为就要过去时，前面就会冒出来一个人挡路，绕过一个出现一个，就这样，小小通道里，零乱不堪的人，让我感觉像是走进了一个深不见底的人的深渊。

我有点怀疑，这决不是什么排兵布阵，如果能用无关的闲人来摆阵，这高水平也就根本没必要来害我了，大把人民币都等着他去拿。

所以这些活人肯定是中了什么邪术，自身并不知道。我抽抽鼻子，觉得周围有股说不出的味道，像是臭肉味，又像是炼油味，很怪。

我盯着一个面无表情的闲汉，看到他额头上滚落一滴汗珠，橙黄色的像是油，根本不粘布料，顺着衣服快速滑落，我吓了一跳，情不自禁摸摸自己的额头，还好，不是油，是水珠。

秦建军叫我小心苗人，我已经仔细回忆了一遍所知道的任何消息，苗人善于用蛊，怎么用？什么症状？如何破解？一概不知，只记得苗人用来放蛊的除了毒虫外，还有用尸油、头发的，我闻到的这股味道，越来越让我觉得就是尸油味，那种尸体腐败后，油脂凝结形成的，很臭。

我慌了，这么快就碰上了，我还毫无防备呢。定定神，我想既然用尸油放蛊，这人不会离得太远，《天渊山水纵横秘术》中，只有“破”字篇里，略微提到过一些邪术的解破，我不敢想的太多，记得书中讲到：邪，坡路，同斜。邪之为邪，出其不意也，定心观阴，间有附物伤人，一正一反坐虚位，不可离弃，获其亢，澄其虚，必血破反噬，故我辈万不可为。

虽然不太懂意思，照我理解，这下蛊的也算是阴邪之术，就有血破反噬的危险，“破”字诀不是说要获其亢吗？很可能就是说占据施术之人的上位，怎么血破反噬我还不会，但也只能试试。

左右看来看去，如果把这些人组成的深渊，看成一个周而复始转动的圆盘，或者太极图的阴阳鱼，那么中心点就是前面右侧一点，那个正在给人算命的老头所坐的位置。我慢慢移动脚步，一步步走过去，刚开始脚步非常沉重，但是离那老头越近，我越是觉得心头轻松。走到跟前一看，老头果然不是表情呆滞，一脸庄重，正在给一个老板模样的人神吹："你老婆是个妓女。"

我心想："这回算砸了吧，说人家老婆是鸡，他不骂你才怪。"

没想到那个老板连声称准，说："我看上了一个女人，她是做三陪小姐的，和我相识一年多了，感情很好，她愿意嫁给我，只是不知道此婚姻能否圆满，并且字理如何，还请师傅指点。"

算命的说道："你从事筛网滤布的生意，所以写了一个'筛'字让老夫来测，这不足为奇，但是你来看。"

说完算命的把那张纸片倒过来，指给那老板看："你看你写的不够工整，连笔颇多，从纸的背面来看，很像一个'茆'字，花字头，柳字旁，似花非花，似柳非柳，字面都是残花败柳之象，故断之为妓。末笔从节，犹可为善，说明她对你确是真心实意，应当娶了她。"

老板打扮的中年男人称谢不已，心甘情愿地送上卦金，告辞离去。

我想我可能和测字的有缘，见到的个个都是神机妙算，中国的汉字实在是太奇妙了，搁一老外身上，那曲里拐弯的英文字母，少了多少乐趣啊。

但我的后脊背却突然痒得厉害，像是有东西在爬，让我极不舒服，心一下收缩起来，难道还是中招了，被人在身上动了什么手脚？更糟糕的是，我抬头一看，发现那个算命的老头冲着我微微一笑！

第二十三章　踏上征途

我有点发晕，神不守舍地看着老头站起身，收拾摊子往外走，对我招招手，我居然身不由己地跟着他移动了脚步。我害怕极了，大叫一声：救命！却嘴张了张，一点声音都没有发出来，脸上更像是被糊上一层泥巴，僵硬地连眉毛都不会动。

完了，看到老头耳垂上大大的圆孔，还有腿上穿的那裤子，宽大而且刚过膝盖，上衣对襟大褂，真他娘像一个苗人，我还嫌死得慢，凑上去给人捉！

老头带着我穿街走巷，远远相隔五步左右，我的意识逐渐模糊，满头油汗顺颊而下，恍惚看到熟人，有女友韩叶娜的尖叫，有田丽和一个傲气的年轻人鬼鬼祟祟地跟着我。不知道为什么，走到一处窄巷子后，老头突然停住脚步，站那不动了，我猛然觉得身体一松，像是什么东西飞离了我的身体，然后就见老头回过头，扭曲着脸孔指着我说："你……你……"话没说完，居然倒地上了！

我背后一阵奇痒，钻心蚀骨，正难受，突然觉得奇痒的地方给人用两根手指掐住了。一疼之下，极为舒服，我回头看去，发现一件更加匪夷所思的事情。撞过自己的王瞎子，正目光炯炯地盯着我。

这王瞎子居然不是真瞎，看相貌也就不到三十岁，原来刚才都是装的，那王瞎子用手使劲掐住我脊背上奇痒的那块肉，低声说道："冯一西是吧？你若不要命的话就尽管跑，老实跟你说，你已经中了邪术，我现在不帮你必然死路一条！”说完手松了一下，我立刻感觉脊背里真的有东西在死命挣脱王瞎子的手指，心知此人所言非虚，也就乖乖地不动了。

这个僻静地儿，暂时还没有人过来，王瞎子手脚麻利地从口袋里掏出样东西，一下就扎进了我的脊背里，我痛得冷汗珠子直冒，又不好意思叫出声来，只好咬牙忍着。

王瞎子费劲地在我背上钻探，一边跟我说话：“别晕，记住别晕，我可扛不动你。我叫林楠，是秦建军托人让我等你的，你小子可真够胆大的，居然想着去破蛊术。算你命大，误打误撞地带着整个邪术反噬这老头。还好，救得及时，死不了了。”

我忍不住反驳：“什么误打误撞，那是我真金不怕火炼，全身都是特殊零件，刀枪不入，搁了是你，早蹬腿儿见阎王了！”

好在很快，林楠就松开了手，我扭头一看，林楠手上拿着一根猪鬃样的东西，上头扎着一条带翅膀的肉虫，通体红肿得极为难看，湿淋淋地往下滴着橙黄色的油脂。臭得一闻就是尸油，林楠正在把这肉虫往一个小竹筒里面塞。

我骇了一跳：“我的妈呀，这是啥子玩意？哪个操蛋的东西搁我背上的！”

林楠面色凝重地伸手翻我的眼睑，看了看说道：“好了，睡一觉就没事了。你的同伴一直跟着，要不要我帮你甩掉她？但是就你这水平，怎么去广西南丹啊？”

我一听愣了：“你谁啊你，别以为救了我，就能发配我去那不毛之地，没得商量。再说，敢动我同伴，你也不看看自己斤两？”

林楠也愣了：“你不是冯一西么？秦建军说你昨晚上必然到这里的，

还说给你交代的清清楚楚，我等了一夜，你不光迟到，敢情还啥都不知道？”

话没说完，林楠背后，不知何时出现一人，我定睛一看，咋这么眼熟呢？却头脑一阵发晕，站不稳，直想往地上坐，勉强睁开眼睛，认出离近的那人是穿了便衣的田丽。毕竟这是个熟人，于是我放心地晕了过去。

迷迷糊糊，我觉得躺进了房间，灯照得我刺眼，听到田丽和林楠在说什么，再次睁开眼，只有田丽紧张地瞧着我，我笑了笑，田丽居然和人一起搀着我下了床。我摆摆手不用，摇摇晃晃地跟着他们走，走啊走啊，昏沉中，恍惚又见到张床，撑不住，我一下又睡了过去。

彻底清醒过来时，脊背上痛得要命，我忍不住呻吟起来，像是睡在火车的卧铺上，外面隐隐约约还在咣当咣当地响着。

田丽就在我面前，眼圈红红地盯着我，我心头一宽，于是忍不住说道：“小田，你咋这么不仗义，说好了在天津一起出发，却不等我，打你单位电话你也不在，我还以为你有啥急事不来了呢，这种无组织无纪律的事儿，往后记得要提前打个招呼。”

田丽被我气乐了，瞪着眼说道：“你就贫吧你，刚鬼门关上转一圈，再接着忽悠，你干脆死进去得了！火车到站你还不醒，我就准备把你扔下了！”

我装作好奇地问：“那这是怎么回事？我背上咋这么疼？不是你做什么手脚了吧？还有，你劫持我上火车干吗？这是要去哪儿，回天津不用火车这么麻烦吧，我还有车在那儿呢，唉哟，我的车还在老舍那儿停着呢！”说着就要坐起来。

田丽按住我，似笑非笑地说道：“省省吧老冯，不忽悠了？原来是开着柴勇的车来的，怎么没招呼我一起坐顺风车呢？”

我面现尴尬，一时不慎说漏了嘴，看来这娘儿们一直跟踪我，我摸摸衣兜，车钥匙已经不在了，自然给她妥善地安排了，于是嘿嘿一笑，静静听她怎么说。

田丽说道：“你已经昏睡几天了，那天以为你清醒了，谁知道你还在装，一上火车你就睡了，要不是林楠说你十个小时内必然彻底清醒，否则我还真要把你扔下去了！这会咱们刚过了武汉，进入广西地界还早。你可以再睡会儿。”

我插口问道：“咱们还真跑广西南丹来了？到底怎么回事？那个林楠呢？怎么不见了？”

田丽没理我，接着说道：“我跟着你一到北京，就发现你身边总有些不三不四的人在转悠，可笑你还懵然不知，后来见你奔进地道，我一时没注意，不见了你，正找你找的心焦，就看见你跟着一个穿着怪异的家伙走出来，傻乎乎的，我看你不对劲，定是那人害的，说到这儿，我觉得你这人也太鬼了吧，没一句实话，居然假扮瞎子跟人对吵，那林楠可能给你弄糊涂了，才让你遭了这一劫。”

我想了想说道，“那也不一定吧，那苗人一定是认识我的，不然也不会布好圈套等我进去，就算不是林楠那一搅，我也会掉进圈套的，但他没想到我居然懂得怎么坏他的事儿，才不得已现出原形，看起来我还不是完全没用！嘿嘿！说起林楠，也怨他为什么不明说，我这人在你跟前从没说过半句谎话，你这样生搬硬套是一个很不好的习惯，我常教导你什么？要见人说人话，见鬼说鬼话！”

田丽说道：“你就少说两句吧，听我说完别打岔，我一直跟着你，就发现那个撞了你一下的假瞎子也跟着，也就是林楠，后来那老头莫名其妙地死了，还化成了很臭的一堆烂泥，连衣服都没有剩下。”田丽皱了皱鼻子，许是想起了那肮脏地场面。

“林楠也是受人拐了几道弯所托，按照你的那秦爷所说，一直在车站附近游荡，他告诉我你是被苗人的蛊毒所害，幸好那苗人的尸油蛊还不是很高级。林楠以前去过云南，就给你解开了，把秦爷——秦爷这么拗口的称呼，留给你的一个包交了给我，还说你追着秦爷的路线，一定也会去广西南丹的。我想既然这样，就干脆打电话回单位请了假，陪你跑一趟，看看到底在搞什么鬼？”

我拍拍发晕的脑袋，这越来越离奇了，我啥时候招惹一个会放蛊毒的苗人了？还居然知道我和秦爷的事儿，太可怕了！想到这里，我呆了一呆，广西南丹，广西南丹会不会是苗人的大本营？那里的融王墓厉害无比，我跑这里来，岂不是找死？

我问田丽：“那林楠呢？他去了哪里？”

田丽甩过来一个包给我，打着哈欠说：“他说了句什么‘凤舞龙楼’，告诉我他是地质院的勘测专家，要去陕西的凤凰山考察地质，寻找矿藏，我懒得问，就叫他陪我送你上了火车，各走各路了。”

我眼睛一亮，我记得那金老片提到过这个名词，因为文绉绉的，一下就记住了，莫非秦建军这么快就解决了“凤舞龙楼”的秘密？赶忙问田丽：“他去凤凰山跟谁一起？是不是秦建军叫他去的？”

田丽一瞪眼：“我哪知道这么多，你当我是传话的，不过他说去凤凰山还真是秦建军告诉他的，说那里地质复杂，下头一定有大矿藏。”

我乐了，秦爷的朋友恐怕都是倒斗的高手吧，还地质工作者呢？也就只能骗骗田丽这小女孩，八成那个什么“凤舞龙楼”的秘密被秦爷揭开后，有了什么根据，凤凰山附近的下面，埋有什么惊天大墓罢了，我对这个挖墓没啥兴趣，大不了又出一套兵马俑赚点外汇罢了，也就懒得再问。

看着田丽甩过来的背包，我知道这就是秦爷给我的东西，赶忙打开。哇！里面的东西还真不少，一个小册子，我翻了翻是那《天渊山水纵横秘术》的复印件，但我此时对这个兴趣不大，接着又翻，有一份秦建军、秦太和胖子十年前一起在广西南丹融王墓的经历笔记，最后吸引我的是一个古色古香的小匣子，面上粘着一张纸，看那娟秀的笔迹却是秦太所写，郑重地说匣子里有她外公传下来的一本书，是《穿山秘术》，现在正式的转赠予我，希望好好学以致用，还有那块“穿山掘岭甲”，要好生保护，有大用场的。同时又要我把小匣子带给在广州一个叫Lisa杨的人，看名字是亲戚，后面果真说这Lisa杨的中文名叫杨凌霜，而杨凌霜的父亲与秦太的父亲是亲兄弟俩，匣子很重要，一定要亲手交给杨凌霜或者他爸爸才行，最后一再拜托，说了很多感谢的话。

我有点丧气，里面没有提到“龙凤玉片”中龙的秘密，秦建军得到全本后，解答出了什么一点也没说，金老片说起有关黑焰灯的事情，也只字未提，我百无聊赖地拿起那本融王墓经历的笔记，翻看起来，而田丽见我不睡了，打着哈欠说：“幸亏我有警官证，一路押解犯人有不少方便之处，没个人来打扰，这下我要睡会了，老冯你中毒刚好，眼睑下头的黑点还没有完全消退，别看太久，多休息。”

我奇怪地问她：“等等，什么眼睑下头，我记得那林楠也看了我的眼睑，到底怎么回事啊？”

第二十四章　取得联系

田丽强打着精神说道："看看你自己的眼皮里头，就知道了。我也是听林楠讲的，跟你一个风格，说起来一套一套的，也不知道是不是在骗我，他说当眼睑的中间部分竖着一条直线时，基本肯定你中了邪术，要是布满了黑色小点就是被下了早期的蛊毒。你就是这样，好多黑点密密麻麻的，瞎子说害你那苗人用的是蜘蛛草做蛊毒，落进去后在人体内会以惊人的速度衍生，你跟着莫名其妙发高烧，最后发狂而死！死时蜘蛛草透体而出，尸体有如稻草人般，太可怕了！至于眼睑如果是青白色微带血丝，那是健康的，而满是血丝可能是你前一晚熬夜、喝酒过度，刚哭过或得了结膜炎，都不用担心。"说完这些，就倒头呼呼睡过去了。

我听得浑身发冷，这都是些什么玩意儿啊！看来我和这北京没缘分，招惹了森哥一伙人差点做了牺牲品，这次刚回北京又中了蛊毒！对了，那苗人究竟是和秦建军有关系还是和森哥有关系，才会对付我呢？这个问题倒是需要好生想想。

恐怕秦建军已经知道了苗人跟踪的事情，否则也不会安排林楠一直不挪窝地等我，但是苗人是怎么知道这一切呢？我接到金老片的电话后，在天津耽搁了大半天，这时候秦建军应该早就下了飞机，布置好一切后，发现问题才又吩咐金老片打电话给我的，就在这短短一到两天内，苗人获悉了一切，赶到北京等我，又是要从我这里得到什么东西呢？

看着沉沉睡去的田丽，我不自觉地有点怀念女朋友韩叶娜，短短几天没有见面，也不知道最近怎么样了？我在北京车站中招以后，恍惚看到她被抓走，也不知道是不是真的，回来后得赶紧打一电话问问。我把这些危险都一一引开，远离了我俩的生活，会不会也是标志着我和韩叶娜在逐渐远离，那龙虎山测字先生的话，到底是不是真的？

我不知道，但我知道当时我若是不离开北京的话，森哥一帮人迟早会去找她的麻烦。对了，那恶毒的苗人也不知道还有没有同伙，万一就是他们做下对韩叶娜不利的事情，我该怎么办？想得我头痛。

秦建军果真是个奇才，书在他的手上，牛刀小试就可以找出了凤舞龙楼的秘密，现在恐怕他已经到了融王墓，也不知道有没有帮手，我这次和田丽一起去寻找他留下的痕迹，是妥还是不妥呢？田丽又是怎么回事儿，那时候和肥佬一起在她跟前献殷勤，也没想那么多啊，这次怎么这么反常地坚决要跟着我一起呢？

一时千头万绪，纷至沓来，我盯着这本融王墓的笔记，慢慢看了进去，看起来应当是他老婆所写。从一个旁观者的身份，冷静而且详细地记述了这次经过，看完笔记，我除了一身冷汗外，更多了许多疑惑。

那融王的绝世大墓真的很壮观，靠人力强改风水，人为地制造了一个风水宝地，护墓手段花样百出，瘴气、邪术、尸洞，一应俱全，秦爷的疑惑里提到，老融王所描绘的观湖仙山景，没有仙气缭绕，而是一座西方风格的城堡，建在高山绝顶，山下白云环绕，正中的宫殿里，供奉着一只巨大眼球形的图腾，四周侍立着一些服饰奇异的人物，怎么看都有点像是阴曹地府。这总不会是老融王希望自己死后能当上十殿阎罗？真正的天宫内幕？但这天宫和我脑海中的美妙劲相差也太远了。

难道他看到的天宫并不是真的？

火车到了柳州之后，我和田丽已经疲惫不堪。由于不知道秦建军会不会留下什么线索，在我的坚持下，我们在柳州休息了一天一夜，趁着这个空档，我赶紧把没花完的一万块钱存入了银行，又把秦太托我转交给她亲戚的东西，让田丽以证物的名义存在了当地的公安局，想想应该有所装扮，于是我买了一个性能不错的照相机，在背包里还装了不少的胶卷和电池。

一切都准备妥当之后，我们乘车沿着十年前秦建军走过的路线，来到了广西西北部的南丹市，目的地就是桂北的群山万岭。那里有凤凰山、九万大山、大苗山、大南山和天平山，紧靠云贵高原东麓，溶岩遍布，林木苍翠，青山连绵。

九万大山的主峰游龙山，海拔四千多米，其中的蛇河虫谷融王墓。在这么多年后已经不再是人迹罕至，那些以前经常出现的白色瘴气，随着十年前那一场恶斗，完全消失掉，一派山清水秀的环境，近几年越来越多色彩艳丽的大蝴蝶，再次成群结队的出现。

我本来还担心路上不好走，发愁怎么去那“融王墓明堂”，谁知到了之后才知道，想那么多都是多余的，神秘莫测的秦建军早都有了安排。

十年前的彩霞客栈已经不复存在，取而代之的是一栋更大点的两层小楼。我们抵达的时候，老板娘刚好出山去采购东西，没有回来。我在小楼转了一圈，发现有人在墙上歪歪扭扭地写了两句话：我是司马迁，凌仙殿上见。

我一看明白了，这玩意肯定是写给我的，只是这书法也太糟糕了，歪歪扭扭不成体统，为什么是写给我的呢？因为我姓冯，这个姓氏的来历，很多人并不知道，有种说法是这样，当年司马迁入狱后，家人害怕诛连纷纷改姓，大儿子司马临用“司”字加上一竖改姓“同”，老二司马观用“马”字加上二横改姓“冯”，我在和金老片吹牛时说过自己是司马迁的后裔，想必秦建军也知道了这回事儿，至于凌仙殿更是靠谱，笔记里不止一次提到那融王墓的明堂就叫做凌仙殿，看来秦建军已经来过这儿，搞不好还给我留有东西。

于是我和田丽安心地等老板娘回来，缸里有水，锅中有饵饼和米，一直到第二天中午，老板娘才回来。

和老板娘客套了一会儿，我就问墙上这两句话是谁写的？老板娘仰着脸想了好一会儿，才回答我：“这两句话是前几天一个中年人写的，男的，写完还给我说，要是有人问，就让问的人拿牌子出来，没有牌子就算了。”

我一寻思，什么牌子啊？灵机一动，赶忙露出手腕，取下那块穿山掘岭甲，递给老板娘看，老板娘一看乐了：“呵呵，一模一样，那人手上也有个这样的，给我看过，就是没你这个沉。对了，那人说你是收茶叶的大老板，他有急事要先进山去，放了个背包在我这儿，叫你拿到后赶紧去勒托森麻家，那有最好的茶叶，要是等不到你来，几天后他回来再拿走呢，来吧，跟我来。”

我和田丽一笑，不错，老秦这人挺细心的，这样找当地人联络确实很安全，就是不知道那个什么勒托森麻家的茶叶是什么意思，等一下倒是要好好问问。

老板娘从屋后拎出一个背包，哟，还蛮沉的，也不知道里面是些啥玩意儿，不敢当着老板娘的面打开，万一里面有些不尴不尬的违禁物品，岂不是穿帮，于是我赶忙接过连声称谢。

老板娘对我不检查背包，觉得我挺信任她的，挺有好感，赶忙下厨房给我们做中午饭去了。

我和田丽把背包拿回房间，一打开，果然不出所料，都是些好东西，猎刀、战术头灯、可以伸缩的钢丝绳、密封防水袋，奇怪的是里面居然有两套爬雪山用的防寒服和护目镜，我就奇怪了，这是怎么回事儿？

田丽眼睛也挺毒的，见我发呆，慢慢伸手到防寒服里一摸，就拽出一根猎枪来，枪管被锯掉了一截，保养的很不错，还有一些锃亮的子弹堆在一个小胶袋里。田丽端着枪，瞪着我："看吧，终于露出了狐狸尾巴，你那位秦爷不是来找什么玉盒的，倒像是劫道的，或者又要挖什么古代墓葬，这我既然知道了，可决不能允许！"

我也被吓了一跳，一时不知道怎么解释，低头一翻，发现秦建军还留下了一封信在里面，话说的很直白，大致有三层意思：第一个表示感谢冯先生，对于仗义赠书给金老片带回美国非常感动，立刻用融王手里得到的十六枚黑玉戒指，解开了手上那块"龙凤玉片"的密文，内容非常震惊，觉得在融王墓失落那个玉盒尤其重要，不管能不能找到，都需要尝试一下，所以赶紧飞回了中国。

第二层意思是说，自己回到北京后，本想立即去天津，谁知道在朋友处验证了一个重要线索后，得知凤舞龙楼的秘密藏在陕西，很可能周公墓所在的凤凰山下有惊大秘密埋藏，那朋友又托一个叫林楠的帮忙，一来二去发现意外地被人跟踪。听朋友说这帮人很危险，怕连累你，所以匆匆自己先来了广西南丹，叫金老片打电话给你，自是希望你能够来给予帮助，现在你看到这封信，就什么也不用多说了。

第三层意思是说一定小心跟踪的那帮人，个个身怀异术，自己不敢在广西南丹逗留着等你，所以先进山了，那"龙凤玉片"上说凤凰眼是一个危险的上古宝物，使用不当将会造成严重后果，留下无穷祸害，而讲到补救措施的下文时刚好截止没有了。推测融王墓的玉盒里，肯定会找到这个下文，这次不得已旧地重游，结合《天渊山水纵横秘术》，居然发现融王墓的背后还大有玄机，所以自己进山去找玉盒，希望我可以直接深入九万大山，找到雪山主峰上的“黑焰楼、履真阁”，不仅可以一次性解决凤凰眼的遗留祸害，闹不好登仙的可能都有，所以给你准备的雪山衣服务必带上，去找那个叫勒托森麻的人，那是自己一个老战友的弟弟，景顺族人，很可靠，会做好向导。

我看到最后乐了，登仙的可能？只听说过终南山有捷径，倒还不知道这广西南丹的十万大山里也会有？田丽凑过来看了看，摇摇头对我说道：“我看这秦建军整个就是一胡说八道，我就不信这些，什么‘黑焰楼、履真阁’，真会有这种地方？不会是又一个什么大墓的代号吧？”

第二十五章　扛天灯

黑焰楼？我忙拽过纸来一看，果然是这几个字，怪了，怎么那么像我藏在天津那个黑焰灯呢？没这么巧合吧。看田丽一点都不相信，我只好解释道："我说小田啊，只有思想解放了，我们才能正确地以马列主义、毛泽东思想为指导，解决过去遗留的问题，解决新出现的一系列问题。对有些情况还未搞清楚，不要急于作决定，这样才能保证决定或决策的正确性，才能取得好的效果。对于目前咱俩碰到的一系列问题，我看可以这样嘛，一分为二，分开来看待问题。"

田丽被我说得有点发懵，猎枪一晃，止住我继续信口开河："喂喂喂，省省吧，上学时看你还蛮斯文的，怎么现在啥时候练出一个京痞子了？得，别说了，我最烦听这些紧箍咒。"

我笑笑说："小田啊，你想想咱要这么一撤，老秦可就孤军奋战了，万一不成功留下什么严重的后果，知道不？严重后果啊，万一害了这广西的大好河山，我可于心不忍。"

田丽撇撇嘴，态度有点松动："难不成你还想当个英雄？拯救万民于水火？你有这么崇高吗？"

我赶忙肃容说道："别，真正的英雄都是烈士！我可不想当烈士。"

田丽噗嗤笑了，正要骂我，突然听到外面有响动，走近门边悄悄一看，只见又来了一帮人，有七八个大汉，其中一个阴沉脸的瘸子像是个苗人，其他的则一色都是汉人。在柳州时我了解过，少数民族男子的着装基本都以简洁为主，最常见的就是头上包着头巾，对襟短衣，下身裤子较宽而且短，多用青蓝二色，苗族主要聚居在融水苗族自治县。

这个瘸子穿得比较花哨，我估计是一个花苗，衣服上都是刺绣，显得特别注目。而且刺绣非常华丽，用了红、青、紫、黄等各种丝线，看起来美伦美奂，真不知道这是他的民族服装还是日常就穿这些衣服，配着阴沉的脸色，增加了很多诡异。

我对被苗人下蛊耿耿于怀，加上秦建军说过要我小心提防，所以一瞥之下，赶忙回来给田丽说：“大麻烦来了，也不知道是不是针对我来的，看起来咱俩一时半会儿还真的不能撤。这地方是人家的地头，看那些大汉的背包里鼓鼓囊囊的，弄不好藏的有家伙，一个大的犯罪团伙。”

田丽嗅到了犯罪的味道，反而来了兴头，毕竟这么快升到一级警督，不是吹出来的。兴奋的神色在眼里一闪而过，我赶忙拦住她说道：“你别看了，我觉得那花苗古怪得很，别让他觉察到什么，对方人多，只可智取，再说也不一定就是歹人。”

田丽白我一眼：“你当我是傻的，这地方如果不是当地人来贩茶叶，一下来这么多外人，八成都有问题。你看咱们一路上有没有见这么多外人？我是想看看这些人面相咋样，有问题的话，我一眼就能看出来，这本事比起你可强了不知多少倍。”

这一会儿工夫，那些人竟然都走了，没来得及让田丽仔细观一观犯罪相，我倒是庆幸那老板娘没有冒失地叫我们下去吃饭，要不然这深山老林的，等我们一离开，一闷棍把我们黑了的可能都有，现在至少我们在暗处，对方在明处，情况就好多了。

这帮人一走，我和田丽赶紧下来，老板娘也把饭端了上来，我们边吃边说话。

吃了一会儿，我就试探着问那老板娘："刚才那帮人干什么的？不会也是收茶叶吧，看起来怎么鬼鬼祟祟，不像啥好人呢？"

老板娘很爽快地回答："是啊，真的不是啥好人，最近已经来过两趟了，都是这样饭也不吃，急匆匆就走，哪里是什么收茶叶的，依我看啊，八成是些扛天灯的，尤其那个花苗，听说很会用巫蛊，现在会这个的差不多都绝了，所以我是决不敢惹的，你们也要小心点，千万别惹到了他们。"

田丽插口问道："什么叫扛天灯的？我怎么不懂这意思？"

老板娘叹口气说道："要说起这些扛天灯的，还是这十年来才出现的，以前我们这里没这么坏的人，这十多年，不知道从哪个地方来了帮汉人，只听说是北京那边的一个老板组织的，和这里的个别苗人不知道怎么就搞在了一起，带着一帮人，经常在这山里晃。要说扛天灯，是因为我们这山，又叫游龙山，无尾龙的意思。这些年在雪山顶上，有时候会黑气冲天，天上掉下来许多火石头，都落在雪山顶上，这些人就经常上去捡拾，就算拣石头，那倒不犯法，可他们每次拣完石头回来，都要把这附近的寨子折腾个遍，很多姑娘都被他们糟蹋了，还有些小孩子也被抓走，活不见人，死不见尸，唉，作恶得很呢！"

我很生气，脱口问道："那政府呢？还有公安武警都干什么了？"

老板娘更不开心："政府啊，远呢，这边出事，等他们来，什么都晚了。要不我也不会早早地让孔雀出嫁，去得远远的。我这也就要走了，等几天再回来，躲躲吧，我可惹不起这些人。"

田丽有点难受地问道："那既然知道这些人坏，这周围的人没有防备吗？"

老板娘回答道："防备？我们弄不到好枪，政府不让买，歹徒有枪，政府又抓不着。我们那火药枪根本不行，再加上对方人多势众，老是抢姑娘，抓小孩，我们打不过只好躲。因为他们每次下山，肩膀上都扛了很沉的东西，很多面色都不对，像是死人一般难看。抢不到姑娘，曾经杀光过一户人家，惊动了武警，来拉网一样搜捕了几天。后来这帮人和武警一起就失踪了好几年，这俩月才又出来。因为我们习惯上管那些天上掉下来的火石头叫天灯，一来二去就称呼他们是扛天灯的，后来听那些汉人还很生气，说这名跟点天灯似的，不准我们叫，对了，点天灯什么意思？"

田丽已经气得说不出话来，我只好回答老板娘说道："点天灯是一种极其残酷的刑罚。一般来说，是把犯了大罪的人扒光衣服，用麻布层层包裹，放进油缸里浸泡一天，到了夜里，将他头下脚上穿在一根笔直的高高铁杆上，从脚上点燃，有麻布吸的油加上人体的油脂，往往烧一夜的都有，天亮才死。看他们这样没人性，真该被点天灯！"最后，我恶狠狠地骂道。

老板娘吓了一跳："点天灯这么惨的！我的天。"

我们三个人不再言语，埋头吃饭。一时吃完，我就要老板娘告诉我们那个什么勒托森麻在哪儿，我好去找他，早早收了茶叶快点离开。

老板娘叫我先别急，收拾好饭桌，又把粮食和水缸清空，锁好门，才对我们说："你们也抓紧时间快点忙完就离开，不然等他们从山上下来，就麻烦了，我把这些吃的喝的藏好，再有来的人就知道出事了，不往里头走了，要是万一撞上扛天灯的抢钱杀人都做得出。"

老板娘把我们送出好远，指了条路就回去了，说是要去孔雀家躲几天再回来。粮食和水藏在哪儿我们也知道，走的时候照原样藏好就行，我坚持给老板娘塞了些钱，这才告别。

我们到的时候已经是快黄昏了，勒托森麻的寨子里很不凑巧，正举办一起丧事，我和田丽背着包问了几个人才找着。一问，原来这勒托森麻的汉名叫徐群，三十岁左右，人很精悍，话不多，嘴里总是吧嗒吧嗒的嚼着草烟。身穿黑色的对襟短上衣、裤子又短又宽，头上包着白头巾，腰里挂着个棉麻织成的挂包和长刀。

我和田丽这才知道景顺人是景颇人的一个分支，迁居桂北后，逐渐自称是景顺人，其实保留的还全都是景颇族人的风俗习惯。我说呢，中华大家庭，我不记得有景顺这个民族，原来是这样！

景颇人的丧礼要通宵达旦地跳舞，日子愈多，主人愈显得光荣。屋子外头跳舞的“喔热、喔热”地吼叫着，动作粗犷有力，屋内舞者随着深沉、中速的歌声和　锣节奏绕尸起舞。

他们唱的歌声不怎么悲哀，而有点欢乐的味道，内容我们听不懂，勒托森麻解释说主要唱的是人为什么会死，再追叙死者生前的为人处事之道并且教育后代怎么做人、要辛勤地劳动，感激死者的养育之恩等等。

勒托森麻是个性情中人，已经知道我们要来，怕我们劳累不习惯那场面，早早引了我俩去他那儿休息。过门口的时候告诉我：“我们这儿的人，住房一般都有三道门，第一道门是家人、客人出入的；第三道门是通往晒台的；第二道门叫鬼门，专供人死后抬出和鬼出入。鬼门是禁止家人和外人出入的。你们相信万物有鬼魂吗？我们是遇到不祥之事就要祭鬼，还挺灵验的。”

我见田丽已经很累了，于是老老实实回答道：“勒托森麻大哥，说真的，我不相信。”

勒托森麻眉毛一挑：“哦！是吗，我在你们汉人的地方生活过，好多人都是拿鬼来吓唬别人，而自己却压根不信，呵呵，不过人各有志，我明白。你们往后就叫我老徐吧，顺口点儿。”

景颇人是个朴实好客的民族，老徐的老婆孩子在寨子里那家人处帮忙，家里只有自己一个人，不好意思地收拾了一桌酒菜招待我俩，殷勤地劝我们多吃多喝，我和田丽中午没有吃饱，都是饥肠辘辘，也不客气地闷头就吃。

第二十六章　关系微妙

我想那帮扛天灯的人暂时先不要告诉老徐，这次上山定能碰到。以田丽的身手，我们躲在暗处，说不定就能除了这一害，我还担心这伙冒出头来的人，或许和我要找的“黑焰楼、履真阁”有关系。

看看吃的差不多了，我就和老徐攀谈，游龙山好不好上，要多长时间才能上去，秦建军有没有留下什么话给他。

老徐看来在内地呆过不少时间，汉话说的不错，习惯也知道不少，这时酒喝的差不多，凑近了拉住我肩膀跟我说：“小冯你上过雪山没有，看你身子骨怕是还不如你老婆呢，咱们明天一早就走，一切顺利的话，天黑时能到半山腰处露营，到顶上时候，应该是后天中午吧，路不好走，真是不明白胡大哥为什么要我带你们上去，那山顶有很多奇怪的地方，万一出了什么事儿，我可真不知道该怎么交代。不过，不是胡大哥照顾我，我也不会有今天，当年我哥牺牲后，也就胡大哥来家里看过，还一直给我寄钱，真是好人啊，兄弟你放心，我老徐怎样也要把你和老婆带上去，一定完成胡大哥叫我做的事情。”

田丽被老徐一口一个你老婆的，说得很尴尬，加上主人盛情之下，不得已喝了一点酒，脸色愈加红润，瞪了我一眼，叫我赶紧说明，我却被这一眼瞪得心神一荡，觉得田丽穿着便装，说不出的俊俏，矮桌边蹭着她鼓鼓囊囊的胸脯，万般风情迷人，而一头短发看起来更是清爽可爱，我顿时傻傻地望着，一时呆住了，没吭气。

田丽见我这般模样，更是尴尬，可能猜到了我在想什么，一扭头，也不看我了。

我回过神来，暗骂自己居然见异思迁，这许多天来，想韩叶娜的次数越来越少，真是极不应该。

我看老徐有些发困，赶忙问他："山顶有什么古怪？老徐先别睡，咱们合计合计，带些什么东西上山？"

老徐迷迷糊糊地嘟囔道："古怪得很呢，听说上头有妖怪，还有好多死人……不用带什么东西，胡大哥都准备好了，你们也早点休息，别咯唧咯唧弄得太晚，明天要赶路。"

别弄得太晚，还咯唧咯唧的！什么意思嘛？这话一说，让我极度地不好意思起来。摇晃着老徐问他："我的老徐啊，你可真要命啊，我们不是夫妻，你得给我们弄两间房子呢，快，快醒醒！我操，什么酒量啊，我还没醉你倒是先睡了！"

田丽白了我一眼，起身就走，抛下句话说道："冯一西你这下满意了，不过别担心，景颇女孩婚前有一夜情的自由，不知道现在这风俗还有没有，你可以出去试试，找地方将就一晚就是，我这楼上，你想都不要想！"自顾自上楼去，把我一个人扔下了。

我没有办法，坐在老徐家楼下，迷迷糊糊地打盹，听着远处举办丧事那家的鼓声、歌声、跳舞声，一会就睡着了，也不知道过了多久，我想起来上厕所，走出门一看，也没什么合适的地方，看到一个不高的小木桩，像是竹子搭成的，我就扶着上面圆圆的顶部，准备就地解决。

这个短木桩我摸上去时，才觉得很凉，触手冰冰的，有点像是要把我手掌都粘上去的感觉，我彻底醒了，心想怎么这么邪门？

沿着木桩往下滑，费了好大劲，我终于抽回被粘住的手掌，想饶过木桩再走远点找地方，转身却被地上一堆东西绊了一下，差点摔趴下，借着月光仔细一瞧，地上蜷着一个软乎乎的东西，像是个人，又浑身长满黑毛；说是动物吧，又有点太大，看不见四条腿在哪，这他娘的是什么东西？

那东西被我踢了一脚后，蠕动下身子，往旁边躲了躲，我好奇地凑近了去看，真的是一个活物。只是寒气森森，不知道是不是雪山下来的稀有物种，我转了个圈，饶过去看另一面，刚一挪动身子，这黑影里竟然伸出两只手，一把掐住了我脖子，冰凉干枯的爪子勒进了我的皮里，一阵刺痛。

我惊骇得想大叫，却被掐住脖子叫不出来，手脚乱蹬，踹那个东西，又够不着距离，一会就把我掐的直翻白眼。

天上的月光白惨惨的，远处的鼓声伴随着低沉的歌声反复吟唱，我可实在不甘心，就这么无声无息地被掐死，脑子里一直想的，竟然是可别给田丽看见，我就这么死在门外，太窝囊了！

我拼命地使出最后一丝力气，拖着这堆东西靠近那木桩，伸出手死命扒住木桩顶，把那两只爪子卡在木桩上，憋着劲挣命，我甚至听见那爪子咔嚓咔嚓的碎裂声，终于，爪子有点放松，无声地松开了我，然后这个长满黑毛的东西，慢慢爬进了木桩子里头，一点点全部挤了进去，跟什么也没发生过一样，平静下来。

我死里逃生，离那木桩子远远地瘫坐在地上低头直喘气。

树影婆娑，凉风阵阵，突然有个人在背后拍了我一巴掌，把我的魂都差点吓掉，扭头一看，是田丽穿着衬衫出来察看动静，我立刻控制不住，一把抱住田丽，带着哭腔说道：“我的小田田啊，为啥每次碰到你，都被你背后拍一巴掌呢，你知道不知道，会吓死人的。我刚才差点就没命了，真是出师未捷身先死，常使英雄泪满襟啊！”

田丽这次出奇地没有推开我，也伸手环抱住我，把我脑袋压在胸口，轻轻摇晃着安慰：“没事了，没事了，大男人不哭。”

田丽温软丰满的胸脯让我感觉很舒服，我把脑袋往里挤了又挤，不想离开，逐渐意马心猿地按捺不住，想起韩叶娜，又有点惭愧，觉得很是不妥，思想斗争了好一会，终于挣扎着坐起来，不敢抬头去看田丽的眼睛。

仿佛听见田丽低低地叹了口气：“这景颇人非常崇拜鬼，在门外一般都会有个鬼桩，专门给鬼居住。我在读书时，听一个少数民族的室友说过，非常忌讳去触摸鬼桩，连主人都不会碰，你不知道差点送命，唉，都是我不好，刚才不该和你生气，我听见声响下来时，正看见那鬼物钻进鬼桩去睡觉，往后，我再也不会意气用事了。原来还有许多我们不知道的东西，竟然都是真的。”

田丽伸手拉住我，低声说道：“要不咱们上去休息吧，夜里风大，明天还有事儿，休息不好可不行。”

我被田丽的温婉震动得一时说不出话来，没想到一向坚强冷酷的外表下，会有这么体贴的话语。上去休息？是不是说要……我张张嘴，有点口吃地说道：“我，我，不好吧，老徐说不要弄得太晚，这会都半夜了，还要……。”

田丽脸一红，骂道：“冯一西，你！你一脑子坏水，我不和你说了！你想怎么死就怎么死吧。”扭头就走。

我苦笑着跟进去，眼瞧着田丽上楼，短裤包裹着丰满的身体分外诱人，忍不住小声嘀咕：“我只是说这几天没洗澡，得好好洗洗才行，哪有什么不肯的意思啊。也不听我说完，真是的。”

田丽听我这样一说，身形顿了一顿，跟着就发狠地扔下来一块布毯子，再不和我说话了，我只好叹口气，终究不敢跟上楼去，草草地偎在房角睡过去。

睁开眼睛时，天已经大亮了，老徐把早已准备好的装备，重新整理成三个背包，一人一个，我们简单地吃了点，就出发了。

四千多米的雪山我可从来没爬过，尤其是处于苗疆边境的游龙山，像这样不出名的深山，更是没有什么好路可走，田丽身体素质明显要比我好，老徐这景颇族的汉子更不用提，看来三人中属我登山本领最差。

老徐手里的长刀，已经拿了出来在前面开路，越走越是带劲，大声喊道："男人不会耍长刀哟，不能出远门哈；女人不会织筒裙哟，嫁不了人哈。我们景颇的阿昌长刀，是生命之刀！我们景颇汉子，个个都是真的男子汉！"

这老徐是个耍刀能手，好走的下坡路上，经常看见他踩着轻盈灵活的步子，腕花轻快，动作流畅优美，像是跳舞一样，中午休息进餐时，我们干脆要老徐给表演一下，老徐却摆摆手说道："不行不行，我这舞的是'拳嘎'不是'摆拳嘎'，不好看的，下山后我拿了'串歌'可以给你表演下十刀舞或者'以弯弯'，那才是真的刀舞。"

看我听得糊涂，老徐又解释道："拳嘎重于实战，步法扎实，舞姿低矮，运刀砍劈有力，进退攻防和摆拳嘎不同，摆拳嘎意思是舞刀花，好看不实用的。"

走走停停，我和田丽经过昨晚的事儿，感觉亲近了不少，也敢拉手行进了，只是田丽有时候会沉下脸若有所思，不知道想什么不开心的事情。

天快黑时，有惊无险，三个人到了老徐所说的宿营地，一块大石头下面，凹陷进去一个不深的洞穴，天然的遮风挡雨，地势上还能防备猛兽，相当不错。

趁着天黑前的时辰，我们抓紧时间填饱肚子，准备明天继续攀登，听老徐说，明天的路开始要碰到真的危险，会有积雪，冰盖、冰缝，搞不好还可能碰上雪暴，所以今晚一定要休息好。我们商量下守夜的顺序，后半夜危险，自然指派给老徐守，所以没过一会儿，老徐就率先去睡觉了。

我叫田丽去睡觉，她不肯，山上风大温度低，看她不好意思过来我身边，我只好觍着脸跑去她旁边，偎在一起暖和。

漆黑清冷的夜里，我抱着田丽似睡非睡的柔软身体，山上太安静，我一点杂念都没有，目光炯炯地回想自己这段时间的离奇经历，和以前写字楼白领的生活相比，完全是两个世界，那时候虽然是个军事迷，也参加过不少户外活动，但和这比起来，就简直是小儿科了。

田丽睡梦中抱紧我，把我思绪给打断了，看着月光下的年轻女郎，我忍不住低头亲了亲田丽的额头，风吹得凉凉的，也不知道她一个女孩儿家，在局子里是怎么吩咐下属做事的，说不准外表坚强冷静，心里也是燃烧着一把火，又想想韩叶娜，也不知道现在怎么样了，胡思乱想好久，睡意渐渐涌上来。

直到老徐推推我，示意我去睡觉，轮到他看场子了，我这才靠着田丽，搂在一起踏实地睡着。

也不知道过了多久，我被老徐推醒时的第一个感觉，就是觉得好冷，看看天还漆黑着，正想问老徐怎么回事，难道有情况？老徐却示意我别出声，指给我看不远处的地方。

第二十七章　黄金尸

影影绰绰的不远处，有一堆火光，我把防寒服给田丽掖好，跟着老徐悄悄摸到外边，拿出望远镜仔细分辨。

一看之下，我不由一惊，还真的碰上了那伙子扛天灯的汉人，猎枪和长枪挎在背上大部分都在睡觉，两个可能是守夜的耐不住冷，刚点起一堆篝火在喝酒聊天。

老徐轻轻在我耳边说："这伙人刚上来，可能在路上走错了，碰到什么东西还死了个人，我一直看着他们，还好，根本没有往我们这边来的意思。游龙山上没什么猎物可打，看他们带这么多枪，肯定是前些年失踪的那帮扛天灯的人。你可千万莫要惊动了他们，回去收拾好地方，明天让他们先走。"

山里很静，夜风不是很强，隐约听到俩人似乎在商量什么事儿，我听见一个说道："老大叫我们这次做最后一次，是不是真的？"

另一个压低喉咙说："噢，老大亲自……看来是真的，这么多年都……北京那韩叶娜……这次应该……"后面听不清楚，只是我被那句北京那韩叶娜吓了一大跳，天啊，可不会是有人对我女朋友做了什么手脚要害她？她可是什么都不知道呢。难道我在北京恍惚中看到的都是真的？

老徐拉着满腹狐疑的我，悄悄退了回去，等到天快亮了，我摇醒田丽，悄悄告诉她莫要出声，有意外情况发生。

过了好久，老徐回来说：“没事，已经走了，看方向不是下山回去，和我们走的方向一致，也是奔那游龙山顶去了，真是奇怪，你们都要上那山顶做什么？”

我看老徐是秦建军交代过可以信赖的人，也想让那帮人走远了我们再出发，于是简短地给老徐讲，话里也是有真有假，希望他能听懂：“是这么一回事儿，十年前老秦染上怪病治不好，听说游龙山里头的虫谷有药可医，于是千辛万苦地闯进去，却意外发现一座两千年前的大墓，很邪，差点跑不出来，不过最后还好，拿到了治病的药，却把记载怎么用的药方给掉在了虫谷里头。所以这次，老秦又来找那个药方，因为我对这个用药方法还算有点研究，就让你带我上山，山顶有一个‘黑焰楼、履真阁’，我负责找到这个地方，等老秦我们会合一起后，就可以一劳永逸地解决他那不治之症。我说得还算明白不？”

老徐点点头，皱着眉毛说：“原来你还是个医生？看来老秦是想拿着药方到山顶一个什么特殊的地方去治，可他要是找不着那药方，或者耽搁了时间，上不到雪山顶，我们难道一直等着？”

我真不知道这种情况怎么办，于是说道：“这我可不知道，不过我估计那‘履真阁’里说不定会有解决的办法，我还是相信他既然这么做，就有他的道理，我觉得咱们要小心的是前面那帮人，老秦跟我讲过他被人跟踪的事儿，我在北京也吃过亏，唯独不知道是不是这帮人在搞鬼。”

接着我又简要讲了一下在北京遭逢苗人下蛊的经过，末了总结说：“我不理解的是这些人的办事效率会这么快，我刚到北京就被盯上，所以现在很难确定是不是也来了广西南丹，再加上我听到那人提起，北京韩叶娜……什么的，我担心女朋友有什么事儿，更不放心，所以老徐你一定要想办法让咱们跟上这帮人，一起找个机会除了他们。”

老徐有点怀疑我和田丽的关系，昨夜还搂在一起，怎么今早上就说，还有另外一个女朋友？奇怪地看了田丽一眼，摇摇头说道："你们汉人哪，我想不明白，但是我会尽力的，为了老秦，我也要听他的计划。放心吧，不用你说，我也要干掉这帮扛天灯的坏汉人。"

田丽默不作声地整理好东西，看也不看我一眼，率先走了出去，我和老徐一愣，赶忙也出发了。

山路愈发难走，有些地方根本就没有路，好在老徐很熟悉这里的地形，领着我们一步步地往前走。

起风了，山顶上很快有吹落的雪粒飘下来，在这三千多米的高山上，温度变化很快，我们陆续拿出防寒的服装和护目镜，披挂整齐，应付越来越深的积雪和寒风。整个上午，我们都在和积雪与寒风作战，所幸还没有到达高处的冰层地带，我还应付的了，除了不时的气喘要求走慢点之外，没出现什么大的问题，可能就是因为我走得慢，才没有超过前边那帮人的速度，一路上，反而可以见到他们留下的痕迹。

中午时分，老徐示意我们又到了啃干粮的地方，哆嗦着僵硬的嘴吃完这餐，天空开始下雪，气温陡然降低许多，看来前面就要上到雪线了，接着就要踏足积雪不化的寒冷峰顶地带。天气骤变，不再是柳絮棉绒一样的雪片，大颗的雪粒冰晶被寒风从地上卷起，山上也变得阴寒潮湿，风雪夹杂着冰粒抽打着我们，让我苦不堪言。

一步一挨，我跟在后面上到了雪线，已经快天黑了，老徐忙着找宿营的地方，我们下了山岭，找了一个背风的雪窝子，这次可没有昨夜那么舒服，背靠的山石不够大，不时有雪粒子钻进脖子，冻得够呛，天寒地冻中，嚼着干粮的滋味可真不好受，我味同嚼蜡地难以下咽，看田丽也是差不多，皱着眉头，吃不下去。

在雪窝子里呆了一会儿，我耐不住，出来活动下手脚，这时风雪小了一些，到处都被白雪映衬的不是很黑，我试着想练练眼力，于是仔细察看起这山的走势。

俗语说：三年寻龙，十年点穴。中国风水的龙头都起自昆仑，北边沿着天山、阴山、燕山一路若隐若现的入与渤海后，又上岸抬头成长白山系；中间是祁连山、巴颜喀拉山，到了秦岭，龙头一分为二，一头向北成太行山，一头向南成大巴山、南岭、武夷山入于东海；最南边的是横断山系，在云贵高原调头南下出了国境，这三条巨龙在大地上腾挪跌宕，盘出了无数风水宝穴，古人常说，入山寻龙，意思就是上了昆仑，才能顺着龙脉一路排查寻找最好的风水。

这桂北的山脉都从云贵高原下来，我们经过两天的漫长行程，也不知走到了哪块地头，眼前这山的走势，十几座山峰环绕，似乎一般高大，而我们的方向略微偏西一点，回头望望山下，林海、山洼、水潭稀稀拉拉的点缀左右，一点也看不出龙脊和龙头的走势，换句话说，就是我没有发现这是条龙脉，这山顶如果有蹊跷的话，无外乎土木石建工程，凿山挖陵，最多把山都挖空，经过两千年的风雨剥蚀，地面的植被和石头分布都应该会露出一点痕迹，可我偏偏却看不出。

左右换了几个方向，看得我有点焦躁，《天渊山水纵横秘术》不可能是骗人的鬼话，我按照书上的口诀和方法竟然看不出龙脉，也太笨蛋了吧！

静静心，稳定下情绪，我反过来从另一个角度看，那融王的地宫是在虫谷的深潭里，人为改变环境，造就一个水龙晕的格局，而秦建军说这山顶大有玄虚，难道是暗示我这山没有被挖空，或者说山根本就是人为建造的？看看周围每座山峰，我立刻否定了自己的这个想法，这个工程量不是人力所能完成的。

虽然看不出大的头绪，我已经觉得这山顶确实如老秦所说，大有玄机，隐隐然潜藏着非常邪恶的气息，因为山势地势根本就不成风水，而且连一点风水的概念都没有，此处应该被人力移动过什么东西，不然决不会这样！

记得老板娘说这山顶经常会砸落火石头，以我的看法，无外乎就是陨石流星雨，那帮扛天灯的人从山顶搬了什么东西下来而导致性情大变？这会儿我很难想出其中到底有什么联系。

后半夜轮到老徐守夜，田丽已经在身边给我留了个位置，我带着满腹狐疑，一脑门高深莫测的想法挨着田丽睡下，远处的群山被白雪覆盖，山顶烟岚弥漫，散发出一片片的黑气，我只好寄希望于明天的行程，可以彻底揭开心中的谜团。

或许是天意吧，注定了这个夜晚将不会是一个平静的夜。进入梦乡不久，我就被弄醒了，脚下的地在抖，靠着的山石都摇摇晃晃，我第一个感觉是不是地震了！

耳边一声声闷响此起彼伏，是石头重重砸落地面的声音，紧张的老徐扯着我和田丽死命往里边躲，等我清醒过来时，心里明白我们是碰上了流星雨，这些仿佛地震的征兆都是一颗颗陨石闹出的动静，看来这就是客栈里老板娘所说的火石头，只是那些扛天灯的人怎么会知道，今晚有这样的天文异象，是他们计算出来的，还是他们搞出来的？

纷落凌乱的流星雨持续了五分钟左右结束，周围再次恢复了平静，老徐小心地探出去看了看，回来叹气道：“雪崩了，幸亏咱们走得慢没有上到山顶，否则这会儿准准地给活埋掉。不过也好，明天咱们上山时倒是不用担心雪崩的问题了。”

我一听雪崩了，赶忙问老徐："那帮人呢？会不会被雪崩给吞了，咱们今天看到的痕迹不是表明他们已经上去山顶了吗？"

老徐摇摇头："这谁也不会知道，雪崩后，什么痕迹都不会留下，但愿这帮歹人都给活埋掉，也算老天爷帮我们除害了。不过我想没有那么简单，俗话说，好人不长命，祸害遗千年呢！"

此时的田丽却暗中使劲掐了我一下，我猛回头一看，只见田丽面无人色地盯住我不言不语，只是示意我看前边，老徐身后的雪地里，静静趴着一个黑糊糊的东西，我一把拽过他，老徐反应很快，转身的时候，手里已经拿出了长刀，斜斜地横在胸前。

时间一闪而过，那黑糊糊的东西仍然保持着刚被发现的姿势，从我的角度来看，这人形物体，是从不远处滚落下来的，很可能被刚才的流星雨砸出了地面，借着雪光映衬，老徐一步步走上去，田丽拿出了那支枪，戒备着那东西暴起伤人。

长刀的尖端轻轻一触，叮当一声，似乎是个金属疙瘩，我立刻长出了一口气，只要不是个活物，一切就好办，那天夜里在老徐家里，我已经被这种黑糊糊的东西吓怕了，生怕又伸出两只爪子掐住我脖子。

走近点一看，还是吓出了一身冷汗，这东西是个人，不过已经死的不是一天两天了，身上服饰还是古代的战士盔甲，叩刀按剑，每一寸皮肤，连头盔、头盔下圆睁的双眼，大张的嘴巴都是泛着一层金属的光泽，让人感觉这战士是在极度痛苦中死去的，老徐拿刀轻轻一刮，露出了黄澄澄的金子颜色，竟然是黄金尸！

第二十八章　鬼门关

黄金尸！

看到雪地里黄澄澄的金子颜色，我第一个联想到了那帮扛天灯的人，原来是为了黄金，这一个黄金尸上覆盖的黄金分量相当多，如果一次刮几具尸体，把弄下来的黄金扛下山，我怕是要累趴下。

不过这地方怎么会有这种东西呢？难道老融王除了在山谷里造出“水龙晕”的神仙宝穴之外，还在山顶给自己留下了退路？不过也难怪，这家伙活在世上，所有的时间和精力都浪费在身后事儿上了，无怪乎会亡国灭种。

我对死人身上刮金子的行径没有兴趣，老徐作为景颇人非常崇拜鬼神，定要挖坑好好安葬这古尸，也由得他了，唯独田丽这时露出了人民警察的高度警惕性，手中的枪丝毫没有放下的意思，也幸亏这警惕性才救了我一命。

看老徐搬不动，我就搭把手，拖黄金尸去刚挖出来的坑里，压根没有我想象中那么沉重，如果不是尸体的脸上，那牙齿和舌头栩栩如生，我都怀疑这古尸不过是个镀金的木像，低头仔细看那个眼珠，我想找出点证据来证明这不过是个木像。

轰地一声闷响，是田丽手中的猎枪开火，我抬头一看，一个高大的黑影跌跌撞撞地，从我身边匆匆跑开，全身挂满了毛绒绒的黑色肉球，一路上左摇右晃，不断从身上跌落雪渣碎石。我吓了一跳，却听老徐叫声：“快追，别让它跑了！”

顾不得多想，我跟着老徐和田丽追过去，那东西跑得越发匆忙，身上更是不断跌落大块颗粒，原本臃肿的体态苗条了不少，很快就消失了踪影。老徐停下脚步：“别追了，来不及了，跑得差不多了。”

我喘着气问老徐：“这是什么东西啊，老徐快点说说。那帮歹徒要是没死的话，这一枪只怕是会被他们听到，我们现在怎么办？”

老徐带着我们往回走，路上低声讲了一件事情，虽然同样发生在雪山的山顶附近，却离我们目前所在的游龙山很远。

那是流传在西藏藏民中的一件事情，在雪山上，每当黑夜时分，便会有种躲在冰下的动物爬出来，聚集在一起搜索刚死不久的尸体，它们钻进尸体的衣服里噬咬血肉，尸体就会变成白色。如果继续扑咬活的人畜会越涨越大，随后会因各种行动的消耗而萎缩；如果两三天内吃不到活人，就会散开，钻进冰川下藏匿起来，直到再找到新的死人。这种东西喜欢钻雪沟和冰坑，只在深夜出没，七百多年前，曾一度酿成大灾，死人畜无数。

我问老徐道：“原来这不是一个东西，而是一群？很多聚集在一起？”

老徐点头道：“没错，最多时一个尸体上会附着十几个，它们吸收了尸体内的血肉，变得肥胖起来，像是整团整团的肥肉，远远看上去像是个胖乎乎的雪人，藏人管它们叫做‘雪弥勒’。年头很久，都被人们逐渐遗忘了。”

我抽了口凉气，有点后怕地看着田丽说：“刚才差点扑到我身上的，想必就是这个东西，要不是田丽开枪，我就死了一回了，真他娘的恐怖！”

老徐摇摇头说道：“这个应该不是雪弥勒，那跑掉的黑影身上东西不是白的，而是长满黑糊糊的绒毛，几年前扛天灯的人闹得很凶，杀死了不少当地人，后来公安武警联合起来进山剿匪，结果只活着逃回了两个。据他们所说，藏地流传的雪弥勒已经在游龙山顶扎根了，不过奇怪的是这些雪弥勒变成浑身黑色，奇臭无比，现在看起来，应该是游龙山埋了不少这种黄金尸，被雪弥勒吞噬枯骨干肉后所引起的变异，我们当地人管这个东西叫‘黑弥勒’。藏人说过，这种东西特别惧怕大盐，唯一的弱点就是只能在夜里出来，白天即使有雨雪也不敢现身，不过我并不知道变成黑弥勒后还有没有这些弱点。”

最后老徐沉重地对我说道：“咱们现在只有不多的一点盐巴，黑弥勒一定会再来捣乱，那帮扛天灯的人听见枪声，也会知道咱们在后边，估计这会儿已经等着机会偷袭了，看来今晚这雪山山顶会有场好戏上演，大家也别睡觉了。”

黄金尸，黑弥勒，雪山顶上还有歹徒随时会打黑枪，我越想越觉得压抑的难受，嘴里阵阵发苦，看一眼田丽，神色凝重，攥紧枪管，比我多了许多冷静。

拿起装备，我们都觉得此处不可久留，黑弥勒受伤逃走，谁也不能保证它是不是去召集同伴，如果那帮扛天灯的派人下来解决我们，以我们的武器，是很难抵挡偷袭的。

风后暖、雪后寒，我们决定趁着这风停雪住的机会，摸黑向上攀登，打定主意要换个地方歇息过夜。

还没有走到雪崩发生的地方，冰盖和冰沟冰缝就给我们带来了很大的麻烦，不得已只好步步为营小心前进，仍是走不了多远，我停在一处挡住前路的山崖边，看着前面轻轻说道：“田丽，你知道什么叫做鬼门关吗？”语气平静的出奇。

田丽吓了一跳：“老冯，你又怎么了，怎么突然提起这么个东西，这种地方，还是不要去想这种鬼怪为好。”

我苦笑着看看山上，一丝一缕的黑气原本都是静静游弋在山崖残壁间，这会儿已经逐渐凝结纠缠，所到之处，隐隐漂浮无数的淡淡身影，其中大多都是面目狰狞，一个个呆呆地瞧着我们，似乎在慢慢流淌、聚拢过来。

像是一个梦境，不过却是黑色的梦，我出神地看着山崖上，陨石打穿出的一个大洞，呼哧呼哧往外冒着黑气。老徐和田丽也是呆呆地看着。这个山洞出现的真不是时候，黑弥勒在后面悄悄地跟着，而我们却被山石挡住去路，更为要命的是，山石上居然有三个大字，秦篆字体，我虽然不认识篆字，但这三个字还是记得的，因为在看过的电影中不止一次出现过。

“鬼门关”！

站在这三个大字前，我们大眼瞪小眼，只有选择了沉默。

只听老徐大喝一声，挥起长刀就往我们身后重重劈落，刀光中，地上一只黑色毛球，吱吱怪叫，凌空扑了上来，像是刺猬一样，上面黑毛根根直立，下面肉乎乎的极为黏稠，也没个鼻子眼睛，全是一张张小嘴，不停开合，可以想象给咬上一口，将会有什么可怖的后果！原来这就是黑弥勒的本来面目，好在只有一只，老徐几刀就把它劈成碎片，顺着雪地钻了进去。

顾不得擦去额上的汗珠子，老徐沉声说道：“此地不可久留，周围已经被黑弥勒围上了，看来我们不进山洞的话，是撑不到天亮的！”

我在背包里找来找去，摸出老秦准备的头灯和猎刀，拿在手上，好歹也算有个武器，头灯只有一个，我打头，往山洞里试探着走去。

刚进洞口，里头却传出撕声裂肺的一声惨叫，然后，痛苦的嚎叫声不断头地传到我们耳边，我忍不住拉住老徐问他：“你听听，这是不是被黑弥勒咬上的声音？”

老徐困惑地摇摇头："不是，肯定不是，黑弥勒是整个扑到身上，顺着热气率先钻进嘴巴，根本不可能让人嚎叫这么长时间，这山洞里莫非还有别的东西？"

我闪眼瞧见后面的黑弥勒越聚越多，心知不可再犹豫，赶忙扯着老徐和田丽钻进洞里，又拿出仅有的一点盐巴撒在洞口，希望多拦住黑弥勒一会儿，让我们能够走远一些。

山洞深处的嚎叫声慢慢低了下来，一声声若有若无，冰凉刺骨地飘过来。

走不多远，我们终于来到惨叫声发出的地方，虽然已经经历了很多恐怖的场景，但是这一刻，我还是被面前的残忍吓住了！

一个汉子，原本应该是五大三粗的汉子，直直站立着，两手并拢，被牢牢绑在一根铁条上，几个铁扣套着他的脖子、肚子和小腿，正缓缓旋转，可怖的是这人脚下，有一个圆铁盘，上面刀刃向上固定着几把尖刀，铁条每转一次，汉子都经过这尖刀，被削下一条肉丝，圆铁盘上已经堆了几堆皮肤和碎肉，仔细看的话，还有些内脏在蠕动，汉子已经被尖刀刮的剩不下什么体积了，但脑袋还在，眼眶瞪得出血，估计是眼睁睁地看着自己被切碎，却逃脱不了，活活痛死的。

我强忍着反胃和战栗，低声说道："这还是来扛天灯的，他娘的这死法，比点天灯都惨，这不就是，不就是古代的千刀万剐，那个什么凌迟吗？"

想想不对，我又加上一句："是凌迟，不过是半自动凌迟，老融王的思路还挺开阔，知道使用机械来节省人力了。"

新鲜的人血腥味扑鼻，田丽已经被吓得不轻，忍不住紧紧拽住我的胳膊，才没有跌倒，老徐更是一动也不敢动，生怕落入陷阱，体会这个被我形象的称为半自动凌迟的机关。

我皱皱眉，被田丽的指头掐的生疼，用头灯左右晃晃："你们俩快看，周围有东西。"

老徐不作声地从包里掏出个松油火把，刚一点燃，田丽就是一声大叫，把我吓得不轻："天啊，这人……"抓住我的胳膊，整个人都要软倒。

我顺着她的目光望过去，又一具尸体，还有点面熟，竟是昨天晚上我和老徐见过的，那两个守夜的歹徒之一！

不过这人马上就要变成了两个，同样被固定在一根铁条上，不同的是头下脚上的倒悬，两腿被分得大开，一把大锯从上往下，顺着胯骨一路直锯，卡在了肋骨的地方，肚肠流了一地，人还没死透，脚尖一颤一颤地挣命。

我拼命站稳一点，拍着田丽说："别晕，千万别晕，老徐你也别动，看起来这块地方遍地都是杀人的机关，触发的装置一定埋在咱们脚下的石头地里。"

火把的哔剥哔剥声，一跳一跳的，那个快要变成两半的人，终于咽下了最后一口气，大脚指头瞬间蹬得笔直，已经无力再缩回来。

我们后边，隐约听到动物爬行的声音，我心里暗暗叫苦，成群的黑弥勒这么快就冲了过来？真的要我们三个死无葬身之地吗？

老徐突然开口说道："冯一西，老秦到底是怎么和你说的？他现在究竟在哪里？咱们这可是把脑袋都提在了手上，进了鬼门关，他娘的什么狗屁鬼门关，老秦为什么现在还不露面？"

紧张的语气中透出一股子阴狠，把我吓了一跳，不由苦苦思索我到底什么时候告诉过老徐，我的全名是冯一西？

第二十九章　鬼打墙

前面有杀人的机关，后面的黑弥勒步步紧逼，旁边是古怪的令人生疑的老徐，周围听起来像是不少动物在蹑手蹑脚地靠近，我看看，只见黑暗中移来一盏盏绿幽幽的眼珠，那是猫眼，眨也不眨地包围着我们。

田丽靠在我身边，有点发抖。

我说："这是老猫的眼睛，跟狼眼一样，据说可以采光。一到黑夜，就会发出绿光，别怕，老猫是不吃人的！只是这里面怎么会有这么多老猫，它们吃什么呀？"我猛地想起来吃了黄金尸后变异的黑弥勒，软不拉唧得恶心人，有点害怕这些老猫是不是也是吃尸体长大的？

想想此地不宜久留，我决定暂时不回答老徐的话，疑点暂时搁在心里，脱离险境再作计较。头灯左右晃晃，到处白惨惨的。

我对老徐说："老秦在哪里，我真不知道，老徐别想那么多了，这会儿还要靠你脱险呢，有啥事儿，咱们安全了再说。"

老徐可能觉得自己有点失态，点点头不吭气了。

我们三个人小心翼翼地观察着脚下的动静，往前走了几步，累得满身是汗，我心想这样不是个办法，黑弥勒的速度可比我们快得多，甩不掉这些吃人的东西，压根别想走出去。

这鬼门关里头是别有洞天，走了这几步，我们就发现环境起了变化，原来这只不过是个走廊，前面有股寒风吹了进来，望过去，只见雪地泛着白光在月色里，似乎是通到露天的所在，我们不会是快要走出洞了吧！

前面不知道什么情况，难道山中有山，雪山顶是一个中空的大坑？这也太奇怪了吧！

管不了那么多，我知道老猫还有黑弥勒都在周围潜伏着，等着我们精神松懈后，好扑上来饱餐一顿。

我努力辨认着前面，小心翼翼地往前走，看起来这雪山顶还真有可能是个中空的大坑，像那月球上的环形山，只是上面的口子要小得多，丝丝缕缕的还有些东西，鱼网一样扯在上头，而我们就意外地穿过山腹，站在了平坦的环形山底部。

前面有一条小路，像是黑石头铺的，在雪地里很显眼，路并不长，只有二十多米，两侧啥也没有，都是墙壁，要不了多久就能走到头。

迟疑了一下，我想这条路毫无疑问是人工铺的，穿过这条路，会不会就是我们要去的目的地？那秦爷说的“黑焰楼、履真阁”？就算不是，也应该会有些事情发生，我闻到后面黑弥勒的气味越来越近，我赶忙招呼田丽和老徐一起走进了小路。

快到转弯的时候，我忽然发现胡同的拐角处趴着个老猫，背上醒目的三个大白点排成个三角形标志。

未曾细想，已经转过了拐角，向右继续走，我跟田丽说：“想必咱们走的是终南捷径，升仙近道，这趟伟大的任务就要划上圆满句号了，小田你说天上那么多仙女，看到我这样的凡人会怎么想？”呵呵笑了两声，可是没等笑完，我就愣住了，我们面前又是一处丁字路口，右侧的拐角处赫然趴着个老猫，背上居然有同样醒目的三个大白点。

田丽有点发蒙：“别想美事了，咱们是不是走错方向了，怎么这老猫那么面熟？”

我故作镇静："别管它，咱走咱的。"我们向右一拐，没走几步，又看到跟前面一样的情况，我不由得倒吸了一口凉气，心中暗暗叫苦。

越来越不对头，我们显然没有发现这路的古怪就走了上来，现在看这笔直的小路充斥着邪气，地面和两边都是黑石铺砌，严丝合缝，走来走去都是这样!

老徐恼怒地低吼一声："鬼打墙，错不了，你们汉人真他娘会想，原来还真有鬼打的墙，怪不得这么笔直！这下完蛋了！咱们这辈子都走不出去了！"

我跋涉了这么长时间，快到终点时，居然发现掉进了鬼打墙的泥潭，浑身一软，靠着墙就坐了下来，有关人生观、世界观的知识彻底被颠覆了，心里第一次对辩证唯物主义的科学性打上了个问号。

老徐比较烦躁，一点也看不出像是心里有鬼的样子，照我估计，这老徐就算和那些扛天灯的不是一伙，恐怕也不会和秦爷我们一路，这个向导当的其实心怀鬼胎，只不过这会儿大家都在难中，有些事情还是不要揭穿的好，何况这会儿看起来，他也是完全没了主意。

难道这果然就是传说中的鬼打墙？那么怎么会有这么希奇的现象呢？是什么原理造成的？我想得头快要破了，也没有想出个所以然，只好对田丽说："都是我不好，这阵子一直走背运，今天可能要连累小田了，你怕不怕这鬼打墙？"

田丽虽然是一个女流之辈，却不肯在我们面前示弱，勉强做了个笑脸说："大家都在一条船上，我不怕。"

我见田丽笑得吃力，拍了拍她肩膀以示鼓励："咱们接着走，我曾经听别人说过鬼打墙的事，只要多走一会儿就能出去，放心吧。"

老徐逐渐冷静下来，这次到了路口不再往右侧转了，拉住我们改走没有走过的左侧，不过走到底的时候，依然回到了丁字路的交叉处，往回走也是如此，无论走任何方向，始终离不开这条竖着的丁字胡同。

我情急生智对他们说："咱们跳墙。"

田丽攀住墙头，又把我拽上去坐在墙头上，老徐说："你俩先跳过去，在原地等着我，别乱走，在这地方可千万别走散了。"

田丽答应一声就翻了过去，我咬咬牙跟着跳了下去。

一落地，就见老徐站在面前，搓搓双手正要往墙上爬，我赶忙叫住他："老徐，我们在这里，在你后边。"

老徐扭头一看，我和田丽面如土色地就站在他身后，顿时吓得不轻："你们不是跳到墙那边去了吗？怎么会在我身后？"

我说："我从墙上跳下来，就站在你身后了。"

老徐说："那你等着，我跳过去看看，你们站在这千万别乱走，如果那边有路，我再翻回来接你们。"

老徐没费多大劲就翻上了墙头，落地之后大吃一惊，我和田丽背对着他正抬头看着墙头，原来他和我们一样，从墙上跳下来后便又回到了小胡同之中。

我们连跑带跳，能想到的招全使了，始终是离不开这条长仅十几米的小胡同，三个人都累得浑身是汗，不得不坐下来休息。

此时的天色看起来已经快要到凌晨了，天高云淡，明月高悬，星星闪烁，在胡同中抬头向上望出去，真不知道天有多高，月亮有多远，一切都被头顶斑驳的黑影笼罩着，灰蒙蒙的，说不出的诡异感觉。

我看了看手表，刚好零点零三分，我不禁奇怪，我们走上小路的时候我看了时间，正好是零点，我们在这条小路里转来转去，跳墙上房，折腾了足足有一个多小时，怎么时间才过了两三分钟？

看来这地方实在太过邪门，时间、空间、逻辑概念，在此都不适用，我一直觉得这世上是没有鬼的，今日身临其境，也不由得我不信了，心想如果能飞就好了。

我拍拍脑袋，让自己冷静一下，好好想想这是怎么回事儿。

所谓鬼打墙，意思就是说在夜晚时分，郊外或者一个熟悉的任何地方，冷不丁发现自己在一个圈子里走不出去，走来走去都不行，经历过的人少，知道这事儿的人多。

我想起曾经看过的一篇文章，上头说把一只鸟的眼睛用黑布严严实实地蒙上，然后放开它，在开阔的天空中，你会发现，它居然飞出一个圆圈做圆周运动，要是你亲自把自己的眼睛蒙住，在学校的操场上或者一个空旷的环境中，完全凭自己的感觉走直线，最后你发现你走的也是一个大大的圆圈。

为什么呢？因为身体结构有细微的差别。鸟的两条翅膀力量和肌肉发达程度有细微的差别，人的两条腿的长短和力量也有差别。这样的话，迈出的距离自然产生差别，比如左腿迈的步子距离长，右腿迈的距离短，积累走下来的多了，肯定是一个大大的圆圈。其他生物也是这个道理。

但是为什么我们又能保持直线运动呢？那是因为我们用眼睛在不断定位，修正自己的方向，改正两条腿的差距，所以最后走成了直线。

好了，说到鬼打墙了，这个时候肯定就是我们三个人失去了方向感，也就是说，我们早已经迷路了。

眼睛和大脑的修正功能不存在了，或者是周围环境给我们的修正信号是假的、是混乱的，我们感觉自己在按直线走，其实是在按本能走，是在按照周围环境给出的提示走，走出来也就被环境所左右，难免会是个圆圈。

有时候在固定的地带，比如坟场，会遇到鬼打墙，这好像很神秘，其实是因为这些地方的标志物容易混淆，到处都差不多，因为认清方向主要靠地面的标志物，当这些标志物给出了错误的信息，虽然我们觉得自己仍有方向感，其实也已经迷路了，当人迷路的时候，如果不停下来继续走，再加上自然产生的恐慌感觉，那么一定是本能运动，走出来是一个圆圈。

而这种错觉被一些高明的风水术士掌握，在建造帝王的陵墓的时候，会运用这个规律，人为地布置一些地面标志物，让人很容易在此迷路，感觉遇到了鬼打墙。还有个家伙更是精于此道，那就是三国时候的诸葛亮，他能用些石头，摆出一个八阵图，千军万马走进去，也转不出来，或许就是同样的道理。

所以说，人走路，鬼打墙，人写字，鬼画符，这些都是有点内在的联系。

第三十章　此地不宜久留

在胡同狭小而又压抑的空间中待得久了，紧张与不安的感觉减轻了几分，心里却是越想越怒，蛮劲发作，老徐对着黑暗的胡同一端破口大骂："操你老母，这些个死鬼，想要你爷爷的性命就尽管放马过来，操你奶奶的，摆这种迷魂阵，滚出来跟老子练一趟，老子还真就能让你没脾气！"

我不怎么会讲脏话，看老徐毫无惧色大叫大骂，也壮了壮胆子，对着胡同尽头的黑暗大骂，反正只求骂个痛快，形式重于内容，我们越骂胆子越大，脏话也越来越恶毒，把鬼的直系亲属都骂遍了。

不管怎么骂，始终没有任何反应，鬼东西们似乎在黑暗中冷笑，看着我们还能骂多久。

骂到最后实在没有什么创意了，只好相对苦笑，又坐了下来。

我想起来我研究了好久的那本《天渊风水秘术》，上面曾经提到过"鬼打墙"，甚至"八阵图"这种现象，还煞费苦心地仔细讲解分析，都怪我看到这里就嗤之以鼻，从小学会的知识先入为主，压根就不信，自然也没有努力地去学怎么摆阵破阵，如今事到临头，真他娘的后悔！

我长叹一声，清清嗓子对田丽说："我冯一西将来有了宝贝蛋儿，一定痛改前非，决不让我受到的教育悲剧在他身上重演，他在地上画个圈，我说什么也不会告诉他这个圈是字母O或者数字零，让他自己去想出一百种可能，弄不好他就会想出来这是砸着牛顿的那个苹果！小田，你说是不是，被扼杀了自由空间的脑袋，就像我过去的二十多年一样，简直白过了！”

田丽目光复杂地瞅了我一眼，啥也没有说。

骂了这么长时间，多少也出了一些憋闷的恶气，虽然仍陷于困境，但是心里痛快了不少，我只觉口干舌燥，正想问问田丽背包里有没有水，我想弄点水来喝，田丽却忽然低声说：“你们看，那老猫旁边是不是蹲着个人？”

夜色中，我顺着田丽说的方向看去，看到一幅情景，诡异得难以形容，一个七八岁的小女孩蹲在胡同口正看着我们几个。

老徐说：“这狗日的胡同里好不容易见到个人，且问问她知道什么情况，过去瞧个仔细，管她是人是鬼，瞧瞧再说。”

我摸了摸手腕上的穿山掘岭甲，向前走了几步，在距离有两步远的地方停下，距离很近，月光下瞧得十分清楚。这个女孩好像营养不良，瘦瘦小小的很可怜，头上用黄绳扎了两个羊角小辫，脸上无任何表情，还发出一闪一闪的银光。

小女孩蹲在地上，双手前撑，上半身抬起，田丽可能是受不了这眼光，被看得浑身发毛，扭过脸不去看她。

我一咧嘴挤出点和蔼可亲的笑容，对小女孩说：“小妹子，你在这附近住是吗？怎么这么晚了还不回家？你家大人呢？”问完我就知道自己纯粹废话一堆，很是怀疑自己的智商是不是下降了。

小女孩不作声。

我又问了几句，她还是不理，老徐恼火起来，凑近了就要拉她起来。

刚一挨到小女孩，老徐忙不迭地缩手，失惊打怪地嚷道：“什么鬼东

西！真晦气，这是个死小孩，他娘的，身上还抹了银粉！”

我不知道抹了银粉是什么意思，正想走上去瞧个仔细，田丽一把拉住我：“不戴手套千万不能碰！有毒的，我们刑侦队有这方面的资料，你仔细看这小孩身上，都是一片片青紫色的瘢块，这是水银尸瘢。”

田丽这么一说，我也想起来看到过的新闻报导，极个别的古墓里头，会有殉葬的童男童女，据说这些童男童女还没死的时候，从嘴里灌进去水银，还要在身体上一些比较柔软容易腐烂的地方挖洞，同样用滚烫的水银封住，活活弄死后再用水银粉抹遍全身，为的就是做成万年不腐的标本，世界上最残忍的事情恐怕就是拿祖国的花骨朵儿来殉葬了。

老徐戴上手套把小孩的尸体抱了起来，小女孩尸体上有不少地方已经出现了一片片黑紫色斑点，这种斑块俗称“水银瘢”或者“水银浸”，也有些地方称尸斑为“烂阴子”“汞青”。

我低声告诉田丽：“真的是水银瘢，咱们内地解放前有过买小孩陪葬的事儿，活着抹上水银粉，有的地方为了让小孩死得慢，血液多流通一会儿，还有灌热桐油的，看起来这个死小孩当年死得真惨！”

我看了几眼，越来越觉得后背发凉，小女孩冰冷的脸上大睁着双眼，似乎在控诉什么不公平的天理，又似乎是认命地流露出无辜。我皱眉说道：“真惨！咱们得把她带出去好好埋了，也算积德做个善事，会有好报的！只是不知道咱们出得去不！唉！”

老徐拿出一件衣服，过去盖住小女孩，左右包了一下，扛在肩膀上，点点头说：“是啊，能走出去最好，走不出去就跟这小可怜做个伴吧，一个人孤魂野鬼的滋味可不好受！”

田丽眼尖，瞧见小女孩坐的下头有字，赶忙凑过去看，只见歪歪扭扭地写着：右左左右左左右，黄泉路上莫回头。

我困惑地说道：“这不是小孩的笔迹，肯定是大人写的老体字，他娘的到底怎么回事儿？难道是指引咱们出去吗？”

老徐不说话，看了又看，一指丁字路口的右边，示意让我们快走，“看来咱们不是第一个被困在这里头的，以前有人出去过，但是不知道什么原因带不走小女孩，所以写下了秘诀，咱们要不是突发善心，也发现不了这字，赶紧走吧！这世上的高人多了！”

我点点头，回头嘱咐田丽一会儿走的时候，不论背后怎么样，都不能回头看。田丽见我俩说得郑重其事，答应道：“我晓得了，你们放心。”

怪事年年有，今年特别多。我们顾及不了这许多怪事了，只想尽快离开这条小黑路。

大声念了三遍“右左左右左左右”，我扯过田丽走在前头，嘱咐她，等我说可以了，才能回头。然后问田丽准备好了吗，田丽点点头答应道：“准备好了。”

老徐扛着死小孩，嚷嚷：“此地不宜久留，快走。”

按照指示的方向，我们三个走到胡同尽头的丁字路口，向右转去，走到底后又向左转。转了两次左边的路又改转向右的时候，我发现胡同口趴着的老猫不见了。

接下来还要转左左右三次，看来我们可以走出去了。抑制住心中的激动，老徐又嘱咐了一遍我，千万不可回头，尽量别走太快，留神脚下，别摔倒了。

想到脱困在即，我忍不住兴奋起来。很快，我们三个就走到了最后一次右转的路口，忽然觉得两条腿变得沉重起来，每一步都迈得很吃力，走不出三步，腰腿酸麻，忍不住就要坐下，田丽这时候说：“我怎么这么累，实在走不动了，老冯咱们歇一会儿好吗？”

我说："坚持住，万里长征还差最后几步，你觉得很累，应该是幻觉。一定要克服自己的软弱，明白吗？"这话一是劝他，二也是给自己鼓劲。我们咬紧牙关，又向前走了两步，田丽已经筋疲力尽，向前一跪，趴在地上大口喘气，连话都说不出来。

我走到她前边，把她背起来，艰难地向胡同口一步一挨地缓缓走去，双腿就如灌了铅一样沉重，背上的田丽也出奇的重，累得我气喘如牛。

忽听背后有女人大叫："救命啊！救命啊！杀人啦！"这声音撕心裂肺，深夜听来，让人汗毛倒竖。我觉得心跳加快，那女人的叫声太过凄惨，忍不住就要回头看一眼，心里突然想起"黄泉路上莫回头"，我赶紧定了定神继续往前走。

又走了一步，就听到背后一个熟悉的声音说："冯一西，我跟你讲的小人书故事还没讲完呢，今天给你讲完好不好？"这声音让我汗毛倒竖，立刻想起小时候做过的噩梦，噩梦里那个拣松针摆小人的老头，还有那老头没有讲完的故事，忍不住就要回头看一眼。

田丽在背上用劲拍了我一巴掌："老冯你怎么了？放我下来吧，你可千万别回头，不然咱就永远出不去了。"

我心头一凛，这是幻觉！

我让田丽把眼睛闭上，用手堵住耳朵。不论背后的女人怎样惨叫，有多少熟悉的人和我搭话，我也不去理会，只顾往前走，背后的声音已远远不限于女人的惨叫，时而觉得后面有一辆火车向我们呼啸冲来，时而又觉得霹雳炸雷一个响过一个，时而又似乎是虎啸龙吟刀剑劈风……

我背着田丽不能用手堵住耳朵，被那些声音搞得心胆俱寒，不过我打定了主意，把心一横，纵然真是有火车从后面撞过来，把我撞成肉酱，我也决不回头，一步一挪，终于到了路口，只要再走一两步就出去了。

此刻，背后突然万籁俱寂，静得出奇，田丽也感觉到没了声音，把堵着耳朵的手放了下来。在这一片死一般的寂静中，忽然从身后很远的地方传来一个小女孩儿的清脆声音：“你们……带我妹妹……到哪儿……去啊？……带……上……我一起走……好不好啊……”

似乎是老徐背上扛着那小女孩的姐姐在叫，田丽赶忙回过头去叫：“来啊，我们就要出去了，你妹妹在我们这儿。”我想提醒她却是已经来不及了，大骂：“田丽你这个大笨蛋，中计了。”

第三十一章　伤逝

我和田丽还有老徐，艰难地亦步亦趋，都是打定主意绝不回头，终于走到了逃出鬼打墙的生死关头，前面的路口已经可以看到，相信我们只要再走一两步就可以逃出生天。

此刻，背后突然万籁俱寂，静得出奇，那些幻象发出的声音统统都消失不见。一片死一般的寂静中，忽然从很远的地方传来一个小女孩儿的清脆童音：“你们……带我妹妹……到哪……去啊？……带……上……我一起走……好不好啊……”

似乎是老徐背上扛着的那小女孩的姐姐在叫，田丽赶忙回过头答应道：“来啊，我们就要出去了，你妹妹在我们这儿。”

我想提醒她却是已经来不及了，只好破口大骂：“田丽你个大笨蛋，中计了……”

身后一股异常强大的力量，要将田丽从我的背上向后拉去，狗急跳墙，人急拼命，生死关头，我全身发凉，无暇细想，脑中只有一个念头：“救人要紧！哪里还管得了回不回头。”此时田丽已经逐渐离开了我的后背，只有一只手还抓紧了我的左肩。

说时迟，那时快，我还未转身，先抓住她扒在我肩头的手，然后转身一把抱住她的身体，死命往外拉。

身后已经是一片黑暗，朦胧中，我感觉似乎有很多大手，分别抓住了我的手臂和脚踝，那些被抓住的地方无一不是痛入骨髓，但我强忍疼痛，紧紧拉住田丽的身体不肯放松。

黑暗中的力量实在过于强大，我支撑了一会儿，就感觉到最多几秒钟之内，我和田丽就会被这些大手拉入无尽的黑暗深处，正在走投无路之时，我隐约看到一只巨大的黑手向我头顶抓来，如果被这只手抓到头顶，血肉之躯万难抵挡。

若明若暗的田丽，脸色已经被箍得发青，说不出话来，最后一根滑脱的手指使劲抠掉了我手腕上戴的甲牌，几乎就在同时，我再也拉不住她，眼睁睁地看着田丽被黑手包裹，满脸绝望、满脸不甘心地飞向黑暗深处。而我耳边一声闷雷般的巨响，像被爆炸产生的气浪冲击，我和老徐接连飞出了这条小路。

卧在雪地里，我全身的骨骼似乎都给摔散了架，只觉胸口气血翻滚，耳鸣不止，唯一能做的就是四仰八叉地躺着。

我看了看手表，零点五分，只过了五六分钟，那困在鬼打墙中漫长的几个小时，已经被夜晚的空气给蒸发掉了。

雪地里夜风清冷，天上是月明星稀，好长时间我都看着天穹动弹不得，一点一滴回想这个离奇夜晚的遭遇。

经历了几天以来发生的事情，我的世界观和价值观基本上完全崩溃了，遭遇的这些事毫无头绪，如果仔细地想下去，我想我的脑袋可能会爆炸。

我记得曾经看过一本科普读物，上面说过，宇宙诞生之初，空间中分布的都是物质和反物质，这些正反物质碰到一起就共同湮灭成光子，不过这个满宇宙耀眼白光的光子时代已经过去了N多年，反物质都给消灭殆尽，我碰到这鬼打墙总不会是个漏网之鱼？

或许这胡同的地方，是称为“虚”，既不在三界之内，也非五行之属，没有时间和空间，只有十分强大的力场，感觉就像科幻电影里讲过的异次元黑洞。

这次逃出命来，恐怕和我一直戴在手腕上的穿山掘岭甲关系最大，那个宝贝已经救了我不止一次，肯定有着不同凡响的潜力，难道是和“虚”中的力场相克相冲，我才逃了出来？我苦笑着摇摇头，只有这样把想不通的事情往那些看过的电影情节上扯，发扬下阿Q精神，我那怦怦直跳的心脏才能略微平静一下。

但是此事实在太过难以想象，看看我们刚刚离开的那条小路，平常得不能再平常，普通得不能再普通，这样的小路在北京和天津的胡同里随处可见，谁能想到，就在刚才，在这样一条平平静静的小路里，发生了如此惊心动魄的事情。

我脑海中分明还记得田丽被拽入鬼打墙时候的神色，是那么黯然和决绝，充满了对生的渴望和对命运摆布的不甘心，最后的生死关头，一定是她拽下我手腕上的穿山掘岭甲，故意挣脱了我的手，牺牲自己的宝贵生命来保全我和老徐。

这么多天的朝夕相处，我早已把她看成了最知心的朋友，就这么失陷在鬼打墙中？我越想越难受，忍不住眼泪直往外淌，不行！我要去救她，生要见人，死要见尸！

我已经打定了主意要回去救她，心头反而轻松了一点，看了看被震飞出来的老徐，已经哼哼唧唧地爬了起来，也是给摔得不轻。本来扛在肩膀上那个小女孩的僵硬尸体，这会儿掉落在雪地，圆睁的空洞双眼，似乎合上了一点，看起来安详了不少。

照刚才鬼打墙那强大的阵势，别说是我了，就算是大罗神仙，如果进了小路往外边走的时候，受不住诱惑回头瞧一眼，便会被带到没人知道的地方，永远出不去，这文明社会的科学毕竟也有些说不清道不明的地方。

我对将要碰到的事情有点忧心忡忡，融王这个老家伙，在虫谷，费了老劲修造绝世好墓，妄想尸解成仙，在山顶又搞出了更离奇的大排场，连我这一向坚定的无神论者，在逃出鬼打墙后也变得十分迷茫。因为这鬼打墙我还实在想不出什么科学依据，那后面呢？会不会还有更加解释不清的难题？鬼门关这条路刚巧被陨石撞破，我们被黑弥勒逼进来到底是福是祸？融王为什么要设计这么一道鬼门关在这里？

奔波了几天几夜，终于爬到梦想中的峰顶，竟然会是这样一个情况！

站在环形山的底部，四周都是高耸入云的雪山峰顶，方圆总有几百丈吧，实在是出人意料，那些走在我们前面的扛天灯的团伙呢，这时候去了哪里？

此刻已经顾不了太多，我和老徐把那死小孩用衣服仔仔细细包了一遍，挖了个坑放进去，双手合十拜了两拜：“苦命的小女孩儿，活着没能见过你的可爱模样，也没能救下你的性命，这都是命中注定的事，你也不必太过执著。人死入土为安，入土不安的，那叫粽子。咱这会儿条件有限，没棺没材的，回去之后一定给你多烧点纸钱，还有新衣服和各种新奇玩意儿，盼你早去西方极乐净土，托生在一个好人家，我们的工作很忙，能为你做的暂时只有这些，你要做一个好孩子，听话地去吧！”

说罢，把土推进坑中，几捧泥土就埋葬了苦命的小女孩，我和老徐都有些黯然。

空旷的环形山底部，没有什么显眼的建筑，除了我们刚逃出来那鬼打的墙还孤零零地摆在那儿，眼睛看得到的地方啥也没有，到处都是影影绰绰投射下来的黑影，我们埋了死小孩后，黯然的情绪好久都不能消散，我就问老徐："你不是对这里很熟悉吗？这个中空的雪山峰顶难道你以前没有来过？"

老徐拍拍脑袋："当然来过，怎么会没有来过呢？那时侯我上到峰顶，和我去过别的雪山峰顶没什么两样，终年积雪、万年寒冰，还每次都是爬了好几天，筋疲力尽地下山，哪知道顶上还有这么大的埋伏！这会儿看起来，我当时上到的地方虽然无路可走，往后看又没有更高峰，但其实还不到顶，一旦翻过去就会掉到这个中空的山腹里。"

我想了想点点头："有可能，我看这环绕一圈的雪峰，极像人工堆起来的。上头挨的挺近，两边的峭壁上似乎还有打桩的痕迹，看看地下投射的黑影，闹不好当年是被什么巨大的东西蒙起来过，只是近年被陨石击穿才露出了原形。老徐你好好想想，那些扛天灯的人哪儿去了？"

老徐皱皱眉说："我看咱们这会儿要考虑的是那群默不作声的老猫吧，至少也要想个对付黑弥勒的办法，这才是马上就要面对的危险，我这会都已经觉得人不是那么可怕的动物了！"回头看了一眼那鬼打的墙，老徐还是心有余悸。

我无声地笑了下，心想鬼打墙已经知道怎么走了，只要记好了右左左右左左右的走法，再加上千万别回头，反而还是我们保命的一个不错选择。

现在是要考虑下回去救出田丽的问题了，就这么把她丢在鬼打墙里，那可是极为不妥，也不是我冯一西的风格。

就在我犹豫不定，要不要亲自掌握革命的主动权时，老徐却不合时宜地发出了一声惊叫。

第三十二章　回到起点

寂静夜里，我被这声惊叫吓了一跳，心想这人不会得失心疯了吧？

看那老徐却只是一动不动地站着，月光下的面庞上满是惊骇之色。定睛仔细一瞧，只见老徐头顶上有些东西一闪一闪地发出幽蓝的光芒，那是几道黏稠液体，正顺着头发往面颊下流淌，流过的痕迹明显绿油油的，闹不好就有剧毒。

我沉住气叫老徐不要轻举妄动，这不像是活的东西，很像什么液体从高处滴下来，刚巧滴到老徐而已。抬头往上看看，尽是些斑驳的影子，环形山的顶部以前一定是被什么东西给盖起来的，让我啥也瞧不清楚。

老徐仍然一动不动地站着，瞧起来不像有什么不妥，尽管面露惊骇，却没有丝毫中毒的迹象。我沉声问道："老徐你感觉怎么样？别净知道傻站着，活动下手脚给我看。"

老徐逐渐缓过神来："噢，还好，冰凉，只是滑腻腻的，你看出来是什么东西没有？我都不敢抬头了，这玩意，会发绿光，真他娘的邪门！"

我看着老徐慢慢走过来靠近我，突然，一种不好的兆头笼罩住我，我赶忙摆手，示意他停下别过来。因为我猛然看见在老徐身后不远的地方——那条鬼打墙的小胡同口，静静站立着一个赤脚女人，黄色的长衣服一直垂到脚面，低着头，黑色的长头发在胸口处飘啊飘的，满身鬼气，阴森恐怖。

我敢断定这个女人是刚出现的，因为我不止一次去留意那胡同口，寄希望于田丽可以逃出生天，可惜那空荡荡的胡同口一直没有人，所以这个突兀出现的女人，立刻被我发现了。

我怀疑地看着这个黄衣女人，但她就是低着头默不作声，让我无法确定到底是不是田丽，而那一种说不出来的危险冰冷气息，让我心里很不安。

周围的雪地里，再次出现了让我恐慌的东西。不错，是那些无孔不入的黑弥勒，追寻着我们几个生人的气息，终于悄悄围了上来。但奇怪的是，这次围上来的黑弥勒不再纠集成团地抱在一起，而是匍匐在地上，像潮水一样翻腾着扑过来。

那个赤脚的黄衣女人难道真的是只鬼？就在我和老徐撒丫子跑路的时候，这个低着头的家伙居然轻轻地飘了起来，悬在胡同口的上方。我百忙之中叫老徐快点回头去看，就这么一晃神，我的头撞着了块软绵绵的石头，手忙脚乱地想爬起来，却被石头给吸住了，软软的不受力，反而把我整个人都陷了进去。

老徐跟在我后头，刹车还算快，没有来个追尾事故，一把抽出长刀横在胸口处，警惕地看着我。

我却是有苦说不出，徒劳地在石头里挣扎。这见鬼的石头根本就是个棉花包，到处都是软软的，我就像隔了一层薄纱看着老徐，一切都是朦朦的。老徐身后那些黑弥勒无声无息地围了个圆圈，倒是没有扑上来，看起来似乎对我掉进来的这个棉花包颇为忌惮。

我心中十分焦躁，本来打定主意要回去救田丽出来，却又碰上这么档子事儿，真够倒霉的！

老徐看看四周那些黑弥勒没有趁乱扑上来，稍微松了口气，拿着长刀就来割这个棉花包想把我救出来，费了半天力。

我就像是坐在个泻了气的皮球上，只听见噗嗤一下，棉花包立刻就瘪了，不少绿油油的液体溅了我一身，冰凉稀湿，好在双手按到了结实的地面，赶忙手忙脚乱地爬起来。

寂静了几秒钟的工夫，脚下的地面开始微微震动，那些密密麻麻的黑弥勒忙不迭地后退，我和老徐也吓了一跳，这又出来了什么厉害的怪物？居然可以吓退凶悍嗜血的黑弥勒？

说归说，我和老徐还是反应得快，尾随着黑弥勒又朝那鬼打墙的小胡同跑去，没命地原路奔回。

身后幽蓝幽蓝的光芒大盛，平地起了一股子劲风，吹得我和老徐险些趴在地上，好在只是一股子冷风，极快地吹过去后，身后传来石头坍塌的声音，似乎有东西从石壁里爬了出来。

我回头看了一眼，立刻怪叫一声："完蛋啦，真他娘多的虫子！"

我最怕就是这些肉乎乎的虫子，被吓得有点找不着北，拽着老徐就跑到了鬼打墙那出口处。

只见幽蓝幽蓝的光芒所到之处，尽是些浑身发出绿光的小肉虫，像小蛇一样，吐着信子，上下颚各有两只尖刺，蠕动的速度极快，一浪接着一浪，如水银泻地般席卷而来，碰到的成群黑弥勒个个晃悠着肥胖身躯，吱吱怪叫着想钻入地下，却无一例外的被小虫吞噬，眼看就要冲到我和老徐的脚下。

左右看看，无处可逃，我猛一抬头，胡同口悬在半空的赤脚黄衣女人仍然一动不动，两只白惨惨的脚丫子耷拉着，脸庞还是被头发盖着看不清楚。我一咬牙，人要死的时候都会变得胆大许多，对老徐吼道："老徐，咱们跳！"

老徐不明所以："跳？跳什么？这又不是悬崖边，咱能跳到天上去？我看咱得快点躲进鬼打墙里去！"

我晃晃脑袋，把手上的东西都塞进口袋里放好，苦笑着对老徐说："老徐你可真聪明，这么多毒蛇爬过来，咱们除了跳上半空还能怎么躲？别想了，咱抓住这女鬼的脚丫子先躲一下，我看毒蛇只是一股，过去了就完了！"

老徐给吓了一跳，难以置信地瞅着我："你！你是说咱俩跳起来抓住这两只脚丫子？你！你不会是给吓糊涂了吧？小虫子到底是不是毒蛇咱不清楚，可这个女人飘在空中，百分百不是善类，你，你他娘的太胆大了吧！"

我怒道："我要是胆小，也走不到这里了！快！小虫不会飞，这可是咱唯一的机会了，你说躲进鬼打墙是个好主意，可你看看这是哪？这是出口！出口知道吗？"

"咱现在从出口钻进去，要想走到入口那地方，鬼知道还是不是那个走法！要知道咱们记住的只是出来的路，反着走，我可没把握！你再不跳，连给你收尸的人都没有了！那些肉虫连黑弥勒都给吞了，何况你这么大块头！"

绿油油的小毒蛇像潮水一样马上就要冲到面前，老徐也怕了，塞起长刀，使劲一跳，和我一左一右地抓住了那赤脚黄衣女人两只光秃秃的脚丫。

绿色小虫像股潮水，席卷脚下，冲进了鬼打墙的出口，我和老徐狼狈地吊在半空，算是躲过了这一劫，我猛然又有了第一眼瞧见这黄衣女人时透心凉的危险感觉，两手却给粘在脚丫子上甩不掉，只好拼命地仰头向上，想瞧瞧清楚这女人究竟是不是田丽。老徐紧紧闭着眼睛不敢睁眼，我知道他们景顺人对阴鬼是很崇拜的，看起来他是把这女人当成了一只鬼，尽管经历了这么多事情，我可不会那么盲从，从小接受的教育让我不怎么相信这世界有鬼的存在，最多就是大千世界无奇不有，我们碰到的只是科学暂时无法解释的现象罢了，怎么能扯到鬼的身上去！

我终于看清楚了这披散着头发的女人模样，立时给吓得魂飞魄散，虽然是我一个熟人，但居然不是田丽！

我颤抖着声音对老徐说："老徐！事儿越来越邪乎了，咱抓住的这是我女朋友，我那应该在北京的女朋友——韩叶娜的脚！"

老徐又给吓了一跳，紧闭的两眼立刻睁开，瞪着我说不出话来。

我抓住韩叶娜的脚，死命摇晃，大声叫道："你到底是死是活，你到底怎么了？我是冯一西啊！"

韩叶娜苍白的面孔上什么表情也没有，头低着，让我猛地想起来她身后是不是有什么东西吊着，才这样飘在半空中？

老徐已经发现了自己的两手被粘在了脚脖子上面甩不掉，急得干瞪眼，而这古怪的韩叶娜竟然带着我和老徐急速地往上升。

穿行的速度极快，一个短暂的爬升之后，我一头扎进了云雾之中，然后就是快速地平行滑动，瞧这方向竟然直奔鬼打墙的来路。

本来我们是在黑夜里，月明星稀的夜晚，此刻穿行在云层上方的空间，让我很是怀疑这还是不是同一个时间和空间，因为有金黄色的冷光毫无阻拦地照射四周，把四处都染成金黄的一片，连身侧那翻滚的乌云都变成了乌金的颜色，让我以为自己到了一个不可思议的奇幻世界。

没有任何炙热的气息，只有冰冷的味道，到处都是刺骨寒风在猛烈地呼啸，混乱的空间乱流围绕着我们三个，巨大震动响个不停，直似两边都挤压过来，令人十分不安。

韩叶娜带着我们飞行的速度逐渐慢了下来，我看见呼啸的罡风在她身上留下了一道道伤口，密密麻麻地覆满全身，伤口处虽然没有鲜血流出，但都张着口子，应该十分痛苦。

估计是韩叶娜终于支持不住，我们猛然开始下坠，耀眼金光瞬间消失，我们又回到了一片黑暗之中。下坠的速度比起上升时候快了许多，这短暂的失重感觉，让我的大脑瞬间缺血，陷入了晕迷状态，直到沉重地跌落地上，我还是半晕半迷。

过了几分钟，我迷迷糊糊地睁开双眼，穿着黄衣服的韩叶娜已经不知去向，身边坐着发怔的老徐。前面有一条小路，像是黑石头铺的，在雪地里很显眼，路并不长，只有二十多米，两侧啥也没有，都是墙壁，要不了多久就能走到头。

我忍不住说道："转了一大圈，我们竟然又回来了……这不就是鬼打墙的入口处吗？"

第三十三章　运尸山猫

我撑起身子，费劲地看着面前的奇景，这一切发生得太快了，让我都没有时间去想一下前因后果。

已经过去了这么久的时间，田丽失陷在鬼打墙中到底是死是活？

老徐为了救我，割开的那个棉花包是什么奇怪的动物？居然涌出来这么多小虫子，虽然解决了黑弥勒的威胁，但这么多的小虫子挡在路上可不是件好事儿，随时可能带来更大的麻烦！

韩叶娜又怎么回事？如果我猜的没错，她应该是被绑架到了这里，但刚才那一幕，她可不像个活人，百分百一个鬼魂的形象，难道她已经被绑架者害死了？

黄泉之下不能瞑目，救了我们后又带我们回到鬼打墙的入口处，这鬼打墙中还真有些她割舍不下的东西存在？

我一想到韩叶娜和田丽可能都已经不在人间，就立刻慌起神来，这两个都是我心目里的重中之重，如果在同一个夜晚都魂归地府，我觉得自己也就活不下去了。

老徐站在旁边，脸上阴晴不定，不知道此刻在想着什么。

看着面前的小路，不久前还是三个人一起并肩走进去，现在却只剩下我和老徐。两个人沉默地站着，一时不知说什么好。

我平静了一会儿，也想让老徐冷静下来摆脱刚才的震惊状态，于是装作若无其事地问老徐："你相信这世界上有鬼吗？"

老徐一愣之下，立刻重重地点点头："信！我们景顺人都相信，你也看见我们的家门口，甚至还有专门给鬼留的通道，但我们并不害怕鬼，一直以来都是和睦相处。"

我想了想决定还是告诉老徐有关他家门口那桩子的怪事："和睦相处？我倒是一点也不觉得！有件事儿我还一直没告诉你，那天晚上在你家里喝酒，半夜我一个人走出去时，差点被一个鬼捏断了脖子，不是田丽出现得及时，恐怕我当时就挂了！这算怎么个和睦相处？"

老徐好像早就知道这回事儿，一点也不吃惊："这个嘛，我早上起来时已经发现了，门口那木桩里头多了一些东西，仔细瞧瞧，我就知道一定是你半夜起身摸过那木桩子，招惹了运尸山猫，想叫醒你问问，看你睡得不错，也没受伤，事儿赶事儿的就给忘了！"

我疑惑地问："运尸山猫？难道你们会什么邪术？门口那木桩子是用来养鬼的？"

老徐摇摇头说道："是，也不完全是。我们这块地儿，天高皇帝远，古代根本就是蛮荒边境、不毛之地，正因为这样，深山老林和外头与世隔绝，流传下来不少说不清楚的风俗，比如你摸到的那木桩子，在我们这儿是有说法的，一般都称呼它是阎王柱，还有的说这是运尸山猫休息的地方，还有不可思议的黑白阎王在里头等着呢。"

我立时傻眼了："好像阎王这个词是我们汉人的称呼？不可能你们也知道啥意思吧？"

老徐挠挠头，接着说道："我们景顺人这一个支脉，严格讲不少风俗是和汉人差不多的，但又有些不同，我也是当兵那几年才闹明白些。"

"我们这支人都居住在这个雪山的周围，祖先应该和汉人有很大关系，山下面的最里头，有个虫谷不知道你听说过没有？每隔几十年都会发作一场，就像天崩地裂一样，很多厚厚的粉末随着飘散的瘴气撒得到处都是，寨子里凡是不小心呼吸到粉末的，一个个发疯般跑得不知所踪，而过不了几天，雪山顶上就会出现不少山猫，趁晚上下来，本来以为是找吃的，谁知道都像有灵性一样，围着有人失踪的竹楼打转，这样一来二去，我们就习惯地在各自家的门口立下这桩子，算是给那些山猫栖身几夜，没有人不相信这些山猫就是那失踪的鬼魂。久而久之，大家习惯地称呼它们为运尸山猫。”

听到这里，我有点灵机一动的感觉，但就是有些线索没有串起来，在脑子里零散地晃悠。

那倒斗高手秦爷十年前的融王墓冒险经历，好像说过这位融王一辈子的最大件事就是修造自己的陵墓。地面的冥堂弄成一座石头宫殿，地下的冥宫里更是大手笔，诡异重重。其中的壁画上描述了融王在这样的绝世风水中尸解升天，被天上仙人欢迎的场面，看来这融王一心成仙的愿望非常强烈，当这种愿望达到一定偏执时，很难讲他会不会再加上一层保险，而这层保险肯定就和面前的鬼打墙有莫大的关联！

一个在虫谷深处，一个在雪山之巅，这其中会有什么联系吗？我想我已经若明若暗晓得了一点点。

我看着老徐有点想打退堂鼓的意思，赶忙岔开话题：“老徐你得帮我个忙，看你是个用刀的高手，别净想着撤退，你先看能不能用你的刀刻几个字给我？”

老徐有点不明所以：“用刀刻字？我当然拿手，不过这会儿恐怕不是时候吧？我正在想我们还是原路下山的好，前面已经无路可走了。你不会是想临走了来刻个到此一游吧？”

我笑笑说道："哪能呢？瞧我这素质也不会那么无聊！我只想让你把右左左右左左右这几个字刻下来，因为我总觉得田丽还没有死，不管怎么样，我是一定要再进一次鬼打墙去救她的，我是怕自己万一受到什么迷惑，给忘记了这几个出来的关键字，那可是赔的大了。"

老徐说道："你，你，你还要进去？那女鬼你一点都不害怕？这要再进去，我看肯定是凶多吉少，不行不行！绝对不行！"

我的犟劲冲了上来："我说行，就一定行！我可不想把田丽就这么丢下！"

听到老徐说起那女鬼，我有了主意，怎么忘了这茬儿："老徐你别犯傻，我早就觉得这地方邪气得很，你还真以为咱们没事，可以大摇大摆地下山回家？老实给你说，这雪山顶闹不好就是虫谷那老妖怪的另一个老巢！你看看这周围，不觉得挺像传说中的阴间吗？"

我一个人力量有限，斗不过鬼打墙实在是稀松平常，对于老徐这样的人，有点武艺，还是当地人，虽然瞧不出真面目，暂时确是绝不能放他走，他不是挺相信鬼神的吗？我再来点猛料："我们汉人有轮回转世的传说，奈何桥、孟婆汤、三生石、鬼门关，想必你也听说过。秦大哥让你做向导，其实是因为他已经破掉了虫谷里头那大墓，但那老妖怪招数不少，花样翻新，居然在这雪山顶上弄了个狡兔三窟，不铲除了它，迟早有一日来祸害你们，对于你的族人来说，这才是最大的不妥！你自己想想吧！"

老徐有点慌神："那，那你从鬼打墙进去救田丽，我从墙外走过去，在出口等你总可以了吧？"

我心里暗笑，嘴上冷冷说道："那敢情好，只要你有那本事，真的能从墙外走过去，劝你还是自己看看脚底下吧！"

老徐走到墙边低头一瞧，惊呼道："天啊！怎么会这样？"

我早已经看到墙外本来的空地上，此时万头蹿动，绿色的毒蛇虫一眼望不到边地纠缠在地面上打滚，却没有一个敢逼近我们的鬼打墙入口处，看起来真像一桥飞渡两岸，而桥下绿光一片，阴森恐怖。

等到老徐明白墙外的路不可能走过去时，面色立刻阴沉下来，掏出刀子呆呆地看着我，我突然想起来还没告诉他把字刻在哪里，赶忙把手伸进背包一阵乱摸。

包里确实没有什么小东西适合来刻字，正在我极度失望时，手指头似乎碰到个小塑料袋子。我夹出来用手捏捏，密封的小袋子里像是一堆小指环，刚打开袋子，一股奇臭无比的味道立刻跑了出来，这味道就像是厕所里头那股腐臭，非常的味厚，把我熏得几乎要窒息。

捏着鼻子赶紧把塑料袋封住，我皱着眉头嚷道：“这什么玩意儿啊！真够臭的！”

话说了一半，我突然想起来这会不会是那本笔记本里提到过，秦爷当年从融王手指头里抠出来的黑玉指环？怎么会在这里？

老徐也是给突然散出来的奇臭给呛住了，鼻子眉毛都挤到了一起，表情极度痛苦。

第三十四章　你到底是谁

脚下的地面却在此时出现了微微地颤动，就像那些小肉虫子，潮水般涌出来时的感觉一样，把我俩吓了一跳！我赶忙摸出那把枪，拿在手上左顾右盼。

一晃神，我突然发现老徐不见了，这下可是吃惊不小！

斑驳月光下到处都不能瞧得清爽，我也不敢乱动，心想或许这家伙撒尿去了吧？

结果又等了好久，还是不见人来。

我叹口气，感慨自己身陷绝境，身边的搭档却一个个出事儿，最后竟然剩我一个孤家寡人，看来已经来不及刻下这走出鬼打墙的秘诀了，就连我今晚命丧于此都是大有可能。

我呆了半响，心里默念了几百遍右左左右左左右这几个字，硬着头皮就准备闯进去。

正要走，有人在后面拽了我一把，我吓得一哆嗦，掂着枪，转身就想开火，却发现竟然是老徐回来了，默不作声地现身我背后。

气得我就想端起枪干脆一梭子突突了他。

喘了两口气，我郑重地对老徐说道：“老徐同志，大家都是革命战友，我本不该强迫你跟我一起走的，秦先生也只是说你是本地人熟悉山路，又有些真本事，可以安全地把我带到山顶，现在可以说你已经完成了托付，但是不巧的我还没等到秦先生，反倒把一起来的同伴给弄丢了！”

“这就没得办法，我必须硬着头皮再往前闯一闯，前路危险重重，根据我这一路来的判断，这里极有可能和传说中的幽冥地狱有关系，这就不是科学所能解释的范畴，我一点把握都没有，更不希望无谓的牺牲，所以老徐你自己看，是自己先下山还是跟我一起走，反正是不能在这里耽搁了，太危险了！”

或许我的话语中，那份浓浓的战友情绪感动了老徐，让他一时不知道怎么做决定，总之场面出现冷场的同时，老徐身后鬼打墙的小胡同里却无声无息地闪出了一道黑影，贴着地面往老徐的脚后跟处移动。

那黑影的形状很是古怪，就好像是、好像是一个精瘦短小的汉子蜷缩起来，猫着腰，抬着头，两只手紧缩在自己胸口，捧着一团空气似的，蹑手蹑脚地挪动着，很鬼祟，也很诡异，我被吓得有点发呆，眼看着要接触到老徐的身体了，长长的手指头上，尖锐的指甲都显现出来，我再也忍不住震惊，回过神猛叫一声：“老徐！小心！快闪！”

黑影顿了一顿，还是义无返顾地顺着老徐小腿滑上了后背，我瞧不清楚是什么东西，但是一股子非常寒冷的冰凉气息，让我怀疑这玩意儿是不是阴曹地府的来客？

再看老徐，浑身关节发出咯咯吧吧的响声，黑影覆盖的地方无一例外的冒出丝丝白气，蒸腾直上，从我的角度望过去，前边还没什么异象，但很明显的，老徐身体的后半部分已经给削掉了一层，很快就要变成个薄薄的半拉子人。

老徐虽然猝不及防，却毫不慌张，一只手臂反扭过背后，牢牢地按住了黑影，另一只手臂一晃，手掌上就多了张黄裱纸，大喝一声，按在了背后的黑影上，一阵杂乱的吱吱咛咛后，扑腾起一片青烟，直到最后，火苗子像被谁吹了一口，扑地一下灭了，一切才又安静下来，而老徐背后消失掉的半拉子躯体，竟然迅速愈合，而那黑影反倒消失不见了。

我这几天已经遭遇了太多诡异的情况，看到这一切，反而冷静了下来，略微沉默几秒钟，轻轻问道："说吧！你到底是谁？"

老徐眨巴着眼睛，突然咯咯一笑，浑身上下那些憨厚的气息立刻消失不见，沙哑着嗓子说道："小子不错啊，有胆识！要不是这鬼东西够厉害，让我一不小心中了招，我还真想一直装下去呢！"

此时的老徐站在我面前，已经没有了丝毫掩饰，浑身上下透出一股精明气息，无所谓地晃晃肩膀说道："我，我能是谁！你这么机灵，还没想起来？"

老徐这镇定如常的神态倒是把我搞得一呆，但脑子立刻飞快地运转起来，非常清晰地感觉就是这家伙身上有股熟悉的气味！好像冥冥中早已跟随了我许多年。

周围的空气渐渐凝重起来，老徐的脸上笑吟吟的，歪着头看我的眼神说不出的复杂。

难道是扛天灯那群歹徒中会邪术的花苗？我想起老徐救我的数次场景，摇头否决了这个最差的选择。

或许是一直在暗中行动的秦建军？这个可能性非常大，但我们一路又没有外人，似乎他没有掩饰身份的必要，看老徐身手也不像一个精通风水和盗墓的高手，我苦笑着继续否决了这个对我最佳的答案。

老徐伸手在脖子上轻轻地抠摸着，看那架势似乎要剥下什么面膜，嘴里嘟哝着："早知道你这么醒目，我还戴这劳什子做什么，唉，我是老不中用了！"

我忍不住往旁边横跨了一步，斜斜对准鬼打墙那小路的门口，暗自打定主意，一旦形势不利，我就夺路杀出这是非之地，宁肯先躲进危险的鬼打墙中去周旋一番，再想办法脱身。

随着老徐的手指缓缓移动，一张柔软轻薄的水晶面膜逐渐褪了下来，面膜下的脸孔是一个干瘦老头，眉毛很粗很黑，脸上表情阴沉沉的。

我彻底愣住了，我居然见过这老头！真他娘的古怪！这都什么事儿嘛！

我使劲揉揉眼睛，天啊，有点怀疑自己是不是在梦境中，这老头竟然是我从小做梦就梦到过的家伙……

小时候，我好几次都做过同一个梦，一个人跑进了松树林，好大好大一片树林，阴沉沉的，树下面还老是蹲着一个老头，在地上拣那些松塔和松针，不停地摆成一个个小人形状，我顺序往下看，就像读一本连环画一样，但是我一直没搞懂这些小人究竟在做什么，只是那老头摆得很逼真很有趣，所以每次我都看得很高兴。

那个老头很和蔼地笑笑，说："好玩吧？我来讲给你听，这些小人在干什么？"

每次都是讲到一半的时候，老头就会看看天，忧心忡忡地说："唉，时间差不多了，我得走了，讲的这些你可不要忘了啊。"

老头站起来就走，我在后面跟着，走上几步，前面就出现一个大坑，老头像没看见一样，往坑里一跳，立刻就不见了，我追过去找时，就看见坑里全是各种各样的干枯尸体，怎么着也有几百具吧，还老老少少的啥模样都有，杂七杂八叠成一大堆，我立刻就吓哭了，梦也就醒了。

哭醒的时候，天总是蒙蒙亮，爸妈也还睡得熟，没个人来照顾我，我就只好一个人瞪眼看窗户，盼着天快点亮起来，嘴里嘟哝着念叨："没有皮……都没有皮……这么多人都没有皮……"坑里那些尸体，确实没有皮

肤，每个都是这样，让我印象很深，唯独老头讲了些什么，梦一醒就忘得一干二净，啥也没记着。

回忆起从小就缠绕我的噩梦，我忍不住嘴里喃喃说道："这都哪跟哪啊？我是不是还活在人间哪？"

老头讥笑似地说道："小子，还要不要我把故事给你讲完？从小给你摆小人，讲连环画，你倒是好，居然一醒就忘光光，到了现在这步田地，你还有什么话说？"

不管怎样，我还是暗自松了一口气，对老头的问话来个沉默不语，既然是友非敌，我想他迟早都会给我个答案的。

老头蹲下身子，盘膝坐到地面上，从怀里掏出一沓子闪烁金粉的黄裱纸，咬破指尖，用指尖的鲜血极快地画了许多张符咒，扔给我几张，说道："拿着吧，下面咱俩就要开始精彩的部分了，到时候可别成为我的累赘！"

我默默接过来一看，果真是道士经常用的那种符咒，看老头刚才的动作，估计不是跑江湖混饭吃的假冒伪劣产品，我赶忙塞进口袋，盯住老头问道："说说吧，这到底怎么回事？我想你肯定比我清楚得多。"

老头苦笑着说道："其实这事儿很简单，咱们先进鬼打墙里头，边走边说。"

老头虽然神色阴沉黯淡，说出的话却有一种不容抗拒的威仪，我不由自主地想到，要想救出田丽，弄清楚韩叶娜的生死之谜，看来都需要依靠老头的本事，于是我点点头，深吸一口气，跟着老头再次走进了鬼打墙之中。

这路又变古怪了不少，和我们几个小时前走进的场景有了不少变化，路面和两边依然都是黑石铺砌，严丝合缝，但黑石的表面却笼罩着一层薄薄的雾气，冰凉刺骨。

老头示意我走慢点："冯一西你慢点儿走，还记得那个出去的口诀吧，我可不是神仙，这鬼打墙的走法我一直都摸不清楚，不是你们运气好，居然跑了出来，我还真不敢进来，趁咱们还有一段时间，我就先给你讲讲这一切是咋回事儿。"

老头清清嗓子，缓缓开始说起来："还记得你小时候做过的噩梦吗？这可不是骗子骗人的把戏，你这么多年碰到的许多事儿，包括地下那百年老尸，这很多杂七杂八的都和一盏铜灯有关，没错，就是黑焰灯，你在天津抢到的那盏灯。"

第三十五章　另有内情

“我的名字你根本没有听说过，就称呼我张三爷吧，民国初年，我还是一个半大的孩子，师父带我从事的行业，那时候叫做冥搭，非常神秘的一个门派，你根本不可能听说过，我这一门，不仅精通天文地理，还精研道术巫术。”

“我师父当年正是冥搭中一个最厉害的冥仙人，类似于古时的走阴客，但我们的本事可比那些单纯的走阴客要强上百倍，通俗地说吧，我们冥搭搜索古代的大墓和一些绝世的风水宝地，不是为了金银财宝，而是寻找修仙之道以及可以延年益寿的宝贝，但是一直人才凋零，传到我时，师父一死，我连个师兄弟都没有，唉，别提那时候一个人东奔西走有多凄惶了！”

“我师傅有次从一个古冢里掘得了一本《天渊山水纵横秘术》，其中还有先天八卦全象的竹简，以及一些天道藏术、金盘观山、天星寻龙等等学问，但师傅说这本书夺天地之造化，肯定有伤阴骘，会折了人的阳寿，所以看完后立刻金盆洗手，从此不再干那危险的悬事，而是专心修炼一辈子搜集来的失传道术，希望可以羽化升仙。”

“那书呢，连我都不给详细拜读，就直接一分为二，点穴半本给了阴阳眼孙老头，破穴半本给了张道临，当时还叮嘱他们不可研习，必须等到有缘人出现才能传下去，可惜这两个家伙都是不操正业，书里头修仙养生的本事一点不学，阴阳眼孙老头甚至走上歪路到处去挖坟盗墓。”

我看了一眼这位所谓的张三爷，心下盘算这老头今年多大岁数了，张道临我是在龙虎山见过的，白胡子飘飘的仙风道骨，那个孙老头我不认识，八成和秦爷手上那半本有关系。

老头似乎回答我心里的疑问："唉，我这一把年纪，少说一百多岁了，什么狗屁羽化升仙，我现在才知道根本不可能，可笑那时我拿了黑焰灯，还以为揭开了阴间的大门，飞升不可能，做个鬼仙总可以吧？"

老头说到这里，看看我："小子你别笑，中国的文化可是博大精深，你不知道的东西多了去，大道如海，我只取一瓢饮，很多很多神秘的东西，不是你这样的人可以理解的，你以为钻到你梦里，是我在耸人听闻吗？那专吃活剥皮活了几百年的老尸，你可是见识了厉害的，还有鬼打墙出口悬在半空的女鬼，这都是些高明的巫术和道术，对于我来说，小儿科罢了！"

我被老头一番话说得心头剧震，这许多解释不清的东西，原来都和古文化中的道术巫术有关系，可真够邪乎的，转念一想，又有点恼怒地叫道："老头我和你今世无仇、往日无冤的？你为何要找上我？好好的日子给你搞得七颠八倒，要是救不出田丽和韩叶娜，你可小心着！"我晃晃手上的枪，心想这老头再厉害，恐怕也敌不过现代的火药武器。

老头呵呵一笑："小子，还拿枪来恫吓我！你差得远了！我的本事，你是根本想不到的，单单一个虚和实的关系，恐怕就够你几十年钻研的！你要是想救回自己的两个红颜知己，必须靠你自己的本事，明白吗？"

"唉！其实咱俩前世无冤，近世无仇，找上你也不是故意的，只能说你体质异常，非常适合冥搭中冥仙人的走阴路。那年我最先弄到了黑焰灯，算出这玩意要引来一个有缘人，就顺手加上了吸引他的符咒，并且封藏了我的一部分道术。方圆几百里，只有你感应到了上面的威力，所以你才会做梦，而你很有可能就是黑焰灯非常有缘分的那个人！说到这，我真想给你几巴掌，老子在梦里给你摆了无数次的小人连环画，你愣是不用心记住，隔这么多年才去龙虎山拿书！这下可好，为了应付这惊天动地的老融王，连我这准备金盆洗手的老家伙，都要亲自跑这一趟！”

“再说我也不知道阴阳眼孙老头这小娃娃怎么找的传人，也太鲁莽，水龙晕里头的老融王要是能动，我早都拿了凤凰眼跑了。这一阴一阳、两仪双绝的风水，哪能说动就动呢！”

老头叹口气接着说道：“我守在这山顶，等天石砸破这中空的山顶，已经好多天了，眼瞅着老融王的千年巫术一步步接近成功，可是急得够呛，今夜你们也跑到了这地方，这都是计算好的日子。你以为没有我帮忙，你们几个青头能顺利走过那鬼门关的小路啊？那可是九死一生的绝地，当时我正忙着摆阵放你们进来，哪知道一不留神给你们闯进了鬼打墙里头，害我着急半天，拼着折寿用巫术做了个符咒女鬼去探路。不过你们也算是运气好，随后居然又活着从鬼打墙里走了出来，我正想附身过去，你们扑扑腾腾的声音又惊动了什么厉害的玩意，让我的符咒女鬼吓飞了回来，还带回你两个倒霉蛋，我一听你们说那走出鬼打墙的走法，立刻悄悄把老徐放倒弄出鬼门关外去藏好，本想装成他继续走下去不惊动你，却给你看出来了，呵呵！”

说到这里，我算是明白个大概，里头还有不少蹊跷，一时脑子很乱，暂时想不起来。虽然这老头张三爷看来不是个好人，姑且合作吧。

老徐既然安然无恙地被他藏了起来，应该不会是骗我，暂时不用考虑了。

心里默算拐了几个弯了，我停下脚步说：“张三爷是吧！咱就快走到头了，你还没有说为什么不能让老徐跟我们一起呢？还有那女鬼到底咋回事，为啥是我女朋友韩叶娜的模样，难道你见过她不成？”

别看张三爷年纪不小，但是瞧身子骨儿似乎不输于我，看来老家伙一辈子修炼道家养生之术颇有心得，或许吃过什么天材地宝之类的东西，居然活了这么久，还有精力折腾这诡异的事情。

出去后，我还真得请教请教，秦爷那信上还说这山顶有一个“黑焰楼、履真阁”，再瞧老头的本事，莫非这世界上真有终南捷径，可以一步升天？

但是老头接下来说的话无情地粉碎了我的美梦。

“老徐不成，他再进鬼打墙绝对是死路一条，再说他这人也有问题，出去后我会详细讲给你听的，反正我刚才没弄死他，已经是破天荒的仁慈了！至于你，我不是说过你体质异常吗？你知道异常在哪里？”

张三爷摆脱老徐的借口不够高明，我很疑惑他这样做的目的，无非是混入我们当中，故意接近我。像这样居心叵测的人我必须小心，否则很容易着了道儿！

“你冯一西的体质真是一绝，先天的体内有阴阳大循环周转不息。而我这冥搭一门有许多绝技，也有不得违背的铁律，应该都适合你这特殊体质的修炼。比如说绝技，在地下找宝最实用的就是驭尸术和鬼画符，那些湘西吴家的赶尸、陕西赵家的套尸、河北林家的排尸都起源自我这冥搭门的驭尸术，和我们比起来却又落了下乘，因为我练的这驭尸术可以让枯骨、残尸、腐尸、断肢都暂时性地活过来，并且施法之人不用担心和尸体之间的距离太远，被驭的尸体还能有低等的智慧，而那些赶尸、套尸的就不行，又要离得近，又要不停地施法，还要鬼鬼祟祟地掩人耳目，累都累死个人！所以就有句行话就说：驭尸运财，财不露白；赶尸赶命，命如黑星。”

老头说了这么多，又看着我说：“别怕，小子，我今天给你说这么

多，可没有收你入门、逼你拜师的意思，只是遗憾这很多绝技，我不说就要失传了。瞧我这年龄，说不定哪天就去见我师傅了，那可真是对不起列祖列宗，唉！”

我聚精会神地听着老头说话，对老头的自怨自艾，就当没听着一样的不做反应。

老头接着说：“鬼画符的学问可就更大了，这符咒的画法，是个道士都会，但这里头的区别可有天渊之别。我们冥搭一门，为什么叫冥搭，就是我们擅长走阴间，一来二去，江湖上都认为我们是和冥界勾搭一起的高手，所以我们自己干脆也称呼自己做冥搭门了！”

“依靠这独门的符咒，走阴如同回家般驾轻就熟，你见过一个例子，就是五丁破相的镇尸符。张道临这小娃娃，技术还不到家，换了是我，那么好个龙眠宝穴，我只要一道灭魂咒，管保那老尸灰飞烟灭，可惜了好地段。可惜啊，如今这宝贵的龙眠地已经很难找得到了，张道临一告诉我这事儿，就被我臭骂了三天三夜，但他已经启动了五丁破相这样的凶阵，搞得我也没有办法去补救，好在你还醒目，没浪费我老人家的从小栽培。”

“你的体质真是异常，先天的就是一个走阴客的身板，只不过你身体的脉络呢，目前还没有完全长成，等到这次搞完老融王的黑棺阵，你体内出现了漩涡眼，嘿嘿，那长生的好处就看你小子有没有缘分拿到了！”

老头的话半真半假，但我听出来里头可是掺了不少水分，似乎他一直就是想把我引到什么地方去。

老头定睛看看我，摇摇头叹口气说道：“唉，可惜呀，很多宿命我也是没法改变的，小子你就是现在后悔也来不及了，自打你受黑焰灯的影响开始做梦，我就一直推算你的命格，这些天机，咋说呢？生死边缘，看你造化了！”

第三十六章　搭肩不搭手

神神叨叨的老头一番长篇大论，把我快给说蒙了，很多新鲜的名词对他来说简直耳熟能详，我却从来没有听过，所以好奇心被勾起来，高高地吊在半空。

有时候，我也想骂自己，这，就不知道好奇心真的可以害死人吗!

我有点傻乎乎地问道：“黑棺阵？漩涡眼？长生不老？这都是些什么玩意啊？我看你是越说越玄了，你还没说那女鬼为啥是我女朋友韩叶娜的模样呢？劳驾你快点说吧，我只关心这个！”

“你就不关心田丽能不能救出来了？”老头不怀好意地盯了我一眼，目光闪烁，却把我问得张口结舌，不知道怎么回答。确实，最近我思念韩叶娜的次数是越来越少，反而大部分的时间都在想着田丽，我不由自主悲哀地想到：原来我和所有的俗人一样，都是喜新厌旧的缺德鬼!

好在老头接着又说了下去：“黑棺阵，这可是有名的老牌子大凶之墓了，就连山西那些诡秘的南爬子，一旦看出来有这种阵势，别说支锅了，穴位他都不敢点！这黑棺阵可是世间第一等的邪恶凶术，说实话老头子我也很忌讳它，要不是眼看着好宝贝要被老融王就这么弄走，我绝不会冒险跑到这黑天没日头的地方轻举妄动！”

“你那什么姓韩的女朋友，我倒有句题外话好心提醒你，她和田丽可是差不多的要强，你千万拿定了主意，别一失足成千古恨了！我那黄衣女鬼的符咒，影射出来的纯粹是你脑海里的残留影像。你第一眼以为是韩叶娜，她的面孔自然就瞧起来像韩叶娜，你再看就会越来越像，其实本身不过一张黄纸而已！施展这道术，老头子我都要折寿的。好了好了，闲话不提，时间也差不多了，我再说说我这冥搭一门最奉为金科玉律的一条铁律吧，后面你可要千万千万的别忘了，这可是关系你小命的大事！”

老头吩咐我拿出手电，把裤脚袖口都扎紧，然后清清嗓子说道：“冥搭门中，最重要的一条铁律就是：明走阴，暗行舟，切记搭肩不搭手；绕黑棺，倒黑楼，驭尸画符点额头。小子你听得懂吗？”

我只好摇摇头说不懂。

老头拿出一块不规则的青铜片，塞进了手腕的袖口里，解释说：“别问！这是我的护身符，我可是一路背着右左左右左左右这几个字的口诀的，要是想救田丽的话，咱们马上就要到地头了，那铁律我只给你解释个大概，日后你自己慢慢去理解。”

“听好了，师傅告诉我说，‘明走阴，暗行舟’是指我们冥搭下地做活时，当然不是指去耕田割麦，要注意周围的明暗配合，明着走阴客，背地里个个都是好水手，必须要另寻水路，因为我们搜索宝贝的地方，无一例外都会有水源，没有水源的枯墓和朽成飞灰的干燥藏宝洞，不是我们喜欢见到的，这需要几十年累积经验出来，你就先记在脑子里，以后再慢慢摸索怎样的水源才是有宝的水源。”

“‘切记搭肩不搭手’，意思就好理解点，是说见到冥宫暗墓里的主人，基本都是一副枯骨，找宝贝时，切忌去摸尸体的手掌骨，实在要接触尸体，一定要搭住肩膀从腋下慢慢来，否则很容易沾染墓主的怨气，把一些阴邪的东西带上地面，自己横死都算小事，往往还要祸害其他的无辜老百姓。俗话说十指连心，墓主也不例外，搭错手掌那是会诈尸的！”

我有点明白了，接口说道："这样说来，'绕黑棺，倒黑楼'肯定是说见到没有腐烂的黑色棺椁要绕着走，墓室里要是碰到黑楼，不管大小都要拆了它，否则也会出事。'驭尸画符点额头'，恐怕是说驭尸术和鬼画符必须施法在尸骨的额头上才会有效果，是这样不？我应该说得还算靠谱吧？"

老头瞪我一眼，怒道："狗屁不通，整个一穿凿附会，还靠谱呢？靠谱个屁！绕黑棺是说那些纯黑色的素纹棺椁，没有任何人为描色，是本身就黑黝黝的黑沉木雕成。这黑沉木非常罕有，只在昆仑山中可以找到，历来就是巫术高手最喜欢的棺椁木料，对付这种东西，必须用我们冥搭特制的捆尸绳层层裹起，否则墓主的诅咒必然大发。"

"倒黑楼是说在墓室里的棺椁附近无路可走，而又碰到万中无一的黑色小楼时，这黑楼和黑棺都是出自一种护墓的方法，原理相同，只有使用驭尸术才能脱身，一定切记让那些被驭尸术控制住的墓主或者陪葬人的尸骨，跪倒在黑楼前面叩首哀告，否则任你天王老子也要当场暴毙！哼，就凭你单看字面要是能理解意思，那我们冥搭门还会有什么绝技！"

我对老头的话总算是明白了不少，听起来和秦建军留给我的笔记上记述的东西，有不少区别。虽然目的一致，手法倒是花样翻新，难道古墓里真有这么多古怪的蹊跷不成？

老头也说累了，扯住我示意停下，我还以为这老同志的身体真有多好呢，也不过如此。

却听老头沉声说道："前面再有几步就到了鬼打墙的出口，我们要小心了，你要救你那搭档田丽的话，快集中精神，做好准备吧！"

两句话说得我有点汗颜，原来对于老头身体不好的猜测都是错的，这老不死的家伙还是有两下子的，不禁对救出田丽又多了几分把握和自信。

前面的丁字口，此时冷不丁冒出一个黑黑的大洞，黑石子铺底的路面就这么突兀地塌陷下去，无声无息的。

老头满面困惑地喃喃几句，声音一变道："小子运气不错！看来你那搭档真的还没有死！这趟没白跑，有戏！只是奇怪了，为什么田丽被逮住这么久都没给弄死？难道鬼打墙真要变成阎王柱了？"

我听得一喜一忧，既为田丽还没有死感到高兴，又为老头所说的阎王柱感到恐惧，听这名词就不是什么善类，恐怕比鬼打墙还要难缠，因为老徐好像也提到过这个名词，还有什么黑白阎王之类的东西。

我盯住面前的黑洞，轻声问老头："张爷你确定是按照右左左右左左右这口诀走到头了？刚才我们三个出去时候可没有这个东西呢？阎王柱，阎王柱又是什么鬼东西？比这鬼打墙还要厉害吗？"

老头面无表情地回答我："我走得没错，老子干这行又不是第一次了，今晚这趟是收山之作，当然是慎之又慎。哪像你这么莽撞，仗着学了半本破穴的书，半瓶子醋晃荡到现在！"

"阎王柱……阎王柱……那可是通往阴间的大门。哼，讲给你是什么东西也没有用，你那两下子不是一个档次的！说起来这阎王柱，还真的是我第一次碰到，以前只是听师傅含糊地说过一点，一直没有机会见到实物，今晚上啊！真是……真他娘的刺激！"老头说着说着就兴奋了起来，连粗口都带了出来。

面前突兀出现的黑洞刚好挡住了我们的出路，按照计算好的路径，这个丁字口再一右转，就到了很多幻象和鬼手的最后一段路，也是田丽被鬼打墙拽回去的地方。

我对张三爷说道："我们走出这鬼打墙，全靠一个死去很多年的小女孩儿。"然后我把我们三个在鬼打墙中碰到的事情一一说给了他听，包括最后田丽上当被捉了回去的原因，就在于一个小孩的叫声。

但是张三爷最感兴趣的反倒是在小女孩身子下面刻的字，嘴里喃喃道：“右左左右左左右，黄泉路上莫回头……莫回头……你就只看见这两句话？还是老体字？这是哪位高人啊？不好！融王这墓可别给人已经进去过，那就糟糕了！”

面容精瘦的张三爷，对于突然想到的可能性，明显地流露出震惊，虽然在我看起来颇有点做作，但也不便多嘴，走到那黑洞旁边，小心翼翼地往里察看。那黑洞可不是一般的黑，里头肯定有着非常宽阔的空间，因为手电筒的光柱射进去，像是被彻底吸收了一样，没有半点反射。

看着面色不善的张三爷，我也是不自觉地嘴里发苦，鬼打墙本来就是科学所无法解释的现象，这现象里头居然又出现了变数。这个黑洞太过于宽大，简直是一庞然大物，又刚好挡在丁字路口，完全堵住了去路，不可能跳过去，从旁边绕过去的可能性也不大。要想按照正确的走法出去，就必须穿过这个黑洞，可我觉得这黑洞很可能和田丽被抓有关系，下到这黑洞里找寻出路看起来是第一件必须要做的事情。

想从张三爷这老半仙脸上看出一点办法，无奈，什么都没有。但我却分明觉得老头有很多事情故意瞒着我，很可能我们走过的鬼打墙已经被破掉了，前面这个黑洞就是融王真正藏宝的地方！

老头沉默了半晌，说道：“看起来，咱们还得穿过这个黑洞才行。我这一辈子除了修炼，就是在古墓里翻检长生不老的秘术，这个融王的黑棺三叠墓，我都忍了几十年没敢动，看来果真是名不虚传！咱们准备得是有点不够充分了。”

“我师傅以前给我讲了很多幽冥鬼界的故事，我一直以为是骗人的，难道融王这老家伙已经有了这么大本事，肉身葬在水龙晕里尸解成仙，这个候补的黑棺阵又打通了阴阳相隔，森罗殿中融王很可能已经注销了户口，里头埋藏的那两大宝贝真被人抢先一步不成？我倒是不信。”

第三十七章　碧落黄泉

说归说，做归做。老头的话，我只能若明若暗地理解个大概，只想快点救出田丽，早日离开此地。这里实在不是我该来的地方，只有老头和秦建军这样的猛人才合适，什么人啦、鬼啦、阴啦、仙的都没有保住自己的小命重要。

敞开着大口子的黑洞，冷漠地横在路中间，既然没有回头路可走，那就硬着头皮走到底吧。何况老头的战斗力比老徐可是高了不止一个档次，再加上秦建军已经在虫谷找那藏着秘密的玉函，打开千年谜团也就是早晚的事儿，我冯一西今晚说什么也要把这山顶翻它个底儿掉，不然也对不起受苦受难的田丽和韩叶娜了！

我寻思这老头肚子里肯定还有不少秘密没有对我讲，他跑到我梦里，决不止讲个小人书的故事那么简单，阴差阳错这么多年，那黑焰灯又给我藏在天津那破衣柜里不见天日。

难道我能在这儿碰上什么白日飞升的奇遇？

按照老头的吩咐，我把裤腿袖口再次一一扎紧，看看老头的武器是把雪亮的短刀，我把猎枪斜背在脊梁上，学着老头的样子，在手上也拿一把短刀，小心翼翼地跟住他往黑洞走下去。

不知道黑洞里头到底都有些什么鬼玩意儿，我使劲抠住黑洞的石头边缘，迈进去一只脚。

冷！真他娘的冷。是那种冰凉彻骨的寒意。

湿，很湿，脚丫子似乎踩在薄薄的黄泥汤子上。连空气也湿漉漉的。

黑洞的深处，还时不时地燃起一团一团的磷火，忽明忽暗的，给我的感觉真像是我和老头正在阴间的大门口探头探脑。

老头不愧是见惯了场面的一个老冥搭，手电筒的光柱一直在身边有规律地晃悠，似乎在对比什么，又像是在寻找什么东西，站在原地不往前走。

我忍不住小声催促他："嗨！老搭子，咋不走呢？"

张三爷小声回答："小子叫什么！老搭子这名是你叫的吗？不是我不走，是咱们要有目的地走，这里还真他娘的像是阴间，连地上这水都很邪门，不知道是不是黄泉水？"

黄泉水？

"上穷碧落下黄泉，两处茫茫皆不见。"

听到老头说黄泉水，我立刻想起了白居易这首《长恨歌》。

碧落，古时候道家认为东方的第一层天际碧霞满空，叫做"碧落"，一般泛指天上的仙人府邸。黄泉则是指人死后埋葬的地穴，一直是阴曹地府的绰号。

"上穷碧落下黄泉，两处茫茫皆不见"就是找遍天堂和地府都没有看到，倒还真有点契合我此时找人的心情。

但黄泉水又是什么东西？

老头的身边，突然"嗤"的一声爆出一团磷火，磷火中突兀地映出一个黑影，把我吓得够呛，居然就是鬼打墙门口那个黑影，蹑手蹑脚地挪动着，很鬼祟，也很诡异。一个人蜷起来，猫着腰，仰着头，两只手缩在胸口，朝前伸着尖尖的指头，一根根开叉，明摆着要扑上去掐住老头的脖子。

老头浑然不觉，刚举步向前踏出了一步，被我的惊呼吓了一跳，恼怒地回头瞪着我："你又鬼叫什么？别他娘一惊一乍的，没给鬼逮去，老子都快被你聒噪死了！"

那个黑影在老头转身那一刻已经消失了，我被老头骂得很惭愧，只好讪讪地说道："可能是我眼花了，怎么又看到鬼打墙门口那黑影了！没事没事，我注意点，争取不再聒噪你了。"

老头脸上有点阴晴不定，似乎在考虑我说的话："也罢，咱们别再踩住脚下这黄泥汤子了，被你说得我还真有点担心这是黄泉水了。"

黑暗中呆久了，人的听力会变得灵敏许多，我就是这样。短短一刹那，老头考虑的时间估计还没有三分钟，我的耳朵里就听到了许许多多的声响。

最先听到的是跑步声，什么东西拖在地上滑行的声音，接着又是一片喘气声，不是一个人在喘，而是许多人在牛喘，是那种受了巨大惊吓跑了很长的路，心脏就要跳出胸腔，只有拼命喘气才能压住的声音。

然后就是枪声，爆豆子一般只响了几秒钟，就彻底沉寂下来。

沉寂了许久，最后传来的声音最古怪。像什么呢？我一时都没有想起来，就像是在家里烧水下面条时那水开的咯荡荡的响声。要真是大锅里烧开水，照这动静来看，这锅还真不是一般的大。

老头在黑暗中，像我一样，一动不动，侧耳凝神地仔细辨认着这些声音。

这他娘的是不是山洞啊，莫非我和老头逛到了阴间的庙会？有没有这么热闹啊？

我正想开口，鼻子里就闻到了一丝奇异的香味，很古怪的香味，有点像檀香，又夹杂着臭味，立刻让我鼻子眼睛都皱到了一起。

老头突然叫道："不好！这是黑沉木被点着的味道，咱们快走，莫要等这黑沉木给烧出明火了！"

老头不要命地向前飞奔，听脚步声是朝着那又香又臭的味道的方向跑去，我赶忙跟上，只见我和老头两条手电筒的光柱在黑洞里杂乱地晃荡着。

跑着跑着，脚下的黄泥汤子稀薄了许多，我的脚终于告别了湿滑的难受，刚想喘口气，就"扑通"一声被脚下的一个东西绊了个跟头，重重地摔在地上。

我又惊又怕，因为绊倒我的东西很明显是一个人的躯体，这种时候，这种地方，出现人的躯体，我不敢相信是一个活人，甚至怀疑是不是牛头马面、黑白无常之类的玩意？

我倒在地上手忙脚乱地爬起来，借着手电筒的光线，有意无意地看了一下地上的东西。这一看不得了，立刻激动得双眼放光，说起话来都有点哆嗦："张三爷！张三爷！我找到了，我找到了田丽！"

是真的，地上仰面躺着的真是田丽，手里还紧紧攥着本来戴在我手腕上的那个甲牌。

我抱起毫无知觉的田丽，惊喜交加，一个大男人差点掉出眼泪来。探手伸进田丽的怀里，只剩一丝温热的气息，天可怜见，不是一具尸体，绝对有救！

看起来，田丽只是晕了过去，不是看到张三爷急匆匆地跑回来，我已经准备先给她做人工呼吸了。

老头拿着手电筒，翻开田丽的眼睑，仔细地察看着什么。我蹲在旁边，兴奋得直喘气。

皇天不负有心人，居然真的找到了田丽，是不是有点太容易了？但这念头在我脑海里只是一晃而过，因为我已经不想再去深究了，只希望田丽快点醒来，恢复那个英姿飒爽的女警官模样。

老头看了很久，双眉深锁，又仔细把了把脉，很是困惑地缓缓说道："奇怪，怎么会这样？"

老头又仔细地看了看田丽的面孔，拿着手电筒几乎是一寸寸地看，终于停留在了眼窝的地方："哈，原来在这里，小子你那背包里有没有夹子？"

看我左掏右摸地翻包，老头急了，自己从口袋里掏出一不锈钢小盒子，"叭"的一下打开，一个小小的镊子抓在手上就往田丽眼窝里伸去，没多大工夫，我就见老头的镊子夹着一根细长的黑针从眼窝里头非常缓慢地拔了出来，而我亲爱的田丽同志，随着一声剧烈的咳嗽，神志终于清醒了过来。

醒过来后的田丽紧紧抱住了我，脑袋埋在我的怀里，浑身颤抖，看得出来情绪非常激动，丝毫不亚于我。

老头在旁边等了一会儿，看我俩还没有分开的意思，有点着急地催促："你俩倒是快点啊，这要是拍电影半天没动静，观众都该吵着退票了，前面还有大把问题要解决呢！"

我给老头说得有点面皮发红，讪讪的不好意思，轻轻松开了田丽，而田丽柔软的身躯在我怀里不甘心地扭动了一下，抬起头来问我："这老头是谁啊？老徐呢？"

我看着田丽苍白的面孔被手电筒的灯光映得微微发红，有点心疼地回答道："你当时怎么那么傻，非要松开我的手，要知道咱们既然一起来就是生死与共的搭档，肯定是要一起回去的，我怎么也不会撇下你一个人的！"

田丽的面孔在灯光下愈加发红："不是的，我要是不松开你的手，我怕咱们都出不去。这压根就是我一个人的错，当时都快走出鬼打墙了，我根本不该回头答应那一声的，都是我不好，关键时刻忘记了那句'黄泉路上莫回头'的禁忌。"

看田丽还在自责，我想还是转开话题吧："面前这老头啊，可是大名鼎鼎的冥搭掌门人张三爷。哎，对了，你这一趟要是抓不着什么坏人的话就拉他回去，绝对错不了，老人家刚亲口承认自己这辈子只会盗墓，别的好事一概不做！"

老头生气了："嗨！嗨！说什么呢你这是？我哪是什么盗墓的，也不看看是谁救了你俩，看来这救人才是我做的最大坏事！别净打岔了，姑娘快点说说你被拉回鬼打墙后，发生了什么事情？不是这小子坚持要进来鬼打墙救你，我还看不出来他有这么痴情呢！"

田丽吃惊地看着我："老冯你是专门回来救我的？你！你！你也太冲动了吧！"

我有点尴尬地说道："别听老头胡说八道，还是快说说你后来的经历吧，老头比我还想知道呢。长话短说，前面路还长着。"

第三十八章　紫陌红尘

田丽看了看老头，慢慢说道："当时我一看情况紧急，知道再不撒手连你们俩也难以逃脱，心里一急，正好又抠到你手腕上的甲牌，便松开你的手，听天由命地随着那股子力量直往鬼打墙里头飞去。被拽回去的情况真是可怕之极，周围一切都凝固了，一片漆黑，一片静止。我浮在空中一动也不能动，什么也听不到，什么也看不到，也不知道你们俩逃脱了没有，感觉好多触手或者绳子样的东西在我身体四周飘来飘去，心里后悔得说不出话来，都怪自己意志不坚定连累了大家。"

我赶忙拍拍她："别，别这样，大家都好好的，老徐已经在外面了，很安全，我也很好，快说说你到底是怎么跑到这里了？"

田丽这时候有点激动了，声音提高了不少："后来，我都不知道自己漂浮在那儿多长时间，眼皮越来越困就快要睡着了，但我知道我不是瞌睡，而是要死掉了。我拼命喊叫，却一点都听不到自己的声音，到处都是非常压抑的黑暗和寂静。然后，我就要绝望的时候，老冯你知道吗？我开始非常怀念起人世间的一切，那些拥挤的街道和人群，我的亲人和朋友，当然，其中也有你冯一西的身影，从我上学时候你给我送花开始，一直到你在雪山顶上抱住我取暖……"

田丽的声音低了不少，看得出来当时她是非常伤感："我迷迷糊糊要睡着的时候，终于听到了一丝声音，那个声音很尖细，我只听到他说：‘快！那儿还有一个，就在你头顶，挂在石头上的那个！’然后我就感觉腾云驾雾一样，重重地从空中落了下来。”

“我的眼睛是睁开的，四肢却一动也不能动，明明看到、听到周围的一切，却是说不出来还不能动弹，连一根小指头都动不了！然后我看见不少人围过来，一阵嗞嗞啦啦的声音后，我被人拽了出来，我终于看到了亮光，也看到自己本来是被一个巨大的茧严实地包裹住的，而这些亮光都是从手电筒和火把发出来的。有个人凑过来看了我一眼说我是个早就死掉的汉人，我一看就猜出来这些家伙是我们见过的那扛天灯的一伙，在他们的身边，还整齐地排列着一队士兵，身穿黄澄澄的铠甲，脸上也蒙着黄金的颜色，却是老徐曾经埋过的黄金尸。我想我身上没有黄金，这些人会不会把我丢在这里不管，就觉前额上一阵剧痛，有个人拿了根细长的黑针扎了进来，我很疼又叫不出来声音，心里非常恼怒。但更奇怪的是，我看见那队死了几千年的士兵竟然整齐地走了起来！而我居然不由自主地跟在后边，连步伐和手臂摆动的姿势都一模一样！”

老头聚精会神地听着：“前额的头盖骨可是人身上最硬的地方，那家伙是扎进了你眼窝那地方。我知道这门邪术是广西柳家的针尸术，和赶尸套尸的一个道理。他们肯定是把你当成了死尸，想赶起来一起走路，但你并没有死，怎么会受针尸人的控制呢？哦，我明白了，你当时肯定是魂不附体、阴气太盛，并且人还没有摆脱鬼打墙的邪气。”

我看着田丽前额靠近眼窝的地方——刚才老头夹出银针那地方，圆圆的血点还若隐若现，不禁大怒道：“什么他娘的针尸邪术，老子追上去一个个宰了他们，竟然敢往这里下针。小田，你回去后得好好让我检查下你的身体，别给扎坏了脑子。”

老头笑道：“宰了他们？恐怕是轮不到你了。前面死了一地人，肯定就是那帮扛天灯的家伙，你只能希望，还剩个把漏网之鱼让你报仇了。”

田丽说起来依然心有余悸：“后来的情况就更加可怕了，我像个木偶一样跟随着那队士兵往前走，前后左右都是拿着枪的坏人。突然我闻到一股香味，开始很香，很快就变得夹杂着臭味，非常的奇怪。当这香味突然转臭的时候，这伙人手里的手电筒和火把竟然一个个都熄灭了，而我就觉得浑身一阵轻松，似乎可以活动手脚了。那帮人开始使劲往一个方向跑去，黑暗中，我趁乱悄悄走开了，就觉得脑袋痛得要命，眼窝里的针使劲往脑子里钻，把我疼得晕了过去，再睁开眼睛，就看见了你——冯一西的脸，真是太亲切了！”

田丽的故事讲完了，老头陷入了思索中，我等不及他，拉着田丽站了起来，问她感觉怎么样，还能不能走路？田丽告诉我她没事，又问了我和老徐后来的情况，我只好简要地介绍了一下。

等我和田丽说完话，老头已经站了起来：“咱们走吧，这事儿是越来越出奇了，你们跟我过来看，前面真有一口大锅，这帮人要干什么？我想这大锅肯定不是拿来烧水喝的，总不成拿来煮尸体吃？真他娘的邪门，到底是谁在这儿支了一口大锅，搞得我都有点饿了！”

站在已经被老头弄熄了火的大锅前，我和田丽一起傻眼了。

真的是好大一口锅!

但绝对不是我们用来烧饭的那种铁锅，而是类似于古代铜鼎的东西，四只拱形的支脚矗立在地上。

周围横七竖八地躺满了尸首，有现代人装束的，也有古代武士装束的，更有些枪支弹药零零落落撒了一地。很明显，这里曾经有过一场激战，但是最终却是被灭掉的一方全部躺在了地上。

回忆起我和老头听到的声音，这一切最多发生在十几分钟前，那些人拼命奔跑，终于跑到了大锅这里，被尾随的敌人追上后，爆发了一场几秒钟的枪战，但是双方实力实在是不平衡，所以最终的结局就是尸横遍野。而田丽就在这些人奔跑的时候，侥幸摆脱了针尸邪术的控制，瞎摸乱撞地晕倒在地上被我们救了起来。

老头蹲下来，仔细看那大锅下头堆放的木柴。顺着他的眼光，我想起他叫嚷过什么黑沉木的字眼，于是也留心看了一眼。这所谓的黑沉木整齐地堆在大锅下面，四四方方，一根根有一米那么长，黑黝黝的，不像烧烤过的焦炭模样，看质地，应该是很坚硬的一种木料。我歪着头看了半晌："张三爷啊，这黑沉木有什么特别的，我咋瞧不出来，一根根看着跟铁棒子似的？"

老头怒道："别胡扯蛋了，这黑沉木可是天大的宝贝，邪气得很。昆仑山中只有最西边的青噶贡嘎山才有，要几百年才能长成一棵，长成后的树心里，就会有这么一根黑糊糊的木芯，比金属还硬，并且这木头简直可以做成长明灯，一根木芯点燃后，很多年都不会熄灭，比鲛人油还要珍贵。我师傅还说阴间那哭丧棒就是用的这材料，用来打鬼，一棍子一个，灵得很！"

看老头伸手拿出两根木棍掖进怀里，我也有样学样地拿了两根，猛想起来件事儿，赶忙摆手说："对了！张三爷你真不地道！"

老头一脸错愕地看着我："怎么了这是？有话直说，别藏着掖着的寒碜人。"

我看着老头的眼睛，缓缓说道："你说的不对！我记得你讲过你已经在这儿等候了好几天，暂且不管你吃喝拉撒的杂事，这么大票人从你眼皮子底下钻进鬼打墙里，怎么没有听你告诉我？还有这黑沉木是非常宝贵的材料，我都没有在历史书上见到过记载，是黑棺和黑楼的材料，总不可能拿来烧火吧？”

老头咧嘴一笑：“你倒是心细，我哪能在这个中空的山腹里头守株待兔？要不是今晚上被陨石砸出个窟窿，你以为有那么容易找到鬼门关的入口？我转悠这几天已经是弹尽粮绝，随时准备拍屁股走人了。今晚上这一大帮人比我都要先钻进去，等我跑到时，除了鬼门关里头剩下的几具尸体不好处理外，已经一个人影都没了。我比你们都懂得多，一看鬼打墙这么大阵仗，心知不妙、一筹莫展，就躲一边忙活大事儿——专心做符咒探查鬼打墙后面的问题。”

我嘿嘿一笑：“那敢情你帮我们扫清鬼门关的障碍，只是拿我们做试验，让我们先进鬼打墙里头送死吧？”

老头一时没有接腔，小眼睛忽闪忽闪地盯着我。

过了一会儿，老头估计我慢慢消了气，这才不自然地说道：“你说的也太极端了，我并不像你想象的那样卑鄙，前面冲进来这么大票歹徒，要想做试验，肯定够数了，也不在乎多你们三个，再说你们死在鬼打墙里头，我又不能旁观个子丑寅卯，我有什么好处？”

我哼了一声：“狡诈！别忘了你还说过黄泉水！别以为我不懂这个名词。”

没错，就是黄泉水，那几个让我想起两句古诗的字眼。

碧落黄泉，紫陌红尘，本就是阴阳对立、辉映有趣的两个极端。

第三十九章　鬼水人头

我这样揭穿老头，自然有我的依据。

水，这个东西，既普通又神秘，从古到今，每一个人都在每时每刻地接触。

我精心研读过的《天渊山水纵横秘术》，开篇明义就讲到：“……山，静寿一体，利万物之生息，却不与之争；水，上下无常，明万物之变化，亦与之变化。故曰：渊乃山水纵横之地，山从水出，水绕山生，临渊而明山水真章，孰可与天地同寿，此谓天道。”

其实没那么玄乎到与天地同寿，我看真实意思就是说：我们的老祖宗当时生产力低下，对于山和水都是比较崇拜的，尤其对捉摸不定的水还具有相当的畏惧；在一些部落中甚至有水图腾的崇拜，现在已经不常见了；有的干脆就是一个漩涡标志，象征水的包容万物和吞噬一切的恐怖；如果真的琢磨清楚这水所拥有的真实力量，应该就可以长生不老。

老头还曾经提到过，我身体内如果出现漩涡眼，就可以得到长生不老的好处，恐怕都是和水这个字有关。

黄泉水，在《天渊山水纵横秘术》也有讲，但是犹抱琵琶半遮面，似乎作者颇多忌讳，不肯明说，只是含糊道：黄泉水，藏鬼蜮之水。鬼蜮者，口生弩形横肉，含沙射人，中者必亡，黑沉木聚集处，颇多伴生，慎之。

老头肯定私下里看过这部书，这一路上虽然口不关风地露出一点苗头，但背后还是隐瞒了不少我不知道的东西。估计老头和他师傅都是想成仙想疯了的人物，对于长生不老的学问，恨不得嚼碎了吞下肚子才放心。就比如这水的真实含义，他应该已经掌握了不少内幕。

老头瞧着我的眼光不再狡黠，而是变得有些凝重："冯一西，行，脑子够使。不错，咱们很可能是碰上了黄泉这鬼水，可这鬼水里根本不是黄泉，净是些冥沙还差不多。你既然知道了，就自求多福吧，别成了老子的累赘！"

逐渐恢复过来的田丽不明所以，根本不懂黄泉水的含义，心里也没有充分的认识，对我们将要面临的机遇和危险更是估计不足，前进的道路上，攻击力自然大打折扣，而我们又暂时被困在了鬼打墙当中，我就尽量忍住烦躁，耐心地给她讲解了一小会，而老头则是一言不发地围着那大锅打转，还不时地丢下什么符咒之类的东西，不知道在算计什么。

我对田丽说得很明白，这雪山看似自然成形，其实另有玄机。首先是土质，咱们这脚下边踩的应该就是改造过的雪山土，土质非常阴寒，土色黑而且细腻，触手有部分粘性，甚至还有点腐蚀性，火烧样的扎手，说明土的结构里化学成分经过了改造，这就使得葬尸和殉尸在腐败过程中有一定几率产生特殊的变化。

其次是地形，地脉讲究阴阳结穴，最高档次就是两仪双绝、阴阳交融。这里整个山势如果从空中来看，群山环绕中一个独峰兀立，峡谷处一条古怪的大河向西流淌，这座整个地形中最高的地势和极低的幽深峡谷，形成了一个飞挂的檐角，潜入地下的部分隐隐然南北大梁交错，很有些宫殿的形状，这便是风水中的幽冥宝坻——"望帝城"，处处透着阴寒凶险，乃是阴阳交界的死地，书上说进来后没有破解之法，只能靠自己随机应变。

咱们往前走的路上，很可能要面对许多未知世界的状况，如果我不幸成了光荣的英雄，你就在墓碑上只刻一句话：好奇心，会害死人的。

田丽却很疲惫，没有了跟我开玩笑的精神。我有点无趣，只好告诉她，我们如果成功揭开谜团，就可以和她立地飞升，去天上做神仙眷属了。

说完，我也不敢看面色发红的田丽，立马跑过去和老头一块看那大锅。

老头伸出手指蘸了下锅中的浑水，凑到鼻子上闻了闻："这是……这里头怎么这么多老砒泥？"

砒泥，这个神秘的东西我知道一点，是一种可以改造水质的矿物，不完全溶解于水，化学性质阴寒滞沉，道士常用来从水中提取阴气，将阳水改造成阴水，以供通灵所用。

老头喃喃说道："黑沉木，也是阴性树木，对地脉地气的变化最敏感，现在这几根黑沉木已经是黑得发紫，难道是说这地方没有一丝阳气？不可能！那这些人是怎么进来的？又是怎么死的？到底什么东西杀了他们？"

老头出了会神，终于跺跺脚，不情愿地去翻查那些死尸，希望可以找出死因。

我一向对死尸敬而远之，自然留在大锅边看那锅里的水。

奇怪，水里似乎有东西在漂，我定睛一看，吃了一惊，再也忍不住发自内心的恐惧，大叫道："他娘的什么玩意儿！这水里有个人头！"

老头的表情是吃了一惊，赶忙跑过来看，一看之下，吃惊地回过头看着我说道："这个……这个人头，怎么和你长那么像？"

蹬蹬蹬，我连退几步，我实在是早已瞧得清楚，震惊不已，浑水里一颗人头漂浮着，五官轮廓熟悉得不能再熟悉，那嘴角略微上翘，像是在笑

的神情，可不正是我——冯一西的模样！

这事情太古怪了！

大锅里的水已经不再沸腾，一颗人头，没有头发，五官被油渍得发亮，正在里面载沉载浮地漂着。

田丽、老头还有我默默地站在四周，心里都在紧张地盘算，我知道他们心中一定在猜测：身边这个冯一西……这个家伙……究竟是人是鬼？

看着这个奇怪的人头，我想只有我自己知道这绝不是幻觉，摸摸自己的脖子，我的大好头颅依然完整无缺地长在那儿。那么，搞鬼的必定是这口离奇出现的大锅，或许是一直满肚子阴谋诡计的张三爷做了什么手脚？

只是什么样的情况下，才会造成这么大的震撼呢？

如果锅中出现的人头和我毫无关系，那么在这个阴暗的地方，出现些死尸、骷髅之类的东西实在不足为奇。

我轻咳一声，慢慢说道："这个玩笑开得可不小，老头！是不是你用了什么障眼法？做得还真像那么回事儿！"

老头表现得非常正常，正常到我都怀疑面对如此诡异的事情，怎么可以表现得这么正常？

老头说道："不关我的事！你还看不出来？是这锅水在作怪，小子你小心点，看好你的脑袋，可别真掉进去了！"

"我呸！你他娘的嘴巴真臭！"老头的话差点没把我气得跳起来，卷卷袖子就准备开骂。

田丽拉住我："别动！你看那水里，还有别的东西呢！"

浑浊的锅内，微微颤动的人头下边，露出一点鲜红色，我仔细一看，原来是不少肉芽从人头下边的脖子的位置上，不停地生长出来，似乎有知觉地摸索着变长变厚，而锅里的水就有一些蒸腾出丝丝白气，白气纠缠在一起，盘踞在大锅顶上，也不消散，就这么笼罩起来。

老头轻轻拉了一下我，竖起手指示意我俩噤声，然后小心翼翼地后退，我和田丽看他面色凝重，也不敢怠慢，跟着他，慢慢地退向石壁。

背后接触到坚硬冰凉的石壁，我们三个人才略微松了一口气。老头忙不迭地从口袋里取出三张黄符，我俩学着他的样子，把黄符叠成一个三角小块，用小夹子夹在耳垂上。

刚收拾利落，大锅那边，传来轻轻的脚步声，很慢，很轻。

然后在我们身边的石壁上，照出三个不大的黑影，蹑手蹑脚地挪动着脚步，蜷起身躯，猫着腰，仰着头，两只手缩在胸口，向前一根根开叉，伸着尖尖的指头。

第四十章　危机四伏

这个身影我见过，一下就认出来了，第一次是在鬼打墙的入口，悄悄扑上老头后背；第二次是在我和老头刚钻进这个洞时，被发现在老头背后跟踪；连这一次，我已经是第三次见到了。而在这三次里，老头倒是第一次真正看到影像。

我刚想示意老头，这东西就是扑过他后背那只，就听老头低声吩咐：“快把手电灭了！别说话！”

我和田丽赶忙服从指挥，连头灯都关掉了。不远处那口大锅处，立刻黯淡了许多，只有地上还有些灯光，是那些被打死的扛天灯人散落出来的手电，斜斜照射在地上，靠着里面的电池还没有最终熄灭。

我们三个屏住呼吸，瞪大两眼看向那口大锅，因为这个时候，地上横七竖八躺着的那些死尸，一个个像木偶一样慢慢站了起来，摇摇晃晃地朝大锅走去。

而那几个蜷着身子的黑影，收在胸口的爪子依然不动，但是很准确地抓住一个个走过来的尸体，把尸体头朝下地推进了锅内。

锅下边，我和老头没来得及拿走的黑沉木，逐渐冒出了一丝火光，淡蓝色的火苗灼烧着锅底，水很快就像要开的样子，发出咯荡荡的声响。

头朝下被推进锅内的尸体，一经烧煮，条件反射地活动起来，伸手蹬足地乱动，还发出吱吱的声音，漫无目的地挣扎。

围着大锅站立的黑影，不停地把乱动的尸体再推进去。挣扎一番后，这些尸体逐个被化成了一堆堆烂肉，锅内的水更加浑浊，从我们的角度看过去，锅都快满了，也不知道水里添加了什么化学物质，把尸体的骨头和衣物都融化掉了，变得像饺子馅一样黏稠。

身边的田丽喉头咯咯作响，看得出来正在强忍着反胃，我也是差点就要吐出来，尤其是想到锅里边还有个酷似我模样的人头，更是忍不住鼻子眉毛和嘴巴都使劲皱在了一起。

我咬着牙暗骂："真是该死的老鬼，我现在才知道他为什么叫融王了！老头，咱们现在怎么办？这些究竟是些什么鬼东西？"

黑暗中的老头，一点气息都没有，只是扭转头看向我，不知道在寻思什么。

田丽低声说道："这似乎像是一个仪式，只是我猜不出最后会怎么样？"

老头点点头，几乎立刻答应："没错，如果叫我猜，我想应该是四鬼运尸术，冯一西你瞧瞧，像不像书上说的那样？"

我低头一想，四鬼运尸？书上倒是有这种仪式，只不过说这种仪式是中原地带特有的。站在锅边搬运尸体的也不是鬼魅，而是用邪术养出来的一种山鼠或者山猫，有的还用狗獾子！个头硕大，目盲，爪子锋利无比，擅长用牙齿咬住血管，靠吮吸血液为生，有点像南方藏地的黑弥勒那么恐怖。唯一不同的是这种东西不像黑弥勒那样神出鬼没，而是受豢养人的控制，就算豢养的人死掉了，这些东西也会老老实实地继续完成主人下达的指令，直到寿终正寝。

瞧这几只山鼠，看来是吃过什么特殊的药材，已经是极为长寿了，火光映衬下的皮肤，干枯精瘦，皱在一起泛着铁黑色的色泽，爪子的尖处，甚至都有点略微弯曲，像要钩回肉里。

啊哟！不对！我突然想到什么，这老头太不地道了。四鬼运尸，不错，我越想越觉得寒毛直炸，因为这个仪式只有一个用途，就是最诡异的一件事，电影中我可经常见到，就两个字：还魂！

这口大锅，肯定就是传说中的还魂鼎，没有明火燃烧的黑沉木，连同被邪术控制的山鼠，融化这么多死尸，估计正是在悄悄地做着还魂的勾当。

今天到底是什么好日子，让那远在美国的秦建军放下一切，马不停蹄地赶来这偏僻的角落，难道就是还魂鼎大功告成的良辰吉日？

我拍拍胀大的脑袋，低低呻吟了一下，天哪！莫非我真的注定要一命归西？只是我还不敢对田丽明说，担心吓坏了她。因为按照我的推断，这一切必定和我有关，甚至于从我出生的那一刻起，就埋下无数苗头，以至于今年风云突变，硬是把我这样一个平凡的普通人给引到了这里。

我瞧了一眼老头，越发觉得这人居心叵测，做张做智地欺骗我，目的无非是害我，但他会得到什么好处呢？这倒是个问题。

我暗暗捏了下田丽的手，低声说道："看起来真的像是四鬼运尸的仪式，可我怎么也想不起这到底是干什么用的了，瞧我这脑筋，一紧张就啥也记不得了，张爷你想必记得清楚，快给我说说，这是怎么一回事儿？"

老头的眼睛在黑暗中亮晶晶的，我只当他是在猜测我说话的真实性。果不其然，老头清清嗓子说道："看来今天是个好日子，连流星的力度都远远大过平常，像鬼打墙这样只进不出的凶阵都出了破绽，我看是天上的日月星辰起了变化，弄这个仪式的家伙，八成要有什么大的动作，咱们碰上这个蹊跷时候，吉凶参半，看自己的造化吧，是得道升仙还是直下地狱！"

我悄悄撇撇嘴，心想：鬼才信你这糟老头的鬼话，云里雾里的没有一句实的，真看不出这老头，倒是个跑销售的人才！

我看老头倒是想自己得道升仙，而让我们替他下地狱吧！这还魂鼎熬了这么大锅人肉粥，里面的人头怎么不是他模样，反而是我冯一西的相貌，我猜都猜得出不管是不是老融王要还魂，但首先恐怕就得弄死我这个代替品，他这糟老头还真以为我是傻的？

田丽看看我，又看看老头，我估计以她的智慧，暂时还猜不出后面将要发生的事情。虽然我苦于不能向她明说，但唯一放心的是，不管发生什么，田丽必定会站在我这一边，而不是老头那一边！

所以，我开始暗暗准备，得找个机会弄死这老头，至少得撇开他，至于他给我的黄符，我是绝对不能再用了！

我凑过去田丽耳边，咬咬耳朵说：“别害怕，田大警官，革命尚未成功，咱俩继续努力，事情成功后，咱俩才能好好做一回神仙眷属，你说好不好？出去后，咱俩再也不分开了！”

趁着田丽面皮微微发烫的机会，我愈加柔情无限地轻轻用舌头接触田丽的耳朵，终于功夫不负有心人，我成功地卷下了田丽耳朵上那个三角形的黄符。

几乎就在一刹那，大锅边的几个黑影同时转身向我们这个角落看了过来！然后我只听到几声低低的吱吱声，大锅边，立刻空荡荡地没了人影。

老头的脸都吓白了，紧张地靠在石壁上，一动也不敢动，愤怒的眼光看向我，似乎在痛骂我为什么要弄掉田丽耳朵上夹的黄符。

我把田丽挡在身后，一把揪下了耳朵上的黄符，狞笑着对老头说：“你个不知死活的老东西，居然盘算着害老子，咱就看看到底谁先死吧！”

根据今年发生的这么多事情来推算，我有把握赌赢这一次。毕竟把命运交给一个不对自己说实话的老家伙，是我觉得最恐怖的事情。

不远处发出幽蓝火光的锅底，还有那些躺在地上的昏黄手电，齐刷刷地一起熄灭。山洞中，顿时一片漆黑、冰凉、安静。

我紧张地绷紧了全身，除了感觉到田丽还在我身后，别的什么声音都听不到，老头所在的位置黑乎乎的，连呼吸都没有传过来。我把从自己还有田丽耳朵上取下来的三角形黄符，悄悄地丢过老头那边去。我觉得中国的道术，其中有很多太过强大的功能，以老头一辈子浸淫其中的功力来衡量，我很怕一不小心就着了他的道儿。

头顶上，似乎有什么东西，扑簌簌地落下些颗粒渣子，刚好有些东西落在我的手掌上，我无意识地用手心试着捏了一下。

我日！凭感觉就知道是几只肥大的蛆虫！

真他娘的恶心死我了！立刻一扬手，扔向老头那边，拉着田丽就往后退。

随着我和田丽的后退，我听见不止我们两人的脚步声，但所有听到的杂乱声音，都是冲着老头刚才待的方向移动，我心里暗笑，六月债，还得快！给你这老半仙上点药，让你什么都不给我说！

奇怪的是，杂乱的声响过去后，居然没有出现我料想中的撕咬和惨叫声，而是很快地恢复了一片寂静，这是怎么回事儿？

我和田丽停住脚步，望向刚刚跑开的地方，不知何时，黑暗中悬浮着一个四方的金色汉字，放射出毫不耀眼、非常纯正柔和的金色光芒，而老头已经奇异地消失无踪了。

第四十一章　受伤

我一下就认出这是个简单的汉字——“清”。

看来这老头真不是盖的，所谓的中华道术还真是确有其事，怪不得社会上那些测字卜卦的人中，鱼龙混杂，时不时的还能碰到些有真功夫的人。这个“清”字，想必是老头用什么障眼法弄出来的道家符篆，吸引或者抵挡黑暗中的怪物，而让自己可以从容跑路。

金色汉字的光芒逐渐黯淡，我这才看清楚，围绕着那个地方，旁边趴着几只形象古怪的东西，像是广东那种赖尿虾，又有点像是大号的蚰蜒，通体乌黑，身子下面长长的脚，弓着身子趴那不动，也不知道是死是活。

就在我一愣神的工夫，我留意到一只虫子扭过头，往我这儿看了一眼，嘴的上下颚大大地一张，像是射出一支弩箭。我吓了一跳，猛地想起来这是什么玩意儿，正是那种躲在黄沙中或者黄泉水中的鬼蜮，书上说过这东西，口生弩形横肉，含沙射人，中者必亡。

生死关头，这东西不能拿科学理论来验证，牺牲了我的小命可不是闹着玩的。我赶忙拉着田丽就斜斜地往旁边侧跑，心想这弩箭总不会拐弯吧？

一声尖细的空气刺响，两只肥大的蛆虫擦着我的脑袋飞向石壁，啪啪两响，变成两块小肉饼落在地上，而金色汉字的光芒则完全黯淡下来，周围再次恢复了一片漆黑。

既然知道了这是什么东西，就总会找到对付的办法，我想起怀里还有两根黑沉木，赶忙掏出来给了田丽一根。想想不放心，我又抽出短刀，一起拿在手上，嘴里说道：“那老头不是什么好东西，别相信他。田丽你可机灵点，咱俩绝不能再失散了，地上那东西叫蜮，靠喷射东西来害人，千万别粘上了！”

黑暗中的田丽答应道：“晓得了！不过这样不是个办法，咱得赶紧找出路。”

那些喷蛆打人的东西暂时没有再进攻，或许黑暗中看不到对手的影子，无法含沙射影地害人。趁这空隙，我和田丽逐渐朝那大锅的方向挪动，我感觉我还踩死了几只，一踩一个爆肚，毕剥作响。

离那大锅近了，我忽然感觉到一丝危险的味道。面前黑乎乎地兀立着一个东西，顾不得多想，我举起黑沉木，全力砸了过去，反正田丽在我身后，不会误伤了战友。

“当”的一声，我手里的木棍砸到了一个金属东西，震得我胳膊发麻，这什么鬼东西呵？好大的力道。我心想要是老头窝在这儿等着害人，我这一棍子非把他砸趴下不可。

我放回黑沉木，猛地打开头灯，一道光束射向被我砸中的地方，映入眼帘的却是一张完全陌生的脸，不是活人的脸，而是造型怪异无比、一看就是真金铸造的一张面具，眼耳鼻口都镶嵌着纯正的青白玉，面具头上有龙角，嘴的造型则是虎口，两耳成鱼尾，显得非常丑恶狰狞。

但是最让我惊讶的是这黄金面具的纹饰，一圈圈的全是漩涡形状，看起来又有几分像是眼球的样子，一个圈中间套着两三层小圆圈，最外一层似乎是代表眼球，里面的几层分别代表眼球的瞳孔。我这一闷棍正敲在前额上，把眼睛处可以转动的玉饰都给砸碎了，戴着面具的东西显然已经被砸晕了过去，身材绝不是老头，而是站在那锅边推尸体的山鼠之一。

我呆了一呆，没想到这么狰狞的老妖怪竟然不经打，被我一闷棍就敲晕了。猛想起老头信口胡吹过，黑白无常那哭丧棒就是用的黑沉木材料，打鬼是一打一个准，莫非黑沉木这东西，对付阴气、尸气比较重的怪物特别有效?

初战告捷，让我有点兴奋，在这暗无天日的山洞中，我终于有了一个可防身的趁手武器。盯着被砸倒在地上的怪物，我又狠狠打了几棍子，发现它确实已经不会动了，几条黑水正从黄金面具的五官处往外流。

不以物喜，不以己悲，这种高层的精神境界，看来我还没有完全达到。不能充分估计自己仍然身处险境，就会付出代价。

我忘了鬼祟的山鼠不止一只，就在我暗自庆幸之时，在我身后的田丽痛苦地闷哼一声，立刻把我从沾沾自喜中惊醒过来。

随着头灯的光束转向田丽，我看见一只丑陋的巨大山鼠，已经佝偻着身子跃上了田丽的肩膀，弯曲开叉的长长尖指甲正抠在田丽的肩胛骨里，把田丽整个人都抠得向后仰着。我一看就知道，这下田丽是要伤筋动骨了，以她的身手，被人从背后这么袭击之下而无任何还手之力，只能说明袭击者的力道是何等强大。

我又惊又怒，自己拼了命地再闯鬼打墙，就是为了救田丽出去，要是此刻功亏一篑，真会气得吐血。田丽在此情况之下，并没有放弃抵抗，尽力地挥动木棍，反手打在身后，发出扑扑的闷响，而山鼠却浑然不觉地根本不躲，用尽力气地使劲往后抠田丽的肩胛骨。看见田丽的痛苦表情，我的心都要碎了。

虽然脑子里转过这许多念头，但在此刻，也就是一刹那的工夫，我挥着黑沉木已经迎了上去，佝偻着身子的山鼠竟然很害怕我的木棍，抠着田丽笨拙地想要避开我的打击。

黑暗中还隐藏有至少两只山鼠，所以我这次做足了防备，保持着高度警惕性，但田丽背上的山鼠似乎有一定智商，竟然知道拿田丽来挡我，转着圈子地对付我，让我哭笑不得的同时，无聊地想起了那句成语——投鼠忌器！

田丽痛苦得直翻白眼，哽咽着嗓子说：“冯一西你个大笨蛋！看着我翻，看我翻……”

我听到最后，才明白田丽的意思，赶忙站好位置，目不转睛地盯着田丽动作。

只见田丽艰难地在原地慢慢绕个圈子，借着背上向后抠的力气，两脚使劲一蹬地面，原地一个空翻。这样一来，山鼠就被猝不及防地甩在我正面，而田丽自己已是脱了力，摇摇欲坠。

好机会稍纵即逝，但我还是抓住了。猛一挥棍，重重捣在山鼠的脑壳上，黑沉木果真有一些说不清的阴劲，把这丑东西的半截身子都打烂了。

救下田丽的一刹那，我心里呆了一呆，觉得有点不妥，有种不祥的预感，为什么黑沉木拿在我手上就有效，而拿在田丽手上打那山鼠却毫无效果？难道我是个地府来客、黑白无常的同事？

顾不得多想这些虚无缥缈的杂事，我又把山鼠狠狠打了几闷棍，确定已经死透了，才去看软软仆倒在地的田丽。

扳起田丽的脑袋放在怀里，我轻轻叫她：“田丽……田丽……你怎么样？撑得住吗？咱们还没有出去呢！”

田丽眼睛已经闭上了，只有呼吸还在，我再不敢大意，解开她背上的衣服，只见白皙的肩膀上净是利爪扎的伤口，切进肉内很深，深深的伤口不停往外渗着血，还泛着黑紫色，很可能是中了什么毒。

我欲哭无泪地捶捶自己脑袋，这他娘都是些什么事嘛！怎么会这样？

我把田丽拦腰抱起，无意识地向洞的深处走去，要是田丽就这么丧命于此，那么我真是八字不好，接二连三地拖累别人无辜横死，还都是自己喜欢的女人。生不逢时也好，一命归西也罢，不如早死早了！

也不知道走了多久，我跌进了又一个山洞，一个完全陌生的环境，比刚才的山洞还要空旷，还要阴寒潮湿。四周的角落里，闪烁着星星点点的冷色光源，把到处都映衬得一片幽蓝。

我茫然地抱着田丽，不知道该往哪个方向走，各个方向借着微光看过去都是散落一地的棺材，非常老旧的棺木，不少盖子都被打开了，横七竖八地摊在地上。唯一有规律的就是，所有棺材没有一个是重叠摞起来的。

棺木之间的空隙，或立或躺地摆放着不少陶瓮，个别已经打碎的瓮里，露出干枯的骨架，连同棺木和骨瓮，我估计至少有上千具，场面很是壮观。

怀里的田丽越来越沉重，除了呼吸还算正常，再没有别的生命迹象，我也越来越焦躁，尽量沿着棺木之间的空隙往里走去。

折腾了大半夜，我累得够呛，也不知道外边天亮了没有，完全丧失了时间概念，只觉得眼皮发黏，直想睡过去。

无奈的我走到一个相对宽松的地方，放下田丽，一屁股坐在地上，呼哧呼哧地喘粗气。

凶悍的山鼠，还有两只没有解决，这是个不折不扣的隐患！

一直没有露脸的老头又躲去了什么地方？

这鬼打墙尽头的破山洞到底通向哪里？

还魂鼎里的人头肉粥是否正在变化？

我冯一西还有没有命出去？

太多的未知数最终都指向一个症结所在，就是老融王设置这么多情况的目的何在？

在我心中，还有更加隐秘的一个担忧，就是我自己到底是怎么回事儿？这一个晚上的遭遇，有很多都不能拿幸运来解释，因为有些危险实实在在地主动绕过了我，身边的人却没有避开。我都不敢继续往可怕的深处去想，因为我接受不了这样的假设。

第四十二章　呼风唤雨

迷迷糊糊地直想睡着，冷不丁我发现右前方的棺材盖上坐了个人，低着头，一动不动，两手放在小腹处，两腿交叠在一起，身上穿的衣服在磷火中显得特别注目，影影绰绰的很熟悉。我拿出短刀和黑沉木棍，慢慢站起来，死盯住这个默不作声的汉子。

站起来后，我马上认出了这个人是谁。一身衣服上都是刺绣，而且刺绣得非常华丽，用了红、青、紫、黄等各种丝线，此刻在幽蓝光芒的闪烁下，像极了一条五彩斑斓的花蛇盘成团卧在那儿。

这家伙分明是我和田丽还没有上山前，在老板娘的客栈里歇脚时，刚巧碰到的扛天灯队伍里，那个像是领导模样的花苗汉子！

此刻这个家伙低头坐在那里，手里应该还拿了个什么东西，听老板娘说他很会用巫蛊，我就增加了不少戒备，想来这家伙在手下全都死光的情况下，仍然可以逃脱生天，说明和老头一样，必定有些过人的保命手段。

头灯的白光刚一照过去，我就知道自己多虑了，原本精瘦的汉子已经膨胀成一个胖子，脑袋上的头发眉毛还有衣服都是湿漉漉的，面皮泡得发白，眼眶和嘴巴的地方是陷进去的黑窟窿，狰狞恐怖，而且黑窟窿里都在缓缓地往外流着沙子和水，给我第一个感觉就是这家伙绝对是被淹死的！

可是一个淹死的人怎么能自己爬起来坐到棺材盖上呢？照这泡胀的程度来看，也不像是短时间能够达到的效果，这么一个安静的山洞里，又是哪来的水让他淹死呢？

我轻轻咳嗽了一声，给自己壮胆，也想看能否惊动点什么。

短短半分钟后，我的头顶上居然开始往下滴水，冰凉湿滑。我骇了一跳，赶忙抱起田丽躲开了一些，一不小心踢翻了一个骨瓮，当啷一声，在寂静的山洞里特别刺耳。

这下可好，头顶上居然哗啦啦下起了小雨！滴在我身上，除了滑腻之外，还有些古怪的味道。我看看怀里的田丽，她脸色居然转好了一些，变得红润，呼吸也有力了。

我心里一动，莫非这水和声响有什么关系？

难道这水可以解去田丽中的山鼠巫毒？

我拣起一块破碎的骨瓮陶片，试探着扔向不远的另一个棺材，一声闷响后片刻工夫，那个棺材的上方，落了足有两分钟水滴，看来有戏！

我想起路上和老徐辩论过的一件事情，老徐说在广西群山掩映的大山深处，有一处神圣的地方，一直是景顺族人的朝拜之地，他们称之为炼心谷。只要不怕艰难险阻到达那个地方，拜神数日，虔诚的人便可在谷中呼风唤雨，回来后诸事顺利，健康长寿。

我当时一听，就马上联想起傈僳族呼风唤雨的听命湖秘密。

傈僳族居住在云南的怒江州，深入高黎贡山的地方有一个听命湖，只要来到这个湖边，大声喊叫，湖边就会飘来一阵云雾，然后开始下雨，是一个非常神奇的圣地。

后来科学家研究解读了这个秘密，就是说听命湖的环境清洁、单纯，保持着一种脆弱的平衡，容易受到声波扰动影响，由于地处低纬度高海拔的山区，四周高山闭合，常年水气充足，局部气象维持一种不稳定的临界状态，群山环绕中的呼喊声被山峦放大，达到了扰动空气的作用，使听命湖上空的气流碰撞，所以就理所当然地产生了下雨，而根本不是什么神仙显灵。

我告诉老徐，在很多人迹罕至、人类活动较少的地方，原生态往往保持得最好，那些地方没有空气的污染，没有环境的破坏，甚至还保留有很多不被人类所认知的奇异现象。

我还听说过惊马槽的现象，能发出战马嘶鸣、金戈铁马的声音，你老徐孤陋寡闻，不知道外面的世界有多精彩罢了。

此刻，这个空旷的山洞，想来也是维持在一个变化的临界状态，水气和温度都被巧妙地封锁在一个闭合的空间，不仅有利于尸体的防腐，还在水气中人为地加了某些秘方，净化土壤，防止虫蚁侵扰，而山鼠携带的巫毒，很可能也在净化之列！

想到这里，我赶忙找了个结实点的棺木，双手合十祷告了两句：敬爱的先辈同志，我冯一西急于救我女朋友的命，劳驾您挪个窝儿，有什么不满意得罪的地方，都请记在我的身上，可千万别去吓唬我的心肝女朋友啊！我答应你，用完之后，一定在这里给你挑个更好更大的棺材，这个这个嘛，伏惟尚飨！

祷告完毕，我就拎着尸骨的双脚，把他给拽了出来，然后把田丽端正地往里一摆，坐好姿势后，我大喊一嗓子：让暴风雨来得更猛烈一些吧！掉头就赶忙跑开了几步。

几乎我刚跑开，田丽头顶的石壁上立刻凝聚了一大片水渍，哗啦啦地落下来，几分钟工夫就把那棺木给填满了一小半。

我不由心中暗喜，自鸣得意，一转眼，突然看到那个扛天灯的花苗，大叫一声不好，水如果可以解毒，怎么这狗日的歹徒会被淹死？

这事儿绝没这么便宜，说不定另有玄机！

一想到水里可能另有古怪，我赶忙跑过去，抱起田丽就要把她拽出来，此时她头顶石壁上的水滴已经停了，本人居然清醒了过来，面色也不再发黑，把我高兴得大喜若狂。

虽然不敢说山鼠的巫毒已经完全解除，但至少她应该保住了小命，就算有一点虚弱的后遗症，以她长期锻炼的身体素质来看，根本不在话下。

我一手搀起田丽，半拖半抱地把她揽在怀里，这人生的大起大落、大喜大悲，把我折磨得傻乎乎的，就知道喜极而泣。

田丽也紧靠在我怀里，颤抖着身躯抽泣。我抚摸着田丽的头发说："好了，好了，都快过去了，田丽你可不要笑话我，看到你晕过去，我抱着你走进来时，连寻死的心情都有了！我也没想到自己的情操已经高尚到为了美好的感情可以殉情的地步。真是老天有眼，让你一个晚上，两次回到了我身边，这下你该相信我就是你命中的真龙天子了吧！咱们再也不要分开了！"

田丽被我说得破涕而笑："老冯你就不能正经点，都这个时候还跟我贫嘴！不过这可是你说的，咱们出去后，说啥也不准你乱跑了！"

在这样的险境中，鼻子里到处闻的都是朽骨味道，连说笑也变得干巴巴的，很快我和田丽就冷静下来，要为离开这个鬼地方真真切切地想想办法了。

我对田丽简要地分析了目前的情况："本来咱俩事不关己的，结果这一路从天津到北京，又从北京跑到这么个不毛之地，根源是那位美国回来的盗墓高手。他一路指引也好，引诱也罢，让咱们走到了这一步，从他特意留给我的笔记来看，这一次他是为了寻找一个上次失落的玉函，对他有什么重要的意义，咱俩无从得知，但从结果来看，除了咱俩，还有死在这儿的一帮歹徒，很可能连同我以前的朋友韩叶娜，都被卷了进来，尤其是最后露头的这位张三爷，竟然和我从小就有很大的关系。所以我觉得，不管是偶然也好，必然也好，此时此地，我出现在这个地方，肯定是被人安排好的。自从我在龙虎山拿到那半本书之后，一切就快速地铺开了进程，好像一明一暗两条主线同时交错在了这个鬼地方。田丽，你根据你的专业知识，分析分析这么个情况，说明了什么？是一场阴谋，还是我冯一西纯属偶然的经历了这么一场事儿？”

田丽出神地想着，眉头紧锁：“你有没有觉得这个张三爷和秦建军之间有什么联系呢？还有你为什么会在北京被人谋杀？至于咱们在这雪山碰到的不可思议的、科学无法解释的现象，应该就不是咱们考虑的重点，咱们还是想想为什么有人要针对你布局，搞这么大个阴谋呢？”

我苦笑着说：“我是问你，你倒好，又扔出来这么多问题，哪有那么多为什么？千万别问我，我脑袋里早成一盆浆糊了，真的感觉自己是一颗棋子，连谁和谁在下棋都猜不出，真是可悲！”

我长叹口气继续说道：“现在，除了你，没有任何人可以相信，包括那秦建军，保不准也是下棋的人之一。不去想他了，这一夜真累，我是又困又饿，人仰马翻，要不你望下风，我先睡会儿？”

田丽一副气得发笑的模样：“冯一西你还真好意思！现在居然想撂挑子，躺倒挨锤了？省省吧，快起来，去看看坐在那儿的家伙手里藏的是什么。咱还好多活要干呢，至少抓伤我的怪物还没死绝，可别给盯上了。对了！你为什么觉得那张三爷有问题，我怎么没看出来，要知道对付这些特务分子，我可应该比你拿手得多，不会是你看走了眼吧？我很怀疑那老头是一个真好人来的！”

我无奈地站起身，瞧瞧那胀大的花苗汉子尸体说道：“还不是为了那白日梦的成仙得道！死老头一辈子都挖坟掘墓，对于成仙的执著，那是病

入膏肓，没得救了。哼！他以为我不知道四鬼运尸的目的，那大锅根本就是个还魂鼎，我看他八成是要拿我做祭品，拿我这个从小培养的精英分子来做还魂鼎的药引，去达成他不可告人的目的！幸亏冯爷我见机行事，没有中了这个貌似忠厚的老头的奸计！”

第四十三章　碎魂碑

田丽摇摇头说道："我看也不一定，老头是有些真功夫的！我还记得你说这里是风水中的幽冥宝坻——"望帝城"，乃是阴阳交界的凶地。你看老头来去自如，还真的救下了我的性命，说不定你是误解了别人。唉，也不知道他现在怎么样了，一个老人家，那么大岁数，万一有个什么闪失，可怎生是好？"

我撇撇嘴说道："哟，我说田丽呐！你就放宽你的慈悲心肠吧，那老头肯定死不了。对敌人怜悯，可是对自己人的残酷，我都忘记这是那个谁说的真理了。你别不信，我对这些被人算计的阴谋，那是有着特别敏感的直觉，我相信老头这会儿肯定在四下找我们，咱们得赶在他找着之前，把这融王的老窝掀他个底儿掉！"

我抽出短刀，慢慢摸近那涨大的尸体，心想：这家伙死得真蹊跷，居然活活被淹死，他不知道跑吗？想着想着，我心里突然咯噔一下：这家伙一死，扛天灯的歹徒应该全军覆没了，我可上哪去找韩叶娜的下落呢？难道我看到听到的是幻觉不成？韩叶娜还好好的在北京活着？不可能吧？

一走神，我的脚丫子噗嗤一声，踩进了一个软不拉叽的地方，低头一看，我日！

地上躺着一具更加肥大肿胀的、没有脑袋的尸体，我这一脚居然踢进了尸体的腔子里，尸液扑唧一声给挤了出来，臭气熏天。看我今晚这倒霉的！

田丽跟在我后边，幸亏地上的破棺材太多，她没有和我并肩走，要不然这一脚黏液，她又该吐上半天了。哎！不对，这么个老旧的地方，怎么会有新鲜的尸体呢？这没头的家伙又是哪个倒霉蛋？老融王把雪山搞得这么隐秘，怎么会来这么多观光客，真邪门啊！

我悻悻地抽出脚丫子，使劲在地上蹭蹭，招呼田丽小心点，咱绕过那边走，这个腐尸肿胀得太大，几乎把棺材之间的路都堵死了。

挤着鼻子的田丽跟着我，终于离近了那个坐在棺材盖子上的尸体，身上穿的衣服被烂肉撑得紧绷绷的，两个胀大的眼珠都快爆了出来，手掌放在肚子上。我仔细看了半晌，才看出来死尸的掌心中捏着的是一个皮质小口袋，黑色的，里头鼓鼓囊囊，不知道装的是啥。

我小心地用短刀把小口袋挑出来，拉着田丽就远远地走开，拍了拍巴掌。片刻后，头顶的石壁上哗啦啦冲下数道水柱，把我从头到脚冲了个干净，倒真是挺方便的。遗憾的就是水太凉，冻得我浑身发颤，不过就这样，比起刚才那满身尸臭味还是舒服了不少。

打开皮质的小口袋，里面有一块玉，是一块颜色幽蓝的古玉。

黄金有价玉无价，我虽然不是什么鉴定文物的专家，可也看出这块古玉的做工和质料非常上乘，雕刻手法古朴雄浑，简单的线条勾勒出一个动物的形状，龙身龙爪，奇怪的是刻了个熊头，中心盘绕在一个圆形的珠子上。

我呆呆地看着珠子，想不出来这个奇怪的熊头龙身的动物是什么东西，田丽在旁边也是不明所以。

我捏起珠子放在掌心，仔细一瞧，珠子的核心部分似乎有一只血红色的小鸟在翩翩起舞。我赶忙叫田丽一起来瞧，田丽却什么也看不到。我突然感受到一股暖意从肚子里直升头顶，那是一种特别熟悉的、难以名状、充满怨恨的感觉。我大吃一惊，难道这颗珠子有自己的灵魂？听说价值连城的古玉都有自己的玉灵，可为什么这块古玉自己会觉得这么熟悉？这是为什么？

田丽看我脸色非常不好，关心地问我："冯一西，你、你怎么了，表情怎么这么古怪？"

我皱了一下眉毛说："我、我也不知道怎么回事，只是心里头有点感觉，似乎这块古玉以前和我有什么瓜葛。"看着玉石还有个丝线，我就随手把它戴在了手腕上。

我心头那种不好的预感越来越强烈，我不由担忧地看着田丽说："田丽，我想问问你，虽然我不知道应该怎么措词，但我还是想实话告诉你，如果我碰到一些事情，逼不得已抛下你一个人在这里，你，你会不会怪我？"说到后来，我也不知道自己怎么鬼使神差地说出了这么一番话。

田丽瞪大了双眼，很是惊讶地看着我："冯一西！你，你为什么要这样说？你难道不知道我，我这许多天来……难道在你的心中，就没有我的一点位置吗？这不可能，你一定是在和我开玩笑！"说到最后，田丽忍不住双肩耸动，强自压抑住喉咙里的哽咽，就快要哭出声来。

我有点慌神，赶忙扶住田丽："别，田丽，别哭，我说错了，对不起！我只是，唉，我只是心里有很不好的预感，你不要怪我了，千万别往心里去！"

田丽不依不饶地问道："那你，你为什么要这么问我？到底是什么不好的预感？不过你刚才的问题，我可以明白地回答你，如果，如果真有这种情况发生，我还是相信你有自己的苦衷，真的，我不会怪你的。"

田丽低下头，声音越发细微："你知道吗？咱们第一次分开，就是我一个人被抓回鬼打墙时，心里几乎已经绝望了，当时你如果不回来救我，我一点也不会埋怨你的。可是，你，你居然真的回来救我！从那时起，我心里唯一的念头就是永远和你待在一起，不管用什么手段，至于你心里是否还有别的女人，是否还有别的想法，我都不会计较，也不会在乎的……"

我眼眶不由自主地湿润了，只好拍拍她的肩膀："田丽，你，你，你可真傻。"

游目四顾，这个洞中之洞是别有洞天，乱七八糟的满地破烂棺材板，仔细瞧瞧，似乎有点什么规律，所有的被掀开盖子的，都是朝着一个方向。我很快就发现这个方向就在洞的中央，那里隐隐约约还立有一块石碑。

我精神一振，挽住田丽的手说道："我们去中间那里瞧瞧，我好像发现点什么东西？"

小心地绕着破棺材走了半个多小时，我和田丽才来到不算很远的那石碑处，却是一块四四方方的黑色石碑，碑座简单地雕刻着熊、罴、狮、虎四种动物，背后是一具高大的棺材，同样被掀开了盖子，但是光线实在太暗，我弯下腰也看不清楚，石碑上到底刻的是什么。

田丽默默地拖过几块破碎的棺材板，问我："要不咱们点个火把，看你浑身湿淋淋的，我真怕你冻着，顺便也能看清楚石碑上刻的是什么。"

火苗升起后，洞中顿时豁亮起来，石碑顶部浮现出三个古汉字标题小字，我看了半天，终于认了出来，忍不住心里一阵发凉，缓缓读道："碎……魂……碑……"

似乎有某种魔力一样，我的声音并不大，但周围的空气都有点凝固。

我冷笑一声："这老融王净弄这些玄虚，幸亏咱们生在现代，不然又被他吓了一跳。”

田丽却郑重地摇摇头说道：“那可不一定的，冯一西，千万别太早下结论，咱们还是抓紧看看石碑上到底刻了些什么吧，这可要看你的本事了，古文字不是我的强项。”

我无奈地说道：“唉，好像这也不是我的强项啊。”说归说，我还是蹲下来仔细一个个去辨认石碑上的古字。

制造这个石碑的人就是古融国的大祭师，叙述的文字意思非常简练：大将军郑可，融王麾下第一猛将，为国家开疆拓土、东征西讨，立下赫赫战功，掳掠来大量金银财宝和男女奴隶，不料竟然意图谋反，所幸被融王觉察，擒获处死。被一起锉骨扬灰的还有一名敌国女将军，叫做赵珊。此碎魂碑是为了让二人魂魄永世不能作祟，特地制作的镇压之物。

田丽在旁边听着我的翻译，骇然地问道：“想不到古代竟然有这么厉害的巫术，这世界上真的有人的魂魄可以被镇压吗？”

我也是心情极度震惊：“看起来是真的有魂魄，至少融王和大祭师是相信的。不知道这将军和赵珊一起犯下了什么大事，被锉骨扬灰不说，还永世不能超生。我离得近，几乎可以感觉到石碑里怨气冲天。只是奇怪的是，为什么要把这个石碑存放在雪山里，因为这里可是老融王费尽心血建造的地方，绝对不会仅仅为镇压魂魄所设。”

这时候，石碑的背后发出一串响声，还有一个人的呻吟声，把我和田丽吓了一跳。在这里停留这么久，根本没有想到石碑后和棺材的空隙处居然藏有人。

田丽反应极快，把烧着的木板照过去的同时，已经抽出短刀逼近了声音发出的地方，低声说道：“谁在那里装神弄鬼，快点出来！”

第四十四章　熊龙丹

我绕过另一边，顺着光亮一瞧，不由呆了一呆。石碑后蜷缩着一个精瘦的汉子，穿戴打扮和我们刚发现的那死去的花苗一样，五彩斑斓！

难道这个才是真正的扛天灯首领？

我摆手示意田丽不用太过紧张，这家伙已经是半死的人了，浑身斑斑血迹，随时会断气。

把这半死的家伙拖出来后，我蹲下来察看他受了什么样的伤，田丽则警惕地左右看护着。

花苗受的伤极重，是被一把很宽的刀刃割开了腹部，血都快流光了。我看了几眼，确定地对田丽说："这人没得救了，必死无疑。"

花苗睁开昏沉的眼睛，很低的声音说道："不错，我很快就要死了，你就是冯一西吧？我赵诚早已是久仰大名了！"

听到这家伙流利的汉语，我突然想起我在北京的女朋友韩叶娜，忙不迭地赶紧问他："你可先别死，快点告诉我，你们在北京到底为什么要杀我？还有我那女朋友韩叶娜在哪里？"

这个叫赵诚的汉子也是颇为硬骨头，肚子都快被切开了，还是忍着疼痛苦笑一声说："这，这就说来话长了，我反正终于要解脱了，就把所有的事情都告诉你好了，只求你别打断我，等我说完后，给我个痛快！"

我不由自主地点点头，田丽也凑了过来。

赵诚突然看到我手腕上的古玉，吃惊道："熊龙丹！你竟然拿到了熊龙丹！"

我看了看手腕，想起来当时随手把它戴在了手腕上，于是无所谓地说道："不就是一块玉石嘛！换了是我，才不会为了这个牺牲性命，再说我看过了，玉石并不纯，里头还有个小鸟样的杂质。"

赵诚被我的话吓坏了："小鸟！你看到了小鸟，这是真的？不可能吧？那可是熊龙丹内孕育的凤凰胎啊！"

心神激动的赵诚强撑起来打量我，很快躺倒在地："这就是了，真的是你！也难怪如此。我明白了，一切都明白了！！你可知道这熊龙丹的来历？还是我来告诉你吧，这块古玉雕刻的是一种上古神兽，叫做熊龙，是轩辕黄帝曾经使用过的神物。当年黄帝先后率兵与神农氏后代和炎帝部落连年征战'龙战于野，其血玄黄，乾坤战而伤血，阴阳俱伤'，这块熊龙丹传说就是那次大战后结成的龙丹，有着神奇的力量。"

"熊龙丹给了生命体自创造、自应变的能力，凤凰眼则是给了生命体自繁殖的能力。'自创造'、'自繁殖'、'自应变'是生命的主要特性，上古时代，任何生命体都必须具备这三种缺一不可的条件才能存活下来。也可以说，没了熊龙丹和凤凰眼赋予的这三种能力，任何生命都将失去继续存在着的条件。"

我出神地接口说道："你说的这些我也知道一点，追随轩辕黄帝作战的熊、罴、貔、貅等，都是黄帝联盟内以野兽为图腾的诸部落名称。黄帝本姓公孙，号轩辕氏，又号有熊氏，为中原民族的祖先，这块熊龙丹想必就是黄帝部落的图腾崇拜之物。有不少学者坚信世界的文明源于中国龙，如《老子》所说'水几于道'，坎卦、坤卦，昭示生命的起源，幽显万物演化的内涵。只是为什么熊龙丹内会有凤凰胎呢？"

赵诚喘着气说道："不是任何人都可以看到熊龙丹内的凤凰胎的，你可以看到，是因为……因为你……和其他人不一样。我们这帮人在北京有一个共同的首领，我从来没见过，据她所说，只要能看到熊龙丹内的凤凰胎，就是和她大有缘分的人，也是她要找的人。而她找这个人，已经找了很多年，至少我父亲那一辈，终生都在为她奔波。说到这里，冯兄弟，我真的很抱歉，你的女朋友韩叶娜，的确碰到了麻烦事儿，不过不是我们做的，是听命于首领的另外一支人所做。我也是事后才知道，来到雪山之后，她就失踪了，再也没有人看到她。"

我被气得目瞪口呆："来了雪山？不是你们做的，难道她会自己跑来这里？分明是你们绑架了她！"

赵诚赶忙分辩："不是绑架，是我们首领专门拜访过她，不知道在饭桌上交谈了什么，她就执意要来雪山。我也不知道为什么，你想我都快死的人了，还骗你做什么？"

赵诚紧接着说："别打断我，我快撑不住了。首领只是让我们在雪山等一个人，在暗中保护这雪山。而我和我的手下，这么多年在这雪山因为黄金的缘故，作孽不少，我经常为自己这么多年来的残忍感到后悔，直到今夜例行巡山，发现这个山洞，一时忍不住好奇，带着所有弟兄进了这石洞一查究竟，可惜……我们终究还是全都死了……你可有看到这碎魂碑上的话，我之前一直都在怀疑，直到看了碎魂碑上的话才确信我的怀疑都是真的。也就是说我们的首领，很可能就是这上面提到的敌军将领赵珊，你说是不是很古怪？这么多年因果报应，我作恶多端死在了这碎魂碑下，真的是报应……冯一西，你过来，我还有一个秘密要问你……"

我呆呆地凑近赵诚，只听到一声低语："你，你到底是不是融王大将军郑可的转世轮回？……要小心呵，小心那女人……"

不等我再问他什么，他就没了呼吸，软软地耷拉下脑袋，仆倒在地。

我对赵诚临死的话震惊不已，尤其是他居然问我是不是郑可的时候，充满了期盼和渴望。我可不信这世界上有阴曹地府、转世轮回的无稽之谈，只是被接二连三的事情颠覆得头脑发蒙。还有他说的小心那女人，到底指的是哪个女人？首领？韩叶娜？还是田丽？因为和我有关的只有这三个女人。

对于赵诚的尸体，我和田丽都没有去管，毕竟非亲非故，是敌非友。这人也不是个什么好东西，再说我们要是出不去，也不见得会有人来把我们入土为安。

但是田丽神情似乎很异样，在赵诚讲了那么多之后，可能预感到什么对她不利的事情，变得落落寡欢、无精打采的。

难道她也怀疑我不是正常人，而是那该死的融王大将军？此生此世的目的还仅仅是去追寻那个赵珊的踪迹？

火苗熄灭之后，山洞中恢复了一片黑暗，只有碎魂碑里发出若有若无的呜咽声。

我偏过头问田丽：“田丽，你相信世界上有轮回转世的事情吗？”

田丽斩钉截铁地回答我：“是的，我相信！”

说话的语气非常干脆，但接下来的话就让我非常吃惊了：“对于我们处在昼夜生死之中的人来说，三世轮回的道理是很难彻底明白的。通过现代的科研调查，西方国家许许多多的‘死亡经验报告’和‘前生记忆事例’已经论证了轮回的真实性。我有段时期对这种现象非常好奇，仔细地看了许多专业论文，结论就是生命现象虽然千差万别，转世轮回却并非可以完全否定的。”

“站在现实的角度来看，如果周围一切可以算作是‘真的存在’，那

么，轮回也应该像昨天、今天、明天一样的存在。生命好比一条河流，有上游、中游和下游，这条河弯弯曲曲、昼夜往复，最终百川归海，再变回雨雪回归大陆，形成河流的源头，循环不息。”

“在河流的任何地方投下任何东西，这些东西就会随着河流往下游移动，或者沉没在原地不动。常人只能见到河流的表面，而不会明白河流中哪些是现在投下去的东西，哪些是过去就投下去的；更不能分辨出沉在河底的究竟有些什么东西。所以，相信三世轮回和因果循环，就是相信生命本身的一种规律。因为生命的内涵要远远多于生命的表面，短暂的表面里有着永恒的内在；无序的表面里有着规律的内在。这些都能够在现实的生命中深深地感受到。”

我被田丽的话给吓到了：“田丽你、你可真够博学多才的，我怎么就一直没发现？原来你说起道理来也是一套一套的，真是京片子、卫嘴子、大明府的狗腿子，党和国家培养你这么多年，咋就没把你教育成无神论者呢？唉，真是失败的教育，我可真是替你感到很痛心！”

田丽撇撇嘴：“得了吧，老冯，咱又不是三岁小孩，中国可是几千年的古国了，祖上比咱聪明的人多如牛毛。我这叫研究国学，才能找出其中不对的地方，你可要辩证地看待这个问题，就像我一样，如果不是为了破解你天津老宅子里那破事儿，能跑到这地方吗？”

“再说我要是不跑到这地方，又怎能认清你的真实面目，你居然……居然还不错……”田丽说完已经拉住了我的手，似乎有点不好意思。

我还沉浸在田丽为了解释轮回所作的河流比喻里，突然想到自己，忍不住问田丽：“要是这赵诚所讲的话是真的，我真的是什么融王大将军郑可的转世之身，为何我自己什么也想不起来呢？”

第四十五章　初现端倪

田丽摇摇头：“这个，这个我可不知道，我又不是什么专家，不过我很担心你，要是你真的是融王大将军郑可，而这个地方又是老融王布置的，你的处境倒是不妙得很，我倒真好奇那融王麾下第一猛将怎么会要谋反？莫非那个叫什么赵珊的敌国女将和他有了什么瓜田李下？”

我被田丽充满醋味的问话彻底逗乐了：“哈哈，你这个女人，可真能忽悠人，都哪跟哪的事儿啊？你也能编排到一起！”

田丽很严肃地对我说：“哎，我说老冯，这事儿可不是空穴来风，你没听那赵诚说，他们在北京的首领就是赵珊……不对，怎么他们都姓赵？”

我快被田丽气得暴走了：“打住！打住！我说打住！这没根没梢的胡乱猜测，你可别当真了！瞧被你说得，还真像有那么回事儿。”

田丽不依不饶，只是语气变得有点伤感：“怪不得你刚才问我，如果你迫不得已抛下我在这里，我会不会怪你呢，原来你早就有了预感，这，这叫我可怎么办？”

我怪叫一声：“还人鬼情未了呢！你都要把我气糊涂了！我说你这人什么都好，怎么满脑子封建糟粕？得！我应承你，我决不离开你，咱俩一定可以一起逃出这该死的鬼打墙，好不？别提这茬了，再说我可真要发火了！”

一时两人无话，黑暗中静静地握着手，体会这短暂的安宁。

几分钟后，田丽小声嘀咕道："老冯你发现没有？怎么这会儿好像比刚才冷了许多？咱俩大声说话，也不见这石壁上再下雨了，难道环境又有了什么大的变化？"

我正在思考另一个奇怪的问题："田丽我有种感觉，现在这地方和咱们第一次进鬼打墙的感觉很不一样。第一次进来时，好多地方都感觉脚底轻飘飘的，听彼此说话也有点空洞，不像现在，脚下很明显是实实在在的土地，还碰到这许多尸体和活人，会不会这鬼打墙咱们第二次进来时，已经被破开了？"

田丽拉住我的手说："我不知道，但是我知道我自己，的确是明明白白被拉回了鬼打墙里头，我还看到你和老徐被炸飞了出去，再醒来就已经是身处这个大洞了。对了，你和老徐出去后看到什么了？"

我困惑地说道："当时我和老徐出了鬼打墙后，周围是一片雪地，头顶像有个盖子扣着，隐约可以感觉到月亮和星星。我和老徐当时猜想，这定是雪山山顶的一个环形山，人工修建的，建好后又用别的材料把顶给扣了起来。"

"按道理讲，这鬼打墙最后的末端，突兀出现个上次没有的大坑挡住去路，会不会是阵式受了外力破坏，比如陨石、风雪什么的，刚巧今晚消失力量，所以除了我们才有这么多的观光客，一个个赶集一样进来？"

田丽有点动心了："那好啊！我们快快找出路吧！咱们钻进来，最大可能是继续往山腹挺进，如果前面没有路了，咱们就退着走，肯定可以出去的。"

后退？我倒是觉得后面的危险远远大过前面。

乱七八糟的山洞中，烂棺材堆积得到处都是，我和田丽打开头灯和手电，七拐八绕走得发晕，居然又回到了最先发现熊龙丹的地方，那个坐在棺材盖上的尸体依然保持着那姿态——垂着头，抄着手。

唯一奇怪的是尸体表面正在逐渐地结出一层淡绿色的晶体，呈现出条纹状的惨碧色，在灯光下时隐时现。我和田丽刚走近想去瞧个清楚，尸体就像被打碎的雕像一样，化成了一堆粉末，骇得我和田丽赶忙停下，只见粉末中蠕动着一条条的绿色小蛇，每条都只有一尺多长，浑身不停地往外渗透出绿色液体，把沾在身上的粉末立刻冲刷掉，然后四散蠕动着游走。

直觉告诉我，这些小蛇必定含有剧毒，蠕动的速度虽然不快，但是身后都拖着一条长长的绿色黏液痕迹，非常像我和老徐逃出鬼打墙后碰到的绿色肉虫。那潮水般的肉虫当时个头比这小了几百倍，已经吞噬了成百只黑弥勒，连骨头渣子都不剩，这小蛇分明就是那种东西长大后的形状，要是没毒才叫出邪事。

一堆小蛇游散后，我和田丽松了口气，难道这些小蛇是不会主动攻击人的益虫?

小心翼翼地拉着田丽朝碎魂碑的方向退去，我还在留意可别不看脚下，再一脚踩进死尸的腔子里，那感觉实在太恶心了!

怕处有鬼，痒处有虱，倒霉的我还是一脚又踩到了那个恶心的地方。

连田丽都忍不住笑了：“老冯你可真够笨的，居然叫同一块石头绊倒两次，怎么说你好呢？”

我恨恨地踢踢脚，在地上使劲擦鞋底子。

田丽却有点好奇地问道：“这个尸体好奇怪哦，你说是比我们早进来一点的那帮人，腐烂得也太快了吧！要是古代葬这儿的话，早应该成枯骨了，尤其是你看他穿的衣服，既不是现代的，也不是古代的，怎么好像是一种什么皮子？”

我看了看尸体，也是看不出为什么会这么蹊跷，只好安慰田丽："说不定这位就是在鬼打墙中找到出路的那人，把小女孩放在刻好的口诀上救了我们，自己一个人一直跑到这儿的，虽然看不出他怎么死的，但是瞧这脖颈的断裂模样，应该是被什么东西一刀砍死的。"

田丽摇摇头说道："难说，至少目前没有证据证明这就是那个高人。哎！对了，老冯你去翻翻口袋，看有什么东西？"

我苦着脸看着肿胀的死尸，又没有推脱的借口，总不能让一个女人去干这种脏活粗活吧？

只好俯下身子，一边嘴里嘀咕道："打扰打扰了，有道是搭肩不搭手，所以兄弟我就当你是这里的墓主，按最高规格的接待礼仪来招呼，千万莫怪，咱就从你肩膀开始吧，千千万万别介意啊。"

田丽站旁边叫我："哎，我说老冯你嘀咕啥子呢？快点啊，要是证明这个家伙就是从鬼打墙中逃出来的人，不就说明咱们肯定是在鬼打墙外边了？我都紧张死了，你搭着人家肩膀干吗？我看你应该先摸口袋呢！"

我没理田丽，专心地抬起一边快要粘在地上的肩膀，顺着胳膊，头灯的光就照到了皮衣的口袋，我试探着伸进去一只手掏摸，可真他娘够臭的，这股子臭味非常的浓厚，竟然是尸体内部被捂着的腐烂尸气一下冲了出来，慌得我赶忙低头躲避那股黑气。

田丽叫道："老冯快点快点，不好了，好多那个小蛇正往这边游过来！别摸了，咱们快逃！"

我强忍住喉咙要吐的感觉，再次伸手进去，做贼一样的只感觉指尖摸到什么东西就赶忙拽了出来，忙不迭往怀里一塞，跟着田丽就跑。

后面果真有几十条那种绿色小蛇正尾随着我们，我愈发慌神，蛇这种软体动物，我相信我比田丽都要害怕。

不知不觉，我们又跑到了石碑那儿，喘气喘得我一屁股坐倒。也难怪，一夜了，又累又饿又渴，该死的鬼打墙里又好像是个混乱的时空，但我知道我的胃和我的嘴是不会欺骗我的脑子的。

碎魂碑下，那具我和田丽都没管的尸体，此时业已成了粉末，看来那些绿色的小蛇很有可能是长期使用巫毒的会蛊之人死后，由身体里头释放出来的毒物，因为我刚才摸的那具尸体还好好的没有碎成粉末。

只见地上一个圆圆的黑洞，而碎魂碑的一角也微微上翘，难道这具尸体里头的小蛇都钻进了地下？

尾随跟来的小蛇停在一米远的地方，弓起了身子，竖着蛇头，蛇信子已经伸出来到处乱嗅，有个别的已经把身子像弹簧一样往后压去，看起来马上就要蜂拥而上，凌空扑向我和田丽。

当时在天津老宅下头，我从出手、割画、叠画，到缠上胶布，行动之迅速准确简直匪夷所思，真如同电光石火一样。一个人的潜能被逼得发挥出来时，竟然那么惊人。可能到了生死关头，不管是谁都可以激发出一些潜力，我想我就是这样。

咔嚓！我和田丽几乎同时挥动了手中的短刀，两条一尺长的小蛇被劈成两截，飞出老远在地上蠕动。这两条小蛇都是扑向田丽的，再看看没有跃起来的小蛇，也都是虎视眈眈地向着田丽，作势欲扑。

随着手腕的翻动，我鼻子里闻到一股淡淡的雄黄味，莫非我手腕上戴的熊龙丹可以克制毒蛇？

不管了，试一试吧！我赶忙和田丽站在一起，同时把手腕上的熊龙丹在田丽的胳膊和腿上都使劲蹭了蹭。

小蛇越聚越多，目力所及之处，尽是绿油油的一片惨碧。

田丽紧张地叫道：“老冯，快想想，咱们这样不是个办法！”

“啊——”我痛得一声惨叫，却是一条悍不畏死的小蛇趁机扑上了我的后背，一口咬在我的肩膀上，疼得我眼前一黑，几乎栽倒在地。

蛇头叮在我的肩膀上，只有身子在外边不停扭动，田丽用短刀把它割成两截，又费了好大劲把蛇头剜了出来，而我肩膀上已经是一片鲜红，麻木得没有了感觉。

第四十六章　谜云深处

不远处传来一阵声响，有什么东西一路冲来，不停地踢开棺材板，跌跌撞撞地直向我们的方向奔来！

我顿时万念俱灰，叹口气，紧紧握住田丽的手，万千感慨，无路可逃。

那个声音到了身边，我才认出来，竟然是被我搭着肩膀摸走了口袋里的东西的那个死尸！他此时摇摇晃晃地站在对面，人高马大，还顺着身上的皮衣往下流着一道道的尸体黏液。

田丽眼尖，悄声对我说："老冯你看，这家伙的额头上是不是贴着个东西？"

我强忍着疼痛，仔细一瞧。可不是，一片小小的黄符，正紧紧嵌在死尸的额头中央，而头颅已经断了一半，歪在肩膀上，眼睛里空洞洞的，什么表情都没有，痴痴呆呆地瞧着前方。

死尸踏入了毒蛇中，引起一片骚动，有几条毒蛇翻滚着露出了白花花的腹部，看得我直恶心，那死尸却不管这些，双手抓起了一条条毒蛇塞入口中，吧唧吧唧地大嚼。

一个尖细的声音传了过来，却是在我的身后："小子，你的命还挺大，居然到现在都没死！还是乖乖地躺下吧！"是那老头张三爷的声音。

我已经连舌尖都麻木了，神智虽然清醒，却根本说不出话来，只听得田丽带着哭腔地喊道："老爷子你快救救冯一西吧！你看他就快死了，整个人都黑了。”

田丽一只手穿过我的腋窝扶住了我，我才没有摔倒在地，低头看自己的手，已经全变黑了，皮肤肿胀得透明，我想这小蛇真的毒性猛烈，看来我脸上也应该是这般模样了。

张三爷苦笑着说：“我？我都是自身难保，不是靠着驭尸术，我根本就撑不到这儿来！”

又听张三爷的叫声：“熊龙丹！你手上戴的是不是熊龙丹？冯一西你快拿过来给我看看，传说这东西可以解百毒的，你怎么不把它吞下去！”

我心里暗骂：真他娘废话，你要是从棺材里摸出一个玉石，你他娘敢吞吗？天知道是不是死尸用来塞住什么地方的！

但田丽已经不管不顾地取下我手腕上的熊龙丹，幸好听从了我的话，没有递给老头看，而是直接硬塞进了我的口中。熊龙丹带着一股檀香味，软软的融化一般，我用最后的力气，用舌根抗拒着熊龙丹滚下喉咙，只是把它含在嘴里，就是这样，那股清凉的气味已经不容置疑地流遍全身，而我胀得发木的脑袋也终于有了一丝知觉，看来的确是解毒的灵药。

等我恢复气力时，熊龙丹在口中已经变成了一颗珍珠大小，我吐在手掌心，弯下腰忍不住一阵大吐。不是熊龙丹有臭味，而是我一想起这肯定是从棺材里摸出的陪葬品，保不准是死尸拿来做什么屁塞之类用途的东西，就挡不住地恶心。

我虚弱地骂道：“田丽同志！我的好同志，你怎么可以这样？让我吃这样的东西！还有你个死老头子，你可小心点，别落在我手里，瞧你那一脸坏笑，就知道没安好心！”

此时那被老头用驭尸术控制的死尸，已经吃掉了不少毒蛇，又远远追逐几条逃窜的毒蛇跑入了黑暗之中。碎魂碑周围，剩下我们三个人喘着粗气。

老头第一个撑不住了，一屁股坐在地上，我才看到老头的脖子上一直渗着血，看起来也是受了什么重伤。

而我大病初愈一样浑身没有力气，说话都费力，只好也瘫在了地上。

老头招呼田丽："看来就你还没什么事儿，我这里有些黄符，你快拿过去撒在咱们周围，咱们都要在这里休息下，不能再被什么东西打扰了。"

田丽接过黄符，都是那种画着曲里拐弯文字的血符，知道老头还是有一套真本事的，自然不敢怠慢，以碎魂碑为圆心，一张张把黄符扔在我们周围，走回来又拉住我的手，一脸关切之色。

老头冷笑道："你小子运气真正的好，居然弄到了熊龙丹，要知道轩辕黄帝的部落名称就是有熊氏，这熊龙丹更是传说中被黄帝部落祭拜过的神物，只听说有两颗，后来失落到南方大泽之地，实际上早都是失传的宝贝。"

老头从口袋中掏出一把药丸，红的黑的黄的什么颜色都有，看也不看就塞进口中，嘎嘣嘎嘣嚼着，嘟哝道："打了一辈子雁，临到头却被大雁啄了眼，我没来由地趟这混水，真想不到竟然把老命都搭上了！"说完闭上眼睛不再搭理我，看他肚子一起一伏，就知道是道家的什么吐纳功夫，应该是在拼命疗伤。

我瘫在地上，感觉好了不少，渐渐有了力气。我心里一动，从死尸口袋里摸出的东西还没有仔细地瞧瞧，不如趁着这会儿安全，拿出来看看。

我从怀里取出来一看，是一块叠成四方形的皮子，打开来上面有字有画，我递给田丽让她看，我自己的眼神还在花得突突跳，根本看不清楚上头是啥。

田丽接过去，看了看说道："老冯，这是地图啊！你瞧，这里有南宁到雪山的路线走法，还画的有雪山、山顶上的洞、栈道……还有鬼打墙！

这黑色的直线一定是鬼打墙！从半山腰直到后山的捷径！啊，旁边还注的有字：此路须小紫姐妹俩破解……这是啥意思？”

“让我再看看鬼打墙通向哪里？这后面画的是……像个大殿，还有……还有，哦！这些摆得整整齐齐的长方形肯定是棺材了，后面，后面还有……啊！没了，图画到这里没有了。”

田丽沮丧地坐下发呆，把那块皮子翻来覆去地研究：“哈，这背面还有这么多字！这人书法可真够烂的！写的什么啊……一九四〇年九月……还有一九四一年四月……怎么像是日记呢！”

我气力恢复了大半，闭着眼睛对田丽说道：“你拣有用的读一读，这里头肯定有不少秘密！”

田丽答应一声，就开始读给我听。

“一九四〇年十月……今天是被困在地下的第三十天了，周围一切还是老样子，没有变化，到处一片死寂，我开始发疯一样翻检所有的、有疑问的棺材，我不信，我不信这一切会是这样的结局！”

“一九四〇年十二月……两个月过去了，我知道自己撑不了多久，一切就快到头了！能吃的我都吃了，能喝的我也都喝了！这里连只老鼠都没有，一个活的东西都没，我不知道自己还能不能算个活人，我很辛苦，我真的想自杀！但是一想到她承受的苦楚，在孤单中一个人足足寻觅了两千年，我就告诉自己我要活下去！”

“一九四一年二月……天啊！我费尽心血找到的熊龙丹，竟然无法救我的命，更别说让我找到出去的路了！老国王的地宫被我捣了个稀巴烂，哼，什么黑焰楼、履真阁，在我眼里还不是一堆废柴！你个老暴君，居然敢杀死她！看我先把你锉骨扬灰！但是我受伤了，老国王还是有两下子的。”

“这里还有最后一篇，写得挺长……一九四一年四月……整整八个月了，我知道我活不过今天。他或者她，依然没有出现的征兆，这地下牢笼，难道我要悄无声息的一个人死在这儿？我不甘心，我真的不甘心！今天，我要把一切都写下来，让后人知道这世界上，也曾经有我林鹞子这一号人！”

“我叫林道锦，是江湖上有名的侠盗，朋友送我一个外号叫林鹞子，过了这个冬天，我就二十六岁了，这么可悲的无声无息死在这里，是我最不愿意得到的下场，但我仍然没有后悔！为了一个女人，为了一个传奇故事，我认为值得。这个女人的名字，就叫赵珊！”

田丽读到这里，吃惊的抬起头看着我：“赵珊！是不是碎魂碑上那个人！

当我听到这人已经毁掉了融王的地宫和尸首，还把什么黑焰楼、履真阁统统拆掉的时候，心里非常失落，好像这一番吃苦受累，到头却发现是一场空的那种失落。

我掩饰不住内心极度的震惊，甚至隐隐然有点盼望这个赵珊就是碎魂碑上提到过的那个人，不由催促田丽快点读下去。

接下来，我听到田丽的嗓音有点哽咽，好像在暗自抽泣。

而那一直打坐疗伤的张三爷不知何时已经睁开了眼睛，若有所思地和我一起凝神听着。

身后那浓黑色的碎魂碑无声无息地散发出一道道气息，在我没有觉察的情况下，直冲入我的脑海，让我的心头有种说不出的哀伤和怨恨，似乎触动到内心深处那一块软软的地方，针扎一样疼痛，点点滴滴的生死记忆拼命翻腾，想要冲出来，但又虚无缥缈，让我抓不住点实在的。

第四十七章　执著

“年初的时候，我做了一票买卖，一切完事后，我碰到了赵珊。当时她正被一小队日军包围在一个小山头上，而我从破庙地下钻上来时，她沉静地端坐在破庙唯一的蒲团上，一点惊慌都没有，衣服破破的，却收拾得很干净，对于突然出现的我，连点惊慌都没有。一扬手，一块石子就把我打倒在地上，我躺在地上，看到她双手各拿着一把薄刀，叹口气，站起来就向门外走了出去。我的腿被打伤了，只好挣扎着爬到门口，就看见包围破庙的一小队日军都已经被杀了个干净，差不多一百多人没个全尸。我那时候还不知道她叫赵珊，看她本领如此高强，不由自主地挣扎着趴地上就磕头，求她收下我做徒弟。”

“我还记得她很伤感地看着我，也没有说话，随手丢下一颗药丸吩咐我自己治伤，跟着就飘然而去。我不甘心，一路问着，一路尾追着。奇怪的是，她每到个地方，都必定要四处询问，有被她问过的人告诉我，她拿的是一张画像，上面有一个金盔男子叩刀按剑。虽然她是很期待的眼神，希望可以得到一个肯定的答复，但在这兵荒马乱的年代，迎接她的全都是失望。就这样，我跟着她锲而不舍地转了大半个中国，好在她武艺高强，一直没有受到伤害。最后，我跟着她回到了北京，看得出，她很失望，北京也是她的最后目的地。”

田丽已经泪流满面，我也是极不平静。一个女人，兵荒马乱的岁月竟然如此执著，一次次碰壁都没有让她回头，仅凭一幅画像就跑遍大江南北，估计她寻找的就是和她一起被融王所杀的大将军郑可。还是田丽猜得对，郑可和赵珊的死，应该是两人之间有了私情所致。而我对写下这些文字的林鹞子，也若明若暗地猜到了他为什么会毫不后悔付出生命的代价。的确，赵珊的真情和苦楚，一定感动了这个汉子。

田丽稍稍平抑下伤感，接着往下读道："我不知道她要找的是什么人？也不知道是她的亲戚还是丈夫？但她的执著和坚强、四处奔波大半年风尘仆仆却毫不气馁，还有她眉宇间那种淡淡的绝望、深深的眷恋，已经刻在了我心里，让我只希望为她做点什么！在北京，我日夜守候在她的门口，不为别的，只求她亲手把那个画像给我，亲口告诉我她要找的是什么人，哪怕赴汤蹈火，我也绝不后悔。"

"最后，她见了我，给了我张画像，又画了幅地图给我，淡淡地告诉我，她叫赵珊，要找一个叫做郑可的男人，自己的命是被郑可救下的，却连累他被人害死，自己心目中，早已把郑可当成了自己的男人……很多很多年，就这样过去了，却一直没有找到他……我知道了熊龙丹在这世界上一共有两颗，赵珊是依靠其中一颗保住了自己没有魂飞魄散，苦苦寻觅这个男人，也知道了这个男人迟早会回到地图上所标明的融王墓……于是我在最后实在找不到这个男人的情况下，按照地图上的路线来到了这里，希望可以帮助赵珊取得什么珍贵的情报……危险的鬼门关，我失去了并肩战斗的拍档……诡异的鬼打墙，吞噬了跟我出生入死的小紫姐妹俩，虽然以生命尝试出鬼打墙的走法，我却带不出小紫姐妹俩的尸体！我在小紫的身下刻上脱困的走法，只希望后来的人可以帮我让小紫安眠！"

"终于来到这老融王的黑焰楼，我多么盼望可以找到郑可，亲手把这幅肖像交给他，告诉他有个女孩为了找到他，已经苦苦守候了很多年……

在融王的履真阁中，我看到了碎魂碑，我才终于明白了一切，这一个寻觅竟然是跨越了两千年之久！可惜，我出不去了，终究还是要死在这里，属于融王的那颗熊龙丹我也吞下喉咙中，可以保持我的尸体没那么快腐烂，并且……郑可啊郑可，你真是好福气……我羡慕你，但我却并不后悔！”

日记读到这里嘎然而止，没有了下文，而田丽已经压抑不住的泪流满面。

我不知道自己和郑可究竟有没有关系，但这个五十年前的日记，同样让我感动得不能自已。

这林鹞子死后五十多年，我和田丽、老徐又踏入了鬼打墙，一时心软决定带走那苦命的小女孩出去好生安葬，这才发现林鹞子当年拿生命换来的脱困走法，依靠的也正是冥冥中的天意。

扛天灯的人因为赵珊的指点闯了进来，但他们兵强马壮，直杀到融王的黑焰楼、履真阁，才发现林鹞子的尸体有异样，于是砍下他的头颅，从喉咙中摸走了熊龙丹，却不知道林鹞子为了预防这样的残忍歹徒，也设下了害人的机关，赵诚两个人为了这融王的熊龙丹相继毙命，危机陷阱已经被分别承受，最后我渔翁得利，熊龙丹顺利地落在我的手上。

这也就是我两次踩进林鹞子无头腔子的缘故，冥冥中想必他感觉到我是个好人吧，所以两次来绊住我的脚。

良久，张三爷轻轻叹口气，意兴阑珊：“原来是这样，我明白了。冯一西，你还要不要再听个故事？”

我不由自主点点头，心里隐隐觉得张三爷的故事必定和我有着莫大的关系。

张三爷的声音低沉了下来：“冯一西，你知道黑焰灯、还魂鼎、履真阁这些乱七八糟的东西到底怎么回事儿吗？说起来就话长了，但我想不到林鹞子这家伙居然把融王老巢都已经给拆了。咱们现在待的地方就是履真阁中黑棺阵的现场，这一切得先从融王这个老家伙说起。”

“我最先知道有融王这个大墓的存在，是从我师父那得到的情报。熊龙丹和凤凰眼这两大异宝，一阴一阳、相辅相成，在使用上有个不为人知的秘密。据说墓主的尸体必须一分为二，才能最大限度利用这两大天材异宝，凤凰眼秉承天地阳气，依靠绝世水龙晕才能和墓主的阳世融合在一起；熊龙丹属阴性，需要借助望帝城这样的壮观地势，依靠阴阳交界处鬼打墙的可怕，为墓主的尸解升天在阴曹地府做好准备。一旦二者舍弃其中之一，都会阴阳失调，彻底颠覆两仪风水的平衡，造成灾难性的后果。”

“关于融王当年的事情就带有不少神话色彩，咱们只能根据目前的证据来推断当年。我想那融王依靠武力得到熊龙丹，并不知道大将军郑可抢回来的是两颗，更没有想到将军苦苦恋上敌国女将赵珊，甚至甘冒被杀的危险，私自赠予一颗熊龙丹给她。融王察觉时，赵珊已经吞下一颗，融王并不知道自己夺回的并不是世上唯一的熊龙丹。杀了郑可和赵珊后，融王的祭师可能发觉了什么，但不敢告诉残暴的国王，害怕泄密牵连到自己，只好使用巫术碎魂碑，把郑可和赵珊的魂魄拘押或者镇压在此地。现在看来，想必这熊龙丹最大的作用就是逃避阴曹地府的纠缠，所以吞了熊龙丹的赵珊，可以轻而易举地重回红尘人间，而郑可却灰飞烟灭，被抹去了所有的记忆。”

张三爷看看我，目光闪烁，终于又开口说道：“我为了弄走融王的熊龙丹和凤凰眼，足足准备了大半辈子时间。冯一西，我承认对你一开始就没安好心，算你警觉得快，在那个还魂鼎前趁机突然逃跑，打乱了我的计划。不过现在我已经明白了一切，不是自己的绝不可强求，万事都要讲个缘分。我和融王都是一样的人，辛辛苦苦的白费心机，为别人做嫁衣。”

听了这么多秘密，这会儿心情最不好的应该是田丽，接二连三的内幕被揭开，估计她已经对我的身份极度怀疑。这不怪她，甚至我自己都有点怀疑，难道真的有幽冥轮回？

所有这一切真的是三生注定？

郑可和赵珊的感情纠葛，两千年后要做个了断？

我还想赵珊会不会怨恨郑可领兵屠杀自己的族人、帮助残暴融王灭掉自己的国家？

如果这样，那什么都还会出现变数。

老头受的伤也是不轻，也不知道他招惹了什么厉害的怪物，看他脖子上简单包扎过的伤口仍在渗血，那两只山鼠命丧他手想必是一定的，结合他的悲观语气，我想他很可能也会撑不过今晚而命丧此地。

第四十八章　真情流露

老头脸上泛起一层潮红，轻咳几声接着说道：“唉，后悔不听师傅教诲，终于要受这血光之灾！冯一西你知道吗？大概五十多年前，见过赵珊的人有很多，我也是其中之一。她真的很美，不是那种俗世的美，而是支撑她寻找自己爱人的坚强精神完完全全呈现在气质上，十分出众，糅合了苍白、柔弱、高贵、绝望于一身的武艺超群的女子，美得令人震撼！当年林道锦和赵珊在江湖上的风头很盛，为人都是侠肝义胆，为国杀掉了不少汉奸和日军，在民间和江湖上的口碑极好。后来两人齐齐失踪，无人知道下落，世间很多人都以为两人结下什么姻缘，只有我坚信那永不可能。我见过的赵珊，那种坚贞毅力不能用海枯石烂来衡量，简直是生生世世的一个死结。”

“我刺探出赵珊要找的人叫做郑可后，多方打听搜索历史记载，终于知道了这郑可是古代广西边陲小国融王麾下的猛将，跟着又洞晓了熊龙丹和凤凰眼的秘密，几乎立刻就想来广西挖出这两样宝贝。但师傅夜观天象，精研命局后告诫我，找不到郑可这个人，决不能轻易动融王的老巢。所以我又辗转去寻找黑焰灯，让师傅在上边布下符咒，可以影响到郑可的转世魂魄，让他做梦梦到我。在梦里，我把郑可和赵珊的一切都演绎成连环画，可你却一直不能明白，不能恢复郑可的记忆，或许这就是天意吧！我按兵不动直到十年前，有人意外地从融王水龙潭中盗走凤凰眼，我才惊觉必须要采取行动了，否则熊龙丹失去克制，老融王必定狂性大发。哪里知道熊龙丹在五十年前就给林鹞子破掉了。”

张三爷意味深长地看了我一眼，虽然没有明说要采取什么手法来害我，单只他亲口证明我就是融王麾下猛将——郑可的说法，已经极大地震惊了我。

田丽终于泪流满面，无声地抽泣着，原来我那时鬼使神差地问她，如果我不得已留下她一个人会不会怪我时，都是真实的预感。

我非常头晕，脑海里涌现出许多场景，那是金戈铁马、驰骋沙场、跃马挥刀时的杀气；那是生死离别、充满绝望、无奈赴死的怨恨。这些记忆挥之不去，深深根植在我的脑海深处，让我无所适从。但这一切太过于玄虚，不得不让我怀疑，其中有没有阴谋的成分！

老头接着说道：“那还魂鼎里实际是准备让郑可还魂的，我一发现这是融王当年准备好的法器之一，就立刻想到需要把你推入鼎中。郑可的魂魄加上你的精血，定然可以塑造出一个没有意识的大将军郑可，而我就可以得到完全失去禁制和诅咒的熊龙丹，至于那凤凰眼，已经和融王合为一体，反而对我的修炼作用不是很大。想不到当我偷偷的在还魂鼎中丢下符咒后，被你的直觉所发现，坏了好事儿逃之夭夭，留下我独自面对两只狂性大发的山鼠。我杀了它们后，筋疲力尽不说，还中了巫毒，熊龙丹也被你用了，倒是我要自作自受，真他娘的不值！”

老头喘气喘得更加粗重，已经丝毫不再掩饰最先对我采取的阴谋。这人不安好心，却搬起石头砸了自己的脚。此刻，我却没了怀恨之心，只是充满怜悯地瞧着他。

老头自嘲地笑道：“枉我虚活百年，仍然勘不透这生死轮回、红尘蝼蚁，只想凭借上古宝贝使自己永生不死，却不知我修炼的道之一门，讲究的就是遵循自然法则的天之大道。想当年我师傅那样的本事，已经学究天人、笔参造化，都仅仅延年益寿罢了，而不愿去逆天行事，到了尘归尘、土归土的一日，欣然赴死，那是何等的胸襟！唉，可惜我明白这个道理，明白得实在太晚了。冯一西，你还会不会恨我？”

我点点头说道：“张三爷，圣人说过：朝闻道，夕死可矣。这个道，想必包含你现在理解的道理。你虽然大半辈子妄想成仙，终究没有做成什么伤天害理的坏事，到死幡然顿悟也是一件幸事。至于我个人，你都快死的人，有什么恩怨自是可以撂开手了。如果这世界真有生死轮回，我冯一西相信老天爷不会惩罚你的，你就放心吧！”

老头若有所思地也点点头说道：“那既然如此，我也就可以安心地去了，看来我和师傅当年的眼光都没错，你真是两千年前郑可将军的转世之身。但你要留意的是，老融王的黑焰楼和履真阁已经被毁，碎魂碑上的黑棺阵也被林鹞子破掉，那林鹞子不是郑可，所以他吞下熊龙丹依然不免一死。你就不同，如果你吞下手中的熊龙丹，望帝城的风水必然被破开。但这样一来，碎魂碑、鬼打墙都将不复存在，而郑可的记忆也会累加到你的脑海，究竟是利是弊，老头子已经参详不透，希望你好自为之吧。哈哈，我终于可以放下这个心结去见我的祖师爷了。冯一西、田丽，咱们来世有缘再见吧！”

老头的声音越来越低，终于渺不可闻，安详地端坐在地上，奄然物化。

我和田丽心中都是感慨万千，风风雨雨这一路，我目睹了好几次发生在身边的死亡，从天津地下的盗贼头目森哥开始，北京车站对我下蛊的不知名苗人；雪山鬼门关中惨死的扛天灯团伙；鬼打墙里那个苦命的小女孩想来是姐妹两人，跟着林鹞子一起却最终没能逃出；还有墓室里两个死后变蛇的花苗；再到林鹞子、张三爷都是不得善终。剩下韩叶娜和景顺汉子徐群，却也落得个生死下落不明。我和田丽更是几次站在死亡的悬崖边上，差点再也不见天日。雪山下虫谷里的秦建军想来也是踏入了生死莫测之地，一个人苦苦挣扎。万料不到，我竟然会是其中的主角，整个事件中不可或缺的人物。

但我才不会相信这些转世轮回的鬼话，既然林鹞子已经把融王的老巢捣了个稀巴烂，我和田丽自是没有耽搁下去的必要，尽快觅得出路，早早下山才是正理。

田丽痴痴地望着我："八个月……"

我一灵醒："什么八个月？"旋即明白，田丽说的是五十年前，林鹞子一个人在这黑暗墓室里，苦苦求活了八个月的事情，最后依然不甘心地横死，却也最终未能寻得出路。

八个月……那段日子想必是非常痛苦的等死，难道我和田丽也要重蹈林鹞子的覆辙?

我手心里的熊龙丹，被我攥得发热。照老头所讲，我如果吞下熊龙丹，就会破去碎魂碑的诅咒，更是连整个望帝城的风水都会被破解开，逃出生天也不是不可能。但这样做的话……我偷偷看一眼田丽，她依然是泪痕未干、非常的伤心。

这丫头，哪里还有点女警官的风采，相逢天津时的英姿飒爽变得踪影皆无，整个一幽怨的小女子形象。我心里一动，那天晚上在天津的西餐馆，我和田丽谈笑风生之时，怎么没有看出来，其实田丽对我早已经情根深种，连我上大学时给她送花的细节都历历在目，鬼打墙里为了救我性命，甘愿自己赴死。这样一个情深爱重的女子，我冯一西可坚决不能负了她!

我拉起田丽的手，缓缓说道："田大警官，张三爷的话想必你也听到了。不过你放心，这熊龙丹我是决计不会吞下的，一旦我有了郑可将军的记忆，我怕就会辜负了你。咱们还是冷静下来，仔细想想这里还有什么破绽，可以让我们平安出去。再说了，生死轮回的事情太玄虚，那是靠不住的。”

田丽抬起头，清亮的眼睛盯着我：“冯一西你这样说，我实在高兴得紧，我真怕你把我一个人丢在这里。如果要丢下我，那我还不如当时就死在鬼打墙里，不要知道这么多事情的好，那时我可是一心祝愿你能逃脱性命，死了也是甘心的。”

田丽终于又哭了起来：“但是现在，你就别说笑了，当年林鹞子前辈可是找了八个月，甚至把融王的一切都砸烂，也没能找到出去的方法。咱们没有他那么好的本事，唯一的指望就是你吞下熊龙丹，可以破解诅咒逃出生天。就算是你变成郑可得到他的记忆，完全地忘记了我，我……我……我也不会后悔的，我真的不想你就这么死在这里，那赵珊姑娘……赵珊姑娘已经苦苦找了你两千年，我实在不如她那么执著……可是我怎么一想起赵珊，就直想哭呢？”

我感动得不知道说什么好，紧紧拉住田丽的手，熊龙丹在我俩的手掌心被攥得汗津津的，分不清是汗水还是泪水。

听张三爷讲，林鹞子当年在江湖上挺有名气，要知道五十年前的雪山之巅，可不像今天晚上这样，有老天爷相助，拿陨石击穿环形山壁。以他的身手，接连闯过鬼门关和鬼打墙，最后直捣融王老巢，这份本事，自是比我和田丽不知道高出了多少。

若是林鹞子困守八个月最终身死的话，我和田丽应该断无生理，但世间事偏偏都有奇迹，我有了熊龙丹作为最后的翻身底线，在墓室里寻找逃生线索自是多了许多沉稳和冷静。

我最先想到的就是碎魂碑这个唯一还没有被林鹞子破坏的上古遗物。

田丽经过一段真情告白后，心情也平静了不少，默默地注意着我的举动。

我瞧瞧张三爷逐渐变凉的尸体，暗暗打着主意，不如去摸摸这老家伙的身上还有没有什么有用的东西。

第四十九章　煮碑

说做就做，我自然也是遵循他所讲搭肩不搭手的摸法，率先从肩膀处开始摸起。我倒，老家伙身上的东西可真是很寒酸，净是些符咒法器之类的东西，我是既看不懂也不会用，只有些火折子和炸药，我看还有点用处。

草草把张三爷怀里的东西一裹，塞进怀里，我就开始绕着碎魂碑打主意。这玩意儿下头雕刻着熊、罴、狮、虎四种动物，通体都是黑色的某种硬玉。字是阴文灌了朱砂，发着暗红的色泽，也就一米多高。基座好像被人撬过，但没有撬动，应该在土里边还有一些东西连着石碑。

左右看看没什么趁手的工具，我想起了黑沉木，短短的挺合用，正当撬杠来用。

一点点沿着基座使劲撬这石碑，田丽和我都感觉到石碑正在渐渐倾斜，更加感觉到石碑下头就像冰山一角一样，还潜伏着庞大体积和庞大重量的未知物。

撬了半天，石碑看着倾斜，离倒塌还有太多的距离，田丽又老话重提：“老冯啊，我看你还是吞下那熊龙丹算了。我想林鹞子当年必定也撬过这石碑，他都没有成功，说明这石碑定有古怪，咱们这样蛮干我看恐怕不行。”

我正在生闷气，于是没好气地沉下脸训斥她：“你这叫什么话！他林鹞子不行，不见得我冯一西就不行，你别净添乱了，乖乖地待一边去！”

田丽默默地走开了点，仍然盯着我的举动。

我又绕着石碑走了两圈，心中有了主意。我用短刀在石碑的一角挖了个洞，掏出张三爷剩下的炸药，一股脑塞了进去，撕下一截布条，招呼田丽再让开些，晃晃火折子就准备来个定向爆破。

轰隆一声，烟雾弥漫。老头的炸药硬是了得，居然把石碑从基座处整齐地炸断两截，而石碑下面则塌下去一个大坑，里头尽是些尸骨和骷髅，乱七八糟地搅在一起。我想就是神仙下凡，这会也分不清哪些是郑可和赵珊的遗骸了。

田丽的眼神一向好使，我还呛得有些发晕时，她已经叫了出来："快看！骨头下边有东西！"

我定睛一看，骨头下边确实有东西，蒸发出一片白雾，寒气森森的，用手电照照，应该是好大一个冰块，里头冷冻了不少圆球样的珠子，黑白分明。

我看清楚里头是什么东西后，忍不住叫了一声晦气，他娘的尽是些人眼珠子，给挖了出来聚在一起，用冰给冻上，嵌在骷髅的最下层。

我心里一动，想起融王在虫谷的墓，有个祭师把自己葬在大树中，被秦建军破掉后，浮现出一只石头椒图，身上驮着镇陵谱，还有祭师被挖出了舌头吊在明堂的屋顶上，无外乎都是些巫术，和这碎魂碑应该同出一辙，原理是相通的。但我记得秦建军好像说过这些巫术在经历过漫长的岁月后，威力已经大不如前，树棺中的祭师依靠剥了皮的大蛇吸收血液维持对虫谷外围风水的改造，明堂上的祭师甚至没有什么攻击力，如果不是胖子舔了一下祭师的舌头，根本就没有事情发生。

碎魂碑既然也是融王的巫师所立，使用的诅咒方法应该都差不多，只要我和田丽足够小心，不去触动其中的机关，想来也不会有什么大的危险。

黑色的碎魂碑到底是什么材料制成？我很好奇，掏出短刀，轻轻地在石碑上刮擦。这材料有点像是一种黑玉，质地坚硬无比，但又绝不是玉石雕成，因为它有很强的柔韧性，有些地方用手按下去还是软的。

碎魂碑炸断后一会儿工夫，满地的烂棺材都开始微微颤动，还有些翻滚着在地上乱动。我和田丽非常吃惊，紧张地盯着周围。

墓室地面的中央，突然左右裂开了一条大缝，咔嚓嚓的断裂声，不规则地在耳边接连响起。无数棺材、骨瓮，顺着倾斜的地面翻滚着，坠入缝隙里，缝隙下面迸射出碧绿幽蓝的冷色光芒，显得一切都那么诡异。

我的心里直往下沉，怎么感觉就像是传说中的阴曹地府一样。我可不敢跑去缝隙旁边向下看，生怕看到的是无数冤魂厉鬼，还有被林鹞子锉骨扬灰的老融王，那可极为不妙。

田丽拉住我，颤抖的声音对我说："老冯，是不是碎魂碑里聚集的魂魄都被放出来了！咱们怎么办？"

我怒道："怎么可能！要是那样的话，咱俩不早都被撕碎了，这都是些封建迷信，你就别往那些地方去联想了！"

地面的倾斜幅度越来越大，头顶上也开始不断地掉下些石头和祭祀用的器物。我试着拖了一下碎魂碑，竟然不是很重，刚才从张三爷身上撕下的布条还没用完，我就把碎魂碑牢牢的用布条一裹，拽在手上，不想让它也掉进缝隙里面去。

裂缝的宽度逐渐加大，竟然是要把墓室里所有的东西都吸进去才甘心。我叫声不好，一手拽着田丽，一手扯起石碑就往高处跑。

跑到高处，我忍不住望向裂缝里边，我很好奇里头到底是什么东西。一看之下，目瞪口呆，裂缝里散发着碧绿幽蓝光芒的竟然是一条大河，汹涌地向着一个方向奔流，上头掉下来的无数棺材石头等杂物，几乎立刻就沉入河底，没有一个东西漂浮在水面。

我想这绝对不会是什么好东西，慌忙四处寻找有没有出路，而头上的穹顶却不时地砸落东西下来，让我忙于躲避，很是狼狈。

田丽跟着我也是一筹莫展，眼见脚下的地面逐渐在升起，斜度越来越大，我们几乎很快就要滚落下去。头顶轰隆一声大震，一条石梁落了下来，几个翻滚后，刚好一头卡在这个倾斜的地面上，另一头不知道通向哪里。但瞧角度很是笔直，我想石梁应该暂时不会再坠入深渊，而是两头都担在了正在翘起来的地面上。

此刻顾不了那么多，我和田丽费劲地拽着石碑爬上了一人多宽的石梁。

没有爬出去多远，身后的穹顶就轰隆一声整个砸了下来，尘土飞扬，那死去的张三爷还有林鹞子等人都永远地离开了这个世界。

穹顶落下来后，一阵清凉的气息涌了进来，竟然有漫天的星光洒下来，我和田丽惊喜莫名，难道穹顶上头就是雪山之巅？

但很快我和田丽就失望了，这个穹顶是用石梁等乱七八糟的材料凌空搭在一个深渊里，上下都是悬空，只用粗大的石梁插进悬崖固定，上面虽然有星光闪烁，但周围峭壁可不是只有几十米高，而是有几百几千丈。下头的墓室还在轰隆隆直往深渊里滚落，我和田丽手脚并用地顺着石梁拼命往前爬。借着星光，隐约看得到石梁的另一头是插在峭壁上的一个黑洞里。那里，很可能就是我和田丽逃出去的关键所在。

功夫不负有心人，我和田丽虽然都是受过伤的人，此时逃命要紧，都发挥出了极高的攀爬技巧，我竟然还拖着那石碑一直没有松手，最后安全地和田丽一起站在了峭壁上。直到踩上这个人工凿出的石洞，我和田丽才长出了一口气，知道从死亡边缘又拣回了一条性命。

紧紧抱住田丽，温热柔软的身躯竟然丝毫没有让我想入非非，想起某人说过：当生命受到严重威胁时，人类的本能就是保命而不是繁殖了。

我心有余悸地望向那曾经救了我们、刚刚走过的石梁已经变得更加倾斜，一头正逐渐下滑。看来这个搭在两边峭壁中间的大型石头建筑，很快就将彻底消失，彻底沉入深渊底下的汹涌河流里。这河流，鬼气森森，我是后怕得很。

想要顺着峭壁爬上去，我很快打消了这个念头，就是长上翅膀恐怕都有危险，更何况我只是一个凡人，连特种兵的本事都没有。

松开怀抱里的田丽，我轻轻安慰她："好了……好了……别哭了，咱们这不还是安全嘛！没事儿，很快咱就会出去的了，至少咱们比林鹞子强得多，咱有炸药，把融王的老巢都给炸塌了！"

田丽慢慢平静了下来，看到我还拽着那石碑不丢手，又好气又好笑地骂我："冯一西，你不是这么财迷吧？要这玩意儿有啥用？"

我笑笑没有搭腔，我的直觉告诉我，这石碑没有那么简单，定然还有秘密在里面没有被发掘出来，不管好歹，反正又不是很重，我是要再拖着它一会儿了。

前方，我看了看觉得很熟悉，可不是嘛！原来这里是我们曾经走过的路，那口大锅还在那摆着，里头的人肉粥凝固成一个皮冻样的东西，中间还夹杂着几张张三爷丢进去的黄符。

我绕着大锅走了两圈，脑海里突然有了个主意，不如我们来煮碑！

还魂鼎是用来复苏死去的亡魂，这碎魂碑里，按道理应该拘押的有郑可和赵珊的魂魄。鼎里头还有老头丢下的符咒，如果拿来复活郑可的话，我想绝对会有些反应，现在身处险地，我只希望把动静搞得越大越好！

第五十章　吞丹

碎魂碑丢进了锅里，无声无息地沉进了锅底，我用火折子点燃了下头的黑沉木，看看会有什么奇迹发生。

火苗逐渐变大，那股奇异的香味弥漫出来，幽蓝的火苗灼烧着还魂鼎的底部，我拉起田丽静静躲远了一些。

咯荡荡的水开声响了好久，还魂鼎依然没有什么变化，肉粥还是肉粥，碎魂碑像是被融化了一样，再也没有冒个泡儿给我看。

我却多了个心眼，地上还散落有不少枪支弹药，我对这些武器的使用当然没有田丽在行，只好示意她挑选一下，看有什么合用的没有。田丽一番紧张的拣选后，一手拿了一支微型冲锋枪，满满的弹匣也有五六个，看我苦笑的脸色，就知道我不会用，只好塞给我一支压上子弹的冲锋枪防身。扣扳机我想我还是会的，但是一直不敢把枪口抬起来，生怕走火伤了自己人。

我们所在的位置是鬼打墙的出口处，不知什么原因塌陷出来的大洞，直接通向融王的老巢。我想我们从老巢出来，如果通过这一截黑暗中的路，就会走向鬼打墙的出口处。能否顺利地按照口诀穿过鬼打墙，我一点把握都没有，不然也不会在这里煮这块石碑，目的自然还是希望胡乱出牌，把水搅浑，引起一些全新的变数，好来个浑水摸鱼。

等了好久，那还魂鼎内依然没有丝毫动静，我和田丽都有点沉不住气了。

小心翼翼地走过去，向鼎内张望，暗红色的血肉粥已经变成铁黑色，更加黏稠，也更加腥臭。

黑雾缭绕，白光闪烁，终于有了动静，我正要闪开，就见鼎内伸出一只大手，长满黑毛，干骨嶙峋，直抓向我的脑袋。我吓了一跳，这东西可不是有毒那么简单的。

蹬蹬蹬连退几步，我才定下神来。

还魂鼎上方，缭绕的白光黑雾渐渐浓厚，其中又闪现出一幅全新的场景，让我一眼看去如雷击般的目瞪口呆。

那是一座高大的建筑物，极像埃及的金字塔。一道长长的阶梯从塔底通向最高处，站在顶上向下望去，白云袅袅，这塔连同山石泥土，竟是漂浮在半空。正是大雪纷飞的时节，塔顶排列着一队队的羽林士兵，叩刀按剑，神色肃穆，还有一队刀斧手押解着大约百十人的俘虏，正从塔底向上攀登。

塔顶中央的镶金椅子上端坐一人，身穿国王装束，是个黑色的矮胖子，双眼眯缝着不知道在想什么。身边站立数人，看装束很像中原的道士，麻衣高冠，双手笼在宽宽的袍袖中。其中还有一个红衣女巫特别显眼，细长的脸庞上双眼泛白，竟是个瞽目的瞎子。

国王对面放着一口青铜大鼎，我留神一看，和面前的还魂鼎极其相似，不由心中暗喜，看来这像是一段历史的重放，其中必然牵涉碎魂碑的主角，那被融王处决的郑可和赵珊。

再看田丽，也是目不转睛地盯着这一幕骇人的场景。

一个英武的将军大约二十五六岁，头发散乱着，身上还有一层皮质内甲，双手反绑，双脚已经被斩去，蒙面绑在一根青铜柱上。旁边的另外一根青铜柱上绑着一个黑发女子，红衣红裤，腰上系着一圈宽宽的金色腰带，脚蹬战靴，应该还没有受到酷刑的折磨。这女子正费力地转动脖颈扭向那个男的，极力想要看清楚男人的模样，眼光中尽是绝望的苦楚。

那麻衣高冠的祭师突然沉声喝道："郑将军！你的族人连同敌将的族人正被押解上来，此时你还不交出望帝城的密室，难道真想万劫不复、永世不得超生，所有族人都被杀掉才甘心吗？我劝你一人伏法，大王说了，可保你家人无事！"

郑可的声音非常镇静："凤凰眼和熊龙丹我都已经交给了大王，望帝城的密室无论我给不给，你都不会放过我的家人，生死由命，我已经看透了，就是做鬼我也不会放过你们的。"

那队刀斧手押解的俘虏终于登上了塔顶，只见黑胖子端坐不动，只是简单地摆摆手，旁边的祭师立刻高叫道："行——刑——"

两个刀斧手在塔顶把一个男的俘虏面向苍天、仰面按在地上，一人拿来两只青铜制成的圆筒，水杯样大小，按在俘虏的眼睛上不动。又过来一人拿出把小锤子蹲下身，在圆筒顶上使劲一敲，圆筒下部立刻砸进俘虏的眼眶，一声惨叫，两只溜圆的眼球从圆筒顶端蹦了出来。看到这里，田丽一声惊叫，我也浑身发麻，直骂这老融王居然这么残酷，以虐杀为乐。但为了看清楚这件事情的前因后果，我强忍着脊背发凉，继续往下看去，田丽已经背转脸，紧紧攥住我的手，不敢再看。

从圆筒顶端弹跳出来的眼球被投入塔顶的大鼎中，事情还不算完。行过刑的两人没有走开，其中一人拿出一把钳子样的东西，伸进俘虏嘴中，另一人则举起了锋利的小刀，全神贯注地注意着。那钳子从俘虏口中扯出一条长长的舌头，被拉得变形，很长很红，已经夹得到处是血，举刀的人略微停顿，一刀挥下，一截长长的舌头也飞进了大鼎中，配合得极为熟练，应该是经常做这样惨绝人寰的刑罚所致。祭师微微皱眉，黑胖子却神色不动，非常坦然。

俘虏的眼球和舌头都被除去，即将断气。刀斧手这才把他从地上拉起来，面向阶梯跪下，一斧砍下了头颅，然后用劲一脚，把头颅踢下了阶梯，骨骨碌碌地一路滚了下去，失去头颅的尸体立刻被投入了大鼎中烧煮。

真他娘的惨！我看得浑身汗毛都竖了起来。

这样的刑罚每个都不同，有的被摘去内脏；有的被除掉五官；花样翻新，更有一个被头朝下地举起来，双腿叉开，被大锯从中一直锯到胸腔才断气。那被绑在铜柱上的男将军就是被擒获的猛将郑可，仰望苍天，喃喃低语，没了丝毫锐气，旁边的女子眼神空洞洞的，泪却早已流干。

大约半个小时，这郑可和赵珊的族人已经全部被虐杀殆尽，看来融王就要对郑可和赵珊下手了。

那祭师还不甘心，又对郑可叫道："你以为你有机会做鬼吗？这铜鼎内我们六大祭师已经共同施法，要把你这叛将和敌将一起炼化成碎魂碑，永镇望帝城。你此时交出望帝城的密室，还有一线生机，快说，你交还是不交？大王不会再给你机会了！"

我心中暗暗记下"望帝城的密室"这几个字，看来这是融王未能得到的一个关键所在。

望帝城我知道是一种地形地脉，两仪双绝、阴阳交融，天然一个飞挂檐角，南北大梁交错潜入地下，很有些宫殿的形状，是风水中的幽冥宝坻，处处透着阴寒凶险，更是传说中阴阳交界的死地。没想到还有密室一说，看来古人流传下来的记载也有颇多谬误之处。

那郑可虽然没了将军的锐气，却也很是坚强，不理祭师，而是扭头看向那白衣女子说道："赵珊姑娘，我本意是想救你的族人，谁知道事与愿违，我郑可万死都不足以抵消罪过，咱们来世再相逢吧！愚兄要先走一步了！"

我这时终于看清楚赵珊的容貌，算不上绝色女子，五官都比较匀称，只是两眼之间的距离分得很开，眼睛也很大，当眼光直视过来的时候，显得非常深情，你就好像被许多只眼睛盯住，所有肮脏的念头都无所遁形，只留下一片清澈在脑海。

赵珊的声音很沙哑："郑将军，我的族人和你没有关系，融王是不会放过他们的。只是你的全家老小连你，都是因我而死，赵珊此生无法报答你的大恩大德，来世定当结草衔环、以死相守。"说罢垂首，再次的潸然泪下。

端坐中央的黑胖子终于站起身来，摆手示意卫兵除去郑可蒙面的头罩，踱着步子斟酌字眼。

我却被这一幕给惊呆了，那郑可和我的容貌惟妙惟肖，根本就是一个长相。此时的田丽也看清楚了这一幕，终于低呼一声，软倒在我怀里。

黑胖子融王停下脚步，回头冷笑道："郑将军，你在本王麾下南征北战，立下无数功劳，本王也一向待你不薄。你若是对此女子有意，只要向本王恳求，本王必定将她赐与你为奴。你这却又是何必连累这许多无辜性命，何况那望帝城的密室于你而言，是毫无用处。本王想不明白这其中的缘由，你若为本王解开疑惑，本王就给你个痛快。"

那被揭去头罩的郑可双目紧闭，看都不看融王一眼。

黑胖子终于不耐烦了，挥手直接命令道："行——刑——"

刀斧手把郑可和赵珊从铜柱上解下来，拖到塔的中央。可怜郑可一世猛将，双脚被斩去后，竟然无法站着受死，就这么屈辱的被融王杀戮。

赵珊受的伤并不严重，在郑可被杀时，竟然痛叫一声：“郑——将——军——”挣脱了束缚，跃下高塔消失在云雾中。那几个押解她的兵士面如土色，一个个不敢跪下求饶，而是互相看了看，也相继跳下高塔自杀……

不知何时，我手心又捏住了那熊龙丹，按照林鹞子所记载的日记，融王是不知道熊龙丹有两颗的，一颗被赵珊服下，一颗随葬在融王老巢，我手心这一颗就是属于融王那一颗。

我这时候非常冲动，一脑门心思想吞下熊龙丹，看是否能得到郑可将军的记忆，也好搞清楚望帝城的密室究竟包含有什么关键，竟然让郑可抵死不说！

第五十一章　我又是谁

郑可和赵珊死后发生的事情，碎魂碑中毫无记载，白光和黑雾自是逐渐黯淡以至于消失，那还魂鼎上的图像消失后，居然变得通红灼热，好像孕育了无数怨气需要发泄出来。

田丽在黑暗中痴痴地看着我，她及时醒来，刚好目睹了郑可和赵珊的最后结局。在她心中，已是完全相信了我就是郑可的转世轮回，只是几天来和我相依为命，那份情愫竟然再也丢弃不下。

我捏着熊龙丹，眼神迷离，汗出如浆，不知道这一步是错是对。

还魂鼎一阵剧震，咔嚓咔嚓的金属碎裂声不绝于耳，裂痕在鼎身上越张越大，田丽拉着傻傻的我，拼命往后退去。

“砰”的一声大响，还魂鼎终于爆裂开来，碎魂碑化成无数小块，飞散在空中。

每一个小块，都像是一个个无头尸体，还没有适应猛然释放的自由，呆呆悬在半空。我想这些很可能就是郑可和赵珊的家人的魂魄，不知道融王的六大祭师用了什么邪术，给挤压成一块石碑，直到此刻才被解救出来。

田丽着急地叫我：“冯一西，你就吞下熊龙丹吧！这些人没有头颅，无法看到你就是郑可的转世轮回，千年怨气都会撒到我们的身上，要是被他们冲出去，后果不堪设想！”

我不由自主地举起熊龙丹，略一犹豫，终于放入了口中，因为我已经看到，那些无头的尸体正逐渐向我和田丽的方向转动，身上的烂肉扑簌簌地往下直掉，伸出双手作势，竟是凌空就要出击。

熊龙丹终于滑落腹中，一股灼热暴躁的气息游走在我的全身。我的脑海深处，涌现出一片混乱气息，就像有人把脑海底下沉积的泥沙全部翻了上来，直搅得一片混沌。

大梦无言，恍入依稀幻境……

我回到两千年前，和赵珊一起的那段时光。

我对领兵攻打融国周边的小国早已厌烦，每次掳掠回来的金银财宝和男女奴隶，融王都强迫去修造虫谷中的巨大陵墓，九死一生。而本国老百姓也被穷兵黩武害得苦不堪言，却无不震慑于国王座前强大的祭师群，稍有怨言，动辄就被虐杀至死。所以这次攻打赵珊的红雀王国，我是坚决地拒绝了出征，不想再为虎作伥、用无辜百姓的鲜血去获取荣誉。

融王之所以攻打红雀王国，是因为赵珊一族拥有世代相传的上古神物熊龙丹，这是融王必欲取得的战利品。我最终还是屈服在压力之下，率兵出征，但却浅尝辄止，驻扎在红雀王城的外围不肯再进攻。

这之后融王采取了收买的策略，用红雀王国的内奸盗出熊龙丹，而那内奸却把盛放熊龙丹的密封锦盒献给了我，我这才在疆场上见到了赵珊。

我金盔黑甲跃马挥刀，而赵珊却是一身红袍，手持双刀。一番夜盗不成，我追赶这个武艺高强的女子奔入了深山老林，对赵珊充满了兴趣。几日几夜的追杀后，我发现我长这么大，还没有像这样关心喜爱过一个人，而赵珊就是这个人。

深山老林中，我和赵珊相继遇到了生命危险，那是丛林深处，一间望帝城的密室……

一想到这个词，我心中一阵痛楚，头晕晕的无法再继续想深山老林中

的经过，只记得最后在一片废墟瓦砾中，我手捧两颗熊龙丹，染着我和赵珊的鲜血，晶莹夺目，笼罩一层黄光，流光异彩不断地在两颗熊龙丹之间交织流淌、互相融合。

我流着泪拣出一颗熊龙丹，静静放在怀里赵珊的唇边，看着她吞下。赵珊的眼睛充满了诀别和坚强：“郑将军，今生今世，生生世世，我都要和你在一起，别的什么都不再重要，将军的一切就是赵珊的一切，此情天地可鉴……”

不知道抱着赵珊坐了多久，周遭狼烟四起、旌旗遍地，周围的士卒一拥而上，把我和赵珊捆绑起来去见融王。赵珊的王城则被我失踪以后新委派的副将攻陷，并且抓获了她的族人一起作为奴隶。

返回融国后，我取出一颗熊龙丹交给融王，求他饶恕赵珊和族人的性命，却想不到，融王逼迫我交出望帝城的密室。这时我才恍然大悟，我在融王的眼中，只是一个有用的工具罢了，交与不交都难逃一死。于是我抵死不从，相信赵珊服下熊龙丹后，假以时日，必定可以逃出生天。

临刑前的一夜，我在牢笼中低声吟道……

玉容雪肌，红颜为我初开，眼前金戈铁马，俱做细雨飞花，觅得碧水轻舟，为留江山一笑……三生相聚，三世有约，仙子远游兮，别魂飞扬，情万世而永相随……不期相遇兮，关山无月，痛今生已共碧空……

想不到郑可和赵珊用情极专，在望帝城的密室中定然发生了什么惊天动地的大事，让两个敌国对手化干戈为玉帛，并且情到深处，无法割舍。只可惜我一想起“望帝城的密室”这个名字就头痛欲裂，无法明白究竟。

……

纠缠在往事中很久，我听到一个女子的声音在耳边响起，带着哭声，带着无奈：“你是郑将军吗？那你还是冯一西吗？你倒是说话啊！我是田丽，还记得我吗？”

我睁开眼，周围悬浮着许多无头的尸体，一具具定格在空中不动。我知道这些都是当年我和赵珊的族人，无辜惨死后又被拘押了两千年之久不得超生，满腹怨气的逃脱出来，立刻发现了当年的始作俑者——郑可。

而此时的我，浑身上下都被一层黄光笼罩。吞下熊龙丹后，我不仅有了郑可将军的所有记忆，整个身躯也发生了质的变化，冯一西的所有经历也是清晰可见。一刹那，我已分不清自己到底是谁？

不等我解释，空中的尸体在田丽的冲锋枪下，俱成飞灰，纷落如雨。

融王也曾经吞下过熊龙丹，为什么没有羽化成仙？我现在已经知道，那是因为赵珊吞下的那颗已经和融王得到的这颗彼此融合，这上古神物竟是依靠两人的鲜血有了记忆，只能属于这一对付出鲜血的敌国情侣。

笼罩我周身的黄光渐渐消失，我无力地委顿在地上，郑可记忆中寻找融王复仇的满腔愿望，随着时间的流逝早已消失无踪，只盼能尽快找到赵珊，了却这一段千年情缘。

田丽呆呆地看着我，再次泪流满面，眼中的冯一西竟然是另一个女子的挚爱，而那一个女子更是苦苦寻觅了两千年，这两千年的孤单寂寞都没有磨灭她的记忆和真情，自己又该怎么办？怎么身处其中？

我站起身，默默扶住田丽的肩膀，点点头说道：“田丽，我还是冯一西，我没有变，虽然脑海里多了另一个人的记忆，但那都是前生往世的事情。你我都知道，有些事儿，是不可强求的，强求也没有好处，咱们还是尽快出去吧。”

我是郑可还是冯一西？我应该继续完成郑可的未了情缘，还是继续过我冯一西的日子？

我不知道，完全没有计划。

我只知道今后的日子，我将不会再普普通通。或许，这就是龙虎山那算命先生所讲的宿命!

还魂鼎爆裂后，我和田丽很轻易就找到了路，那是当初我和张三爷一起闯进的鬼打墙尽处的山洞。

山洞外，初升的朝阳从环形山顶的缝隙间直射而下，鬼打墙已经恢复成一条普通的山间小路。不平凡的离奇遭遇，竟然只有短短的一夜时间。

而我和田丽，都有种隔世为人的心态。

毫不迟疑地钻出山洞，我和田丽站在了环形山的底部。夜里看起来陡峭的石壁，现在借着日光才看出来，用的是巨石堆砌而成，极像烧砖的窑子，下头大，上头小。最高处的雪山之巅，被横竖几道巨大的原木在上面搭了个穹顶。鬼打墙的小路，用的一种带有浮力的黑石搭建，此刻已经死蛇一样顺着被陨石击穿的峭壁，垂了下来。怎么也让人不敢相信，这毫不出奇的东西，昨夜竟会有那么大的魔力。

日光下，环形山的底部凹凸不平，有些圆土包高高鼓起。在其中一个的顶上，我和田丽看见了一个熟人。

老徐的头上肿了起来，还简单地包裹着布条。

我和田丽都是手持冲锋枪，一身泥水，斑斑血渍。

看到我们后，老徐立刻飞快的朝我们跑来，我悄悄对田丽说："老徐是被张三爷打晕后，弄到鬼门关外藏匿起来的。张三爷还说老徐这人有问题，再进鬼打墙必死无疑，我看咱俩都小心点，你那枪别上保险，随时都会有用处。"

老徐跑到跟前后，眯缝着双眼看我们，那表情丝毫没有做作的感觉，是那种发自内心的喜悦："冯一西，田丽，你们可算是出来了，平安就好，平安就好。我一直稀里糊涂的，睁开眼已经大天亮了，山腹里不停地发出巨响，我都吓坏了，也不知道你们怎么样？"

第五十二章　返京

我疲惫地说道："我们一切还好，里头倒是很热闹，死了很多人，那些扛天灯的歹徒死光了，打伤你的人也死了，只有我和田丽逃了出来；那什么融王的黑焰楼和履真阁也早被别人给毁掉了，我们什么也没得到，真他娘累死我了。我没事，只是田丽恐怕饿了个半死。咱们还要多久才能下到山脚？"

老徐听说里头死了很多人，眉头微微一皱，但没再细问什么，而是翻开背包找东西，翻来翻去只剩下几块大饼。我和田丽就着雪水啃了几口就再也吃不下去，不过还好，这一番休息，体力都恢复了不少。

太阳渐渐升起，我们三个顺着失去巫术控制的鬼门关，钻出了山腹，温暖的感觉立刻变成了寒风刺骨。山顶到处白雪皑皑、亮得刺眼，一切和昨夜都差不太多，我想唯一实质变化的，恐怕就是我了。说实在话，我此刻的心情，比之前更加茫然，究竟何去何从，完全没有主意；只有一点非常强烈的感觉，就是我非常非常地思念赵珊。这种思念的情绪，我也只能苦笑着告诉自己，是郑可的情绪非常思念赵珊。

整整一天，我们都在和风雪的搏斗中下山。天近黄昏时分，我们又干嚼了几块大饼，开始寻找宿营的地方。可能是归心似箭吧，这一天竟走了一半的路程，算来明日中午，我们三人就可以到达雪山脚下。这一夜将是我们在雪山所待的最后一夜，我却怎么也睡不着。

体内的熊龙丹除了带给我郑可的记忆之外，好像还有不少作用没有发挥出来，这可不像上古神物的风格；何况赵珊都可以算作长生不死的人物，除非她的记忆在转世轮回中没有被抹杀，不停地重生，不停地寻找。

老徐的表现中规中矩、无可挑剔，让我很是怀疑张三爷的判断；再想起我和田丽一起上山时，夜间依偎在一起相互取暖的温馨场面，现在却再也没有那份心境，我就愈发的难以入睡。

因为没有了扛天灯团伙的威胁，老徐一直朦胧着打盹儿，没有再轮流守夜。听着外边的寒风短暂地停歇下来，我和田丽在黑暗中目光炯炯，似有千言万语无从说起。

我轻咳一声，站起身来，田丽跟着我默默的起身。走开宿营地没两步，我拉住田丽的手，没有一丝嬉皮笑脸的神态，缓缓说道："田丽，你能不能告诉我，回到北京后，我到底应该不应该去找赵珊？这一段千年情缘，究竟怎样了结才好？我真的，真的没有主意。"

风雪暂停的天上，隐隐露出清淡的月光，田丽的眼睛在月光下笼上一层雾气，也是缓缓低声说道："这要问你自己在心里头是不是还很思念赵珊？你今后的日子打算怎么过？是不是也像赵珊一样长生不老？"

我苦笑着说："长生不老？怎么可能，我要是眼瞧这身边好友一个接一个地生老病死，而自己却永生不死，这种滋味恐怕会让我发疯的；除非我离群索居，一个人躲去深山老林，可那和死了又有什么分别？再说我总感觉到熊龙丹并没有想象中那么神奇，至少我目前除了恢复郑可的记忆外，并无太多变化。至于那望帝城的密室，我更是一点头绪都没有，郑可竟像是把这个天大的隐情密封在他的记忆深处了，无法读取！"

田丽神情凄楚，摇摇头说道："就算你这颗熊龙丹被融王破坏掉原有的功效，那赵珊可是吞下了另一颗完整的熊龙丹。两千年岁月流逝，她却永不变心的苦苦找你，我怕你还是会回到她身边；毕竟这份感情，不是那么容易放弃的。至于我，我看我还是回天津做我的警察好了，就算是白白认识你一场。”田丽说得神色愈加黯然，又要忍不住低头抽泣。

我也无法解开这个死结，只好走上去把田丽拥在怀中，轻轻地安慰她。

一抬头，田丽身后突兀地出现一个黑影，把我吓了一跳，收起了满腔柔情蜜意，一把将田丽扯到了我的身后，盯着那个黑影，仔细地警惕着。

半晌，黑影一动不动，我看清这个黑影是一个站立姿态的女人，埋在冰雪中，八成早已死透。田丽忍不住说道：“老冯，这女人可能是上次雪崩被活埋的苦命人，咱们还是挖她出来，好生安葬了吧！毕竟咱们可以平安回家了，她却永远也回不到家了，就当做做善事，反正我回去也是睡不着。”

我点点头，开始动手挖这个女人出来。

雪崩后的雪粒还算松散，没有冻成磁实的冰块。半个多小时后，我和田丽清理出一个人形的通道，足够拖这个女尸出来。

月光照射进浅浅的雪洞，我看清了女尸的容貌，立刻泪水盈眶，说不出话来。

田丽以为是我们认识的什么人，凑过来一看，女尸长得很漂亮，穿着现代人的服装，衣衫单薄，双手环抱着肩膀，低着头尽量地想缩在怀中取暖，身后靠着一块大石头，分明是活生生冻死，然后又被雪崩的雪粒覆盖，才这么站立着没有倒下。

田丽奇怪地看了我一眼，有点猜到了这女人是谁。

肯定不是赵珊，田丽见过赵珊的模样，见过一次就不会忘怀。赵珊双眼分得很开，那是一个非常明显的标志，那么这个女人就只剩下一个可能。

不错，这个女尸是我在北京的女朋友韩叶娜。

看着她单薄的衣衫，我仿佛看到她抱着肩膀，簌簌发抖地蜷缩在山石后，叫天不应，叫地不灵，就这么活生生冻死的惨状。终于我忍不住心头的气血翻涌，哇——喷出一口鲜血，一跤坐倒在雪地里。

田丽怜悯地拍着我的后背，想要安慰我，却根本无从说起。

我摆摆手说道："算了，我在龙虎山测字问过她的吉凶，算命先生当时断言，韩叶娜以后必然意外地给废弃于草木之中，自生自灭，犹如一叶扁舟徜徉于汪洋之中，求生不得，求死不能，主有大凶，九死一生。想不到这算命的嘴真毒，就算我故意躲开北京，远离韩叶娜，她却仍然没有逃脱宿命的安排。不过说到底，还是我害了她。"

田丽低声说道："也不知道她是怎么来的这雪山？我好像记得那个赵诚说过，他们的首领赵珊拜访过韩叶娜，交谈些什么后，她就执意要来雪山，会不会和赵珊有关？或者就是那赵诚故意推托，因为他毕竟不算个好人。"

我神情落寞，无所谓地说道："人都死了，还能说什么？算了吧，就算咱们再怎么做，也救不回韩叶娜的性命。咱们把她包裹一下，看能否带下山去，也好给她父母一个交代。"

回到宿营地，让我哭笑不得的是，老徐又失踪了，还带走了他的背包，雪地里只看到两行脚印，疯狂地奔下山去。真是祸不单行，明日的下山之路，我和田丽只有自己摸索了。

这一夜，我见到了太多惊心动魄的死亡和酷刑，心灵都有些麻木了，对命运的不公平淡漠了许多。看着韩叶娜的尸身，我第一次感觉到无可奈何，也无力去改变什么。

向导不见了，也未必不是好事；但韩叶娜的尸身就成了问题，我考虑再三后对田丽说道：“这雪山除掉融王的诅咒后，也算一个不错的安眠之地，既然她来了这里，就让她长眠在这雪山之中吧，我想单凭咱俩，是没有办法运她回北京安葬了。”

田丽流着泪点点头：“到时，我会给你作证的。”

默默地把韩叶娜的尸身摆好，在雪地里挖了个坑，堆起一个坟头，我俩心里都是极其难受，却也只好就这样把她安葬了。

后半夜一句话都没有说，我和田丽只是彼此紧紧拥抱着。

这平静夜晚过去后，明日、后日、将来，实在充满了太多的未知数，一切都是茫然。

天亮了，值得庆幸的是风停雪住，下山的道路上再没有碰上什么波折。我和田丽简单地用山泉水清洗了一下之后，就顺利地回到了山脚下；也没有心情再去那景顺汉子徐群的寨子，我俩直接找到出发前的彩霞客栈。老板娘还没回来，但是我们知道粮食和水藏在哪儿，所以我和田丽自己动手，没滋没味地吃了一顿热饭菜后，梳洗一番，早早上床休息。

半夜我被鬼打墙中的噩梦惊醒，感到十分口渴，出来找水喝的时候，意外发现田丽也没有睡着，蜷缩在客厅里的沙发上，一个人暗暗流泪。

看到我出来，田丽直接扑了过来，紧紧抱住我，哭着说道：“冯一西，我不想忘记你，也不能忘记你，我是真的真的不想；可是回北京后，你还会不会记得我？会不会来找我……我真是后悔，为什么我没有死在鬼打墙中，为什么要我知道这么多事情！你说！你说啊……”

抱着田丽柔软的身躯，看着她哭红的双眼、抬起头的眼神里盛载的尽是无奈和痛苦，我再也忍不住，对着田丽的双唇，深深地吻了下去。

田丽冰凉的嘴唇被我暖热，而我的脑海里却传来一个声音：“郑将军，是不是你？真的是你吗？我已经感觉到你重回人间了，我真高兴，等了你两千年，皇天没有辜负我的诚心，让我终于等到了你！”

听到赵珊的平静声音，怀里抱着田丽，我的心直往下沉去，空荡荡的。

第五十三章　千年重逢

在柳州的银行，取出我没花完的一万块钱，又让田丽从当地公安局取回秦太托我转交给她亲戚的小匣子。两人一时也还不想分开，就一起去了广州，找那个叫做Lisa杨、杨凌霜的人。

秦建军就一直没有消息，到底他在虫谷有没有找到那个玉函，那个重大的危险有没有被破解，我都丧失了继续追查的兴趣。这一番广西雪山上的出生入死，都是受我严重的好奇心驱使，结果搞得物是人非。韩叶娜也没有摆脱宿命的安排，让我实在没有继续冒险的勇气；况且北京城里的赵珊，还在继续那个千年的等候。这一切种种缘由，促使我想尽快地回到北京。至于田丽，我更是不想就此离开她。

到了广州后，田丽凭借警官的身份查到了杨凌霜的地址。这女孩原来是武警特工，和秦太一样拥有冒险的性格；但她父亲说她并不在家，而是放假去了西安，已经好些日子了，也没个电话可以联系。我只好按照秦太的吩咐，把那小匣子留给她父亲，就告辞了出来。

广州城的街头，我和田丽犹豫许久，终于去买了返回的车票。

田丽本来也想和我一起去北京，但是被我拦住了，我坚持让她到天津就下车。北京城的赵珊，还有望帝城的密室，让我感觉还有深深的危险，我实在不愿意看到田丽再受到什么伤害。

白云苍狗，世事无常，转了一个大圈后，我冯一西又回到了北京城。

我早早在广州就给肥佬打了个电话，让他去我天津租住的老宅里，把黑焰灯拿上到北京来接我。

肥佬倒也爽快，二话不说的就答应了。

下了火车已经是黄昏，见到肥佬，我开心极了。人哪，只有生离死别之后，才会珍惜目前所拥有的一切。

哥们见面没啥说的，我俩直接开去一家饭馆吃饭。

包房里我一边喝着啤酒，一边跟肥佬眉飞色舞地神侃。以我那水平，没影的事儿尚且还能编出三分，更何况亲身经历的九死一生。我添油加醋，一会儿天马行空，一会儿大闹地府，把肥佬整得晕乎乎的，辨不清东南西北；唯独韩叶娜、田丽、赵珊的事情，我不知道该怎么说。

说到鬼打墙的玄虚之处，肥佬惊奇地瞪大两眼，赶忙叫我等等，找服务员要来纸笔，非要把那右左左右左左右、黄泉路上莫回头的走法记下来，一边嘟哝："老冯，你真他娘的好运气，鬼打墙都能逃命。那天我喝多了，闹了好大个笑话，我说我是碰上了鬼打墙，硬是没人相信，早知道有这口诀，我也不至于出那么大个丑。"

我一听肥佬出丑，立刻来了兴趣，赶忙问他出了啥事："怕什么，肥佬快说来听听。俗话说，抽一辈子烟，烧一辈子手；喝一辈子酒，出一辈子丑。没啥不好意思的，快说！"

肥佬嘟哝着说："有次哥们几个同事去饭店吃饭，你知道，我一喝了啤酒，就老想去厕所。当时我回来后告诉他们说，这家饭馆的生意太好了，连厕所里都摆着两桌有人吃饭。大伙你一言我一语正奇怪的时候，一伙人冲了过来，揪起我就要开练。我们不想打这没来头的架，就问他们，又没惹着你们，干吗二话不说就开练？你知道人家咋说，我们吃饭吃得好好的，可这胖子跑到我们包房里撒了泡尿，掉头就走。"

听到这里，我笑得肚子疼，差点滚到地上。后头不用问，肥佬肯定借口说自己碰上鬼打墙了，不小心尿错了地方，人家不信，双方大战一场云云。

笑过之后，我和肥佬又干了几杯，我知道有些事情是瞒不住的。

沉吟了一会儿，我放下酒杯，对肥佬说道："知道么？韩叶娜死了……"

肥佬一怔："哪个？你说谁？韩叶娜？不可能吧，老冯你可别瞎扯蛋，好端端背后咒人死，我万分替你不齿。这可是个原则问题，从小我就用拳头教育过许多无知小儿……"

看我脸色不像是开玩笑，肥佬住了嘴，默默地喝了一大杯啤酒。

"你跟她家里说了吗……是怎么死的？"肥佬问我。

我苦笑着说："没人，她家里一直没人听电话，再说我也不知道怎么和她家人说；这事儿不是一般的出奇，根本解释不清！韩叶娜被绑架到雪山后，不知道怎的，逃了出来，却遭逢雪崩，冻死了……"

肥佬不说话了，一个人默默喝了几杯啤酒。

我又说道："田丽，那个女警官你还记得吗？咱们上学时，一起追求过的那个。"

肥佬吓了一跳，怒目相向地骂我："不会吧，不会她也死了吧？你他妈是不是人来的，连个妞儿都保不住！"

没想到肥佬反应这么大，我只好继续苦笑着说道："不是不是，田丽好好的没出啥事，OK？这会儿应该都到家了。我是说，田丽爱上了我，我一想也没啥啊，我不下地狱，谁下地狱，也就成全了她的心愿……"

肥佬更加来气："就你丫的德性，还成全别人心愿，操！整个一花心大萝卜，北京有韩叶娜不说，天津你还去招惹田丽小姑娘，真不是个东西！”

我被他说到痛处，一想起韩叶娜就难受，只好低头大口地喝酒。

包房里显得寂静无比，我和肥佬一时都没话说，酒也差不多了，两人一喝两瞪眼，直想找人打上一架。

这时候，包房的门开了，一个人静静走了进来，坐在我的身边。肥佬醉眼朦胧地说：“行了，小姑娘，我们虽然喝不动了，但还没叫你买单呢，去去去，别捣乱。”

我抬起头，立刻认出坐在我身边的是赵珊姑娘，那份清丽脱俗的气质，立刻让我酒醒了大半；脑海里郑可的记忆，更是汹涌澎湃，不能控制。

我设想了一百种和赵珊重逢的镜头，却没有想到给她留下的是这个初次印象。

赵珊紧紧拉住我的手，满眼期待，都是喜极而泣的泪水。

肥佬已经看清楚了这个姑娘，不是进来买单的服务员，再看我和她的表情，立刻呆住了，只知道傻乎乎地问我：“老冯，哎，我说老冯，这位又是谁？说你花心大萝卜看来说亏了你，你分明早就该升级为情圣了，还是该叫你狗熊掰玉米？”

我和赵珊都没有理肥佬，只是静静望着，万千语言，都不足以表达心中的震撼。

赵珊姑娘比起我在融王老巢见到的幻影，变了许多：眉宇间充满疲惫和心酸；紧抿的嘴唇增添了许多坚毅和风霜；唯独两眼之间的距离依然没变，分得开开的，还是那么心神清澈、婉约可爱。

肥佬的酒彻底醒了，眼睁睁地看着我和赵珊执手相泣。

我对赵珊说道：“不哭不哭，咱们这不都好好的吗？我是从林鹳子那儿才知道你走遍中国，苦苦找了我两千年。都是我不好，没能早早转世轮回，让你受苦了。”

肥佬咕咚一声倒在桌子上，估计是酒喝多了，后劲这会儿翻了上来。这小子成天不服我酒量，这次不服可不行。

赵珊站起来，紧紧攥住我的手，好像生怕一松手，我就会消失不见。

走出饭馆，我和赵珊并肩走在街上，脑海里对赵珊的刻骨铭心的感觉越来越深；或许这其中也有熊龙丹的作用，但我却只想就这样一直手拉手，永远地走下去。

披星戴月，穿街过巷，我和赵珊来到了一处旧宅前的门口。

赵珊笑盈盈地叫我闭上眼睛，我左右看看，还好没什么人，于是依言闭上了眼睛。

赵珊拉住我的手，一阵腾云驾雾，我俩一起飞进了旧宅的院子里。踏入大厅，我睁开眼睛，就见一副肖像悬挂在中堂，上面有一个金盔男子叩刀按剑，却是我的模样，也是那郑可将军的模样。

我问赵珊："这里就是你的家，住得好吗？"

赵珊摇摇头："不好，一点都不好，每天我都坐在你的肖像面前，祈求上苍让你快点出现；可是直到今天，才又握住了你的手，我真的不敢相信，这一切是不是在梦境中。"

赵珊拉起我的手，轻轻覆盖在脸上，双颊晕红，紧紧闭了两眼，一副女儿家的迷醉神态。

我心神震荡，郑可的记忆在内心呼喊：赵珊，这不是在做梦，这一切都是真真切切的，这是咱俩的宿命，永生永世都不会再分开。

良久之后，我揽起赵珊，轻轻问她："那日，你跃下高塔，后来怎么样了？难道因为熊龙丹，你两千年来永生不死？"

赵珊低声回答道："是的，也不完全是。那日，看见你慷慨赴死，我只想随了你去，不愿独自活在这世上受苦；不料我像是有翅膀一样，跌下半空就飞走了，等我醒来后，已经过去了三百多年，是个汉朝的什么皇帝在位。融国还有红雀国都成了过眼烟云，消失无踪，大仇既然无法得报，我的生存目的就变成了你……"

"无奈之下，我去了当时的都城长安，因为我想你不管在哪个年代，都不会是个平庸之辈，只要你有崭露头角的一日，我在京城总有和你重逢的一天。就这样，我每逢盛世就定居都城；逢到乱世，就四处游荡，希望找到你，担心你在乱世受了什么伤害……"

"四十多年前，我定居在了北京城等你，那时候我就感觉到，快要等到心爱的人了……我不停地变换住所，甚至杀过人来顶替我的身份，什么都没有放在心上；但这幅画，不管搬去哪里，我都要挂在中堂，日夜祈求。我想我这个人，就是为了你而活在这个世上，两千年等不到你，我就会再等两千年，直到天荒地老……"

第五十四章　消失的密室

赵珊的声音越来越低，终于渺不可闻。这份痴情深深震动了我，浑然忘却自己身处何方？

又这样依偎了好久，赵珊低声问我："我是该叫你郑将军，还是冯一西呢？不管你是什么名字，在我心中你永远都是在望帝城的密室中，那个顶天立地的男子汉！"

我突然一阵头昏，呻吟着对赵珊说道："为什么我一听到这个望帝城的密室，就总是头痛难忍？却无论如何也想不起密室发生的事情，这怎么回事儿，赵珊你知道吗？"

赵珊充满疑惑地说道："望帝城的密室，当时你……怎么，这段记忆你什么都没有留下？"

我苦笑着说："这么多年，赵珊你有没有进过学校，学过什么现代的科学技术？"

赵珊骄傲地说道："当然，我学习可是最好的。至今，我已经拿了一堆博士的证书了，只不过这几年没有再念书了；因为我预感你就快要回来了，所以一直都在恶补历史，生怕见到你后，不明白你的生活，没了共同语言。还有，我几乎把《道藏》、《万法归宗》这类的书读了个遍，力求找出可以让你早日回来的方法。"

赵珊又狡黠地眨眨眼睛："至于望帝城的密室，我也有了新的线索，不过不告诉你，等我们成亲的时候……我再告诉你！”说完，赵珊就脸色通红地跑了开去。

我赶忙追过去，只见赵珊在楼梯口左右一晃，就不见了。

这丫头！我只好苦笑，唉，技不如人受欺负啊！

旧宅子里头收拾得很干净，也没有蜘蛛网之类的尘迹，赵珊很明显的是一个人生活。厨房干干净净，没有生火做饭的迹象，家具也很简单，给我的感觉就是很清苦，不食人间烟火。

短短一会儿相处的时间，赵珊的风采深深折服了我，再加上潜意识中郑可的眷恋，我很快已经不能自拔，不由自主追着赵珊的脚步，我向宅后走去。

赵珊在卧室门口站着，笑吟吟地看着我，已经换上了一身绛红色罗裙，上面披着一个白色的坎肩。我追过来开玩笑地问道：“赵珊你换衣服真的好快，是不是天上的仙子都这样，念声咒语就自动换成自己喜爱的衣服？”

赵珊笑着说：“哪能呢，我又不是仙子，除了当年的武功没有忘掉之外，其他和常人一个样。我也会受伤，也会生老病死，只是每次来到这个世上，我都保留有赵珊的相貌和记忆，知道自己是为了等你而活着。我要是活了两千年都没有死，岂不是成了老妖怪？你还会要我吗？”

我奇怪地问道：“那五十年前，林鹞子怎么就见过你呢？”

赵珊轻笑道：“当年，我给了林鹞子一些找你的资料之后，又等了你十年没有等到，想想那一世我已经找了几十年，你应该不会出现，所以我就……就……就自杀死了。现在的我，年龄可是只有二十多岁。”

我被吓了一跳：“什么？当你找不到我时，就自杀死了？你……你是不是经常这样？两千年来，你……你到底受了多少苦楚？”

赵珊低下头说道："也没有啦，不是每一世我找不到你都会自杀死的。因为我一向见不得人世间的惨事儿，所以找你的过程中，也会经常做些好事，积累功德。上次我离开世界后，没有立刻轮回转世，中间少了二十年，我一直在发疯地找你，生怕你去了广西的融王墓找我，就派了很多人在那里等你。想不到我的预感都是真的，真的在这一世可以再次和你相聚！"

我这才明白，熊龙丹的作用更多的是保留记忆，就像奈何桥上不喝那碗孟婆汤一样。

不过这也不是荒诞之谈，而是极有可能。熊龙丹是上古神物，可能内含什么特殊的元素，和人体融合一起后，储存了人脑中的相关记忆信息，在这个人死后，熊龙丹就会在各处飘荡，有合适的新生婴儿出现时，就直接融入这婴儿体内，把此前多少世的记忆都释放出来，并且再次开始存储新的记忆。按照记忆逐渐改造婴儿的容貌，应该也是熊龙丹特有的本领。

看来，我这一世的记忆也将永远储存在熊龙丹中，在天地间不生不灭。这具躯体死亡后，我就会为自己寻找一个新的载体，虽然不是真的永生不死，但实质上已经差不多。想起田丽和韩叶娜，我又一阵心痛，难道今后千世万世的记忆中，都要有这个痛楚？

我拉住赵珊的手，把她抱在怀里，低声问她："你就不怕等你找到我时，我已经爱上其他女孩？还有，我以前有个叫韩叶娜的朋友，你是不是见过？"

赵珊温存地说道："我不怕，我一点都不怕。如果我找到你时，你已经爱上别的女孩，我就去抢；抢不到，我就抢了你去找那熊龙丹，恢复你的记忆；还是不行，我就等，毕竟我活得长。至于韩叶娜，这个人是谁啊？是不是我要和她抢？"

我有点不明白："韩叶娜已经死了，是个意外。我奇怪的是，如果别人吞下熊龙丹，会不会也得到郑可的记忆？"

赵珊又笑了："不可能，当年在望帝城的密室，熊龙丹已经被迫滴血认主，抹掉了之前的记忆。其他人就是得到熊龙丹也根本没有可能留住它，只有融王这恶棍，硬是靠着巫术把熊龙丹禁锢在雪山之巅。你不是熊龙丹随意找到的人，而是千真万确的郑可真身。五十年前，林鹞子破坏掉融王那个碎魂碑的一部分巫术后，你的真灵就飞出了雪山之巅。没有熊龙丹，你无法转世；因为一旦转世就会失去记忆，所以又等了差不多快三十年，当年融王的黑焰灯现世后，你才暂时把记忆封存在黑焰灯中，转世为冯一西。张三就是你挑选的帮手，注定这一世要帮冯一西取得熊龙丹，恢复真身。"

我摇摇头，喃喃道："真的很复杂，想不到这一切，前因即是后果，后果也即是前因，环环相扣，是一个不死不休的循环；只是我们这一世重逢后，会不会下一世又要去互相寻找？那也太麻烦了吧？"

赵珊眨眨眼："不会，两颗熊龙丹彼此有感应的。你刚下雪山，我就感应到你的存在，当时我说的话你就听得到。我想反正已经等了两千年，你迟早会回来，也不在乎这两天，就没有去广西找你。再说呢，咱们现在在一起，就可以再去打开那望帝城中消失的密室，这次呢，就是我带你啦。"

我一愣神，这熊龙丹彼此感应的力量也太强了吧！万一我正在做什么都被感应到，那岂不是没有任何私人空间？有关田丽的事情，我还是说清楚的好，免得以后有误会。

我喃喃地对赵珊说道："赵珊姑娘，有件事儿我还是需要告诉你，我和一个女孩有了纯真的感情，我不想欺骗你。这姑娘叫做田丽，这次就是她和我一起去的广西那雪山之巅，她也知道了你的事情，我……我……我真不知道怎样跟你开口……只希望你可以原谅我。”

赵珊不以为意地说道：“知道了，我早就有心理准备，大丈夫血洒疆场，家里娶个三妻四妾很正常的。当年你不也是那样，家里有了妻室还要欺负我……不过还好，我必定比别人活得长，而且永远都不会失去你。”

我只有苦笑，齐人之福不是那么好享的。

望帝城中消失的密室，这里面到底有什么玄机？

我抱起赵珊笑道：“欺负你？怎么个欺负法？我们去登记结婚，来个盛大的婚礼，往后每一世都举办一次世纪婚礼，你说好不好？”

赵珊闭着眼低声说道：“嗯，好……我还要告诉你，我每一世都省吃俭用，努力当好管家，积攒下不少钱，这么多年已经是个非常有钱的人了。当然，我没有存进银行，都换成黄金藏了起来，郑大将军，你喜欢吗？你可要答应我，婚礼那天，你可一定要让我永远记住，记住发生的每一件事情，你要知道，这一天，我等了好久好久……”

静静的夜，月凉如水，赵珊倚靠在我怀里，娓娓诉说有关望帝城里密室的事情……

那日，在红雀王城附近，你追着我跑入了深山老林。我没能从你的大营盗回熊龙丹，反而被卫兵刺伤。在深山老林里没有多久，我就迷了路，但我知道你就在我身后不远的地方，所以我拼命躲避。两日两夜后，我终于支撑不住，想着干脆自杀也不能被你活捉了去。

就在万念俱灰的时候，我发现了一座村寨，我以为是哪个部落的栖息地，挣扎着跑进去才知道，我竟然误打误撞地来到了甘若鬼城。我们红雀国人都知道在密林深处，有一个鬼城，全部是岩石雕刻而成，有村庄、道路、作坊、宫殿，甚至还有河流湖泊。有的人说那是一个人间仙境，有的人说那是地府鬼城，总之里面没有一个活人。

我现在知道，那个地方其实是一种岩溶地形，只不过被大自然鬼斧神工地刻画过，极似人间城市而已，可当时哪里知道。我在城里转了几圈就迷路了，一个人跑到最大的宫殿建筑里，静静等待死亡的来临。

第五十五章　第三个版本

天黑了，我昏昏沉沉地发现附近有人说话，于是本能地躲藏起来。只听见两个人一前一后进了宫殿的大门，寒气和湿气跟随着他们的脚步声，笼罩了整个大殿，还带来一种让我非常危险的感觉。

两人好像是第一次来这里，来了后，站在大殿上四处张望，到处乱嗅。我只看出装束是融国武士的服饰，于是不敢吭气，不知道外边是否还有军队驻扎，屏住呼吸，尽力掩盖自己的气息。

最终，两人还是发现了我曾经来过的痕迹，先后包抄着朝我躲藏的地方围拢过来，我知道难逃一死，就冲出来和他们打了起来。

你知道我的青雀刀法在红雀国的将军中，是数一数二的高手，但在这两人的包围下，我竟然打了不到三十招就被制住，完全没有还手之力。

我见实在抵挡不过，举刀就要自刎，宁肯死也不愿被俘受辱。

就在这时候，奇迹发生了。郑将军你，从外面冲进来，不出三招就挥刀砍死了这两个人。我举刀冷冷地看着你，以为你还是要抓我回去。不想你只看看我，问我受伤了没有，还扔下食物和饮水以及治伤的药，叫我继续跑，说是不愿趁人之危，要光明正大地俘获我，还无耻地要我做你的妻子。我又羞又怒，挥刀就来砍你，你却不闪不避，让我嚓嚓两刀，在胸口划了个很深的十字，满身鲜血。

我一时心软，没有再砍几刀杀死你，而是拿了地上的东西就走，把你一个人扔在了那儿。

走出大殿没几步，身后就传来咔嚓咔嚓的霹雳声，整个大殿里电光闪烁。我吓了一跳，有点犹豫，却见你风一样从后面冲上来，把我扑倒在地上。我气坏了，一脚踢你滚出去好远。

此时，一片弧形的刀光从我原本站立的地方飞了过去，险险劈中。我死里逃生，才知道你是要救我，就这样，把我刚刚激起来的杀心又弄没了。

身后的大殿里，异变频生，电光闪烁后，又是巨石打击地面的声音。

你虽然是敌人，却是个磊落的汉子，我不想让你就这么死掉，于是过去想扶你起来走；你却不让我扶，还叫我快走，不走就来不及了。我很生气地说：不要你管，我爱做什么便做什么，从不在乎。你想死我也不拦着，刀就在这里，你这便抹了脖子吧！

你却眼都红了，挣扎过来，真要拿刀自刎。

我就好奇了，到底发生了什么事情？让你这么个坚强的将军要寻死觅活的。

哼！我偏不让你如愿。

我把你拖过差不多十米远，大殿里也安静了不少。我仔细看你的伤势，还好，都是些皮肉伤。

你这厮却趁我给你看伤的时候，紧紧攥住我的手不松。

赵珊看我听得专注，白了我一眼说道："其实我当时心里甜滋滋的，我们红雀国的女子，自小就崇拜英雄。你可是远近闻名的少年将军，我都私下打听过好多你的事儿，要不是这次彼此征战，我当时便答允了你，跟你走了。"

你却满嘴花言巧语，说这次出兵攻打红雀王国，你是一百个不情愿的；还说回去后，定然向融王求情，放了我和我的族人，从此解甲归田，带了我遨游天涯。

我一个傻乎乎的女子被你哄骗得一愣一愣，就这么信了你的甜言蜜语……

后来，你面色凝重地告诉我，在大殿里杀的那两个都不是人，是融王手下大祭师的傀儡刀手，自己以前见过，是用符咒召出死去的武士淬炼而成。只怕大祭师已经赶了过来，形势就很不妙，我们一起逃脱是没问题，恐怕家人和族人就危险了；但当时不杀又没有办法，傀儡刀手的刀法非常诡异，不了解秘密的人，根本不是对手，为今之计，只有就此销声匿迹地逃亡天涯，才能确保家人和族人不受株连。

我已经是你的女人了，自是全心全意地想跟你走；虽然不放心族人，却知道露面后，你的族人恐怕难保性命，只好听从你的，对那两个傀儡刀手毁尸灭迹后，就准备跟你一起亡命天涯。

这时候，甘若鬼城里的各种建筑起了变化，望帝城的形象显现出来。对了，望帝城的密室，这个词还是你告诉我的，说什么望帝城是阴阳交界的死地，幽冥宝坻。融王一辈子寻找凤凰眼和熊龙丹，就是为了尸解成仙，而拥有了望帝城的密室，就会事半功倍，不等尸解立地飞升。

甘若鬼城的确不同凡响，不仅仅是一堆空建筑那么简单。你包扎好伤口后，轻车熟路地带我游逛，好像是你经常来过的地方一样。我好奇地问你为什么，你却故作神秘地不肯告诉我。

后来来到一个所在，到处影影绰绰的都是人。你紧紧拉住我的手，两人肩并肩的在人群里穿梭，直到你使劲捏了我一下，告诉我注意前面的两人，我都傻了，哪里想到这甘若鬼城里头会有这多人，深夜还出来溜达，八成不是人类，而都是些鬼！

我傻傻地跟着你走，我们前边走着两个毫不出众的人，其中一个还回头看了看我们，又继续谈笑着往前走。我不敢问你，因为你面色铁青，呼吸紧张，满手心是汗，想必情况十分危急。

人越走越少了，你使劲一拉我叫道：快！跟上！我就感觉腾云驾雾的一样，随着你到了一个奇怪的所在。那是一间石室，灰白色的墙，灰白色的地板，灰白色的一张石案，连石椅也是奇怪的灰白色，三面都是实心的墙壁，只有一面很深很宽阔，不知道通向哪里。

你就端坐在那张椅子上，眼睛眨也不眨地盯着石案后边的黑暗。

案上一灯如豆，案后却空无一物。

我正在奇怪你干什么，你就猛然站起身来，大叫道：不！决不！我宁死也不会答应！

话音刚落，黑暗中走来两人，一男一女，俱是身穿黑衣，满面惊异之色。那男的拱手说道：既然不肯相让，那就请立誓吧！

你傲然答道：要想我郑可立誓，你俩还不够分量，去，叫城主来见我！

我还是一头雾水，只是悲哀地想到，你肯定瞒着我不少事儿；但又给自己打气，你必定有自己的苦衷，我只是一个女子，没有必要知道那么多。

赵珊面上表情似喜似悲，看着窗外的斑驳树影，握住我的手说道："要是当时我知道你在干什么，是决不会答应你立誓的；可机缘巧合，一切就这么走了过来。现在回想，真不知道当时的决定是对是错？"

那一男一女闻言却面色大变，惊叫道：莫非你要立下天罗誓言？

我只记得你当时面色坚决地重重点头，那一男一女立刻面色恭谨，退步走了出去，我竟然没有看到他们是怎么出去的。

我问你这是在做什么，你拍拍我的手支支吾吾说道：当年师傅告诉我，甘若鬼城中，忌讳刀伤；因为甘若鬼城中毒虫无数，无孔不入，却又天性嗜血，被毒虫叮咬的伤者，在日出后必然魂飞魄散！当你在我胸口划下十字刀痕，我就知道这事儿要坏了。不过，我跟着想到，这甘若鬼城一向和望帝城有密道相通，既然要魂飞魄散，我还不如寻到密室，那里埋藏有永生不死的秘密。自然，我们现在待的地方就是这密室。

我却不信，那你还要立誓？到底是什么重誓，需要城主亲临？

你却不自然地摇摇头，不肯告诉我。

后来的事情我就不知道了，因为我被人打晕了过去，现在想来，八成是你做的好事！

清醒时，只记得你抓紧我肩膀高兴地说：好了，小红雀儿，办成了，咱俩再也不会分开了！

你看我生气了，就又哄我说道：甘若鬼城的城主和师傅是好友，他已经答允将这密室赠送与我。我在密室中，也找到了摆脱城中毒虫的草药，现在我们就可以回去了，从此遨游天涯，再没得什么拘束！

我被你说得转怒为喜，飘飘然地就跟你走了。

不料，出来后已经天色大亮，甘若鬼城又恢复了寂静阴森的空旷情景。你的手心攥着我们红雀王国的熊龙丹，连我都不知道熊龙丹竟然有两颗，而你就喜滋滋地看着我，眉宇间尽是喜悦之情。

那庞大的密室则原地消失在空气中，没了踪影。

你开心地紧紧抱住我，却不知道此地已经被融王的祭师领兵团团围住。一场生死激战后，咱俩都被逮住，就在被卫兵绑起前的一刻，你悄悄塞了一颗熊龙丹给我，满眼泪水地叫我快点吞下去。我不知道你的神色会那么悲痛，反而安慰你说，我们来生一定会再见的。而你就愈加沉默，不发一言。

……

赵珊讲到这里，埋头在我怀里轻轻啜泣，我告诉她，后边的事情我都知道了，别哭，我最爱的人。

这个全新的往事，同样发生在我的身上，和林鹞子以及张三爷讲过的都不同，也更有太多的疑点。比如说，我在密室中，究竟不肯答应什么？最后到底有没有立下什么誓言？为什么要把赵珊打晕？密室赠与我后，我把它放去了哪里？甘若鬼城到底存在与否？我居然还有个师傅……

亲身经历又被全新地演绎一番，赵珊所讲的这一切，也可以说，是关于我身世来历的第三个版本。

第五十六章　扑朔迷离

轻轻啜泣的赵珊终于呼吸均匀地睡了过去，睡梦中也是紧紧抓住我的手。

我却目光炯炯地望着天花板，毫无睡意，不停搜索记忆深处，想要找出困扰我的问题的答案，却一无所获。记忆深处有一块地方，被牢牢地封闭住，让我这个主人也无可奈何。看来第一世的郑可，脑子里真有太多的秘密。

胡思乱想了一夜，搂着赵珊就这么睡到天亮，一切都是那么自然和温馨。

我起床后，发现赵珊早已起身，我笑笑对她说道：“走，我们出去转转，遍游名山大川，也尝尝神仙眷属的滋味。”

提起神仙眷属这句话，我马上联想到在雪山之巅和田丽开的玩笑，不由心里一疼，怔怔的说不出下文。

赵珊看着我的脸色，小心地说道：“怎么了？是不是饿了，我都忘记我已经吃不吃都能过了，你还不行，熊龙丹没完全吸收呢。要不，我带你去北京找好吃的？我可是打明朝起就在这儿住了，比你熟。”

我强笑道：“没什么，我不饿，我只是想起了田丽，还有那个密室，你说我会把它放在哪里？那么大的一个房子，我不可能随手带在身上的。”

赵珊摇摇头说道：“这我可不知道，你心眼鬼得很，咱们相聚的日子也远远少于分离的日子，我是更加不知道了。”

看看我的脸色，赵珊又小心地说道：“田丽那女子，是个什么样的女子？会不会欺负我？这么多年我都没结交过一个朋友，你要是放不下，不如把她娶回家来，我也多个伴儿，行吗？”

我苦笑道：“这是在现代，法律不会允许的。再说，田丽的性子和你很像，都是刚强的那一种。我还不知道人家心里怎么想呢，咱就别操心了，至少我知道，我是决不会辜负你的，放心吧！”

我想想还是岔开话题吧，于是对赵珊说道：“我总觉得我不止是郑可这么简单，好像还有很多秘密没有发掘出来。你想呢，我的师傅会是谁？二十多岁的年龄，就可以做到融王麾下的大将军，怎么会对甘若鬼城那么熟悉？城主又是何人？我这生生世世到底是不是为了掩盖什么真相呢？”

赵珊看着我说道：“你的意思是不是说，咱得找找那个消失的密室？”

我点点头：“我想是应该找找，要是不找的话，我总觉得头顶悬着一把宝剑，不知道什么时候就会斩落下来，我真想不起来我在密室里究竟做了什么？为什么城主会把密室赠送给我？万一其中有什么阴谋，我不小心给抹掉了记忆，那可是万劫不复了。要是再和你分开，出现什么变故，我都不知道自己还能不能承受得起！”

“那个密室里边，肯定有很多答案，我还记得融王对这个密室非常珍视，必欲得到而后快。以他的性格，这密室只能对成仙得道大有帮助，如果我们可以窥得先机，从此就不再受那轮回之苦，跳出三界外，不在红尘中，岂不是一件万幸之事！”我越想越觉得，我和赵珊必须找到消失的密室，否则，眼前的幸福也只是暂时的，不可能长久。

赵珊两手托腮，静静地看着我吃早餐。我可不像她那么小气，二话不说取出钱买了部小车来开，当然不是那种非常扎眼的名车。为了生活质量的提升，这些钱还是应该花的。

想不到赵珊也是驾车高手，根本没有我来开的机会。我俩漫无目的地顺着公路开出了城市，逐渐来到了郊外。

此时正是初秋时节，天高气爽，燥热刚刚离开没几天。开着新车，和心爱的人一起郊游，这份轻松感觉，我冯一西这辈子还没有尝试过。

整整一天，我们都在交谈，都在倾诉心曲，都在享受重聚的欢乐，好得如胶似漆。

只不过那个消失的密室确实是我欢乐中的一道阴影，一不小心就会显露出来。当年郑可甚至是郑可的前生，确实做了极大的手脚，让我这个取得记忆的真灵，得不到完整的全部计划，而必须依靠自己去发掘。

天渐渐黑了下来，我和赵珊在郊区终于累了。

回去的路上，我也有了点想法。我想起五十年前，林鹞子在融王老巢大肆破坏的时候，郑可的真灵就离开了那里，曾经把一部分记忆保存在黑焰灯中，而这黑焰灯又是融王曾经拥有之物。我暗暗点头，不如就从这黑焰灯入手，再好好查它个底儿掉！

想到这里，我对意犹未尽的赵珊说道："你看，我这人还真是重色轻友，有了你，把兄弟都忘记了。我叫肥佬来北京，是要他把我放天津那黑焰灯给带来，谁知道一见到你，把这茬儿给忘了个一干二净，恐怕肥佬这会儿找不到我，早早打道回府了。我想来想去，唯一可以入手的还就只有这黑焰灯。那广西融王的家里，已经不剩什么有用的东西了，美国回来的秦建军不是无能之辈，有他弥补我留下的漏洞，已经足够，所以咱们还真得去一趟天津呢。"

想到天津，我脑海中浮现出那英姿飒爽的女警官田丽，几天不见，我还真有点想她呢！

赵珊使劲拍下我脑袋，把沉浸在美好幻想中的我吓一哆嗦，就像刚刚想要出轨的丈夫被妻子捉了个现行一样，非常狼狈。

赵珊努努嘴说道："看，前边，这好像不是回北京的路了，北京周边的每一个角落，我都很熟，保证不会走错路。来的时候，我绝对是从这里走的，只是现在，路变了，变宽了，也没有别的车辆和行人了，就咱们两人一车，闷着头使劲往前开。"

我吩咐赵珊停车靠在路边，问她有没有什么刀随身带着防身用，赵珊却回答我说，早就不用那玩意儿了，现在都是这个。说完抽出几支枪，哗哗啦啦极为熟练的几下动作，就压好了子弹，随手递给我一支，看得我直发呆，这赵珊学习新事物的适应性还真强！

不过这样也好，有了枪在手上，胆子都壮了好多。

下了车，车前车后一片漆黑，就连车头的大灯都照射不远，被浓厚的黑暗所吞没。车灯的光柱里，阵阵雾气飘过，显得安静而又阴森。

我也看出来这绝不会是回北京的路，郊区不可能有这么宽的路，市区不可能就我们一台车；毕竟现在还早，午夜都还不到。

我回到车上，让赵珊坐去后座，手枪随时准备好开火。我熄掉大灯，因为黑暗中太显眼了。一加油，我们就在路上飞驰，路很宽，但我估计两边什么也不会有，因为这是不正常的一条路！

第五十七章　杀

飞驰了好久，赵珊握着武器的手都有点酸了，为了减少凝重的压力，我故意问她："赵珊你有没有开过枪？看不出来你学习新事物这么快！那你的青雀刀法忘记没有？"

赵珊回答我道："我，我杀人很多的，看见不平事，我就控制不住的想杀人，有很多时候我都用枪。当年战乱时期，我满世界找你时，可没少杀日本兵。那青雀刀法，你忘了，熊龙丹对我们第一世的记忆特别清晰，我甚至在襁褓中就熟悉了刀法。"

当年赵珊当将军时，对付敌人那是不会手软的，和我差不多，坚信对敌人仁慈，就是对自己部属的残酷，甚至杀戮降兵的脾气都差不多。我笑笑说道："这么多年，那你是不是也学会了唱歌跳舞，来一支我听听，好久没有听你唱过歌曲了。印象里，在甘若鬼城那一夜，咱俩肩并肩的在路上走时，好像听你哼过歌曲，很好听的。"

赵珊笑嘻嘻地说道："是啊，我很喜欢唱歌跳舞，现在流行的交谊舞我都学会了，不过我不好意思，每次都变成男的，才敢去邀请女孩一起跳；但我更喜欢独舞，这都是我为了等你，打发无聊时间，唯一的娱乐了。来，给你唱首歌听，可不准笑我，我还是喜欢古时候的词牌歌曲。"

赵珊轻轻地唱了起来——

山涧斜入玉龙潭，独步秋色罗裙寒，云是衣裳花是魂，影芊芊，舞翩翩，三尺青锋碧血染。

寻寻觅觅人如兰，淡淡云烟绕山岚，惟有深深情何堪，

两千载，泪涟涟，何时相逢五岳间。

这是一首天仙子，赵珊唱得极为动情，把自己的等待和苦恼都表达了出来，千份柔情、万般痴情，全都糅合进歌声中，让我好久都在回味两千载、泪涟涟的痛楚，随口低低吟道：天上人间，今夜共婵娟……

我一走神，差点撞上路中间匍匐的一个黑影，猛打方向盘，开着的车咯噔一声，冲进了路边的杂草中。顾不上那些花花草草的性命，我赶忙下车，手握枪支，靠近那人形的黑影。

越近我越是心凉，这黑影穿着的衣服非常熟悉，等我看清楚时，把枪往怀里一塞，气急败坏地跑上去，着急地扳过黑影的肩膀。我的天！真的是昨天还在一起喝酒的肥佬，此刻遍体伤痕，一丝活人的气息都没！

我想起在天津的那天晚上，肥佬高兴地对我说，他就要当爸爸了，顿时忍不住眼泪夺眶而出，痛骂自己不是个东西，叫他来北京，却害得他再也回不到家，留下孤儿寡母在天津，可该如何生活？

赵珊看看情况不对，也赶忙跑了过来，瞧清楚是我的朋友肥佬时，顿时也惊呆了，不过很快就从我手上接过肥佬，仔细地把脉，皱着眉头对我说："别伤心了，人还没死呢，只是气息微弱，失血过多，昏过去而已，咱得赶紧送他去医院抢救，时间长了人就没救了。"

我一听大喜，赶紧过去把车往回开，赵珊则是伸出双掌，抵在肥佬的后心上，应该是在用气功暂时的急救。

等我把车开过来，七手八脚的要把肥佬搬上车时，肥佬竟然回过来一口气，看着我说："老冯，你让我带过来的那灯，给人抢走了；不过我没招供你在哪里，我也确实不知道你在哪里，他们人很多，找得你很急，

小心……”

我安慰他说道：“你小子从小没当成过英勇的地下党员，这次也是真的不知道我在哪，要不然恐怕还是会招出来。看你受的伤，这帮丫的手还真毒！放心吧，我这就给你报仇雪恨！”

把肥佬在车上安置好，我又灌了小半杯红酒给他，算是暂时沉沉睡去了。不过，若我们不能尽快送他去医院的话，还是凶多吉少。

车却开不动了，车灯照到的地方，已经围上来不少人，刀枪剑戟、木棍铁叉，拿啥武器的都有，穿得破破烂烂，满脸痴呆之色，默不作声地直往车上爬。

我急了，叫赵珊来开车，我拿起手枪，开始一个个瞄准了射击。赵珊呼地一声，把油门踩到底，直撞倒了好几个人，才算平稳下来。

出了包围圈，赵珊心有余悸地问我：“这些是什么啊？怎么看表情都不像活人呢？”

我沉声答道：“这些是祭师淬炼的傀儡兵，没啥知觉的，但是为什么出现在这里一大群？这条路，他娘的到底通向哪里？”说到最后，看着肥佬受的伤，我有点急眼了。

赵珊见我生气，也不敢多嘴，专心把车开得飞快。

我冷静下来想这件事情，为什么傀儡兵会出现在现代？是冲着那黑焰灯还是我来的？背后到底谁指使的？

前方的车灯下，又出现了一群傀儡兵，和刚才碰到的那些一样，只是大部分蹲在地上，低着头掏摸什么。我看过去，原来是被我打死的那几个傀儡兵正被分尸吃掉。我立刻想到，这他娘又转回来了，不由暗暗生气，我怎么老是和鬼打墙过不去呢？

我吩咐赵珊停车别开了，省点汽油有用，又向赵珊要了几支上好子弹的手枪，拿在手上就下了车，心中只有一个念头，我要杀光这帮人！没有思想意识的东西，抓活的都没用！

杀——

噼里啪啦一阵枪声，我杀了个痛快，每发子弹都准确击中对方眉心，彻底摧毁了邪术控制的核心。直杀得场光地净，我才觉得出了口恶气，当年被虐杀时的痛苦，也终于宣泄出来一点点。

最后一个傀儡兵倒下后，我见到了那盏黑焰灯，也并没有被Boss级的首领看护，就那么静静搁在地上，底座一个人跪着高举双手，双手里捧一个圆碗形状的灯盏，通体暗金色的冷光。

灯已经被点燃，冒出幽蓝的烛光，照着周围不大的一块地方，方圆内竟无一个被我打死的尸体，看来有古怪！

我握紧枪支，慢慢靠近黑焰灯，一股吸力越来越强大，拉扯着我朝灯的中央奔去。

我赶忙对着黑焰灯的底座乱枪齐射，把它打了个底朝天。

灯一灭，那股吸力就消失了，看来周围的人都是猝不及防被点燃的黑焰灯吞噬掉了。

我轻轻用手指头触摸灯座上跪着的那铜人，心中竟然涌出一股熟悉的感觉。铜人的双眼里面黑得不见底，点点星光闪烁，看不透的鸿蒙浩大，竟似是当年郑可的真灵故意留下的记忆。

我心头惕然，闭起了双眼，只觉一股浩大渊博的神识，从四面八方奔腾而来，汹涌澎湃地冲击脑海。浩淼的星空和璀璨的银河，在黑暗中奔涌爆发，一片光芒刺眼，金光、黄光、紫光、蓝光映射得五彩缤纷。

太古时代的信息，愈来愈清晰，我深吸一口气，努力想去看清自己的今生来世，还有这个世界的起源和归宿、天生万物的奥妙所在；但实在太多太多的信息如排山倒海，一浪高过一浪，根本没有时间去消化吸收这么多庞大莫名的神识，我只好尽一切所能，捕捉这永生难得的机缘，记得多少算多少，想必日后自有分明之时。

第五十八章　众人皆醉

我长笑一声，心下了然，所谓的密室不过是太古时代的一段记忆，可以洞悉生命和世界的起源，作为阴阳交界处望帝城的珍藏，不无道理。

那消失的密室其实被我藏在了黑焰灯里，此刻回归我的脑海，黑焰灯也失去了所有的魔力，变回了一盏普通的铜灯。

我若有所思地走回车上，当年，融王的祭师领兵擒获郑可之时，已经知道了望帝城的密室就在我的手上，竟然派遣了一队傀儡兵潜伏于我的记忆中，等我记忆恢复，得到密室所在的位置，立刻出手抢夺；却没有想到，郑可早已知道祭师会这么做，干脆自己率先把这段记忆严密地封存起来。再次揭开却是两千年后，厉害的傀儡兵在现代武器下毫无还手之力，领兵的首领又稀里糊涂地被黑焰灯吞噬，这一切前因后果，当年郑可竟然全都计算精确，让我越发坚信自己的来头不小。

赵珊和我默默地开车前进，周围已经恢复了原状。二十分钟后，我们就把肥佬送到了最近的医院。

肥佬入院后，我一直在思索郑可这么做的目的，同时一点点吸收那太古时代的信息。这些记忆也不知道是谁留下的，内容庞杂繁复，从整个时空的形成到日月星辰的诞生，一一描述；从地球上一片寂灭毫无生命开始，一直到树木河流、飞禽走兽、人类一统地球为止，非常详尽，内中牵涉无数起源和归宿，相当的晦涩难懂。

肥佬在医院却是一睡不醒，让我非常着急，后来医生告诉我，肥佬被人残酷地虐待过，大脑中更是受到创伤，其中脑干偏后的地方新生了一个肿瘤，目前不好说是良性的还是恶性的。

我现在已经不缺钱了，让医生给了肥佬最好的病房和最好的医药，然后回来寻赵珊想办法。那天晚上看赵珊把脉也挺熟练的，又在世上活了这么久，久病成医，有个好的治疗办法也说不定。

赵珊的情绪非常低落，缓缓告诉我道："我怀疑你那朋友醒不过来的原因，还是和咱们有很大关系。当时我给他把脉时，就觉得脉息不对，有些我完全陌生的东西顺着血脉游走，我想可能和甘若鬼城有关系！"

"甘若鬼城？"我皱皱眉头，当年在甘若鬼城里发生的事情，我依然没有完全回忆起来，这郑可心机深沉，埋藏得好深，把这一段仍然潜藏在我脑海深处。如果肥佬的病和甘若鬼城有关系，事情可是有点不好办，难道是傀儡兵抓到他时，携带的什么鬼物侵蚀了进去？

我和赵珊一起左右讨论，依然没有个结果。在她的记忆中，对甘若鬼城的认识和郑可完全是两个档次，根本帮不上忙。

到了晚上六七点钟的样了，医院打电话来说肥佬醒了，叫我快点过去。

我和赵珊赶忙一起开车跑到医院，医生说，这位柴同志醒来后，嘴里只是嘟哝了几个字，还叫一个郑同志的名字，我以为你们认识，就打电话给你了，这会刚刚睡下，咱们最好别惊动他。

肥佬大名叫柴勇，我怕赵珊不知道，就小声给她解释。

果然，医生说肥佬嘟哝的字是：甘若、甘若，那个郑同志却是冯一西的另一个身份——郑可的大名，一切都不出赵珊所料。

巧合的是，这个时候，田丽开车带着肥佬的老婆也从天津过来了。

我看气氛有点尴尬，就提议大伙都出去回避下，让肥佬的老婆在这里陪陪，给人家点私人空间。

出来房间后，我又掏高价请了两个特别护士，一个照顾肥佬，一个照顾肥佬怀孕的老婆。

剩下我和赵珊还有田丽三个人，站在车前，不晓得去哪里好。

我看看两女，呆呆的不知道说什么。赵珊乖巧地意识到这个田丽就是我曾经说过的那个女人，除了偷偷瞪眼好奇地打量田丽之外，一时也忘记了主动寒暄。

最后还是我们的田大警官提议："老冯，不如咱们都去喝一杯吧，反正我今天也没有穿警服，没关系的。"

出了东直门，在东直门外大街上右拐，朝着体育场的方向走，有个梧桐树下酒吧，我们三个人就奔了那里去。我看赵珊今天穿的是浅红色的运动裤，头发随意地披在肩膀上；田丽穿的也挺普通，紧身牛仔裤。不约而同的是，两人上半身都穿的紧身黑色短袖T恤，走在一起，很是养眼。

坐在外边的大树下，我们三个都是静静地打量对方，一杯杯喝着啤酒。在那雪山之巅，田丽就非常佩服赵珊的坚强，对她这么多年的苦苦寻觅满是同情，但总是把她归类为一个古代女子，而此时看到的赵珊，除了眼睛分得挺开外，和一个现代人完全没有区别，时尚而且靓丽。

我看田丽对自己已经完全失去了信心，眉头紧锁，神色逐渐黯然，直到啤酒一杯杯洒入愁肠，才逐渐放松了拘谨，开始好奇地问赵珊这么多年的生活细节。

赵珊却是没有戒心，很热心的有问必答，见多识广而且语言风趣，不时把田丽逗得咯咯直笑。很快，两人就越来越亲近，甚至于当我的面开始咬耳朵了，还不时瞟一眼正襟危坐的我。

我心里当然知道赵珊打的什么主意，第一次和她提到田丽时，她就不在乎我娶了田丽回家，心情很是放得开。也难怪，一个人若是可以实质意义上的永生不死，又有什么不能看得开呢？否则，赵珊早就支撑不到今天，只是那每一世的亲情就会让她负担过重。

看着她俩在咬耳朵，我的脑子却飘到了甘若鬼城的那个晚上，到底发生了什么事情，需要郑可如此小心谨慎？莫非和消失的密室相同，一旦释放这段记忆出来，就会引来傀儡兵一样的麻烦？

肥佬患上了很奇怪的脑瘤，唯一的可能是和甘若鬼城相关，因为别的所有线索至此都有了交代，连同郑可和赵珊安排在世上互相寻觅的人员，也都一个个完成了任务，唯独剩下甘若鬼城这个谜底还没有揭开。

按赵珊的说法，我当时为了保密，甚至不惜把她弄晕过去，那郑可究竟不答应的是什么？所谓的誓言是否和我不肯答应的事情有关？我来试着猜猜这个过程吧。

假设我为了达到某个目的，要求甘若鬼城的城主帮助，而对方却提出了条件，这条件我不能接受，对方却依然帮助了我，只是要求我立下一个所谓的天罗誓言，原因何在？这件事情有何为难之处？

更加奇怪的是我居然还有一个师傅，而且和甘若城主是好友，我想这所谓的好友恐怕是个双关的词语。慢说这些本领高强的人是不是仙人，单只一个心思细密就决定了好友的说法肯定是个双刃剑！

我居然还有个师傅？这人会是谁？怎么我的脑海里没有丝毫印象？是熊龙丹上一世的宿主吗？为什么会被迫抹掉了记忆？这意思是不是说一个永生不死的人，也终将会灰飞烟灭，消失无踪？

越想越出神，思绪飘上了漫天神佛，我开始认真地想象自己会是天上的哪个神仙下凡，是玉帝老儿？还是元始天尊？还是别处散仙高人？嘿嘿，我越想越乐，一个人笑出声来，再一想，亲爱的战友肥佬兄弟此时还躺在医院中昏迷不醒、怀孕的太太一个人垂泪的景象，不由痛骂自己一句：真他娘的扯淡！

赶忙收回我越想越远的记忆，一看面前的两女，巧笑嫣然、红晕上脸，个个俏丽非凡，登时瞧的我痴了。

月上林梢的时候，我把酣然如醉的两女扶上了车，满腹心事地返回住所。众人皆醉之时，我的脑海中自然浮现了不少香艳的画面……

第五十九章　云淡天蓝

回到住所，好辛苦才把她们两个弄进卧室。我在床边走来走去，脑海里不停做着激烈的思想斗争，一回头却发现田丽和赵珊竟然都睁着亮晶晶的双眼，饶有兴趣地看着我。

最后的结果自然是我睡别的房间，她俩住在一起。

午夜时分，半梦半醒之间，在我的脑海里，出现了浩淼星空，眼前都是灿烂星河在打转，非常壮观美丽，我这才体会到自己的渺小和力量的微薄。

一只硕大无比的金翅大鹏鸟，载着我向那银河深处、星空的终点，流星一样飞过去。

我发现在此刻离开的时候，内心深处最眷恋的竟然不是赵珊，也不是田丽，而是说不清楚的一种情绪，是另一个女子的身影，让我很是惊讶而且茫然。我不停地问自己，难道我最爱的不是赵珊，也不是田丽？这是怎么回事？

迷迷糊糊地也不知睡了多久，我不停地尝试接触心底的那一块被封闭的记忆。这记忆里面，似乎可以揭开我的一切疑惑，还有目前碰到的所有问题。

但是这记忆被封闭得异常牢固，我百般努力仍然没有效果。我轻叹一口气，放弃了努力，心想塞翁失马，焉知非福？万一打开这封闭的记忆，跳出比傀儡兵更厉害的东西，那我可是得不偿失。

这时耳边却传来一个陌生女子幽幽的声音："你在找什么？是不是在找我？要知道被天罗誓言封闭的记忆，可是从来没人能够从外边打开的。我不找你，你却终于想到了我，你说这是天意吗？"

我下意识地问她："你是哪个？我到底许下了什么天罗誓言？拜托你说清楚点。"

那个女子声音说道："你真不记得我了？我就那么惹你讨厌吗？我是甘若。甘若，你想想，想起来了吗？当年你定要放弃永生，做回一个普通人，但你可知道我有多么难受。就算是对着一棵树，一万年下来也会有感情，而我们相处了多少个万年，你却依然要离开我？"

我一激灵，坐起身问道："甘若？城主？你刚才说什么相处万年？我，我是谁？你在哪里？快点出来。"

女子声音更加惆怅："原来，原来你真的全不记得，那我们相见还有何意义？"

我没好气地说道："别说万年，就是千年百年，日夜相对也会腻烦的，要知道'缘起时珍惜，情尽处放手'才是每个人的本性所在。"

又过了好久，这个叫做甘若的女子叹口气说道："很久很久以前，这个世界上有一个你，有一个我。那时，你怎么不说这样的话，'缘起时珍惜，情尽处放手'，哼！说得好轻松……我倒想知道你会怎样放手？"

女子再没有说话，我也不知不觉睡着了。

也不知道过了多久，我感觉屋里有人站着，心中一惊，仔细观看，肥佬和他老婆两个人满身是血站在房中，肥佬口里不停地对我说话，我听不清楚，凑过去听了半天只听清两个字："快逃！"

我大惊失色，猛地醒来，原来是做了噩梦。看了看表是凌晨四点，回想适才的梦境，越想越是担心，拿起电话打去肥佬的医院，却无人接听。

我开始怀疑这一切是不是和我有关系，会不会是梦境中的甘若怀恨在心，依靠郑可立下的天罗誓言，害死了我最亲近的朋友。

想到这里，我再也睡不着了，肥佬夫妇可能已遭不测，只觉五内俱焚，真想用自己的生命去代替他们。我焦急地在屋里走来走去，只盼着甘若可以再次出声，让我可以问个明白。

天很快就要亮了，我终于忍不住叫道："甘若，出来，快点出来告诉我，你是不是把肥佬杀了？"

过了好久，只听那个女子的声音，还是没有一丝感情，却是幽幽地说道："不错，是我杀的，你想怎么样？我付出了数万年的情感，却无情的被人抛弃。除了你，别人的性命对我而言都是蝼蚁一般，不会放在心上。"

听到肥佬确实已经死了，我眼前一黑，感觉嗓子发甜，可能是要吐血。

我心中的难过和愤怒把恐惧驱赶得无影无踪。我心想："我最好的兄弟为我而死，爱我的姑娘也为我被活活冻死，今日若不能为他们报仇，就算逃得性命，活在世上也没什么意思。"

那个女子甘若继续说道："你放心，我不会那么轻易地杀死你，我要看你喜欢哪个，就从哪个杀起。先杀近的，再杀远的，总要让你为了抛弃我的缘故，生生世世的付出代价！我明天就要先去杀了田丽，让你痛苦几年，等你平静后，我会再去杀了赵珊。怎么样？我这么安排你有什么异议，要不要把次序换换？"

这个甘若的本领看来不是我所能抵挡的，听见她要对田丽和赵珊下手，我有点慌神，因为我已经受不起接二连三的打击了。

我沉声问道："你为何不能出来见我？你究竟要什么条件，才会放手？"

甘若的语气永远都是那么幽幽的，我知道这是一种对所有生命都很冷漠的原因。或许我拼命抹掉自己的记忆，就是因为反感她对生命的漠视，为了忘掉和她一起的日子，不惜付出极大的代价，包括永生！

而甘若却采用了什么办法，成功地追踪到了我。

现在，我最后的武器就是脑海中那个还没有被打开的记忆，因为我觉得郑可是个非常聪明细致的人，应该考虑到这样的局面，不然也不会在记忆深处留下这块地方。

甘若幽幽地叹口气说道："你不用想了，我和你是在一起已经数万年的眷属，早就生死与共。你宁肯放弃永生而毁掉自己，却连累了我，把我害得生不如死。现在，我唯一想到的就是复仇。"

甘若的声音除了幽幽的之外，居然奇迹般增加了怨毒的情绪："不错，我要复仇，你还不抓紧时间去和田丽话别，因为明天，她就要死！"

生死关头，我逐渐冷静了下来，仔细回忆这个甘若所说的一切有无破绽。看起来，我是丝毫没有办法，因为我根本不知道这个甘若是什么样子，会采取什么样的手段来报复。当然，我也需要弄清楚肥佬夫妻是不是真的死了，是怎么死的？

时间不多了，我驱车前去医院，已经等不到天亮。

赶到医院时，天才蒙蒙亮，初秋还是有点丝丝的凉意，我却浑身冒汗，紧张地攥住拳头，走向肥佬所住的病房。

医院到处静悄悄的，血腥味扑鼻。顺着楼梯和值班室往里走，发现所有值班护士和医生都已被害，血流满地，我顿时手脚冰凉——这甘若竟然这么冷血，为了杀一个人竟然把所有周围的人都杀死。这样来看，肥佬夫妇很可能已经遭遇不测，离开了这个人世。

我一个人来到静悄悄的病房，扑入眼帘的果真是一片惨状，肥佬和他怀孕的妻子都仰面躺在地上，满身是血，双眼圆睁，不甘心不屈服地看着天花板。

我傻傻地走近尸体，想看看肥佬夫妇是怎么死的。

第六十章　此恨绵绵

只见肥佬的尸体上，没有凝固的鲜血，但却有其他的东西。在脖子后面的地上，有一堆灰黑色的粉末，我捻起一点，很细腻，可以断定这东西不是房间本来就有的，而是凶手留下的东西。

我把粉末捻在手上，放在鼻子上闻，有一股淡淡的矿石冶炼后的味道。我心里一动，对着窗户一看，指头肚上闪闪发光，这是一种金属粉末！

我查看了其他的死尸，无一例外，个个都是七窍流血，浑身稀软，脖子后面一堆金属粉末。

灰黑色的金属粉末，出现在死者的脖子后面！

我记得，或者说郑可的记忆里记得，上古时候，在一个光明与黑暗连年征战的年代，世间百姓纳入两个阵营彼此杀戮，血流飘杵，不分白天和黑夜地战斗，永远没有治疗伤势的时间，无数人惨死，无数人得不到救治而在痛苦中呻吟惨叫。

这时候，有一群刺客，掌握了巫术不被对方发觉的秘法。他们化身为无形的黑影，向对方频频攻击，使用的巫术非常奇特，可以让敌人突然感觉到数十倍甚至数千倍于自己体重的重力，仿佛千钧大山一样瞬间被压垮，七窍流血，内脏粉碎。只是每次行动完毕，都会在现场留下一些灰黑色的金属粉末，飞灰一样。

刺客们无恶不作，谁给的钱多就听谁的，终于引起了公愤，混战的军队联手绞杀了这群刺客。从此，这种极其厉害的，可以突然增大重力而把对方压垮的巫术就失传了。

而郑可的记忆里却知晓这个秘密，虽然不懂修炼的方法，却明白这种手段的弱点，就是施法之人不能有实质的本体，那些死去的游魂或者被禁锢的真灵才能修炼使用，而且距离有严格限制，游魂尸体或者真灵的被禁锢地，不能距离目标太远！

我全都明白了，甘若就是被禁锢在我体内的真灵，是郑可不惜抹去自己的所有记忆，拼命想要躲开的恋人，却不料自己又喜欢了另外一个女孩赵珊。在甘若鬼城的密室，郑可立下天罗誓言，重新赋予熊龙丹记忆，并暗算了甘若，把她拘押在记忆内的一个空间。没想到郑可为了救赵珊的性命，被融王杀人夺丹，意外地封闭在雪山之巅两千年之久！

五十年前，因为暗恋赵珊的林鹞子闯入融王墓，无意释放出了郑可的真灵，甘若也随之逃脱樊笼。郑可无法，只好把自己的记忆转移到熊龙丹内，而把甘若转移进了黑焰灯里。我得到熊龙丹后，在未能完全吸收的情况下，又擅自接触黑焰灯，把其中的记忆收归体内，更探察出郑可最爱的女人除了赵珊和田丽外，竟然另有其人，这已经足以破开天罗誓言对甘若真灵的禁锢，让她可以轻易现身复仇。

既然甘若现在只是没有本体的真灵，并且还被禁锢在我体内，所以我只要远离赵珊、田丽还有所有我爱的以及爱我的人，就很可能让她们躲过劫难！

面对疯狂想要报复的甘若，我立即开车赶往天津火车站。从北京到天津，我一路狂飙，只希望离赵珊和田丽越远越好。我到了天津火车站，买下去南方最远的车票，坐在候车室里，静静等待出发的那一刻。

我不会和甘若同归于尽，因为我有爱我的女人，还有我爱的女人永远在等我；但为了她们的安全，我只有选择离开，直到我可以击败甘若，摆脱甘若，我就会回来！

但是我忍不住我的思念，就要发车前，我打了个电话给赵珊。

这样一言不发地离开，我不知道倔强的赵珊会不会发疯。

赵珊一看见我的区号是天津的，立刻敏感地选择了沉默。

我告诉赵珊我必须一个人离开一段时间，有件非常重要，事关两人生死的大事必须处理。

赵珊哭了，她问我什么时候回来？

我告诉她，等着我，我一定会回来的。

电话里传来揪心的啜泣声，赵珊知道这次很可能再也见不到我。

我对赵珊说："我爱你，我很爱你，生生世世，你都是我的女人。"

不忍心再听电话那头的抽泣声，我挂上电话，大步走上南下的火车。

一天以后，在天津火车站的公用电话亭，站着一个女孩。她穿着紧身牛仔裤和黑色短袖T恤，傻傻地站在那儿，嘴里喃喃道："为什么？为什么？为什么不对我说你爱我？你为什么不给我打电话？你说，你还会回来吗？"

女孩隔一段时间就拿起电话来，但是始终都不知道打去哪里。

她从早晨一直等到晚上，还在那里苦苦地等候。

她有一种直觉，她所爱的人永远不会回来了。